잔해

ÉPAVES
by Julien Green

Copyright © Librairie Arthéme Fayard, 1994
Korean translation copyright © MUNHAKDONGNE Publishing Corp., 2011
All rights reserved.

Korean translation rights by arrangement with Librairie Arthéme Fayard
through Sibylle Books Literary Agency.

이 책의 한국어판 저작권은 시빌 에이전시를 통해
Librairie Arthéme Fayard와 독점 계약한 (주)문학동네에 있습니다.
저작권법에 의해 한국 내에서 보호를 받는 저작물이므로 무단 전재와 무단 복제를 금합니다.

이 도서의 국립중앙도서관 출판시도서목록(CIP)은
e-CIP 홈페이지(http://www.nl.go.kr/cip.php)에서 이용하실 수 있습니다.
(CIP제어번호: CIP2011000372)

세계문학전집
070

Julien Green : Épaves

잔해

쥘리앵 그린 장편소설

김종우 옮김

문학동네

차례 █

센 강이 한 인간의 육체를 이끌고 가고 있다.
이런 상황에서 센 강은 엄숙하게 나아간다.

—로트레아몽

제1부

날씨가 좋은 날 저녁이면 필리프는 걸어서 집으로 돌아오곤 했다. 건강을 염려해서이기도 했지만, 해 질 무렵 거리에서 늑장을 부리는 것이 좋아서이기도 했다. 그는 주로 자신이 제일 좋아하는 산책로를 따라 트로카데로 언덕에서 센 강변으로 걸어가곤 했다. 거기서부터는 강둑길을 따라 걸었다. 10월 어느 날 오후, 그는 산책로를 바꾸어 들레세르 가(街)로 접어든 다음 파시 교차로의 경삿길을 내려가 이에나 다리가 보이는 방향으로 향했다. 그러고는 베토벤 가의 난간에 이르러 걸음을 멈췄다.

그곳에는 간격을 두고 들어선 집들 사이로 강으로 이어지는 길이 나 있었다. 한길과 막다른 길은 높이 차이가 있어 그 사이에 백 단 정도의 계단이 놓여 있었다. 세 개의 층계참에는 가스등이 희미하게 불을 밝히고 있었다. 계단 오른쪽으로는 깊은 구렁이 버티고 있어 시선을 끌었다.

처음에 필리프는 아무것도 볼 수 없었다. 몸을 구부려서 보려고 했지만 소용이 없었다. 희미하나마 가로등이 있어서인지 그의 눈은 입을 헤벌린 동굴 같은 심연을 감돌고 있는 어둠에 쉽사리 익숙해지지 않았다. 그런데 아래에서 어떤 목소리가 들려왔다. 그는 장갑 낀 손을 돌 위에 평평하게 짚은 채 허공으로 상체를 기울여보았다. 12미터 정도 높이의 벽 아래에서 두 사람이 다투고 있었다.

이따금 그들의 말소리는 지나가는 자동차 소리에 묻혀버렸다. 그가 뭘 보고 있는지 궁금해하며 행인들이 다가오기도 했다. 그럴 때면 필리프는 잠시 난간에서 벗어나 사람들이 지나가기를 기다렸다가 다시 난간 쪽으로 돌아왔다.

첫번째 층계참까지는 내려갔지만, 더 이상은 내려갈 엄두가 나지 않았다. 쭉 뻗은 그의 커다란 그림자가 정면에 있는 집의 벽면에 드리워지면서 정체가 탄로 나고 말았다. 그는 조심스럽게 다시 한길로 올라와 조금 전에 있던 난간으로 되돌아왔다. 거기선 소리가 약하게 들려왔지만 아무것도 보이지 않았다. 이유는 알 수 없었지만 아래에서는 더 이상 아무 소리도 들리지 않았다. 하지만 들킬지도 모른다는 두려움 때문에 그는 감히 자세히 살펴볼 생각을 하지 못했다.

거기에는 한 쌍의 남녀가 있었다. 그들은 계단의 벽과 막다른 길 끝의 벽이 만나는 모퉁이에 있는 것 같았다. 갑자기 남자의 목소리가 크게 들려왔다. 그는 같은 말을 여러 차례 반복하다가 이내 잠잠해졌다. 그러더니 잠시 후 그들은 걷기 시작했다.

필리프는 움직이지 않았다. 그는 그들이 어둠 속에서 천천히 걸어 나오는 것을 보았다. 남자는 작은 키였지만 다부져 보였고, 거의 벽에 기대다시피 하며 걸었다. 남자보다 훨씬 키가 작은 여자는 다리를 절면서 그 뒤를 따랐다. 두 사람 모두 빛 때문에 말하기가 거북스러워 더 이상 다투기 어려웠던지 잠자코 멀어지더니 센 강 쪽으로 향했다.

필리프는 그들을 따라가려다가 시계를 보고는 생각을 바꾸었다. 그들을 쫓아가는 것이 아무런 의미도 없었다. 그래서 난간의 돌 가장자리에 팔꿈치를 댄 채 두 사람을 주시했다. 그들은 인도를 따라가다가 이따금 도로 한가운데로 나와서 걷곤 했다. 술을 마신 것이 확실해 보이는 남자는 망설이기라도 하는 것처럼 자주 걸음을 멈추었다. 그러면 여자 역시 두려운 듯 얌전하게 멈추어 섰다. 여자는 커다란 검은 가방을 팔에 끼고 약간 구부정하게 허리를 굽힌 자세였다. 여자는 남자가 균형을 되찾기를 기다렸다가 다시 걷기 시작했다.

얼마 후 작은 카페에서 흘러나온 불빛이 그들을 집어삼켰다. 필리프는 그들이 카페 앞에서 길모퉁이를 완전히 돌 때까지 계속해서 그들을 눈으로 뒤쫓았다. 이제 거리는 다시 텅 비어버렸다. 이 지겨운 길을 통해 센 강에서 파시 가로 올라가려는 사람은 아무도 없었다. 비가 온 것처럼 포석이 번들거렸다. 길 좌우에는 어둠에 싸인 커다란 건물들이 컴컴한 하늘을 배경 삼아 음산한 모습으로 서 있었다. 저쪽 끝, 플라타너스들이 야경(夜警)이라도 서는 듯한 둑길 너머로 강물이 보였다.

필리프는 몇 분 동안 우물쭈물하다가 빠른 걸음으로 계단을 내려갔다. 들킬 염려가 없어 보여 달음박질하기 시작했는데, 속으로는 약간 우스꽝스럽게 느껴졌다. 그런데 그가 도달했을 때 한길은 텅 비어 있었다. 그는 약간 짜증이 나서 어깨를 으쓱했다. 하루에도 수백 번씩 짜증스러운 신비로 가득 찬 여러 가지 삶이 우리의 인생과 나란히 나아간다. 그러면서도 삶은 우리에게 그 신비 중에서 어떤 것도 드러내지 않는다. 그러니 수수께끼와 비밀이 가득한 자기 자신의 운명에 집착하는 편이 더 나을지도 모를 일이다. 그것만으로도 엄청난 불안감을 충분히 만족시킬 수 있기 때문이다. 필리프는 잠시 동안이나마 자신의 관심을 끌었던 두 남녀의 진부한 사랑을 보며 이런 생각을 하지 않을 수 없었다. 그들이 나에게 중요한 사람들인가? 어느 고매한 영혼의 소유자가 마치 먹이처럼 그들의 흔적에 관심을 가졌던 것이다. 그는 결국 어느 누추한 집에 이르러 '작품'에 이용하려고 주소를 적었다. 하지만 비참한 모습을 보자 필리프는 이상하게 메마르면서도 부끄러운 감정을 느꼈다. 그는 한길을 가로질러 선착장 위로 불룩 튀어나온 돌 가장자리 위로 조심스레 커다란 몸을 기울여보았지만 이제는 아무도 보이지 않았다. 갑자기 한 줄기 매서운 바람이 불어 길바닥의 먼지가 필리프의 얼굴까지 날아들었다. 그는 즉시 돌아서서 눈을 감았다. 바로 그때 방금 전의 그 목소리가 다시 들려왔다.

목소리는 선착장에서 올라와 순간순간 필리프와 가까워지고 있었다. 몸을 기울여보았지만 헛수고였다. 강기슭을 가리고 있는 어두운 그림자 때문에 아무것도 분간할 수 없었다. 목소리가 그가 서 있는 곳 바로 아래를 지나갈 때에야 비로소 그는 남자와 여자가 스칠 듯이 벽에 바싹 붙어서 걸어가고 있음을 알아차렸다. 다시 그들을 따라가볼까 하는 생각이 들었다. 조금 전보다 그런 생각이 더 강렬했지만, 애써 떨쳐버렸다. 한적하고 조명도 제대로 되어 있지 않은 선착장은 음산한 느낌을 자아냈다. 들려오는 어조로 미루어 남자는 제정신이 아닌 듯했다. 여자는 여전히 거의 말이 없었다. 필리프는 보이지 않게 강둑길 위에서 그들을 계속 따라가보기로 했다. 그러다가 사태가 악화되면 경찰에 알릴 참이었다.

파시 철교에 이르자 그들은 벽에서 약간 떨어져서 아치 아래를 지나갔다. 그래서 필리프는 잠깐 동안 그들을 볼 수 있었다. 공사장 인부 복장을 한 남자는 나이가 들어서인지 어깨가 약간 굽은 듯했지만 건장한 모습이었다. 이 장면은 지극히 평범한 가정사의 일부였다. 하지만 남자는 술을 마신 것이 틀림없어 보였고, 여자는 분명 남자가 자기를 강물 속으로 던져버릴까봐 잔뜩 겁을 먹고 있었다. 그래서인지 여자는 벽을 따라 스치듯이 걸었다. 아마도 강둑길 위로 올라가는 계단에 이르지 못하면 어쩌나 두려워하는 것 같았다. 두 사람이 철교 아래를 지나 다른 쪽에서 나타났을 때, 여자는 머리에 둘렀던 숄을 벗어 들고 있었는데 얼굴이 증오와 공포로 하얗게 질려 있었다. 두 가지 감정이 뒤섞여서인지 안색이 자연스럽지 못했다. 어쨌든 평상시 모습은 아닌 것 같았다. 그처럼 격렬하고 극적인 상황에서 늘 그렇듯 여자의 얼굴은 아름다워 보였다. 필리프는 여자가 소리 지를 것이라 짐작하고 그 소리를 들으려는 듯 앞으로 몸을 숙였다. 이때 여자가 그의 존재를 알아차렸다. 남자는 여자의 팔을 붙잡고 욕을 퍼부으면서 흔들어댔다. 하지만 여자는 필리프에게서 눈을 떼지 않은 채 낮고 쉰 듯한 목소리로 "저기요!" 하고 불렀다. 그 소리에 그는 몸이 얼어붙어버리기라도 한 듯 미동도 하지 않았다. 그는 자신의 존재 전체가 망설임의 감정에 사로잡히는 것을 느꼈다. 심장이 겨우 한 번 뛸까 말까 할 정도로 짧은 순간의 느낌이었다. 하지만 그에게는 그 순간이 무한히 이어지는 것 같았다. 어쩌면 그는 이 순간까지 자신의 실체를 전혀 인식하지 못했었는지도 모른다. 그는 갑자기 짚고 있던 돌에서 손을 떼고 뒤로 물러났다.

그는 처음에는 그르넬 방향으로 몇 걸음 옮겼다가 이내 마음을 고쳐먹고 서둘러 텅 빈 한길을 건넜다. 그는 베토벤 가에서 가까운 곳에 이르러 숨을 돌리려고 잠시 멈추어 다시 귀를 기울였으나, 트로카데로 언덕을 내려와 센 강 쪽으로 달리는 자동차 소리만 간간이 들려올 뿐이었다. 밤은 고요했다. 그는 두세 번 크게 숨을 가다듬고 나서 다시 강둑길을 따라 계속 걸었다. 그런 다음 평소와 거의 같은 시각에 집으로 돌아왔다.

이 사건에 대해 그는 엘리안에게 아무 말도 하지 않았다. 평소 같았으면 습관적으로 일상의 자잘한 일들을 미주알고주알 말했을 것이다. 그녀처럼 이야기를 잘 들어주는 사람은 없었다. 엘리안은 억양만으로도 어떤 이야기가 시작될지 짐작하고는 소리 없이 의자를 끌어당겨 그의 곁에 와서 앉곤 했다. 대개 그녀는 약간 옆으로 비껴 앉아서 무릎 위에 손을 포개놓았다. 그렇게 함으로써 말하는 사람이 허공에 대고 이야기하는 것이 아니라는 인상을 주었다. 그러면서도 자기가 그 자리에 있다는 사실을 잊게 만드는 탁월한 재주가 있었다. 그녀는 서른 살이 넘은 키가 작고 깡마른 여자였다. 키가 더 커 보이게 하려고 몸을 지나치게 꼿꼿이 세우고, 멋을 부리려 했지만 그다지 능숙하지는 못했다. 안색이 창백하고 목은 누런 데다 신중하지 못하게 보기 흉한 귀를 드러내고 있었다. 자세가 조금만 덜 뻣뻣했더라도 그럭저럭 봐줄 만했을 것이다. 하지만 눈이 다른 결점들을 보완해주었다. 회색빛이 감돌다가도 푸른빛을 발하는 그녀의 눈은 어떤 불안한 생각을 끊임없이 따라가는 것처럼 계속 변했다. 필리프에게로 향한 그녀의 시선에는 애착이 어려 있어서 아무리 눈치가 없는 사람이라도 그 의미를 알아차렸을 것이다. 그녀는 아무리 지루하고 시답잖은 이야기라도 필리프의 말이라면 이런 태도로 마지막 한 마디까지 들어주었다. 그런 비굴한 태도 때문에 필리프는 이야기를 하면서 자신에 대한 그녀의 지나친 관심에 신경 쓰지 않아도 되었다. 필리프는 잔인하리만치 자세하게 말하는 능력을 지니고 있었던 것이다. 그런데 무슨 까닭인지 몰라도 오늘 저녁 그는 식사 시간 동안 줄곧 입을 다물고 있었을 뿐만 아니라 식사 후에도 오로지 예술 잡지 읽는 데만 몰두했다.

처음에 그녀는 그가 아픈지도 모른다고 여겨, 일감 상자를 찾는 척하면서 그의 주위를 여러 차례 맴돌았다. 하지만 그의 기분을 상하게 할까 두려워 대놓고 물어보지는 못했다. 그녀는 손을 엉덩이 부근에 대고 서서 유리문이 달린 진열장을 뒤지는 척했다. 하지만 사실은 필리프의 옆모습이 진열장 유리에 반사되기 때문에 그런 것이었다. 그는 자신도 모르게 관찰당하는 사람들에게서 볼 수 있는 결백한 표정을 짓고 있었는데, 이런 모습이 그녀의 눈에는 더없이 멋져 보였다.

매일 저녁 이런 은밀한 즐거움이 엘리안에게 아주 격한 감정을 가져다주었기 때문에 엘리안의 심장은 끊임없이 뛰었다. 그래서 오늘 저녁 그의 침묵이 수상쩍자, 급기야 그녀는 진열장을 통해 훔쳐보는 짓을 그만두고 다시 소파로 다가갔다. 그녀가 가장 불안하게 생각했던 것은 필리프가 램프를 옮겨버리지 않을까 하는 것이었다. 그러면 그를 비춰주는 유일한 조명이 사라져버리기 때문이다. 필리프가 그런 계략을 알아차릴지도 모른다는 생각이 들기는 했지만, 즉시 떨쳐버렸다. 이처럼 그녀는 자신의 속셈이 탄로 날까 두려워 감히 필리프를 정면으로 쳐다보지 못했다. 감춰둔 반사경 위로 몸을 숙인 시골뜨기 아낙처럼 유리 쪽으로 몸을 기울인 채, 그녀는 창유리에 비친 필리프의 모습이 사랑스러워 몸을 떨면서 그를 바라보았다.

환하게 빛나는 램프의 갓 위로 필리프의 이미지가 아주 선명하게 드러났다. 그녀는 이 이미지의 결점을 잘 알고 있었다. 가령 턱은 너무 무겁고 선이 부드러워 얼굴 아랫부분에 힘이 없어 보였다. 반쯤 벌어진 도톰한 입술은 명령을 내릴 줄도, 욕망을 채울 줄도 몰랐다. 이와 마찬가지로 가늘고 짧은 코는 별다른 특징이 없었고, 납작한 콧구멍은 숨쉬기조차 힘들 것 같아 보였다. 하지만 얼굴 윗부분으로 올라가면 검은 눈썹 사이로 이따금 빛이 발산됐다. 이로 인해 얼굴은 전체적으로 고전적 위엄을 지녔다. 바로 거기에 삶이 있고 힘이 있었다. 엘리안은 그의 눈꺼풀이 움직일 때마다 눈동자의 짙은 색깔을 알아볼 수 있다고 생각했지만, 사실 그녀는 그의 시선을 잘 견뎌내지 못했다. 좀 더 자세히 관찰하려고 대담하게도 이따금 유리문을 열어 돌쩌귀를 따라 아주 천천히 젖히곤 했지만, 그럴 때마다 그녀는 자신에게 복종이라도 하듯 생각대로 그녀의 입술을 향해 다가오는 그 얼굴이 두려웠다.

이날 저녁, 그녀는 한참 후에야 필리프가 책장을 넘기지 않는다는 사실을 알아차렸다. 그의 침묵이 못내 원망스러웠다. 사실 그녀는 필리프가 자신에게 어떤 일을 숨긴다거나, 생각을 겉으로 드러내지 않고 비밀로 간직할 수 있다는 사실을 받아들일 수 없었다. 노예 같은 마음이 폭군 같은 조바심을 키웠던 것이다. 그가 어떤 방법으로 몰두하든 그녀는 필리프의 독서와 일을 존중했고, 그의 길고긴 이야기를 들어주었다. 하지만 그녀는 항상 필리프를 잃어버리지 않을까 하는 두려움에, 그가 무료함이나 몽상에 빠지도록 내버려두지 않았다.

사랑에 빠진 노처녀의 능숙함으로, 그녀는 자신이 선택한 책을 필리프가 집어 들게 하는 데 성공했다. 그렇게 해서 그녀는 필리프에게 자신이 아는 어떤 길을 만들어주었고, 멀리서도 그를 따라가면서 감시할 수 있게 되었다. 하지만 제부(弟夫)의 시선이 책에서 벗어나 이리저리 방황하기 시작하면 그녀는 불안감에 사로잡혔다. 그럴 때면 시들해진 그의 관심을 다시 붙들어둘 이런저런 자잘한 계략을 궁리했다. 이런 놀이는 여러 차례에 걸쳐 마치 드라마처럼 이루어졌다. 일종의 강박관념에 사로잡혀 엘리안은 필리프의 방심에 어떤 불길한 의미를 부여했던 것이다. 그녀의 상상력은 즉각 최악의 상황으로 내달았다. 가령 그녀는 이렇게 상상하곤 했다. 심각한 질병에 걸려 두뇌 활동이 정지되어버린 것은 아닐까? 나에 대한 갑작스러운 증오에 사로잡힌 것은 아닐까? 우울감에 사로잡혀 영원히 집에서 나가버리면 어쩌지? 무언가 불길한 일이 벌어져 두 사람이 영원히 이별하는 일은 없겠지? 이런 생각들이 한꺼번에 엄습하자, 그녀는 금방이라도 숨이 멎어버릴 것 같았고 안개 같은 것이 눈을 가려버리는 듯했다. 이런 순간들이 찾아오면 그녀는 위기가 지나갈 때까지 주저앉아 미동도 하지 않았다. 필리프가 다시 책을 읽기 시작하면 그제야 비로소 그녀는 조금씩 진정되었다. 하지만 이런 혼란 속에는 스스로에게도 털어놓지 못한 원한의 앙금이 남아 있었다.

저녁식사 때도 그녀는 깨뜨릴 수 없는 침묵에 화가 나서, 자신의 영혼을 갉아먹는 말 없는 분노를 애써 억눌러 참았었다. 하지만 이제는 이 남자가 자신의 통제를 벗어나 허락도 없이 골똘히 사색에 빠져 있는 모습을 도저히 견딜 수 없었다. 그녀는 느닷없이 손바닥으로 진열장 유리의 가장자리를 쓸었다. 그러고는 안에 있던 책 한 권과 조그만 상자 두 개를 떨어뜨렸다. 이런 행동은 미약하고 소심하나마 일종의 복수였던 셈이지만, 필리프에게는 아무런 방해도 되지 않았다. 그렇게 몇 분이 더 흘렀다. 그녀는 속으로 진부하지만 필리프의 저녁 시간을 망칠 수 있는 말을 찾아냈다.

"참 성가신 일이에요." 마침내 엘리안이 입을 열었다. "앙리에트가 또 열쇠를 두고 나갔어요. 그애가 초인종을 누르면 제부가 일어나서 문 좀 열어주세요."

"알았어요. 내가 일어나지요." 필리프가 잡지를 옆으로 내려놓으면서 말했다.

이 부드러운 말에 엘리안의 마음은 완전히 풀려버렸다. 이 승리를 더욱더 완전한 것으로 만들고 싶은 생각은 없었다.

"생각해보니 그럴 필요 없을 것 같네요, 제부. 난 한시 전에는 잠들지 않으니 문은 내가 열어줄게요. 초인종이 울리더라도 제부는 신경 쓰지 마세요."

"그렇게 하세요."

그녀는 필리프의 곁으로 와서 앉았다.

"제부, 제부는 앙리에트가 밤에 그렇게 조금 자고도 외출할 힘이 어디서 생기는지 알아요?"

"낮에 자겠죠."

"오늘 앙리에트는 여섯시에 들어와서 두통이 있다면서 눈을 붙였어요. 당연히 아스피린을 먹었지요. 앙리에트는 약을 너무 많이 먹어요. 제부가 한번 타일러봐요."

필리프가 한숨을 내쉬었다.

"처형, 오늘 저녁만은 제발 집사람 얘기 좀 하지 맙시다."

그녀는 자기 때문에 그가 눈썹을 찌푸리자 주눅이 들어 입술을 깨물었다. 사실 그녀는 필리프의 기분을 상하게 할지도 모른다는 생각에 두렵기는 했다. 하지만 어떤 거역할 수 없는 무언가에 사로잡혀 덜컥 앙리에트 이야기를 꺼내고 말았다. 그녀는 자기가 한 말 때문에 구겨진 필리프의 인상을 부드럽게 펴기라도 하려는 듯 애써 미소를 지었다.

"앙리에트가 열쇠를 가지고 나가기만 했어도 굳이 그애 얘기를 꺼내지 않을 거예요. 거의 매일 밤 제부를 깨우잖아요. 그애는 제부가 하루에 여덟 시간씩은 자야 한다는 사실을 잘 모르나봐요. 한 마디만 해주면 알아들을 텐데요. 착한 애니까요."

그녀는 자신도 미처 예상하지 못했던 마지막 말을 내뱉고는 이상한 기분이 들었다.

"그래요, 앙리에트는 참 착해요. 그런데 엄마가 애를 망쳐놓았지요. 그래도 착해요. 마음 씀씀이가 곱거든요. 어제는 자선 단체에 기부를 했대요." 그녀는 열에 들떠 말했다.

"가계부는 정리됐어요?"

엘리안은 대답이 없었다. 가계부는 아직 정리되지 않았다. 그 사실을 너무나 잘 알고 있으면서도 그녀는 자리에서 일어나 거실을 가로질러 장부를 가지러 책상 쪽으로 갔다. 작은 서랍을 막 열려다가 불현듯 필리프에게 물론 장부가 잘 정리되어 있다고 말하고 싶은 생각이 들었다. 필리프는 가계부 정리를 앙리에트에게 맡겨놓았지만, 그래도 여전히 신경 쓸 일이 많았다. 그녀는 곧 이런 생각을 떨쳐버렸다. '제부가 고집하니까.' 그녀는 속으로 생각했다.

"여기 있어요." 그녀는 다시 자리로 돌아와 큰 소리로 말했다.

그러고는 성격 나쁜 사람처럼 태연하게 덧붙였다.

"여기 있어요. 하지만 아직 정리가 되지 않았어요."

"무슨 이유라도? 가계부를 이리 줘봐요. 아니, 무슨 생각을 하고 있는 거죠? 깨끗하네요."

"전날도요. 그리고 화요일하고 월요일도 마찬가지네요."

그녀는 열띤 태도로 가계부를 넘기면서 그의 어깨 위로 몸을 기울였다. 오만해 보이는 그녀의 옆모습이 필리프의 갈색 뺨 위에서 도드라졌다.

"해도 해도 너무하는군." 필리프가 말했다. "일요일부터 아무것도 적혀 있지 않네요."

"일요일에는 내가 가계부를 가지고 있었어요." 엘리안이 눈을 반짝거리면서 말했다. "앙리에트가 두통이 있었거든요."

그는 일어나서 작은 원탁 위로 가계부를 던져버렸다.

"왜 또 앙리에트 얘기인가요? 오늘 밤만큼은 앙리에트라면 생각조차 하기 싫다고 말했을 텐데요. 앙리에트의 게으름과 경박함, 난 이 모든 것들을 마음에 담아두고 있어요. 알아요? 그 사람은 아무 생각도 없어요. 심지어 기록도 남기지 않고 돈을 낭비한다고요."

"앙리에트는 제부가 부자라고 생각해요. 내 충고대로 제부가 6월에 얼마를 벌어들였는지 그애한테 말하지 마세요."

"난 그런 건 못해요. 습관적으로 그 사람에게 모든 것을 말하게 되거든요."

"습관치곤 아주 나쁜 습관이죠. 결혼 초기에는 잘도 지나가더니만 지금은…… 도대체 그렇게 같이 살고도 아직도 몰라요? 심지어 제부의 아내가 어떻게 생겨먹은 사람인지도요?"

그녀의 목소리가 갑자기 거칠어졌다. 스스로 그것을 알아차리자 약간 당혹스러워 헛기침을 했다.

"앙리에트와 싸웠어요?" 필리프가 물었다.

"내가요? 무슨 말을 하는지 모르겠네요. 무슨 말이에요? 물론 아니죠. 우리는 절대로 싸우는 법이 없어요."

"처형이 종종 집사람에 대해 너무 심한 어조로 말을 하는 것 같아서요. 방금 전에도 그랬고요……"

엘리안은 얼굴이 벌게져서 화끈거렸다.

"별 생각을 다 하네요. 나는 결코 앙리에트에 대해 나쁘게 말하려던 게 아니었어요. 난 동생을 아주 사랑하는걸요. 앙리에트와 나, 우리가 떨어져 산다는 것은 상상조차 할 수 없어요."

원탁 위에는 잡지가 하나 놓여 있었다. 엘리안은 그것을 쥐고 책장을 넘기다가 덧붙여 말했다.

"그건 제부도 아주 잘 알 텐데요. 내가 많이 말했으니까요."

그는 처형이 눈물이라도 흘릴까봐 다정하게 그녀의 손을 잡아주었다.

"앙리에트 이야기를 하면 결국 이렇게 되잖아요." 그가 미소를 띠며 말했다. "이제껏 앙리에트 이야기가 별탈 없이 끝난 적은 없었어요."

그녀 역시 어깨를 으쓱하며 미소를 지었다.

"제부는 쓸데없는 말을 하기 시작하는군요." 그녀는 눈가에 눈물이 그렁그렁한 채로 중얼거렸다.

그녀가 이렇게 행복하다고 느낀 적은 거의 없었다.

필리프는 그녀가 문을 닫고 나가는 모습에 아주 기뻐했다. 사실 그녀가 조금만 더 있었더라면, 가련한 듯하면서도 폭력적인 고집에 넘어가 그는 모든 것을 말해버렸을지도 모른다. 그랬다면 약간 위안을 받았을 수는 있겠지만, 결국 부당하게 자신의 비밀을 들켜버려 그녀를 원망했을 것이다. 엘리안은 사소한 일에도 귀를 기울여줄 만큼 부드러웠다. 그녀의 그런 태도는 거의 존경스러울 정도였다. 그래서 필리프는 종종 생각하는 것 이상으로 많은 말을 하게 되었다. 심지어 그녀는 그가 말하지 않고 혼자 간직하고 싶은 수많은 하잘것없는 것들마저 말하게 하는 재간이 있었다. 그녀는 그를 압박하지 않고 무관심한 척하며 질문을 던졌다. 그렇게 해서 그녀는 신중하면서도 용의주도한 필리프를 아주 간단히 부주의 속에 빠뜨려버렸다. 그래서 필리프는 아무런 경계심 없이 속내를 터놓고 말았던 것이다. 그녀는 항상 소리 없이 필리프 곁으로 다가왔다가, 옆에 누가 있어서 그가 짜증이 라도 낼 낌새를 보이면 금세 자리를 뜨곤 했다. 이런 식으로 그녀는 필리프가 집에서 보내는 대부분의 시간을 차츰 차지해버렸다.

하지만 오늘 저녁 그의 인상은 아주 거칠었다. 신에게 향을 바치듯 그녀는 매일 그에게 한결같이 충실한 사랑을 바쳤다. 그런데 그가 왜 이것에 싫증을 낸 것일까? 조금만 덜 이기적이었어도, 그는 단순한 동정심에서라도 엘리안에게 손을 내밀었을 것이다. 그녀는 그에게 아무것도 요구하지 않은 채, 자신만의 비밀이라고 여기는 정열을 가능한 한 감추고 있었다. 그녀는 확실히 질투심에 사로잡혀 있었다. 질투심은 그녀의 모든 시선에서 드러났다. 수년 전부터 그랬다. 하지만 부르주아들의 삶에서 유익하게 쓰이는 모종의 합의에 의해 아무도 이 문제에 대해 언급하지 않았다. 어떤 상황이든 말로 표현하지 않는 한 위험을 초래하지는 않기 때문이다. 서너 명이 아무 탈 없이 한 지붕 아래 모여 살다가도, 지금까지 현명하게 침묵을 지키고 있던 사항이 겉으로 드러날 경우, 어쩌면 헤어질 수밖에 없는 일이 벌어질지도 모른다. 그들은 서로에 관해 어떤 것을 알게 되었다는 만족감조차 얻지 못할 것이다. 이미 서로의 모든 것을 알고 있기 때문이다. 신중하지 못한 말들이 그들을 갈라놓을 수도 있다.

그는 한숨을 쉬었다. 그는 때때로 이런 신중하지 못한 말들을 해버리고 싶었다. 파괴와 자학의 욕망에 사로잡힌 적이 있었다. 얼마 전부터 그는 벽난로 위에 걸린 큰 거울 앞에서 냉정하게 자신의 모습을 관찰했다. 한창때는 쭉 뻗은 키와 강인해 보이는 어깨를 자랑으로 삼았다.

하지만 그는 엉덩이에 손을 대고 고개를 뒤로 젖힌 채 자신의 옆모습을 보고 싶은 거만한 욕망에 사로잡혔다. 사람들이 얼마나 자주 멋있다고 말했던가! 그는 젊은 시절 그의 빼어난 용모를 칭찬해주었던 많은 사람들을 기억하고 있다. 처음에는 어머니가 그랬고, 먼저 죽은 누나와 레오뮈르 가의 키 작은 양복장이가 그랬고, 나중에는 엘리안이 그랬다. 하지만 엘리안의 아첨 어린 말은 더 이상 고려할 필요가 없기 때문에 그다지 중요한 것이 아니었다. 그런데 이제 와서 엘리안의 아첨이 다 문제가 되다니! 그는 지난주에 서른한 살이 되었다. 이전에 그토록 자랑스럽게 생각했던 이 힘이 이제 와서 무슨 소용이란 말인가? 심지어 그 힘은 자신의 것도 아니었다. 그것을 키우기 위해 그가 한 일이 아무것도 없기 때문이다. 그는 강한 아버지에게서 그 힘을 물려받았다. 그런데 아들인 그는 파리의 한 아파트 구석에서 무기력한 존재를 덧없이 질질 끌며 삶을 영위하고 있는 것이다. 여기서는 숨조차 제대로 쉴 수 없었으며, 점심 무렵 30분 정도 몇 오라기 인색한 빛이 비스듬히 비쳐드는 것이 고작이었다.

아버지가 돌아가신 후 가족이 파리로 이사를 왔을 때, 그의 가슴은 파리 생활이 가져다준 억누를 수 없는 희망과 즐거움으로 가득 찼다. 이미 오랜 세월이 지나 아무것도 가늠할 수 없게 되어버렸지만, 당시에 그는 모든 것이 가능할 것이라고 생각했다. 그의 앞에는 수십 가지 직업이 열려 있었다. 하지만 그 후 일종의 마술처럼 시간, 계획, 신뢰 등이 모두 사라져버리고 나자, 그는 돌이킬 수 없는 길로 접어들어 있었다. 지긋지긋한 사업 관련 일이 한 해를 앗아가더니, 그다음 해도 마찬가지였다. 그리하여 그는 상황에 얽매이게 되었다. 예전 같으면 그는 내일을 생각하면서 오늘의 권태를 달래보았을 것이다. 하지만 얼마 지나지 않아 미래가 인간의 즐거움을 무한정 기다려주지 않는다는 것을 이해하게 되는 날이 기어이 오고야 말았다. 30대가 되고 보니 강하고도 육중한 창살이 길을 가로막고 있었다. 그 문턱을 넘지 못하는 사람들에게는 낭패인 일이었다. 그들은 항상 창살 너머를 바라보지만 창살은 더 이상 열리지 않는다. 지금 이 시점에 미래를 생각한다는 것이 무슨 소용인가? 자신과 같은 부류의 사람에게 미래란 없었고, 삶은 길고도 음울한 현재의 연속에 불과했다. 내일 그는 자신이 그토록 경멸하는 참나무 책상에 앉아 있을 것이며, 내일도 또 그다음 날도 참나무 목재는 인간에게서 마침내 놓여날 때까지 팔꿈치 아래서 닳고 닳아 구멍이 파일 것이다.

여느 때 같았으면 그는 이런 따위의 생각에 그다지 괴로워하지 않았을 것이다. 그는 타고난 성품이 그리 까다롭지 않고 다소 게을렀다. 그래서 기분을 망칠 수 있는 생각이 들 때마다 떨쳐버리려 했다. 하지만 오늘 저녁에는 그게 잘 되지 않았다. 그는 윗도리 단추를 풀고 머리를 매만졌다. 하지만 이런 행동들이 아무 의미도 없다는 것을 아주 잘 알고 있었다. 특히 머리를 만지는 동작은 그에게 맞지 않는 터무니없는 일 같아 보였다. 평소에 머리가 단정한지 어떤지 전혀 관심이 없었기 때문이다. 그는 아마도 태연한 척함으로써 어떤 변화를 원했는지 모른다. 그가 벽난로 위에 장식용으로 놓아둔 유백색 유리병 사이에 있는 테라코타를 살펴보기 시작한 것도 같은 이유에서였다. 그것은 달루의 〈목욕하는 여자〉의 모작으로, 머리를 숙이고 앉아 발을 씻으려고 몸을 구부린 모습이었다. 사지의 라인을 서로 비교라도 하는 듯 팔이 다리를 따라 길게 늘어져 있었다. 그는 이 테라코타를 볼 때마다 예전에 그것에 세심한 관심을 기울이던 어머니 생각이 났다. 어머니는 결혼식 날 아버지로부터 이 테라코타를 선물받았다. 마음속으로는 벌거벗은 소녀가 추하다고 생각했으면서도, 어머니는 질투에 사로잡혀 일종의 의식이라도 거행하듯 그것을 보살폈다. 거실로 들어설 때마다 어머니는 언제나 목욕하는 여자에게 시선을 던졌다. 필리프는 어머니를 잘 몰랐다. 하지만 겁이 많으면서도 딱딱한 어머니의 태도를 그리 어렵지 않게 기억해냈다. 어머니는 언제나 그런 태도로 벽난로 위로 얼굴을 돌리곤 했다. 그는 다시금 눈이 파리하고 관자놀이가 움푹 파인 키 작은 여인상을 보고는 핏줄이 드러난 손을 뻗어 묵직한 예술품의 위치를 옮겼다. 어머니는 키가 너무 작아 팔을 치켜들지 않고는 그것을 손으로 잡을 수 없었다. 어머니가 손으로 테라코타를 잡을 때면 마치 제단 앞에서 무언가를 간청하는 여자처럼 보였다. 이런 추억이 썩 유쾌한 것은 아니었다. 어머니의 경계심과 공포가 점토 덩어리 속에 신비스럽고 사라지지 않을 무언가를 가두어놓았다는 생각이 들었기 때문이다.

그는 작은 거실 쪽으로 몸을 돌려 서가의 유리창에 반사된 불빛을 한동안 바라보았다. 알록달록한 커다란 양탄자와 비단 커튼 때문에 방은 호화로워 보였다. 마호가니 다리가 붙어 있는 원탁 가까이에 짙은 갈색 벨벳으로 덮인 안락의자는 그가 다시 와서 책을 읽기를 기다리는 듯했다. 책은 램프 아래 그대로 놓여 있었다. 그는 이쪽 끝에서 저쪽 끝으로 피곤한 시선을 돌렸다. 그의 시선은 거의 적대적이라고 해도 좋을 정도였다. 이 방 안에 있는 어떤 것도 고상한 취향이나 사색, 그리고 안전, 특히 정신적 안전을 드러내지 않았다. 정신적인 안전을 물질적으로 구현해주는 것이라곤 잘 정돈해서 걷어젖힌 커튼밖에 없었다. 푸생의 모작에서부터 가느다랗고 부서지기 쉬운 아이보리색 페이퍼나이프에 이르기까지, 모든 것이 보는 이의 눈에 짜증스러울 정도로 완전한 모습을 하고 있었다. 그는 그런 느낌을 어떻게 표현해야 할지 몰라 혼란스러웠다. 결혼한 다음부터 예쁜 것들, 오래된 직물들, 희귀한 도자기들, 각인이 있는 가구들이 주위를 가득 채우고 있었다. 이런 것들은 모두 엘리안의 몫이었다. 갑자기 벨벳과 비단의 섬세한 색조가 자극적으로 눈을 찔렀다. 그는 커튼을 세차게 걷어젖히고 창문을 열었다. 늘 그렇듯 난로에는 너무 많은 장작이 타고 있었다. 엘리안은 매일 저녁 그가 이 작은 거실에서 오롯이 시간을 보낼 수 있도록 애썼다. 하지만 그는 거실에 있을 때면 숨이 막혔다.

밖에서는 밤이 마치 거대한 어두운 강처럼 하늘 깊은 곳에서 흘러나오는 듯했다. 그는 바위에 부딪혀 쪼개지는 파도처럼 신선한 공기가 얼굴 양쪽으로 갈라지는 것을 느꼈다. 고요한 침묵 속에서 플라타너스 가지에 부딪히는 바람 때문에 넓적한 나뭇잎들이 바스락거리는 소리가 들려왔다. 나뭇잎들은 죽은 식물에서 나는 자극적인 냄새를 풍기며 마른 손바닥처럼 서로 부딪치고 있었다. 그는 트로카데로 언덕에서 센 강까지 나무들을 꿰뚫고 지나가는 바스락거림을 들었다. 더 젊었을 때는 이런 소리와 불안함이 좋았다. 하지만 지금은 이 모든 것이 가슴을 옥죄는 느낌이었다. 하늘에는 별 하나 반짝거리지 않았다. 그는 눈을 들어 곧바로 어둡고 둥근 하늘을 바라보았다. 거기서 그는 매일 밤 화재라도 난 듯 파리에서 올라와 붉은 후광으로 도시 전체를 둘러싸는 거대한 빛을 보았다.

엘리안의 방은 밤마다 번쩍거리는 이웃집 간판 때문에 이상한 빛을 발했다. 노란빛의 커다란 글자들이 매분마다 꺼졌다 켜졌다 하면서 신발 상표의 장점을 드러내려 했다. 이렇듯 빛줄기들은 거리의 소음이 잦아든 늦은 시간까지 덧창의 비스듬한 경사를 따라 침대 아래까지 미끄러져 들어왔다. 그럴 때면 엘리안은 다시 눈을 뜨기 일쑤였다. '어둠이 지속되는 10초 동안에 잠들어야지'라고 생각하며 수마 속으로 막 빠져들려는 순간, 생생하고 소란스러운 빛이 팡파르처럼 그녀의 정신을 다시 말짱하게 돌려놓았다. 그녀는 눈꺼풀이 묵직해지는 것을 느끼면서 생각했다. '집 관리인에게 편지를 써야지. 안 될 게 뭐람?' 하지만 그때마다 더 멀리서 다른 목소리가 이렇게 대답하곤 했다. '네가 불평하면 간판을 없애버리겠지. 그러면 너는 그 사람들에게 못할 짓을 하는 셈이야.' 생각이 여기에 이르자 엘리안은 이렇게 중얼거렸다. "이 사람들에게 못할 짓을 하는 거라고? 할 수 없지, 내가 익숙해질 수밖에."

하지만 그날 밤만은 앙리에트가 돌아오기 전에 잠이 들면 안 되었다. 조금 전에 열시를 알리는 종이 울렸다. 그녀는 난로에 석탄 한 삽을 더 던져 넣고는 부지깽이를 철망의 격자 사이로 밀어 넣어 재를 털었다. 작은 불길이 조개탄 사이에서 꽃처럼 솟구쳤다. 불꽃들은 한동안 주의 깊게 바라보는 엘리안의 시선 밑에서 춤을 추다가 갑자기 파르스름한 무거운 연기의 소용돌이 안으로 꽃다발처럼 다시 모여들었다. 그녀는 부지깽이를 내려놓고 옷을 벗었다. 검은 새틴 옷이 발아래로 천천히 미끄러져 내렸다. 조금 전에 필리프가 그랬던 것처럼, 그녀는 있는 그대로의 자기 모습을 보고 싶은 욕망에 사로잡혀 엄격한 눈초리로 거울 속의 자신을 바라보았다. 불빛을 받아 선명하기는 했지만, 안색이 썩 유쾌하지는 않았다. 불을 끈 다음 그녀는 다시 바라보았다. 처음에는 아무것도 보이지 않았으나 잠시 후 난로에서 흘러나오는 장밋빛 불빛 속에서 거울 때문에 휘어 보이는 다리의 윤곽, 구부정하게 보이려는 노력에도 약간 꼿꼿한 듯한 몸, 입술과 눈만 도드라진 얼굴이 드러났다. '내가 조금만 더 젊고 예뻤더라도 거울에 비친 내 모습은 지금과 달랐겠지.'

바로 그 순간, 간판의 불빛이 다시 번쩍거리면서 방 안을 노란 불빛으로 가득 채웠다. 불빛은 가면처럼 엘리안의 얼굴을 보호해주던 그림자를 걷어내버렸다. 그래서 순식간에 눈과 입술 주위의 수많은 잔주름과 몸에 난 작은 점들이 선명하게 드러났다. 그녀는 슬픈 표정으로 눈썹을 치켜 올리고는 웃으면서 다시 불을 켰다.

몇 분 뒤, 그녀는 난로에서 눈을 떼지 않은 채 플러시 천으로 된 쿠션 위에 앉았다. 다시 불을 껐지만 수마의 유혹에 빠져들지 않으려고 커튼을 반쯤 열어젖혔다. 머리를 아래로 숙이려 할 때마다 간판의 불빛 때문에 다시 제정신으로 돌아오고 말았다. 몸을 감출 수 있는 어둠의 순간들이 감미롭게 느껴졌다. 어둠에 싸여 있을 때면 이제 더 이상 젊지 않다는 슬픔을 느끼지 않아도 되기 때문이다. 반쯤 감은 눈 앞에서 벌겋게 타오르는 석탄이 가득 쌓인 철망이 마치 엄청난 보물로 가득 찬 상자처럼 붉게 빛났다. 그녀는 자신을 흔들어 잠재우는 이글거리는 불꽃 소리에 저항할 수 없었다. 열기로 완전히 나른해진 그녀는 창백한 푸른빛이 감도는 잠옷자락을 펼치려 애썼다. 동시에 이글거리는 난로 불빛에 몸을 맡기려 했다. 이런 시간이면 그녀는 육체의 행복과 영혼의 행복을 분간할 수 없었다. 뭔가를 골똘히 생각하기에는 너무 지쳐서, 그녀는 제부와 한 지붕 밑의 조용한 방 안에서 따뜻하게 지내고 있다는 사실만으로도 기뻤다.

간판의 불빛이 주먹으로 갈기듯이 격렬하게 그녀의 얼굴을 때렸다. 그녀는 눈을 비비고는 팔에 차고 있던 조그만 은시계를 바라보았다. 하지만 시곗바늘이 거의 움직이지 않았다. 무기력 상태에 빠지지 않으려고 그녀는 주위의 사물들을 둘러보았다. 자기가 그토록 좋아하는 회색 대리석 벽난로, 레몬나무로 만들어 말총을 씌운 두 개의 안락의자, 모래와 흙 빛깔의 아프리카산 양탄자 등에 시선을 던졌다. 하지만 간판의 강렬한 불빛 때문에 이들 중 그 어떤 것도 아름답고 소중해 보이지 않았고, 모든 것이 무의미하거나 하잘것없어 보였다. 모든 것이 갑자기 추해져버린 듯했다. 많은 여자들이 천으로 된 벽지와 사진으로 장식된 저택에서 아주 은밀한 즐거움을 느낀다. 그녀는 고개를 숙였다. 이 모든 것에도 불구하고, 필리프와 함께 살면서 날마다 그에게 말할 수 있고 그의 삶에 뒤섞일 수 있다는 것만으로도 괜찮은 일이다. 지금쯤 그는 분명히 침대에 누웠을 것이다. 그는 결코 늦게까지 거실에 있는 법이 없다. 어쩌면 이미 잠들었을지도 모른다.

간판의 불빛이 쉴 새 없이 켜졌다 꺼졌다 했다. 그것은 마치 크고 노란 눈(目)과도 같았다. 불빛은 엘리안을 감시하면서 잠자는 척하다가 놀래주기 위해 갑자기 눈을 뜨는 것 같았다. 그녀는 몇 분 동안 머리가 아득해지도록 골똘히 이런 생각에 잠겨 있느라 미끄러지듯 수마 속으로 빠져드는 것을 느끼지 못했다. 피로가 엄습해 그녀를 방바닥에 부드럽게 눕혀놓았다.

필리프는 밖으로 나왔다. 거리는 텅 비어 있었다. 승마용 길을 가로지를 때 갑작스러운 돌풍이 일어 먼지와 낙엽이 주위에서 소용돌이치며 날아올랐다. 그는 빠른 걸음으로 처음에는 알마 광장으로 갔다가 갑자기 생각을 바꿔 반대 방향으로 거리를 거슬러 올라갔다. 왼쪽으로는 일종의 난간 역할을 하는, 덤불로 덮인 낮고 작은 벽이 있었다. 그는 간격이 꽤 넓은 참빗살나무 발치 사이에 서서 잠시 난간에 팔꿈치를 댔다. 앞쪽에는 여러 번의 화재로 황폐해진 마뉘탕시옹 병영이 보였다. 덧창을 달지 않은 높은 창들이 나 있는 황량한 벽면이 드러났다. 북쪽으로는 군데군데 기왓장이 떨어져나간 지붕 위로 앙상한 건물의 골조가 음산한 장밋빛 하늘을 배경 삼아 모습을 드러냈다. 낮은 곳에는 가로등이 바람에 깜박거렸고, 반세기 동안 비의 흔적을 고스란히 담고 있는 갈색 벽 위로 가로등 불빛이 어른거렸다. 부유하고 호화로운 지역의 한가운데 자리 잡은 건물은 커다란 나무로도 가려지지 않는 비참한 모습을 드러냈다. 하지만 오늘 저녁엔 이상하게도 누더기처럼 더러움이 덕지덕지 달라붙은 벽들이 아름다워 보였다. 그 모습은 어딘지 모르게 수상쩍기도 하면서 사악해 보였다. 백 미터쯤 가다가 필리프는 강둑길로 이어지는 긴 계단 위에 멈춰 서서 주의 깊게 병영을 바라보았다. 비록 일부가 그림자에 가려져 있기는 했지만 지금 서 있는 곳에서 병영이 더 잘 보였다. 가로등 불빛이 건물의 2층까지밖에 비춰주지 않아서 용마룻대는 눈에 잘 들어오지 않았고, 나머지는 밤의 어둠 속에 가려져 있었다. 그는 이런 식으로 여러 번에 걸쳐 병영 건물을 바라보았다. 하지만 친근한 풍경은 때로 그것을 아주잘 아는 사람에게마저 뚜렷한 이유 없이 돌변한 모습으로 다가오는일이 있다. 어느 순간 무언가에 몰두해 있는 사람의 머릿속에 우연히어떤 생각이 떠오르는 경우가 있다. 그렇게 되면 즉각 그 사람과 그에대해 아무것도 모르는 세상 사이에는 이상한 관계가 확립된다.

존재의 의식은 그 존재를 둘러싸고 있는 모든 것으로 퍼져나갔다.바람이 그것을 알아맞히고 돌들이 엿보고 있다. 그는 잠깐 동안 계단의 난간에 손을 짚고 병영을 둘러싸고 있는 작고 좁은 거리를 바라보았다. 그에게는 그 길이 마치 악몽 속에서처럼 멀어 보였다. 그가 내려가야 할 백여 계단 아래 보도의 돌들은 아주 작은 인도 사이에 잘정돈해놓은 자잘한 조약돌 같은 느낌을 주었다. 거리가 강둑길과 맞닿은 곳에는 키 큰 플라타너스 두 그루가 서 있었다. 바람이 더 강하게 불자, 두 그루의 나무는 길가의 나무들에게 화답이라도 하듯 약간반대 방향으로 가볍게 휘어졌다. 하지만 길가의 나무들이랬자 키가거의 손가락 하나 차이도 나지 않을 것 같았다. 잘 알아볼 수는 없었지만, 필리프의 정신 속에서는 강물만이 조화를 이루고 있는 듯했다.작은 거리 저 아래에서는 선착장의 벽 뒤에 가려져 있는 센 강의 물결이 찰랑거렸다. 물결은 마치 사람들의 비밀스러운 생각을 이끌고 가는 것 같았다. 그가 가고 있는 곳은 바로 센 강 쪽이었다.

그는 처음에는 손을 외투 주머니에 찔러 넣고 강둑길을 따라 걸었다. 가끔씩 걸음을 멈추고 난간에 기댄 채 몸을 약간 앞으로 숙이고 선착장 쪽을 바라보았다. 이렇게 해서 이에나 다리까지 걸어갔다. 한 경찰이 다리 위에서 몇 걸음 걸어가더니 어느 조각상의 받침대까지 다시 돌아왔다. 그는 거기서 몇 초 동안 기다렸다가 대로와 트로카데로를 바라보았다. 그러고는 다시 몸을 돌려 산책을 계속했다. 필리프는 '저 양반한테 물어봐야지'라고 생각하다가 곧바로 덧붙였다. '공연한 짓이지! 내겐 시간이 있어. 하룻밤이 온통 남아 있는걸.'

하룻밤이 온통. 이 말을 생각하자니 자기가 누군가에게 도전이라도 하고 있는 듯하다는 생각이 들었다. 이 시간쯤이면 누구도 별 이유 없이 그곳을 지나지 않는다. 산책하기에는 날씨가 그다지 좋은 편이 아니었기 때문이다. 별 하나 반짝거리지 않는 하늘, 어둠 속에서 아래로 흐르는 강, 꿈속에서처럼 말을 몰고 있는 눈먼 전사, 그에게는 이 모든 것들이 어찌해볼 수 없는 하나의 장식처럼 느껴졌다. 이런 것들은 그를 원하지 않았다. 도시의 다른 곳에는 잘 차려입은 그가 안락하게 지낼 수 있는 곳이 있었고, 편안히 앉아 있을 수 있는 빛으로 가득한 카페들도 있었다. 하지만 바람과 추위 속에서 가로등이 의심쩍은 불빛을 발하는 이곳에서 삶은 그가 알지 못하는 적대적이고 격한 얼굴을 내보이고 있었다.

모든 대도시에는 어스름 빛 속에서야 자신의 진짜 모습을 드러내는 지역이 있다. 낮 동안 그런 지역은 평범하고 순진한 얼굴을 한 채 모든 사람의 눈에 가려져 있다. 이런 지역을 감추는 데는 손에 삽을 들고 모래 더미 주위에서 분주하게 움직이는 네 명의 노동자나 아이에게 센 강을 가리키며 보여주는 깔끔하게 차려입은 부인 한 사람이면 족하다. 강둑, 제방, 황량한 선착장은 더없이 정직한 모습이다. 하지

만 황혼 무렵이면 같은 장소가 죽음의 패러디와도 같은 삶으로 깨어
난다. 쾌활하던 것은 우울해지고, 검은 것도 창백해져 마침내 존재하
게 되었음을 기뻐하면서 침울하게 빛을 발한다. 이런 변화를 주도하
는 것은 가스등이다. 마치 태양이라도 되는 듯 가스등이 최초의 빛을
발하면, 밤의 나라는 온통 그림자로 장식된다. 사물은 음울하고도 경
이로운 변모를 시작한다. 플라타너스의 매끄럽고 관능적인 줄기는 갑
자기 얼룩진 돌로 변한 것처럼 보인다. 그와 동시에 보도에 깔린 돌들
은 익사한 육체와 같은 색조를 띠며 푸른 반점을 드러내 보인다. 물은
온통 금속 빛으로 뒤덮인다. 모든 것이 낮 동안의 친근한 표정을 버리
고 생명이 온통 빠져나가버린 듯한 모습을 띤다. 이 기이한 본성은 서
로 밀치지도 않고 숨조차 쉬지 않지만, 모든 것이 동요되어 우거지상
을 하고 있다. 그것은 비밀스러운 행동을 위해 언제나 준비된 장면처
럼 보인다. 거기에는 바람 속에서 사라지고 분산되어버리는 슬픈 빛,
쥐, 물 위로 떠다니는 죽음의 냄새, 그리고 침묵이 존재한다. 이들과
더불어 이 기이한 본성은 전리품을 살펴보고 가난한 사람들의 초라
한 방탕을 보호하는 도둑의 친구다.

그는 에펠 탑의 시계가 열한시를 알리는 소리를 듣고 넓은 쪽으로
다리를 건너 파시 방향으로 향했다. 자동차 몇 대가 파리의 어디라도
여기보다는 낫다는 듯 전속력으로 질주했다. 트로카데로 정원은 하나
의 커다란 덩어리에 불과했으며, 그 위로 샤요 궁이 거대한 탑을 드러
냈다. 강 건너편에는 일련의 번쩍거리는 점들이 그르넬 강둑길을 밝
혀주었지만, 집들은 검게 보였다. 그는 센 강과 두 개의 강둑길을 연
결하면서 위로는 대도시에 맞닿아 있는 커다란 철교 쪽으로 다가갔

다. 한 줄기 바람이 불어오자 그는 고개를 숙인 채 약간 옆으로 돌아설 수밖에 없었다. 다시 걷기 시작했을 때, 전철이 으르렁거리면서 강 위로 들어섰다. 그는 눈으로 기차를 좇았다. 지금 이 시각, 밤을 가로지르는 기차는 팽팽하게 당겨진 가늘고 빛나는 밴드처럼 보였다. 그리고 다시금 침묵 속에서 살랑대는 바람 소리만 들려왔다. 그는 발걸음을 재촉했다. 거리 정면의 작은 카페에서 나온 두 사람이 파시 가로 이어지는 계단을 천천히 오르기 시작했다. 교각 부근에는 강둑길이 가져다주는 음울한 고독 속에서 다시 행복을 찾으려는 사람들이 모여드는 것 같았다. 아주 지저분해 보이는 커다란 건물들은 편안하고 안전한 모습이었고, 돌을 무늬로 여인상이 새겨진 층들을 하늘 높이 들어올리고 있었다. 하지만 더 먼 곳에서는 황량한 분위기가 다시 시작되었다. 꼭대기가 나무로 장식된 듯한 벽이 시선 가는 데까지 이어져 있었다.

그는 잠시 멈추어 방금 떠나온 거리보다 더 한적하고 불안한 느낌을 주는 거리를 쭉 둘러보았다. 카페와 고급 주택들이 있는 그곳이 부르주아들의 파리가 끝나는 곳이다. 저 너머부터 밤 속에 갇힌 황량한 벌판을 지나 거의 알려지지 않은 다른 세계가 시작되었다. 그는 그 한적한 지역으로 가본 적이 없었다. 그가 거기에 갈 까닭이 없지 않은가? 그는 몇 초 동안 움직이지 않고 가만히 서 있었다. 큼지막한 돌들이 깔린 넓은 길이 가로등 불빛 아래서 검게 빛났다. 머리 위에서 흔들리는 플라타너스들과 거리의 다른 쪽을 따라 늘어선 길고 낮은 벽 사이로 난 그 길은 마치 센 강과 나란히 흐르는 또 다른 강과 같았다. 그는 이런 모습에 온통 정신이 팔려 있었다. 어린 시절 하녀와 함께 와봤던 기억이 났다. 하녀 리나는 어머니에게 아무 말도 하지 말라고 했는데, 그것은 그녀가 불로뉴 숲의 정숙한 잔디보다는 아주 방탕한 그르넬과 샹드마르스 지역을 더 좋아했기 때문이다. 그들은 시골풍의 작은 거리를 통해 파시와 베르통 가를 떠나 강둑길 쪽으로 나아가서 지금 그가 서 있는 바로 이 근처까지 왔다. 그들은 철교를 지나 깃 없는 옷을 입은 남자들과 그랑드 루 주위로 몰려드는 모자를 쓰지 않은 여자들 속으로 섞여 들어갔다. 베르통 가를 지나자 리나는 흰 앞치마를 벗어 가방에 말아 넣었다. 앞치마가 부끄러웠던 것이다. 그런 다음 그녀는 약간 신중한 태도로 검은 반장화의 끝을 자랑스럽게 바깥쪽으로 보이도록 했다. 바로 이 순간 리나가 그를 보았더라면 분명히 웃었을 것이다. 그와 단둘이 있을 때면 그녀는 페리고르 지방의 사투리로 말했고, 웃음을 터뜨리면서도 그에게 그 의미를 설명해주려 하지 않았다. 하지만 그녀가 수줍은 눈초리의 과묵한 어린아이를 놀리고 있다는 것쯤은 쉽사리 짐작할 수 있었다.

철교 위로 지나가는 기차 소리에 그는 부르르 몸을 떨었다. 그르넬 다리에 도착할 때까지 그는 걸음을 멈추지 않고 계속 앞으로 나아갔다.

그는 선착장에서 눈을 떼지 않았다. 10미터에서 15미터 정도 갈 때마다 난간 위로 몸을 숙여보았지만 아무것도 보이지 않았다. 저녁을 먹는 동안 그 사람들을 다시 찾아볼까 하는 생각이 들더니 저녁 시간 내내 그 생각이 떠나지 않았다. 그리고 지금 강둑길에서 그는 이런 생각을 하며 걸어온 길과 긴 탐색 과정을 되짚어보았다. 처음에는 가당치도 않은 것 같아 별 어려움 없이 이런 생각을 떨쳐버릴 수 있었다. 엘리안과의 대화가 도움이 되었다. 비록 약간 무뚝뚝하게 대답하기는 했지만, 그는 그런 생각에서 벗어나게 해준 처형에게 고마움을 느꼈다. 책과 가구로 둘러싸인 조용하고 밝은 거실에서 그는 마침내 제정신으로 돌아왔다. 엘리안의 목소리 덕분에 기분 나쁜 순간에 대한 기억이 사라져버렸다. 그녀는 그의 기분을 상하게 할까 두렵기라도 한 듯 부드럽게 말했다. 그녀는 현명하고 사려 깊은 자잘한 것들에 관한 이야기를 늘어놓았고, 세상은 다시 일상의 모습으로 돌아왔다. 황량한 밤을 진정시키고 바람을 잠재우는 듯한 그녀의 조용한 말투로 말미암아 모든 것이 일상의 질서를 되찾았던 것이다.

어쩌면 그가 도쿄 강둑길에서 있었던 일에 대해 엘리안에게 말하지 않은 것이 잘못이었는지도 모른다. 그가 이야기했다면 물론 한두 가지 상황과 그가 생각하던 것들 중 몇 가지는 빠뜨렸을지도 모른다. 엘리안은 조용하고 주의 깊은 태도로 그의 말을 들어준 다음, 그가 바라던 대로 "경찰이 할 일을 제대로 안 해요. 센 강 주변을 순찰하지 않죠. 제부는 앞으로 산책 코스를 바꾸는 게 나을 거예요" 등의 말을 했을 것이다. 어쩌면 화가 나서 자리에서 벌떡 일어나 그의 말을 자르면서 "뭐라고요? 여자가 도움을 청했는데도 내려가보지 않았다고요?"라고 말했을지도 모른다. 하지만 이런 가정은 있을 법하지 않았다. 그를 너무나 사랑하기 때문에 엘리안은 그를 모욕하는 일 따위는 하지 않았을 것이다. 그는 얼굴이 약간 화끈거리는 것을 느꼈다. 바로 그때, 그는 원탁 위에 있던 잡지를 들고 소파에 자리를 잡았다. 그는 시선을 집중하려고 애쓰면서 책장을 넘겼다. 텍스트 중간에 삽화들이 있었다. 그는 애써 의미를 따라가야 하는 단어보다는 이해하기 쉬운 그림에 관심을 두었다. 그는 두 손에 엘리안이 언젠가 말했던 중국 예술 잡지를 들고 있었다. 그 순간 그는 처형이 뒤에 있는 것을 느꼈다. 그녀는 그가 책장을 넘길 때마다 책장에 시선을 던지며 말하고 싶은 욕망을 애써 억눌렀다. 그녀는 아주 사소한 동작뿐만 아니라 질투심을 유발시킬 만한 자그마한 징후들마저 철저히 감시하고 있었다. 그가 머리를 숙일 때마다 그녀는 그의 행동에서 어떤 결론을 끌어냈다. 그리고 두 사람이 같은 생각을 하고 있음이 확인되기라도 하면 그녀는 승리의 기쁨을 느꼈다. 침묵 속에서 그녀는 폭군이 되어 있었다. 그녀가 아무리 방구석 깊은 곳에 몸을 감추거나 까치발을 하고 걸어다니거나 소리 없이 돌아다녀도 아무 소용 없는 일이었다. 그녀는 항상 그의 앞에, 그리고 그의 주위에 있으면서 명령을 내리거나 전투를 벌이고 있었던 것이다. 이를테면 이런 식이었다. "이 두상(頭狀)은 참 아름답네요. 한번 보세요. 자, 빨리 넘겨봐요. 멈추지 말고요. 아니요, 제부, 그렇게 감탄만 하지 말고 어서요."

갑자기 조금 전의 계획이 다시 머리에 떠올랐다. 중국 조각상과 그것에 대해 품고 있는 생각에 관한 것이었다. 그가 보기에 그 장면은 아주 우스꽝스러웠다. 누군가 그에게 도움을 요청했고, 그는 그림을 보고 있었다. 물가에서 어떤 여자가 목숨을 지키려고 버둥거리고 있었다. 그 여자가 아직 목숨을 잃지 않았다고 가정해보자. 어떤 남자가 그녀를 구하러 올 수도 있었는데, 그 남자는 전등 가까이에서 예술 잡지의 책장이나 넘기고 있다. 이 모든 것이 사실일 리가 없다. 그게 사실이라면 그가 거기에 있을까? 그는 단지 술주정뱅이들이 다투는 것을 보았을 따름이고, 이제 와서 상상 속에서 그 장면을 극적으로 구성하는 것이다. 만약 위험이 닥치면 여자는 도움을 청할 것이다. 그러면 즉시 경찰들이 달려올 것이다.

그는 책장을 한 장 더 넘겼다. 부처의 두상이 관심을 끌었다. 부처는 자애로움과 아이러니가 뒤섞인 미소를 머금고 있었는데, 그 표정을 보자 그는 놀라우면서도 기분이 좋았다. 눈꺼풀을 낮게 깔고 있어서 표정이 신비로웠고, 그 때문에 가톨릭 성자와 비슷해 보였다. 조금 더 가깝게 살펴보니 이 미소에는 무관심과 혐오감 같은 것이 배어 있었다. 어떻게 해서 이름도 알 수 없는 장인이 하나의 돌덩이에 생명을 부여하고 돌덩이를 사색에 빠지게 만들었을까? 여자는 공포로 목이 막힐 지경인데 어떻게 소리를 지를 수 있을까?

엘리안은 서가의 유리를 통해 그를 바라보았다. 그는 이 계략을 잘 알고 있었다. 그녀는 이런 방식으로 그를 찬양하면서도 그가 그토록 당혹스러워하는 바로 그 순간 그러한 찬양을 통해 오히려 그를 위축시켰다. 혹시 그녀가 사실을 알고 있지 않을까? 어쨌든 강둑길로 뛰어가기에는 너무 늦어버렸다. 예상되는 일은 이미 오래전에 벌어졌을 것이다. 죽었든 살아 있든, 그가 만났던 여자는 그와 아무 관련 없는 존재가 되어버렸다. 이제 남은 일이라곤 삶에 대해 다시 생각하면서 나머지 일에 대해서는 더 이상 생각하지 않는 것이다. 그는 깊은 한숨을 내쉬면서 다시 책장을 넘겼다.

그녀는 부르르 몸을 떨었다. 그가 무슨 일로 한숨을 쉬었을까? 저녁 무렵부터 그는 한 마디도 하지 않았다. 그는 침묵에 대한 핑계로 책장을 넘기는 척했지만, 그녀는 그가 무언가 숨기고 있다는 것을 잘 알고 있었다. 그녀로서는 이런 순간들이 고통스러웠다. 그녀는 사랑하는 사람을 미워하듯 제부를 미워했다. 누군가에게 반한 사람은 늘 논리가 부족하기 마련이다. 환자가 항상 자신에게 특별한 관심을 가져주기를 기대하고, 새로운 위기가 닥칠 때마다 자신의 상태에 대해 더 많은 주의를 요구하는 것처럼, 그녀 역시 자신이 사랑에 빠져 있다는 단순한 이유로 배려를 받을 권리가 있다고 맹목적으로 생각했던 것이다. 그런 비밀스럽고 가당치 않은 생각을 결코 분명하게 해본 적은 없었지만, 자신은 한 남자를 위해 죽을 수도 있을 것 같은데도 자신에게 넘어오지 않는 한 남자가 배은망덕하다고 생각했다. 그래서 그의 기분을 상하게 할 요량으로 앙리에트가 잊어버리고 간 열쇠를 상기시킴으로써, 아내에게 문을 열어주기 위해 한밤중에 일어날 수밖에 없는 상황을 일러주었던 것이다. 하지만 그가 이 문제에 대해 말했던 최초의 몇 마디가 엘리안의 마음을 상당히 누그러뜨렸다.

그토록 충실하고도 깊은 애정을 알게 되자 필리프는 처형에게 모든 것을 말해버릴까 하는 생각이 강하게 들었다. 우스꽝스러워 보일지도 모른다는 생각만 하지 않았던들 그렇게 하고 말았을 것이다. 게다가 그는 시간이 친절하게도 이미 자신의 일을 대신해주었다고 생각했다. 그런 기억들은 그저 몇 시간만 흘러가게 내버려두면 그만이었다. 중요한 것은 단호한 태도를 취하는 것이었다. 그렇게만 하면 이런 종류의 근심거리는 인체에서 독소가 빠져나가듯 언제나처럼 정신 속에서 사라져버리는 것이다.

엘리안과의 대화는 그에게 가장 행복한 기분 전환이었다. 습관적으로 그는 아내 이야기를 하고 싶지 않은 척하느라 기분 나쁜 투로 말했다. 하지만 속으로는 이런 기회를 통해 일상생활의 자잘한 권태와 계속되는 앙리에트와의 불화의 위협 속으로 다시 빠져들고자 했다.

혼자 남게 되자, 그는 거울에 자신의 모습을 비춰보면서 찬탄과 경멸 사이를 왔다 갔다 했다. 왜 항상 육체적인 힘에는 용기가 수반되지 않는 것일까? 그는 지금까지 이런 생각을 여러 차례 해보았지만, 이런 질문이 자신과 관련될 것이라고는 상상조차 해보지 않았다. 이 신체, 이 어깨, 이 강인한 외모가 조금 전 그에게 무슨 소용이었던가? 술에 취한 남자에게 자신의 모습을 드러내기만 했어도 겁을 주기에 충분하지 않았을까? 왜 그렇게 하지 않았을까?

그는 "이상한 일이야"라고 중얼거리고는 윗도리가 잘 어울리는지 확인해보기라도 하려는 듯 손바닥으로 허리 부분을 쓱쓱 문질렀다. 초연한 표정으로 이 말을 하고 나니 마음이 약간 놓였다. 그는 익숙한 동작으로 턱을 들어 올리고 머리를 돌려 더 엄한 눈초리로 곁눈질을 했다. 1분 넘게 이렇게 찬찬히 살펴보다가 넥타이를 바로잡고 나서야 그만두었다.

그의 뒤로는 원탁 위에 놓인 커다란 전등이 머리와 어깨 주위에 일종의 후광을 드리우면서 실루엣의 강한 선을 두드러져 보이게 했다. 그는 자신의 이미지를 살펴보면서 오랫동안 미소를 짓다가 결국 하품을 하고 말았다. '이제 그만 자야지'라고 그는 생각했다.

방 한가운데로 걸어가서 책을 집어 드는 순간, 그는 현기증 같은 것을 느껴 손으로 머리를 감싸 쥐었다. 이 작은 거실을 한 번도 본 적이 없다는 느낌이 드는 것은 왜일까? 이 가구들, 이 색깔들, 이 모든 것들이 왜 이렇게 가증스러워 보이는 것일까? 하지만 그는 이 방이 주는 행복을 잘 알고 있었다. 수년 동안 여기서 고요하고도 편안한 마음을 느껴왔기 때문이다.

마치 숨이 막히기라도 한 듯 그는 커튼을 세차게 걷고는 창문과 덧창도 활짝 열어젖혔다. 그가 밖으로 나갈 결심을 한 것은 바로 그때였다.

그는 그르넬 부근에서 외투 깃을 세웠다. 레뮈자 가에서 온 자동차 한 대가 인도를 따라 천천히 달렸다. 마치 이 말쑥한 산책객이 도시의 더 세련된 구역으로 다시 돌아가기를 바라는 듯했다. 바람은 잦아들었다. 사람들이 다리를 건너더니 이어지는 골목길로 사라졌다. 대부분의 사람들이 챙 달린 모자를 쓰고, 여자들은 머리에 스카프를 둘렀다. 그는 잠시 생각하다가 모자를 벗어 손으로 머리를 빗어 넘기고는 모자를 손에 쥔 채 그대로 있었다. 한 무리의 노동자들이 그가 있는 쪽으로 다가와 자기들끼리 지껄여댔다. 하지만 그를 보자 잠시 침묵이 흘렀고, 그들의 눈이 일제히 조준이라도 하듯 그에게로 쏠렸다. 그들 중 한 사람은 다른 이들보다 훨씬 더 위협적인 미소를 띠었다. 그는 젊었으며, 나무랄 데 없을 정도로 우아한 검은 벨벳 옷을 입고 눈부시게 붉은 허리띠를 차고 있었다. 필리프는 걸음을 재촉했다. 인도를 온통 차지한 채 걷고 있던 대여섯 명의 노동자들은 서로 떨어져 공손하게 그에게 길을 터주었지만 빈정거리는 태도가 역력했다. 그는 그들이 하는 말을 듣지 않으려고 주머니에서 손수건을 꺼내 코를 푸는 척했다. 하지만 그들 중에서 가장 젊어 보이는 사람이 그에게 인사를 하면서 찌푸린 표정을 지어 그를 볼 수밖에 없었다. 얼마나 무례해 보이던지 피가 관자놀이로 쏠리는 느낌이었다.

그 차를 그냥 보낸 것이 얼마나 유감스러운지! 기꺼이 그 차를 얻어 탔어야 했다. 도망치는 동안 줄곧 뒤에서는 인사라도 하는 듯한 웃음이 끊이지 않고 뒤따라왔다. 그는 거의 뛰다시피 했지만 웃음소리는 계속해서 그를 쫓아왔다. 애써 그 목소리에 귀를 닫고는 그 의미를 이해하지 못한 채 하나의 소음으로만 알아들었다. 트럭들이 지나가면서 내는 굉음이 노동자들의 무례한 즐거움을 뒤덮어버렸다. 조롱하는 사람들과 멀어지자 그는 다리 위로 올라섰다.

'도대체 내가 뭘 하고 있는 거지? 동요할 필요 없어. 정신을 차려야지. 평정을 찾아야지.' 그는 생각했다. 2미터 정도 떨어진 곳에서 자동차들이 서로 엇갈리면서 내지르는 굉음을 들으며, 그는 '평정'이라는 단어를 아주 큰 소리로 말했다. 브레이크가 귀를 찢어놓을 듯 끽끽거렸다. 그는 난간 쪽으로 가서 다시 모자를 썼다. 갑자기 온몸에 피로가 겹치더니 정신마저 아득해지는 듯했다. 하지만 지금은 도시, 소음, 빛에 등을 돌리는 편이 더 나아 보였다.

아래로는 센 강이 마치 대양처럼 어둡고 깊은 곳으로 흘러가고 있었다. 그는 무겁고 말 없는 강물을 몇 분간 골똘히 주시했다. 어두운 그림자 속에서 물결이 기둥에 부딪혀 강하게 부서지는 소리가 들렸다. 동시에 무언가가, 어렴풋하고 표현할 수 없는 무언가가 그의 내부에서 강물의 계속적인 찰랑거림에 화답하는 듯했다. 격렬한 동요의 순간에 의식이 찾아왔다. 갑자기 그는 자기 자신에게서, 신중한 삶의 좁은 틀에서 벗어나는 듯한 느낌을 받았다. 변하지 않을 것이라 믿었던 우주가 지금은 슬프고도 부서지기 쉬운 하나의 장식으로 보였다.

그 장식은 오랜 역사와 태고의 약속에 의해 유지되는 동시에 위협받고 있는 듯했다. 수천 년 동안 지탱되어온 것은 앞으로도 수천 년 더 지속될 것이다. 천 년이 지나도 강 위로 난 다리 위에는 오늘 밤처럼 자신에게조차 이방인인 어떤 존재가 서성거리고 있을 것이다. 그 존재는 빠르게 흘러가는 어두운 강물 위로 몸을 기울인 채, 아마도 인간의 가슴이 본능으로만 말하던 원시 시대를 그리워하게 될 것이다. 때때로 현대인의 삶이 드러내는 모든 양상이 그의 눈에는 워낙 이상한 모습이어서, 이성이 인류에게 무슨 도움이 될까 하는 생각마저 들었다. 하루 종일 방이나 사무실, 혹은 거실이라 부르는 일종의 상자 속에서 숨을 쉬고, 의심스러운 음식들이나 먹어대고, 숨 막히게 하는 복잡한 옷들로 육체를 가둬놓고 있다. 돈을 벌기 위해, 가능한 한 많은 귀중품을 얻어내기 위해 수많은 노예들이 이런 형태의 삶을 받아들인다. 단지 그렇게만 할 뿐, 어떤 식으로든 그것을 거부할 수 있을 거라고는 애초에 생각지도 않는다. 그 자신도 이런 일반적인 흐름에 갇혀 있었다. 그는 그다지 많은 일을 하지 않고도 하루에 두세 시간씩 사무실에 앉아 있는 것만으로 자신의 존재를 증명하고 있었다. 꼭 필요해서가 아니라 다른 사람들과 마찬가지로 일상적인 생각에 맞추어야 했기 때문이다. 즉 스스로 쓸모 있는 존재라는, 다시 말해 사람들과 함께 있으며 한자리를 차지하고 있다는 묘한 만족감 때문이었다. 그는 다시 한숨을 쉬었다. 회의감을 드러내기 위해 떠올린 단어들조차 근본적인 진리를 그다지 많이 지니고 있지 않았다. 그렇기 때문에 그런 단어들은 나라마다 다를 뿐만 아니라 같은 민족 내부에서도, 그리고 개인에 따라 다르다. 생명력이 전반적으로 쇠약해지는 것이 더 이상 놀랍지 않았다. 그는 모든 인간적인 것은 점진적으로 기력이 쇠한다는 생각을 관습적으로 받아들였다. 투쟁하는 모든 것, 무조건적이고 풍성한 자연 속에서 성장하는 모든 것은 우리의 손에 의해 즉각 진정된다. 젊음이 주는 대부분의 열정을 억누르는 법을 자기 스스로 배우지 않았던가? 서른한 살인 그는 자신의 행동과 사고를 주의 깊게 조절할 줄 아는 무미건조하고 조용한 성격이었다. 심지어 사리에 어긋나는 행동에도 이처럼 반쯤 회의적이고 반쯤 명민한 태도를 취했다. 중산층 교육을 통해 스스로 이런 태도를 받아들이게 된 것이다. 이토록 밤늦은 시간에 날씨도 신통치 않은데 황량한 다리 위에서 서성거리는 행동을 정당화할 구실을 달리 찾을 수는 없을 것이다. 용모, 머리에 쓴 모자의 각도, 난간에 팔을 포개고 사색에 잠기는 방식 등 그의 인격 전체는 변덕스럽다거나 환각에 사로잡혀 있다는 비난과 맞지 않았다. 확실히 그는 이 다리 위에서 '할 일이 있었다.' 그것이 그가 생각할 수 있는 유일한 인상이었다. 생생한 느낌으로 다가오는 이 우스꽝스러운 일이 잠시 그를 고통스럽게 했다.

"아마도 나는 자유롭기 위해 태어났을 거야." 그는 다시 몸을 뻗으면서 중얼거렸다. 정확한 의미를 생각해보고 이렇게 중얼거린 것은 아니었다. 그것은 불현듯 우리의 정신을 관통하는 생각 중 하나이지만, 너무 약해서 우리를 밝혀주지 못하고 밤을 더 어둡게 하는 빛과 같았다. 확실히 그는 지금까지 단 한 번도 자유인으로 행동한 적이 없었다. 다른 모든 사람들처럼 그 역시 우연의 노예였다. 그는 다시 한숨을 쉬고, 아무리 생각해도 터무니없는 계획을 그 정도에서 포기하기로 결심했다. 눈을 돌려 집으로 돌아갈 택시를 기다리는데, 건너편

다리 위를 지나가는 경찰이 보였다. 그는 잠시 머뭇거리다가 경찰에게 다가갔다.

"누가 부르는 소리 못 들으셨어요?"

"언제요?"

필리프는 너무나 단순한 이 질문을 전혀 예상하지 못했다. 그는 이 질문이 마치 자신을 비난하는 것 같아 거북스러웠다.

"언제냐고요? 당연히 조금 전이죠. 세 시간씩이나 지나고 나서 그걸 물어보지는 않을 테니까요."

그는 자신을 짓누르는 듯한 경계의 눈초리를 애써 견뎠다. 짧은 외투 안으로 팔을 감추고 있는 이 통통한 남자는 건장해 보였다. 둥근 얼굴에서 드러나는 어린아이 같은 특징이 검은 구레나룻과 묘한 대조를 이루며 두드러져 보였다. 그의 눈은 경찰이라는 직업에 잘 맞는 억센 표정을 그대로 드러냈다. 경찰의 눈초리에는 혹시 악의에 찬 익살꾼을 상대하는 것 아닌가 하는 의구심과 우스꽝스럽게 보이지 않으려고 애쓰는 모습이 역력했다.

"부르는 소리를 어디서 들으셨죠?"

"저 아래서요."

"뭐라고요? 저 아래라고요? 그런데 선생님은 다리 저쪽 끝을 가리키고 있네요."

"그래요, 바로 저기에서였어요. 내가 이렇게 팔꿈치를 난간에 대고 있을 때, 강둑 위로 내지르는 소리가 들렸어요."

"비명을 질렀나요, 아니면 부른 건가요? 이름을 불렀나요?"

"도움을 요청하더군요."

"그런데 선생님은 어째서 저쪽 강둑의 경찰에게 알리지 않고 여기까지 와서 저를 찾으셨죠? 저쪽 경찰과는 20미터 정도밖에 떨어져 있지 않았는데요."

"거기선 경찰을 보지 못했어요."

이 말이 경찰을 안심시켰다. 자신의 체면이 위험에 처할 가능성은 없어 보였다. 누군가 자신을 놀리는 것이 아니라, 단지 어떤 멍청이가 말을 걸고 있다는 것이 분명해졌기 때문이다.

"누군가가 불렀다면 어떻게 제 동료가 못 들었을까요? 심심찮게 이쪽을 지나다니는 행인들은 고사하고라도 말입니다. 행인들 또한 귀머거리는 아닐 테지요. 걱정 마세요. 강둑길은 경찰이 잘 감시하고 있으니까요."

경찰은 착한 아이같이 웃는 표정을 짓고는 발걸음을 돌렸다. 필리프는 경찰이 한결같은 걸음걸이로 건들거리면서 멀어져가는 모습을 멍하니 바라보기만 했다. 경찰은 팔다리가 없는 실루엣으로만 보였다. 경찰은 몇 미터쯤 가다가 발걸음을 돌려 다시 반대 방향으로 걸어왔다. 필리프에게 시선을 고정시키긴 했지만 주의를 기울이는 것 같지는 않았다. 하지만 경찰의 정직한 시선 깊은 곳에서 한 가지 생각이 서서히 자라나고 있었다. 잠시 후 두 사람은 다시 이야기를 시작했다.

"제 생각에는 선생님께서 잘못 들으신 것 같습니다. 하지만 관심 있으시다면 저쪽 강둑길로 가서 그쪽 담당 경찰에게 이야기해보세요. 언제든 보고는 할 테니까요." 경찰이 말했다.

필리프는 어깨를 으쓱했다.

"경관님이 방금 하신 말씀이 맞는 것 같네요. 제가 잘못 들었겠지요."

그는 다시 다리를 건너 약간 평정을 되찾고 단호하게 파시 쪽으로 걸어갔다. 강둑은 잘 감시되고 있다. 그러니 굳이 경찰이 하는 일에 끼어들 까닭이 없지 않겠는가?

만약 그 여자가 비명을 질렀다면 경찰이 즉시 달려가서 도와주었을 것이다. 그런데 여자가 비명을 지를 수 있었을까? 이건 터무니없는 질문이다. 누군가 자기를 물에 던져버릴지도 모른다는 위협을 받는 여자라면 마지막 비명을 지를 힘은 가지고 있었을 것이다. 그녀가 죽기라도 했다면 이미 세 시간 전에 그렇게 되었을 것이다. 상식적으로 생각해도 여자가 일곱시 반부터 자정까지 항구를 따라 절름거리며 다닐 거라고 가정할 수는 없는 노릇이었다. 지금 이 시간쯤이면 그 여자는 집에서 잠을 자고 있든지, 시체가 되어 강물을 따라 생클루 방향으로 떠내려가버렸을 것이다. 하지만 어찌 되었건 그로서는 할 수 있는 일이 없었다.

도대체 자기가 왜 이곳에 있는 것일까? 때때로 자신의 행동은 거의 정당한 것으로 보였다. 내가 여기에 있는 것은 여기 있으면 기분이 좋아지기 때문이야, 라고 그는 생각했다. 사람들은 숲과 거리를 산책하는데, 여기라고 안 될 일이 뭐람? 마음이 흔들리는 가운데 그는 이런 유치한 핑계거리를 기꺼이 받아들이면서 자신의 행동을 정당화했다. 그로서는 경찰과의 대화가 더 이상하게 느껴졌다. 그럴 이유가 전혀 없었는데도 자기가 왜 거짓말을 했는지, 그리고 지레 틀린 말을 해버렸는지 도무지 이해할 수 없었다. 그는 스스로 자신의 말을 믿을 수 없었기 때문에 자신을 믿지 않았다. 그런데 도대체 왜 그런 말들이 입에서 나왔을까? 그 말들은 분명 어느 정도 그를 진정시켜주었다. 비록 거짓일지라도 약간은 맞는 구석이 있었다. 상황이 왜곡되긴 했지만 사건은 현실적이었다. 누군가 그에게 도움을 청했고, 그는 그 말을 들었다.

그 여자는 구해달라고 요청한 것이 아니라 단지 "저기요!" 하고 불렀을 뿐이다. 여전히 '부르다'라는 말이 너무 강해 보였다. 그것은 부름이나 아래서 올라오는 목소리라기보다는 거의 속삭임에 가까웠다. 확실히 그 여자는 위험 신호를 보내려 했던 것이 아니다. 만약 진짜 위험에 처했더라면 입을 크게 벌리고 목청껏 울부짖었을 것이다. 그 여자는 단지 그 단어만 내뱉었을 뿐이다. 그런데 그의 귀가 하도 밝아서 그 단어, 그 소리까지 들었던 것이다. 여자가 그에게 원했던 것은 무엇이었을까? 동정이었을 것이다. 이보다 더 그럴듯한 가정이 있을까? 그 여자는 잘 차려입은 신사가 강둑길 위를 지나가자 구걸을 한 것이다. 여자가 머리에 둘렀던 찢어진 숄, 더러운 치마, 헌 신발 등 모든 것을 봤을 때 그녀는 거지임이 틀림없었다. 그러니 어떻게 그리 생각하지 않을 수 있겠는가?

몇 분 동안, 그는 마침내 어려운 질문에 아주 당연한 대답을 찾아냈다는 기쁨에 원기가 회복되고 기분이 좋아지는 것을 느꼈다. 그는 깊게 호흡하며 갈증을 풀어주는 신선한 물처럼 한껏 공기를 들이마셨다. 오랜 불안 끝에 마침내 평온을 되찾아 육체가 다시 태어나기라도 한 것처럼, 갑자기 감각들이 깨어나서 말을 하는 것 같았다. 밤의 틈새를 찢어버리는 가로등 사이로 옅은 안개가 어둠과 뒤섞여 나무 사이를 떠돌아다녔다. 안개란 눈으로 보기에 앞서 냄새로 느낄 수 있는 것이다. 섬세하게 와 닿는 그을린 냄새, 이 이상한 가을의 냄새는 후각으로는 알 수 있지만 포착할 수도, 내부에 간직할 수도 없었다. 그것은 마치 귀로는 음을 분간할 수 없지만 기억 속에서 무한히 울려퍼지는 음악 선율과도 같았다. 그는 잠시 발걸음을 멈추고 강 쪽으로 시선을 돌렸다. 그는 생의 많은 시간을 이 강둑길 위에서 보냈다. 하지만 제대로 볼 줄 모르는 진짜 파리 사람들처럼, 플라타너스들이 센 강표면에 드리운 커다란 그림자들을 예전에는 미처 알아보지 못했다. 나무 그림자들은 물결에서 올라오는 창백한 수증기 위로 비스듬하게 늘어져 있었다. 산들바람이 불어 빛이 흩어질 때마다 큼지막한 어두운 선들은 이쪽저쪽으로 천천히 휘어졌다. 이어서 공기가 다시 잠잠해지고 나면 그 선들은 조금씩 안개로 뒤덮이는 반짝이는 수면 위로 다시 늘어졌다.

그는 난간에 팔꿈치를 괴고, 작은 구멍이 숭숭 뚫린 까칠한 석회암의 감촉을 손바닥으로 느껴보고 싶어 장갑을 벗었다. 조개껍데기 흔적이 남아 있는 돌들의 감촉이 좋았다. 인간의 손이 거의 닿지 않은 원시적인 물질과 접촉하면서 그는 육신과 머리가 맑아짐을 느꼈다. 선착장은 텅 비어 있었다. 습관적으로 그는 반쯤 무너져내린 두 개의 높은 모래 더미와 녹물이 흘러내린 흔적이 있는 커다란 백악질 돌 더미 사이로 시선을 던졌다. 거기서 조금 더 떨어진 곳에는 우연히 균형 맞춰 쌓인 벽돌들이 폐허가 된 요새의 포대(砲臺) 모양을 하고 있었다. 방치된 긴 밧줄이 마치 강에서 기어나온 짐승처럼 이런 사물들 주위로 기어올랐다. 그게 다였다. 더 낮은 곳에서는 강물이 기슭에 부딪히며 찰랑거렸다.

필리프는 이 소리에 정신이 팔렸다. 억누를 수 없는 생각에 몰두해 있는 사람은 평소 같으면 아무리 신경을 곤두세우고 귀를 기울여도 듣지 못하는 가벼운 소리, 속살거림, 곤충이 날아오르는 소리도 들을 수 있다. 강하게 몰두할수록 영혼은 다른 일에 더 많은 관심을 가질 수 있다. 겨우 감지할 수 있는 정도지만 계속해서 들려오는 찰랑거리는 물소리는 고르지 않은 도시의 소음을 지배하고, 결국 밤을 가득 채웠다. 아무리 해도 박자를 따라갈 수 없는 이런 금속성 소리만이 필리프의 귀에 들어왔다. 그리고 자신의 산책이 이런 황량한 곳에서 물소리를 듣는 것 말고는 다른 목적이 없을지도 모른다는 기이한 생각이 들었다. 여기서는 세상의 삶이 멀게 느껴졌고, 도시의 괴물 같은 혼란이 꿈보다 더 모호하고 무의미해 보였다. 그만이, 그리고 그와 더불어 밤의 소리가 머물러 있는 그림자만이 실제로 존재했다. 수많은 사람이 살고 있는 수도의 한가운데서 그처럼 완벽한 고독에 빠진 사람은 아마 없을 것이다. 몇 분 동안 그는 이런 몽상에 정신이 팔린 채 미동도 하지 않고 가만히 있었다.

갑자기 뒤에서 들려온 어떤 여자의 발걸음 소리에 그는 소스라치게 놀랐다. 그는 시계를 꺼내 보고는 즉시 다시 걷기 시작했다. 여자는 마치 그를 엿보기라도 하듯 두 그루의 나무 사이에 멈춰 섰다. 가난한 행색 때문인지 그 여자는 훨씬 더 늙어 보였다. 도무지 나이를 짐작할 수 없었다. 하지만 그녀는 머리가 흐트러진 여자에게서 종종 보이는 설명할 수 없는 일종의 교태를 지니고 있었다. 녹색이 감도는 회색 머리카락은 깃털 장식이 파르르 떨리는 검은 모자 속으로 반쯤 사라지고 없었다. 등에 짊어진 가방 안에 사람이라도 들어 있는 듯 작은 체구는 구부정하게 굽어 있었다. 여자는 푸르죽죽하고 거무튀튀한 누더기를 걸치고, 단 한 번도 발을 들어올리지 않은 채 돌 위로 질질 끌고 다녔을 것 같은 해진 신발을 신고 있었다. 바닥 쪽으로 숙인 얼굴은 아예 보이지도 않았다. 그녀는 필리프가 가까이 지나가는 순간을 기다렸다는 듯이 재빠르게 뭐라고 중얼거렸지만, 그는 알아들을 수 없었다. 지나친 위엄에 압도된 사람처럼 그는 여자의 비참한 모습에 겁먹은 채 계속해서 길을 가다가, 잠시 후 아직도 그 자리에서 기다리고 있는 여자에게로 돌아왔다.

"뭐라고 하셨지요?"

여자는 그를 향해 파리한 빛이 감도는 얼굴을 들었다. 눈썹이 없는 눈꺼풀이 눈 위로 무겁게 다시 떨어졌다. 치아가 거의 없어서 말을 제대로 하지 못하고 우물거렸다. 필리프는 자신도 모르게 고개를 돌려버렸다. 심지어 그가 태어나기도 전에, 삶도 죽음도 원할 것 같지 않은 이 노파 역시 어쩌면 커다란 행복을 경험했을 것이다. 이 슬픈 육체도 젊었을 때가 있었을 것이다. 그는 이 여자가 들었을지도 모를 사랑의 말들을 잠시 생각해보았다.

"무얼 원하세요?"

그는 조끼 주머니 안에서 금속으로 된 토큰을 손으로 만지작거렸다. 여자는 눈짓으로 그의 동작을 살폈으며, 머리를 흔들어대면서 긴 이야기를 우물거렸다. 하지만 그는 그 소리를 듣지 않았다. 조금 전부터 보다 더 주의 깊게 노파를 관찰했다. 이 여자는 어디서 왔을까? 그녀는 파리에서 굶주림과 추위 때문에 거리로 내몰린 가난한 거지들 중 하나였다. 이들은 피로에 지친 나머지 결국 차들이 지나다니는 어느 집 대문의 아치 아래나 벤치 위에 쓰러질 것이다. 이 여자들은 이 거리에서 저 거리로 정해진 목적지 없이 집도 절도 없이 돌아다닌다. 하도 굶어서 몽롱해진 채 별빛 아래에서 비틀거리는 늙고 순진무구한 여자들이다.

'이 여자는 혹시 그들이 지나가는 것을 보지 않았을까?' 하는 생각에 그는 갑자기 노파 쪽으로 몸을 숙이고 물었다.

"혹시 여덟시쯤에 여기 있지 않았나요?"

대답 대신 노파는 손가락을 오므려 고랑이 파인 주름진 손바닥을 내밀었다. 그는 손바닥 위에 5프랑짜리 지폐 한 장을 놓았다. 거지는 즉시 검은 손톱으로 지폐를 그러쥐고는 형태조차 알 수 없는 가방의 깊숙한 곳에 재빨리 감추었다. 노파는 소리를 내며 걸쇠를 걸고 고개를 절레절레 흔들었다.

"혹시 두 사람이 다투면서 지나가는 것을 보지 않았나요? 남자 한 사람과 여자 한 사람이었는데요."

이 여자가 알고 있는 것을 캐묻고 싶은 욕망이 너무 강해, 그는 자신조차 놀랄 만한 행동을 할 생각이 들었다. 자신의 손을 여자의 손 위에 놓았던 것이다. 그러자 그녀는 여자아이처럼 이상한 비명을 질렀다. 그가 조금 전에 준 돈을 다시 빼앗아갈지도 모른다고 생각했는지 그에게서 등을 돌렸다. 그런 다음 그녀는 치마를 약간 들어올리더니 다리를 비틀거리면서 도망치기 시작했다. 그 우스꽝스러운 모습이 왠지 무서워 보였다. 그는 노파가 어깨를 나무에 기대고 차도로 내려서는 것을 보았다. 그런 다음 그녀는 보도로 올라와서 다시 뛰기 시작했다. 잠시 뒤 그녀는 그를 향해 뒤돌아섰다. 나무 사이에서 두리번거리는 것이 그를 찾는 듯했다. 그를 다시 발견한 여자는 한마디 욕을 내뱉고는 멀어져갔다.

그는 선착장으로 이어지는 작은 돌계단까지 계속해서 걸어갔다. 그러고는 잠시 머뭇거렸다. 터무니없는 일 같았지만 한번 내려가보고 싶었다. 하지만 그는 습관적으로 자신의 행동에 대한 구실을 찾으려 했다. 한번쯤 변덕을 부려 물 가까이에서 산책해보고 싶다는 단순한 욕망만으로도 충분한 구실이 되지 않을까? 하지만 안개가 자욱한 날 새벽 한시에 물가에서 산책한다는 것은 분별 있는 사람이 부릴 변덕 같지는 않았다. 그래서 그는 이렇게 생각했다. '그러니 내가 매우 분별없이 행동하고 있다는 사실을 인정하자. 한번쯤 그런다고 죽지는 않겠지.'

그는 대여섯 계단을 내려가다가 다시 멈춰 섰다. 왜 끊임없이 자신으로부터 벗어나려는 것일까? 선착장으로 내려가는 것은 조금 전의 남녀를 다시 찾아보기 위해서가 아닌가? 그는 분명 이 일을 다른 사람에게 고백할 수는 없겠지만, 그만큼 자신을 존중하고 있지 않은가? 물론 그들을 다시 찾을 수 있을 것이란 희망을 품을 수는 없는 노릇이었다. 하지만 그는 단지 우연에라도 기대보고, 자신의 계획에 호의적인 상황들을 긁어모아보고 싶었다. 선착장이 노동자와 그의 아내가 걸어갔던 길이라면, 그는 적어도 그들이 갔던 길 위에 서게 되는 셈이다. 우연히 그들이 자신과 동시에 그곳을 지나갈 수도 있을 것이다.

그는 강둑길에서 선착장으로 내려섰다. 그러자 애초에 예상했던 불편은커녕 이상하게 위안마저 느껴졌다. 그는 플라타너스 줄기에 손을 문질렀다. 껍질이 떨어져나가 창백한 빛을 발하는 나무는 벌거벗은 듯했다. 위쪽으로는 조금 전 몸을 기댔던 커다란 벽이 희미하게 서 있었다. 그 벽은 가스등 불빛을 받아 음산하고 거무튀튀한 커다란 점들을 그대로 드러냈다. 그는 울퉁불퉁한 돌 위를 몇 걸음 걸어가다가 안개가 눈처럼 덮인 모래 더미에 다다랐다. 모래 더미 뒤로 강이 흐르고 있었다. 순간 필리프는 왜 이렇게 가슴이 뛰는지 알 수 없어 그 자리에 잠시 멈춰 섰다. 갑자기 안개 냄새와 섞인 강물의 강렬한 냄새가 그를 둘러쌌다. 물 냄새를 맡자 신문에서 보았던 범죄 사건들과 예전에 하녀가 불러주었던 음산한 옛 노랫가락이 떠올랐다. 몇 초 동안 그는 마치 어린 시절로 돌아간 듯한 느낌이 들었다. 하나의 세계를 되살려낸 이 냄새를 내부에 고이 간직하기 위해 그는 숨을 가다듬었다. 지금 같은 순간이 그의 삶에서 드물었던 것은 아니다. 확실히 그는 끊임없이 현재가 아닌 다른 곳에서 자신의 존재를 찾으려 했다. 변하지 않는 어떤 사람, 변하지 않는 어떤 것이 세월의 변화에 저항한다. 젊지도 늙지도 않고 항상 동일한 모습을 지닌 어떤 신비한 사람, 그는 꿈 많은 어린아이와 세월에 시달린 어른의 눈 깊은 곳에 숨어 있다. 자신마저 그 정체와 이상한 자아를 알아차릴 수 없다. 오늘 저녁 강가에서 그는 자신의 가슴 깊은 곳에 존재하는, 도달할 수 없는 이 모든 것을 생생하게 느낄 수 있었다. 자기 자신에게도 이방인으로 남아 있는 판국에 도대체 어떻게 혼자가 아니기를 바랄 수 있겠는가? 존재 이유를 알 수 없는 이 세상에서 각자는 자신이 영원히 알지 못할 비밀스러운 운명을 맹목적으로 따라간다. 날아다니는 새들이 공중에서 서로 교차하듯 이따금 두 가지 생각이 뒤섞인다. 하지만 냉혹한 고독이 즉시 다시 찾아든다. 사막에서는 누구든 왕이다.

그는 모래 더미를 한 바퀴 돈 다음 강가에 우뚝 멈춰 섰다. 그는 사람들이 동아줄로 묶어놓은 커다란 강철 고리에 발을 대고 있었다. 처음에는 이렇게 발이 고리에 닿아 있는 것을 느끼지 못했다. 안개가 수증기처럼 피어오르는 강물 표면에 시선을 고정시키고 있었기 때문이다. 센 강이 연기를 피우면서 어두운 하늘 깊은 곳으로 희끄무레하고 불투명한 공기를 날려보냈다. 마치 어두운 가을밤이 초자연적인 밤으로 바뀌는 것 같았다. 초자연적인 밤은 어두운 가을밤만큼 창백했지만 쉽사리 뚫고 들어갈 수 없었다. 초자연적인 밤은 강둑길을 점령하더니 차츰차츰 빛을 뒤덮어버렸다.

이미 그는 더 이상 강 건너편을 볼 수 없었다. 파시 철교는 유색 가스등과 더불어 거역할 수 없는 어떤 힘에 밀려 저만치 물러나 있는 것 같았다. 다리의 검은 실루엣은 천천히 소멸하는 기나긴 장밋빛 윤곽만을 허공에 남긴 채 사라졌다.

그는 한 걸음 뒤로 물러나 추위로 약간 굳어진 모래를 손으로 만져보았다. 갑자기 안개에 갇혔다는 느낌에 불편했지만, 그는 그 느낌을 떨쳐버리고 싶지 않았다. 때때로 우리는 자기 자신을 해치고 싶은 이상한 본능에 사로잡힐 때가 있다. 이런 본능이 그에게 그 자리에 그대로 남아 있으라고 명령한 듯했다. 그는 모래 한 줌을 집어 센 강으로 던졌다. 아무 소리도 들리지 않았다. 안개가 세상으로부터 사물을 하나씩 끄집어내고, 이어서 빛과 소리마저 끌어내는 것 같았다. 강물은 거의 움직이지 않았다. 그는 몇 미터 떨어진 하류 쪽에 정박해놓은 텅 빈 거룻배 주위에서 강물이 천처럼 주름 잡히는 것을 보았다. 하지만 돌에 부딪히는 찰랑거리는 물결 소리는 이제 더 이상 들리지 않았다. 그의 관심은 센 강 표면에서 일렁이다가 그의 주위에서 다시 닫히는 하얀 벽 같은 것으로 쏠렸다. 그는 매 순간 좁아지는 안개로 된 거대한 탑 한가운데 있다는 인상을 받았다. 그의 발아래 있는, 기슭이 사라져버린 강은 어두운 호수와도 같았다.

그 순간 그는 약간 자리를 옮기다가 강철로 된 고리에 발을 부딪혔다. 그 소리는 마치 환각에 사로잡혀 있는 그를 도우러 온 현실의 소리 같았다. 그는 몸을 낮추고 손가락 끝으로 고리를 만져보고는 오른손 장갑을 벗어 고리를 잡고 들어 올렸다. 금속의 차가운 느낌이 불기운처럼 육체 안으로 파고들었다. 그는 다시 고리를 놓았다. 문득 제정신으로 돌아왔지만 자신이 갑자기 늙고 변해버린 듯했다. 자신에 대한 긴 몽상 끝에 한 가지 명확하고 분명한 생각이 그를 사로잡았다. 강둑길에서의 산책은 몇 마디로 요약될 수 있었고, 그 말이 그의 머릿속에 울렸다. '어떤 여자가 도움을 요청했는데, 나는 도망쳐버렸다.'

왜 그랬을까? 그는 아무것도 알 수 없었다. 본성이 그에게 도망치라고 명령했고, 그래서 그는 도망쳤다. 자기보다 더 강인하고 차분한 다른 사람이 거기에 있었더라면 당연히 선착장 쪽으로 내려가보았을 것이다. 하지만 그는 자신이 여기서 말하는 다른 사람이 아니라는 사실을 막 깨달았다. 그 가상의 인물도 자기처럼 도망치듯 멀어졌을 수 있다. 그렇다고 해도 그 사람이 서너 시간 뒤에 돌아와서 황량한 강둑 길을 쓸데없이 쏘다니지는 않으리라는 점은 확실했다. 그러니까 그는 도망쳐버렸다는 첫번째 약점에다 다시 돌아왔다는 또 다른 약점을 추가로 가지게 된 셈이었다. 양심의 가책 때문에 범죄를 저지른 곳을 다시 방문하는 낭만적인 범죄자를 닮은 꼴이었다. 스스로에게 약간 빈정거리는 듯한 심정으로 해보았던 이런 생각이 자신에게는 맞지 않는 것 같았다. 그에게 양심의 가책이나 부끄러움은 문제가 아니었다. 단지 양심의 가책을 느끼고 과오를 바로잡기 위한 생각에서였다면 다르게 행동했을 것이다. 경찰에 알리고 나서 조사를 기다리면 그만이었을 것이다. 그렇게 되면 여자를 다시 찾을 수야 있었겠지만, 그는 여자에게 아무런 관심이 없었다.

그는 여러 차례 여자를 생각했다. 쉽사리 사라지는 기억 속에서 여자가 창백한 얼굴을 자기 쪽으로 돌리는 것을 다시 보았다. 그 여자가 손을 얼굴로 가져가고 뺨을 쓰다듬는 방식 등 가련한 여자의 아주 사소한 행동까지 뚜렷한 흔적으로 기억에 남아 있었다. 그는 마치 극장에서 세상의 다른 것들을 모두 잊게 만드는 드라마에 관심을 기울이듯 여자의 행동을 관찰했다. 그리고 여자를 바라보는 순간 심장이 하도 강하게 뛰어 박동이 목구멍까지 차오르던 그 느낌을 돌이켜 생각했다. 하지만 한순간도 어떤 존재를 다른 존재로 이끌어가는 격렬한 동정심을 경험한 적은 없었다. 그 순간 심장이 심하게 뛰었던 것은 여자에 대한 슬픔의 감정 때문이 아니라 이렇게 해서 다시 발견하게 된 자신의 진면목에 대한 불안감 때문이었다. 드라마의 진짜 주인공은 그 여자가 아니라 자신이었다. 이 순간 '무슨 일이 일어나게 될까?'라는 문제는 자신의 목숨을 구하려고 떨고 있는 한 여자에 관한 것이 아니다. 그 문제는 차라리 자신이 용감한지 아닌지를 발견할 찰나에 와 있는 한 남자에 관한 것이다. 아마도 그는 살아오면서 처음으로 자신의 진면목을 직면해야 하는 상황에 처한 것 같았다. 물론 지금까지 그는 자신을 다른 사람과 구분해주는 많은 것들에 대해 생각해보았다. 이론적으로 보면, 그는 자신의 감정과 이성에 어떤 것을 기대할 수 있을지, 그리고 지금까지 사람들이 자신에 대해 어떻게 생각해왔는지 거의 알고 있다. 그는 스무 살부터 서른이 될 때까지 여러 과오를 저질렀지만, 그때마다 필요한 대로 자신의 과오를 바로잡아왔다. 방금 전까지 자신에 대해 품고 있었던 견해는 너무 관대하지도 않고 지나치게 엄격하지도 않은 그런대로 탄탄한 토대에 기초하고 있었다. 그러다가 갑자기 자그마한 사건이 일어난 것이다. 지난 수년간을 돌이켜볼 때 정말 하찮은 일이, 정말 아무것도 아닌 어떤 사건이 벌어져 그 잘난 구조물을 사정없이 내동댕이쳐버린 것이다.

범죄자는 자신이 범행을 저지른 장소를 다시 찾는다고 하지만, 양심의 가책 때문은 아닌 것이 틀림없다. 오히려 자신의 범죄 행위와 스스로에게 홀려서라고 보아야 할 것이다. 경찰이 잘 알고 있는, 위험하면서도 기사도에 가까운 이런 행위는 감정적인 집착으로 말미암은 것이다. 그렇기 때문에 집과 작은 정원 주위를 배회하는 사람은 더 이상 범죄자가 아니라 사랑에 빠진 사람이다. 어떤 방에서, 혹은 어떤 나무 아래서 이상한 정열이 태어난다. 여기서 범죄자의 심장은 더 거칠게 떨린다. 여기서 그의 손은 모든 법에서 해방된다. 어떻게 그가 이토록 흥분했을까? 이 가구들, 이 잔디, 이 무고한 보리수나무가 그에게 다시 그것을 말해줄 것이다. 그것들에 도달하기 위해 범죄자는 목숨이라도 걸 것이다.

그는 생각했다. '이상한 노릇이군. 나는 겁쟁이야.'

그는 예전에 이러한 진실을 직감했던 기억이 떠올랐다. 열여덟 살 때의 일이었다. 크리스마스 방학을 맞아 시골에서 지내고 있을 때 그는 승마를 배웠다. 이미 말 잔등에 올라타고 주변 지역으로 짧은 산책을 나갈 수 있을 정도였다. 어느 날 아침 그는 평소보다 더 멀리 가보고 싶은 생각이 들었다. 단단하고 번들거리는 빙판길에 말발굽이 부딪는 소리가 울려퍼졌다. 흰색과 갈색 갈기가 섞인 말은 부드러운 눈매를 가지고 있었다. 마부의 말에 따르면 마구간에 있는 말들 중에서 가장 분별 있는 녀석이었다. 15분 정도 지나 그는 길에서 벗어나 계곡 쪽으로 비스듬히 몸을 기울인 자작나무 숲으로 들어섰다. 낙엽이 드문드문 깔린 오솔길은 두 갈래로 나뉘어 있었다. 흔들거리며 달려오느라 피곤했던 그는 말의 고삐를 약간 느슨하게 잡은 다음 조였던 무릎을 풀고 몸을 뒤로 젖혔다. 순간 고삐를 잡고 있는 주먹이 가볍게 떨렸다. 그는 깜짝 놀랐다. 이제 겨우 드러낸 불안감이 몸의 움직임으로 그렇게 빨리 전달되리라고는 생각조차 하지 못했다. 갑자기 고삐가 앞으로 당겨지더니 손가락 사이로 미끄러져 재빠르게 빠져나가버렸다. 말은 귀를 쫑긋 세우고는 목을 길게 늘어뜨렸다. 말은 항상 어떤 사람이 타고 있는지, 기수에게 복종을 해야 할지, 반대로 재갈을 통해 약하다고 느껴지는 소심한 손에 폭력을 가할 수 있는지 알고 있다. 바로 그 순간 말이 숲을 가로질러 자작나무 사이를 전속력으로 달렸다. 필리프는 말 등에서 나뭇가지들을 피하느라 몸을 이리저리 움직여야만 했다. 그가 용케도 굴레를 잡아당겨 말의 방향을 언덕 위로 향하게 하는 데 성공해, 질주는 그다지 오래가지 않았다. 경사가 그리 급하지는 않았지만 나무가 잘려나간 비탈길 위에서 말은 몇 번 발길질하다가 숨이 차서 뒤로 돌아서려 했다. 입과 가슴팍이 거품으로 뒤덮인 채 말은 뒷발로 반쯤 몸을 세우고 고요한 숲에 거친 숨을 토해냈다. 몇 분 동안 말은 공포로 신경이 곤두선 기사와 드잡이를 했다. 하지만 그동안 필리프의 사지는 덜덜 떨렸다. 말이 안정을 되찾자 그는 땅에 내려서 고삐를 잡고 말을 언덕 위로 끌고 갔다. 다행히 아무도 이 우스꽝스러운 광경을 보지 못했다. 그는 숲 가장자리에서 다시 말에 올라타고 길로 나와 집으로 돌아왔다.

이 일이 있고 나서 13년이 흘렀다. 그는 사는 동안 용기와 같은 미덕 없이도 그럭저럭 편하게 잘 지내왔고, 그런 미덕을 발휘할 만한 기회도 없었다. 비겁한 사람들도 운이 좋아 정계나 문단에서 그런대로 성공을 거두고, 그들보다 더 비겁한 세상에 불손하게도 후안무치의 얼굴을 내밀기도 한다. 동시에 자신들을 향한 비판 때문에 신경의 위기 속에 빠지기도 한다. 성공은 더 이상 용기의 문제가 아니기 때문에 성공과 용기는 영원히 갈라서게 된다. 비겁한 사람은 아무것도 위험할 게 없다고 확신하는 다른 비겁한 자들이 풍성하게 드러내는 모욕을 참을성 있게 삼킨다. 이렇게 사업은 이루어지고 경력이 쌓여간다.

그는 부자였고 별다른 야망이 없었기 때문에, 유력 인사들에게 아무것도 바라는 것이 없었으며 그들의 무례함을 경험할 일도 없었다. 필리프는 자신이 아는 대부분의 사람들과 마찬가지로 행동했다. 스물다섯 살 때부터 그는 자신이 사회에 유익한 존재라는 생각을 더 이상하지 않았다. 그리고 자신에 대한 두세 가지 환상만 지니고 살아왔다. 그 환상들이 없다면 삶 전체가 해체되고 말 것이다. 어쩌면 가장 중요한 것은 이미 사라져버렸는지도 모른다. 우유부단하고 나태하기는 했어도 그는 항상 자신에게 어떤 강인한 것이 남아 있다고 그럭저럭 믿어왔다. 그 힘은 비록 감춰져 있지만 아주 강력해서 필요할 때 도움을 청할 수 있도록 남겨두었다고 생각해왔던 것이다. 그런데 한 시간 전부터 그는 이런 생각을 의심하게 되었다. 그 힘은 애초에 존재하지도 않았던 것이다. 이렇게 해서 단순한 진실이 영웅적인 신화를 대신하게 되었다. 그는 그런 생각을 바꾸는 것이 낫겠다고 생각할 수밖에 없었다.

"이상한 노릇이야. 내가 겁을 먹었어." 그는 아주 큰 소리로 반복했다.

다른 사람이라면 이 같은 발견을 과장해서 말했을 것이다. 하지만 그는 그토록 부끄러운 발견을 과장할 수 있는 사람이라면 차라리 그것을 발견하지 못했을 것이라고 생각했다. 과장에 대한 취향은 거짓에 대한 취향과 같이 나타나기 때문이다. 게다가 그는 상황을 미화시키려는 생각도 없었다. 자그마한 위험이 일어날 가능성 앞에서 자리를 뜨고 말았다는 것이 분명 멋진 행동으로 보이지는 않았다. 도망쳐버렸다는 사실이 괴롭기는 했지만, 이런 결론에 이른 이상 반항한들 무슨 소용이 있겠는가?

그는 차라리 편안함을 느꼈다. 친구들이나 아내에게 들키지 않은 것이 기뻤다. 도대체 누가 이렇게 안개 낀 날씨에 그가 센 강가에 있었다고 짐작이나 하겠는가? 그는 이 이야기를 알게 될 경우 놀랄 몇 사람을 생각하고는 서글픈 미소를 지었다. 아마도 사람들은 그의 행동에 대해 잘했다느니 못했다느니 이런저런 이야기를 할 것이다. 하지만 사람들은 그것, 즉 자신도 조금 전부터 알게 되었고 자신만이 알고 있는 이 진실에 대해서는 절대로 말하지 않을 것이다. 가령 엘리안은 그가 그토록 소심한 사람이라고 결코 생각하지 않았다. 왜냐하면 너무나 오랜 시간을 보내 마치 자신의 껍질처럼 되어버린 그의 집 작은 거실 한가운데에서 그는 종종 자신이 낮에 만났던 사람들에 대해 경멸조로 말하곤 했기 때문이다. 아내는 그의 말을 거의 들어주지 않았다. 하지만 처형은 때로는 오만해 보이는 말이라도 그의 입에서 나오는 것이라면 단 한 마디도 놓치지 않으려 했다. 그런데 만약 그녀가 이 사실을 알기라도 한다면…… 생각이 여기에 이르자 그는 몹시 견디기 힘들었다. 부끄러운 것은, 진짜 부끄러운 것은 비겁한 것이 아니라 비겁하다고 알려지는 것이다. 누군가 어느 살롱에서 그의 따귀를 한 대 갈겼다면 어떻게 했을까? 그는 그 장면을 상상해보았다. 대낮같이 밝은 커다란 방에서 태양처럼 빛나는 샹들리에 아래 우아한 여자들이 그의 주위를 지나다니면서 멋진 연미복을 차려입은 남자들과 이야기를 하고 있다. 눈에는 조금도 즐거운 표정이 없지만 여자들은 입을 헤벌리고 기계적으로 웃고 있다. 남자들은 사교계에서 흔히 쓰는 공손하면서 약간 맹한 목소리로 대답한다. 갑자기 그들 중 한 사람이 그에게 다가온다. 요술이라도 부린 것일까? 멀리 살롱의 끝까지 침묵이 깔린 상태에서 무리 한가운데 그들 둘만 있다. 남자의 얼굴은 햇볕에 약간 그을린 것 같고, 눈자위 아래가 조금 불그스레하다. 샹들리에 불빛을 받은 셔츠의 왼쪽 부분이 갑옷처럼 번들거린다. 조끼 위

에는 흰 줄무늬가 있는 마노로 된 단추 세 개가 달려 있다. 곁눈질로
보기에 단추들은 마치 홍채 색깔이 각각 다른 눈 같다. 필리프는 움직
이지 않고 가만히 서 있다. 남자는 앞으로 한 걸음 나오더니 메마르게
몇 마디 건넨다. 하지만 서로 다른 방향을 바라보는 것 같은 세 개의
마노 단추에만 관심을 두고 있던 필리프에게는 아무 소리도 들리지
않는다. 마노 단추에서 표정을 찾는 것이 가능하다면, 그 표정은 멍청
해 보이지만 적대적이다. 남자가 어느 방향으로 움직이자 첫번째 단
추가 약간 위치를 바꾸더니 필리프 쪽으로 맹목적인 시선을 던진다.
바로 그때 남자가 그의 따귀를 한 대 갈긴다. 엄청난 소리가 살롱 안
을 가득 채운다. 일이 초 사이에 필리프는 발아래로 땅이 꺼져내리고
폭포처럼 쏟아져내리는 빛 속으로 군중이 사라져버리는 듯한 느낌을
받는다. 하지만 아무것도 움직이지 않는다. 그의 주위에 있는 사람들
은 이제 그가 무언가 하기를 기다린다. 진부한 한 마디가 그의 머릿속
에서 춤을 춘다. '난 엄청난 모욕을 받았어. 엄청난 모욕을 말이야.'
그리고 그에 대한 앙갚음으로 지갑에서 명함을 꺼내는 대신, 그 남자
의 손을 잡아 진정시키고 한쪽으로 들린 흰 넥타이를 바로잡아준 다
음, "선생님께서 입고 계신 조끼의 단추가 참 아름답네요. 그거 혹시
묘안석(猫眼石)이라고 부르는 것 아닌가요?"라고 물어보고 싶은 이
상한 생각이 든다.

　마치 이 치욕스러운 장면이 실제로 일어나기라도 한 것처럼 그의
심장이 세차게 뛰었다. 그는 눈에 주먹을 대고 견딜 수 없는 듯 고통
스럽게 "아! 아! 아!" 하며 크게 신음하기 시작했다. "그럴 리가 없어.
나는 그렇게 행동하지 않을 거야. 세상에 그렇게 행동하는 사람은 아

무도 없을 거야." 그는 중얼거렸다. 이런 생각을 하자 비로소 마음이 좀 가라앉았다. 악몽은 끝났다. 갑자기 그는 주체할 수 없는 기쁨에 사로잡히는 것을 느꼈다. 그가 상상했던 장면은 사실이 아니었던 것이다. 그런 일은 결코 일어나지도 않았고, 앞으로도 결코 일어나지 않을 것이다. 자신이 무얼 하는지 거의 알지도 못한 채 그는 감정에 복받쳐 "정말 다행이야! 정말 다행이야!"라고 여러 번 반복했다.

갑자기 그는 그를 향해 다가오는 누군가의 발소리를 들었다. 새벽 한 시였다.

거의 같은 시각, 10여 분 정도 지나 엘리안은 초인종 소리에 잠에서 빠져나왔다. 난롯불은 이미 오래전에 꺼져버렸고, 방은 깊은 어둠에 묻혀 있었다. 그녀는 왜 자기가 바닥에 누워서 자고 있는지 이해할 수 없었다. 갑작스럽게 울린 초인종 소리가 절대 벗어나고 싶지 않았던 꿈을 방해한 것이다. 잠깐 동안 그녀는 얼이 빠진 듯 멍하니 있었다. 그러다가 다시 초인종이 울리자 벌떡 일어나 가구에 부딪히면서 현관문으로 달려갔다.

"미안해, 언니. 또 열쇠를 깜빡했어."

"너는 매번 잊어먹는구나. 대체 지금 몇 시나 된 거야?"

앙리에트는 웃기 시작했다.

"내가 알아? 불이나 켜봐."

"스위치를 찾을 수가 없네."

"언닌 아직 잠이 덜 깼나봐."

그녀는 다시 웃기 시작하더니 어둠 속을 더듬어 소파에 몸을 던졌다.

"가방을 잃어버렸나봐. 불 좀 켜봐." 앙리에트가 말했다.

갑자기 불이 켜졌다. 엘리안은 칙칙한 푸른색 잠옷을 입고 머리카락을 어깨 위로 풀어헤친 채 우두커니 서서 이미 소파에 반쯤 누워 있는 동생을 바라보았다.

"앙리에트, 너 뭐랬니? 어디서 가방을 잃어버린 거야?"

"그걸 알면 내가 찾으러 가게?"

그녀는 허리가 끊어져라 웃어젖히는 동생을 도저히 말릴 수 없었다. 검은 벨벳 망토가 등 뒤로 미끄러져내려 동생의 가녀린 어깨가 그대로 드러났다. 그녀의 몸은 흰 비단 보자기에 싸인 것처럼 옷으로 둘둘 말려 있는 것 같았다. 그녀는 얼굴을 언니 쪽으로 돌렸다. 아직 젊기 때문에 밤샘에도 끄떡없는 것 같았다. 서른 살 가까이 되었지만 여섯 살 정도는 더 젊어 보였다. 가지런히 빗어 다듬은, 꽤나 아름다운 금발은 단단하고 매끈한 이마를 드러냈다. 애써 심각한 표정을 지으려는 듯 그녀는 화장한 눈썹을 올리고 손으로 뺨을 쓸었다. 회색빛을 발하는 시선이 점차 고정되었다. 그런 다음 그녀는 바로 다시 숨 넘어갈 듯 웃기 시작했다. 갑자기 쿠션 쪽으로 몸을 던지더니 눈물이라도 뺄 듯이 유쾌하게 웃어젖혔다.

"어디에 갔었는지 기억이 안 나."

"앙리에트, 문제는 바로 그거야. 레벨 씨네 자동차 안에서 가방을 잃어버린 거 아니니?"

"잘 모르겠어."

"계단에 떨어뜨리지 않았니? 내가 한번 가볼까?"

"잠깐만 좀 내버려둬. 어딘지 생각 좀 해보게. 그러니까, 그게……"

엘리안은 출입문을 열어젖히고 잠시 기다렸다. 아무 소리도 들리지 않았다. 거실에는 어린아이처럼 혼자 웃고 있는 동생뿐, 집 안의 다른 곳은 온통 침묵에 잠겨 있었다. 그녀는 불을 켜고 눈으로 바닥을 살펴보면서 층계참에서 몇 걸음 옮겨보았다. 혹시 무슨 사고라도 당할까봐 앙리에트는 승강기를 이용하지 않는다. 그러므로 찾아봐야 할 곳은 계단뿐이었다. 엘리안은 아래층으로 향하는 계단 위에 멈추어 난간에 기댔다. 누군가 이렇게 잠옷을 입고 산발한 그녀를 본다면 어쩌지? 그녀는 붉은 양탄자 위에서 가방이 어디 있는지 이리저리 찾아보았다. 자신이 거기 텅 빈 계단에 혼자 있다는 것이 우습기도 하고 을씨년스러웠다. 머리가 무거웠다. 그녀의 일부는 여전히 이제 막 헤어나온 잠 속에 빠져 있었던 것이다. 다시 몸을 세우고 몇 계단 내려가 층계참에 멈춰 서서 계단 위로 몸을 기울이고 대리석 타일까지 눈을 돌려 찾아보았지만 아무것도 없었다. 그녀는 뛰어 올라왔다.

엘리안이 출입문을 다시 닫았을 때, 앙리에트는 이미 잠들어 있었다. 동생을 깨울까 하는 생각이 스치고 지나갔다. 그녀는 동생의 몸에 손을 올려놓고는 빛이 반사되는 하얀 어깨를 마구 흔들어 깨울까 망설였다. 바로 그때, 몸을 구부리고 순진무구한 자세로 자는 모습을 보자 측은한 마음이 들었다. 자신이 좀 심했다는 생각이 들었다. '어린아이처럼 자고 있구나. 그대로 재워야지.'

몇 초 뒤 그녀는 잠자는 동생 쪽으로 몸을 기울여 팔을 붙잡았다. 아주 오래전에도 이런 적이 있었다. 다섯 살 먹은 앙리에트가 디저트를 먹다 잠이 들 때면, 이미 페늘롱 학교의 '큰아이들' 축에 속했던 엘리안은 동생을 안아 침대로 데리고 가곤 했다. 오늘 밤에도 주름살이 잔뜩 노리고 있는 여자가 싱싱하고 유연한 육체의 무게에 비틀거리고 있다. 둘은 옛날의 그 여자들이다. 얼마나 불공평한가!

'내가 얘보다 세 살 더 많은 것이 얘 잘못은 아니지.' 이런 생각을 한 것은 본능 때문이었다. 그녀는 항상 본능적으로 사물과 사람에 대해 너무 심한 생각을 하지 않으려 했다. 온통 이런 생각에 사로잡힌 채 자기 방 문턱을 넘어서는 순간, 그녀는 앙리에트를 자신의 침대에 눕히는 실수를 저질렀다는 사실을 알아차렸다. '하는 수 없지. 얘는 여기서도 잘 쉴 거야.'

엘리안이 나중에 켜놓은 야등(夜燈)이 잠든 젊은 여자 위로 장밋빛 불빛을 드리웠다. 고르고 깊은 호흡에 그녀의 가슴이 살짝살짝 부풀어 올랐고 입술은 도톰해졌다. 이렇게 무릎을 굽히고 머리를 앞으로 숙인 채 모로 누운 그녀는 금방이라도 날아오를 것 같은 모습이었다. 잠을 자는 사이에 얼굴 그리고 육체마저도 영혼의 가장 비밀스러운 본성을 드러내는 것 같았다. 엘리안이 잘 알고 있다고 생각하는 생기 있고 가벼운 이 작은 여자가 이렇게 달라 보이다니! 그녀는 갑자기 이상한 생각에 사로잡혀 동생 위로 몸을 굽혔다.

동생을 처음 본 것인가? 동생의 선명한 옆모습과 가녀린 팔다리에서 느닷없이 엄청난 탐욕을 발견한 것이다! 반쯤 펴진 가녀린 양손은 무언가 움켜잡기 위해 만들어졌고, 풍요로운 삶과 사랑을 향해 내민 이 얼굴에는 대단한 엄격함이 깃들어 있는 듯했다. 그녀는 머리를 설레설레 내저으며 세월이 지났어도 변하지 않은 순수한 용모에 감탄을 금치 못했다. 짙은 눈꺼풀은 흰 대리석 같은 뺨 위로 길고 검은 눈썹을 내리깔고, 무척이나 빨간 입술은 잔인한 미소를 머금고 있었다. 방금 전의 순진무구한 소녀는 허영심 많고 완고한 여자로 변해 있었다. 어떤 꿈을 꾸기에 이처럼 달라 보일까? 죽음과도 같은 깊은 잠 속으로 빠져든 채, 영혼은 입술마저 떨리게 하는 이러한 기쁨을 어디서 찾은 것일까? 치아가 벌어지더니 엘리안이 이해할 수 없는 어지러운 말들이 새어나왔다. 그녀는 이런 깊은 잠도, 이런 미소도 좋아하지 않았다. 그녀는 애정 어린 동작으로 앙리에트의 머리카락을 고정한 빗을 벗기고는 관자놀이를 쓰다듬었다. 그런 다음 서두르지 않고 앙리에트의 옷을 벗기면서 그사이에 동생이 깨어나기를 바랐다. 갑작스러운 경련이 일더니 앙리에트의 팔이 축 늘어졌다. 그러고는 분명하지 않은 목소리로 말을 해 언니를 불안하게 했다. 엘리안은 비단옷을 손으로 붙잡은 채 동생에게 덮어주려다가 다시 한 번 반쯤 옷이 벗겨진 몸을 바라보았다. 창백하면서도 단호해 보이는 살결이 야등 불빛 아래서 반들반들한 돌처럼 빛났다. '젊고 아름답구나.' 이런 진부한 표현이 엘리안의 머릿속을 스쳐 지나갔다. 그녀는 흐트러진 머리를 다시 끄덕이면서 이 말을 여러 번 소리 높여 되풀이했다. 괴로워하면서도 이 모습에서 눈을 뗄 수 없어 몇 분 동안 가만히 앉아 있었다. 시선을 먼저 귀에 고정시키고 속으로 자신의 귀와 비교해보았다. 그리고 둥글게 말려서 경이로울 정도로 복잡한 곡선을 만들어내는 가느다란 장밋빛 귓바퀴를 눈으로 따라갔다. 단단하고 빛나는 육체가 가느다란 돌과 같다는 생각이 들었다. 하지만 귓바퀴가 얼굴과 이어진 자리에 이르자 부드러운 과일이 떠올랐다. 그녀는 자기 자신을 측은하게 생각하는 대신, 다른 곳으로 시선을 옮겨 가무잡잡하고 탱탱한 피부 조직 위에서 주름살의 흔적을 찾아보려고 했지만 아무 소용이 없었다.

온갖 피로를 극복한 피부는 유년의 생기를 그대로 간직하고 있었다. "도대체 어떻게 했기에 앤 아직도 이런 모습인 걸까?" 그녀는 중얼거렸다. 그리고 속으로 자신조차 두려울 만큼 만족스러운 태도로 덧붙였다. "내일이면 앤 머리가 아프다고 하겠지."

그녀는 가녀린 몸을 굽혀 동생의 이마에 입맞춤하고는 언니다운 조용한 동작으로 이미 한기가 나서 떨고 있는 어깨 위에 이불을 덮어주었다. 잠시 동안 그녀는 밤의 침묵에 장단 맞추는 듯한 조용하고 규칙적인 숨소리에 귀를 기울였다.

엘리안은 창문을 열고 불을 끈 다음 방에서 나왔다. 자신의 방이 아닌 곳에서 잠들려고 하니 갑자기 울음이 복받쳤다.

남자는 작기는 했지만 건장한 모습이었다. 줄처럼 꼬인 붉은 스카프가 목 주위에 여러 번 감겨 있었다. 그는 잘 알려진 노래의 후렴구를 휘파람으로 부드럽게 불면서 주머니에 손을 찌른 채 앞으로 나오더니 갑자기 멈춰 섰다.

"우리 어디선가 한번 만나지 않았던가요?"

필리프는 아니라는 의미로 고개를 가로저었다.

"그럴 리가요!" 남자는 우스꽝스러울 정도로 놀라면서 말했다.

그는 젊었다. 모자챙이 얼굴 윗부분에 삼각형으로 그림자를 드리워 눈과 코를 가렸다. 하지만 약간 두툼한 입술은 튼튼하고 고른 치아를 드러냈다. 필리프는 사춘기 소년 같은 입술과 단단한 턱에서 정직한 표정을 찾아보려 했다. '이 사람은 불량배군. 어떻게 하지?' 그는 자문해보았다. 이 질문에 대해 엘리안이 이성적인 목소리로 '그 사람을 쳐다보지도 말고 지나쳐. 저 아래 보이는 작은 계단으로 가서 강둑길로 나가 택시를 부르는 거야'라고 대답하는 것 같았다. 하지만 그는 움직이지 않고 제자리에 서서 주머니 안에서 손가락으로 2프랑짜리 동전을 이리저리 굴리고 또 굴렸다. 다시금 그는 마치 맥을 짚어보는 환자처럼 '겁을 먹게 될까? 어쩌면 저자는 주머니 안에 무기를 가지고 있을지도 몰라. 어떻게 하지?'라고 자문했다.

남자는 목을 드러내고 용건을 이야기하려는 듯 심각한 표정을 지었다.

"이 부근에 사십니까?" 그가 물었다.

"여기서 멀지 않은 곳에요."

"나도 그렇습니다."

그는 팔이 닿을 정도로 필리프에게 가까이 다가섰다. 두 사람은 마주 보고 섰다. 왜 이 남자는 "나도 그렇습니다"라고 대꾸했을까? 농담으로 그렇게 말했을 수도 있겠지만, 어조가 농담 같지는 않았다. 연기처럼 두터운 안개 속에서 필리프는 어렵사리 희멀건 얼굴을 알아볼 수 있었다. 하지만 단단하고 주의 깊은 남자의 시선에 두려운 생각이 먼저 들었다. 이렇게 잠자코 몇 초가 흘렀다. 필리프는 강 반대쪽으로 돌아섰다. 심장이 뛰는 것을 느끼면서 그는 오른쪽으로 걸음을 옮겼다. 그때 그는 적이 자기 앞에서 곧바로 몸을 움직여 자리를 옮기는 것을 보았다.

"좀 지나갑시다." 그가 쉰 목소리로 말했다.

"오! 이렇게 헤어져서는 안 되지요." 모르는 사람이 부드럽게 대답했다. 그는 뒤로 밀치기라도 하려는 듯 팔꿈치로 필리프를 쳤다. "선생께서는 무직자에게 뭐라도 주시겠지요?"

"어…… 얼마면…… 되겠습니까?"

이 말은 자신이 내뱉은 말이 아닌 듯한 이상한 느낌을 주었다. 아주 어렵사리 목구멍에서 나온 날카롭고 잘린 듯한 소리, 그는 이제껏 이런 억양을 경험하지 못했다. 아무리 감정이 격해지고 화가 난 순간에도 이런 식으로 말한 적은 없었다. 혼란스럽기는 했지만 자신의 일부가 이 새로운 사실을 알아차리고 탐욕스러운 호기심으로 그것에 대해 생각하는 듯했다. 그것은 바로 공포였고, 목소리였다. 마치 무엇인가 붙잡을 듯 주먹을 쥐게 하는 바로 이것, 목구멍에서 나오는 무시무시한 떨림, 이것이 바로 공포였다. 그로 하여금 고개를 숙이게 했던 일종의 현기증이 곧 멈추었다. 공포에 질려 있던 몇 초 동안 공포에 대한 바로 그 생각 때문에 정신이 산만해진 상태에서 그는 자유롭게 판단했다. 만약 이자가 노리는 것이 돈이라면 자신을 물에 던져버리지는 않을 것이다. 아니면 적어도 지갑을 빼앗기 전에는 자신을 뒤로 밀어버리지 않을 것이다. 결국 주머니에서 지갑을 꺼내지 않는 한 전혀 두려워할 필요가 없는 셈이다. 자신의 입장에서 가장 불리한 것은 등 뒤로 강이 너무 가까이 있다는 사실이 아니라 자신이 불안한 심정을 드러냈다는 것이다. 남자는 경계심이 많고 교활해 보였다. 힘을 쓰지 않고 그를 뒤로 물러서게 하기란 어려울 것이다.

"얼마라니요?" 남자는 더 침착하게 그의 말을 반복했다.

"당신이 원하는 것이 말입니다."

'이 사람이 나쁜 생각을 하고 있는 것 같지는 않군. 일단 나에게 겁을 주려는 모양이야. 두려워하는 기색을 보여선 안 돼. 여기서 떼어놓

지 않으면 이자는 끝까지 가보자고 생각하게 될지도 몰라.' 필리프는
생각했다.

"저쪽으로 갑시다. 가스등 아래로요."

남자는 시선을 돌리지 않은 채 고개를 저으며 경멸하듯 미소를 지
었다.

"내가 당신에게 뭐라도 주기를 바란다면, 환한 데서 내가 볼 수 있
어야지요." 필리프가 말했다.

"여기서도 잘만 보이는데요?"

그들은 잠자코 서로를 쳐다보았다. 필리프는 한숨을 쉬었다.

"좋아요." 그가 결국 말했다.

그는 왼손을 윗도리 안주머니에 천천히 찔러 넣었다. 부들부들한
가죽 지갑을 손으로 만지면서 그는 지갑 안의 내용물이 얼마나 되는
지 생각해보았다. 지갑 안에는 선거인 카드 말고도 50프랑짜리 지폐
한 장과 10프랑짜리 지폐 몇 장이 들어 있었다. 인색한 마음이 발동해
그는 이 금액을 포기해야 하는 상황에 처한 것이 유감스러웠다. 그리
고 자기보다 더 젊고, 키도 더 작고, 확실히 더 약해 보이는 사람에게
굴복한다는 생각에 화가 치밀어 올랐다. 지금까지는 두려워서 상대를
바라볼 생각을 못했는데, 몇 초 전부터 그는 주의 깊게 앞에 있는 적
을 관찰했다. 그는 분명 낮에는 어딘가에 숨어 있다가 밤만 되면 인적
이 드문 도시의 구석에서 일할 채비를 하고 나타나는 부랑자 중의 한
사람이었다. 아직 젊어서 그런지 우유부단해 보였다. 더 경험 있는 악
한이었더라면 정신을 차릴 틈도 주지 않고 즉시 희생자를 약탈하고
말았을 것이다. 이자는 아마도 자신의 첫번째 공격이 수포로 돌아갈

수 있다는 걱정에 한 사람 한 사람 차례로 지나쳐 보내면서 좋은 때를 노리고 있었는지도 모른다. 그의 하얀 피부가 턱과 뺨에서 번들거렸다. 어린아이처럼 통통하고 생기 있는 입은 우스꽝스러울 정도로 순진해 보였다. 사실 그는 칼이든 주먹이든 휘둘러서 필리프처럼 위태로운 위치에 서 있는 사람을 얼마든지 강에 빠뜨릴 수도 있었다. 살아남을 수 있는 유일한 기회는 그의 머리를 다른 곳으로 돌리게 하여 방심한 틈을 노리는 것이었다. 필리프는 갑자기 주머니에서 지갑을 꺼내 공중으로 던졌다. 남자는 자동인형처럼 그쪽으로 얼굴을 돌렸다.

잠시 후 필리프는 작은 돌계단을 기어올라 강둑길 위에서 철교 쪽으로 뛰어갔다. 그러고는 지나가는 택시를 잡아 황급히 몸을 실었다.

필리프는 붉은 의자 위에 무너지듯 주저앉았다. 워낙 심하게 숨을 헐떡거려 운전기사에게 주소도 제대로 말할 수 없을 정도였다. 위험이 저만치 멀어진 지금, 그에게 일어날 뻔했던 일에 대한 두려움, 아주 강한 공포가 그를 완전히 녹초로 만들어버렸다. 커다란 몸이 구부러져 머리가 자동차 구석에 부딪혔다.

의자에 반쯤 눕다시피한 자세로 그는 자신의 입장이 아닌 그 부랑자의 입장에서 지나간 장면을 회상해보았다. 그토록 한적하고 안개 낀 곳에서 아주 잘 차려입은 신사와 눈까지 끌어올린 흰 스카프를 알아본 부랑자가 얼마나 기뻐했을지 상상해보았다. 남자는 휘파람을 불면서 다가왔다. 한 방에 날려 보내기에 너무나 쉽다고 여긴 것 같았다. 어떤 남자, 어떤 괴짜가 물가에서 외투 주머니에 손을 찌르고 있다니, 그는 차마 제 눈을 믿을 수 없었을 것이다. 그리고 그는 자신의 제물과 약간의 농담이라도 나누어보고 싶은 생각을 억누를 수 없었을 것이다. 공포에 질린 표정을 보면 기분이 좋아지니 말이다. 이번에는 그가 지니고 다니는 칼도 필요할 것 같지 않다고 느꼈을 것이다. 자기보다 머리 하나는 더 큰 이 남자를 팔꿈치로 툭 건드리기만 해도, 눈을 동그랗게 뜨고 눈썹을 치켜세우리라 짐작했을 것이다. 그럴 것 같지도 않지만 만약에 저항이라도 하면 괴짜 녀석의 턱 아래로 주먹을 한 방 먹여 센 강으로 날려 보내 차가운 물에 목욕하게 할 수도 있으리라 판단했을 것이다. 그래서 그는 필리프 앞에서 버티고 서서 변두리 노동자들의 말투로 빈정거리는 듯한 질문들을 던졌던 것이다.

필리프는 그 목소리가 자동차 안까지 따라오는 것 같았다. 주먹으로 귀를 막아보았지만 소리는 여전히 들려왔다. 그 목소리는 대답조차 하지 못하는 저능아를 조롱하는 것처럼 그를 비웃었다. 어린 시절부터 그는 신경 써서 세심하게 체중 관리를 했으며, 두뇌를 살찌우고자 했다. 그런데 느닷없이 질질 끄는 목소리를 내는 어떤 젊은 부랑자가 말을 걸어오면서 갑자기 공포에 질려버렸다. 이런 각도에서 사태를 바라보는 것은 분명 가당찮은 일이다. 하지만 이쪽의 많은 노력과 다른 쪽의 결점 사이에는 어떤 관계가 존재했다. 용기가 없다는 것은 지금까지 자신이 획득한 모든 기술과 육체적, 정신적 아름다움을 무의미하게 만들어버린다. 아무리 세심하게 그 힘을 측정한다고 한들, 손을 들어 자신을 지켜내지 못한다면 매달 팔둘레와 가슴둘레를 잰다고 해도 아무 소용 없는 일이다. 마찬가지로 아무리 공부를 열심히 한다고 한들 굳센 정신을 키우지 못한다면 그게 다 무슨 소용이겠는가? 영원히 확고하게 정립되었다고 믿어왔던 균형이 강가에서 도둑놈과 몇 마디 말을 나누었다는 정말 하잘것없는 이유로 갑자기 깨져버렸다. 수년 동안 그는 자신이 경멸하듯 '타인들'이라고 불렀던 사람들보다 더 낫다고 생각해왔다. 하지만 오늘 몇 시간 전부터 그러한 생각이 터무니없어 보였다. 심지어 그는 다른 사람들과 같지도 않은 것이다. 그의 껍데기를 벗겨버린 부랑자가 그보다 더 가치 있는 셈이다. 그 부랑자는 대담하기라도 했으니까 말이다. 어느 누구라도 자신보다는 더 가치 있을 것이다. 조금 전 그와 같은 처지에서라면 누구라도 자신을 방어했을 것이다. 하지만 그는 마치 어떤 사람이 곱사등이로 태어나는 것처럼 용기 없이 태어났다. 차라리 대놓고 겁쟁이로 행세했더라면 덜 괴로웠을 것이다. 그랬다면 자신과 자신이 발견한 새로운 상황 사이에서 타협이라도 했을 테니 말이다. 하지만 허영에 찬 모든 어른들처럼, 필리프는 마지막 자리에 이르려다가 몸이 부서진다고 해도 끝에서 두번째 자리보다는 마지막 자리를 더 좋아했다.

자신이 더 이상 전과 같은 사람이 아니라는 생각에 그는 방문턱에 멈춰 섰다. 어떤 남자가 네댓 시간 전에 이 방을 떠났다가 지금 다시 돌아왔다. 그런데 이 두 사람은 서로 다르지 않은가? '그럴 리가 없어. 새벽이라 이따위 생각이 드는 거겠지.' 그는 손으로 스위치를 더듬어 불을 켰다. 방이 어둠 속에서 모습을 드러냈다. 그는 잠시 방을 바라보았다. 시선을 돌리자 마음의 평정이 찾아왔다. 모든 것이 제자리에 있었고, 그 사실에 마음이 놓였다. 12년 전부터 매일 밤 그는 자신이 잘 수 있도록 누군가 갖다놓은 마호가니 침대에서 잠을 잤다. 예전에 그는 거울 앞에서 중학생들이 하는 반항적인 머리 모양을 해보았다. 거울에 자신을 비춰보고 싶은 욕망을 억누를 수 없어 벽난로 가까이 다가갔다. 더 이상 자기가 예전과 같은 사람이 아니라는 사실을 어디에서 찾을 수 있을까? 그는 근심 어린 얼굴로 거울 속의 얼굴을 살폈다. 그의 얼굴에는 밤샘이나 술기운으로 인한 부기가 남겨놓은 주름살의 흔적조차 없었다. 그는 삶에 대해 현명한 태도를 지니고 있었기 때문에 다른 사람에게서 종종 보이는 철 이른 추함을 경계했다. 사람들은 종종 그가 나이에 맞지 않게 얼굴이 어린아이 같다고 말했다. 그가 동안인 것은 사실이었다. 입술 가장자리가 살짝 패어 있고, 다소 유연한 몸매에, 동그란 광대뼈는 자주 홍조를 띠었다. 그렇지만 표정에는 기개 같은 것이 부족해 보였다. 몽상적인 표정 때문인지 눈빛은 부드러웠다. 그는 살아오면서 그다지 큰 고통을 느껴보지 않았다. 삶은 그를 혹독하게 다룬 적이 거의 없었으며 마치 그를 잊어버리기라도 한 것 같았다. 삶은 그를 부유하게, 꽤나 지적이고 멋있게 만들어주었다. 또한 삶은 그에 대해 많이 생각하지도 않은 듯했다. 그는 거울에 비친 얼굴에서 이런 것들을 읽어냈다. 그의 얼굴에는 걱정도, 의심도, 정열도 잘 드러나 있지 않았다. 그런 것들은 아무래도 좋았다. 약간 흐릿해 보이기는 했지만 여전히 반듯한 얼굴이었다. 그 반듯함은 마치 독특한 운명으로 인해 세상 풍파에서 벗어나 있는 영혼과 같았다. 젊음이 끝나갈 무렵이면 으레 많은 사람들을 찾아오는 질투, 실망, 몰락의 느낌을 그는 전혀 알지 못했다. 그는 이따금 옛날 학창 시절 친구들을 만났다. 그들은 이미 늙어버렸고, 좋은 자리를 차지하지도 못하고 그럭저럭 살아갈 수밖에 없는 처지였다. 돈도 별로 벌지 못한 쓰라림 때문인지 얼굴이 상해 있었다. 하지만 그는 조각상같이 매끈하고 비어 있는 듯한 얼굴로 30대를 맞이했다.

그런데 오늘 저녁 그는 어떤 진실 같은 것이 목에 걸린 듯한 느낌을 여러 번 받았다. 먼저 죽음의 공포가 엄습해오더니 나중에는 자신에 대한 공포가 몰려왔다. 강가에서는 타인이, 말하자면 일종의 분신이 자신을 대신해서 말을 하고, 부랑자와 대화를 했던 것이다. 왜냐하면 안개가 자욱한 강가에서 뒤로 밀려 센 강에 빠져 익사한다는 생각을 하면 심장이 멈추는 듯한 느낌을 받았기 때문이다. 나중에 택시 안에서 그는 자신을 믿을 수 있었던 예전의 좋은 감정들을 다시 떠올렸다. 그는 종종 어렵고 비극적인 상황에서도 몇 마디 말로 단호하게 문제를 해결하는 상상을 하곤 했다. 갑자기 그는 거실에서 용기 있게, 분명 용기 있고 지적으로 말하는 자신을 다시 발견했다. 그러나 그는 수치심 때문에 이 우스꽝스러운 목소리, 수다스럽고 거짓말이나 해대는 자신의 목소리를 더 이상 듣지 않으려는 듯 손가락으로 귀를 틀어막았다. 그리고 지금, 다시 자신으로 되돌아온 것처럼 편안하게 이 방의 거울 앞에서 눈과 입을 보며 생생한 감정의 흔적을 찾고 있다. 부드럽고 침착한 얼굴 표정이 그의 질문에 '아니'라고 대답하는 듯했다.

그는 소파 위에 외투를 벗어 던지고 윗도리마저 벗어버렸다. 이글거리는 석탄불이 이제 막 꺼진 듯했다. 철망 저 안쪽에서는 약간의 재가 아궁이의 돌 위에 불그레한 빛을 퍼뜨리고 있었지만, 아직 강하고도 묵직한 열기가 방 안에 감돌았다. 그가 자는 동안 춥지나 않을까 염려하는 엘리안의 배려를 잘 알고 있었다. 지칠 줄 모르는 처형의 선의가 감동스럽지 않은 것은 아니었지만 약간 짜증이 나기도 했다. 자신이 그러한 배려의 대상이 된다는 사실이 조금 우스웠다. 자신에게 반한 노처녀가 자신을 위해 봉사하고 그렇게 헌신적으로 그의 안위를 지키고 있다는 사실을 과연 누구에게 고백할 수 있을 것인가? 그는 화가 난 어린아이처럼 철망을 발길로 걷어찼다.

갑작스럽게 피로가 그를 짓눌렀다. 소파에 등을 기댄 그는 방 안의 열기 때문에 정신이 몽롱해져서 옷 벗을 힘도 남아 있지 않은 느낌이었다. 너무 졸려서 한두 차례 저절로 눈이 감겼다. 손으로 조끼 단추를 풀고 칼라를 떼어냈다. 윙윙거리는 소리가 침묵을 가득 채웠다. 그는 다시 정신을 차리고 창가로 가서 문을 열어젖혔다. 한 줄기 가느다란 바람이 냉수처럼 얼굴과 어깨 위를 타고 흘러가는 느낌에 정신이 더욱 맑아졌다. 하지만 방 안에서는 여전히 미적지근한 커다란 덩어리 같은 열기가 감돌고 있는 것이 느껴졌다. 밤의 신선한 공기로도 그 열기는 훼손되지 않았다. 그가 대강 벗어놓은 옷들이 양탄자 위 여기저기에 떨어져 있었다. 그는 반쯤 벗은 상태로 소파에 앉아 구두를 벗으려고 몸을 구부렸다. 하지만 손놀림이 민첩하지 못해 끈을 푼다는 것이 도로 묶고 말았다. 활처럼 휜 등 위로 내리비친 빛이 커다랗게 휘어진 그림자를 드리웠다. 피가 손으로 몰려 팔뚝의 핏줄이 불거졌다. 그는 결국 몸을 일으켜 세웠다. 머리카락이 이마를 가리고 눈꺼풀은 반쯤 감겨 있었다. 그는 단정해 보이는 육중한 체구를 이끌고 비틀거리며 침대로 가서 눈부신 전등 빛 아래서 녹초가 되어 쓰러졌다. 이제 그의 깊은 곳에서 모든 것이 사라져버린 것 같았다. 그는 다리를 걸친 채 침대에 비스듬히 누워 더 이상 버티지 못하고 달콤한 잠의 취기에 빠져들었다. 저녁 시간 동안에 일어났던 사건들이 계속해서 혼란스럽게 윙윙거렸다. 사물은 현실 속에서의 단호한 모습을 조금씩 상실해갔다. 그는 다만 몸 아래 깔린 침대보의 시원함만 느낄 수 있을 따름이었다. 서늘한 느낌이 등과 허벅지를 감싸더니 급기야 목덜미까지 올라왔지만, 열이 나서 화끈거리는 이마까지 도달하지는 않았다. 그는 '내 몸뚱어리…… 내 몸뚱어리' 하고 생각하며 귀에 울리는 종소리 같은 이 생각을 따라갔다. 전등의 상이 한동안 수정체에 고정되어 하늘의 별처럼 머릿속을 선회하다가 갑자기 꺼졌다. 그는 수마의 심연 속으로 빠져들었다.

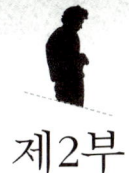

제2부

1

클레리 가(家)는 집안 소유 건물의 4층에 입주해 있었다. 건물은 갈리에라 박물관에서 가까운 샤요 언덕을 따라 비스듬하게 내려가는 작은 거리의 한 모퉁이를 차지하고 들어서 있었다. 1905년 무렵 지어진 이 집은 화려하게 장식된 정면에 호화로운 시대의 흔적을 고스란히 간직하고 있었다. 두 개의 튼튼한 세이렌이 방패 모양 문장의 무게를 지탱하고 있었다. 문장에는 번지수가 터키옥 바탕 위에 흰색으로 새겨져 있었다. 상체만 보이는 헤라클레스 상들이 이삿짐 일꾼처럼 우람한 근육 조직을 드러내며, 막 짊어지고 나가기라도 할 것처럼 무거운 발코니를 떠받치느라 구부정하게 휘어져 있었다. 그나마 창문 사이의 돌을 수놓은 꽃 장식이 있어 우중충하고 긴장된 이 광경이 부드러워 보였다.

필리프는 마침내 이런 추한 모습을 더 이상 보지 않아도 되었다. 매일 집으로 돌아오면서 그는 종유석 모양으로 장식된 궁륭을 지나 고딕식 승강기 안으로 들어섰지만, 그것 때문에 괴로웠던 적은 거의 없었다. 엘리안은 건물을 완전히 리모델링하자고 여러 번 제안했다. "장담하건대 이 출입구는 정말 악몽이에요. 관리인이 동굴 속에 살고 있다는 걸 알기나 해요?" 하지만 그녀가 아무리 말해봤자 소용없는 일이었다. 아무리 약하다고는 하지만, 필리프는 아주 강한 사람의 의지마저 꺾어버리고 마는 무기력이라는 무기를 이용해 그녀의 충고에 성공적으로 응수했다. 그는 아버지가 지은 이 건물과 더불어 정신적 차원의 많은 것들을 덤으로 물려받은 것 같았다. 그중에는 특히 기존의 것이 그대로 남아 있기를 바라는 욕망도 포함되어 있었다.

결혼 첫 해에는 아내의 변덕에 넘어가 몇 가지를 양보한 적이 있었다. 그래서 그는 부모님이 사용하던 묵직한 가구들을 버리고 더 가벼운 테이블을 새로 구입했다. 그와 더불어 더 이상 환전소에 있는 듯한 느낌을 받지 않고도 앉을 수 있는 소파를 따로 구입했다. 마지막으로 한번 해보았던 이러한 낭비는 완벽했다. 그래서 이제 이 아파트에는 필리프가 예전부터 알아왔던 그대로의 것이 거의 없었다. 물론 그가 아무리 날씨가 좋은 날에도 세시 정도만 되면 어두워지는, 석회빛 벨벳으로 덮인 방을 아쉬워한 것은 아니었다. 그러나 말은 하지 않았어도 이 방의 엄격한 신성을 침범하지 않으려는 불안한 기억을 간직하고 있었다. 그래서 거실과 자신의 방에 퍼져 있는 빛을 즐기기는 했지만, 일말의 양심의 가책을 느낀 것 또한 사실이다. 이러한 양심의 가책이 그의 기쁨을 망가뜨리기도 했고, 때때로 그 기쁨이 격하고 갑작스러운 짜증으로 변한 적도 있었다.

아버지가 사망했을 때 그는 고작 열여덟 살이었다. 이유는 알 수 없었지만 아버지가 사망한 다음에도 아버지에 대한 두려움이 줄곧 그를 따라다녔다. 그가 어렸을 때 사람들은 과묵하고 대쪽 같은 아버지 앞에서 몸을 피하도록 가르쳤다. 아버지는 매일 저녁 아들의 머리 위에 얼음장같이 차가운 손을 얹은 채 의무감이니 충실함이니 하는 이야기를 해댔다. 그래서 오늘날까지도 필리프는 무서울 것이 전혀 없는 그림자 앞에서도 몸을 피한다. 마음속으로 그는 끊임없이 반대 의사를 피력하는 아버지를 마치 법정에라도 세우듯 불러다 놓고 자신을 재판하고 있었다. 겉으로 드러내지 않은 어떤 분노 때문에 그는 세상 일반에 대해, 특히 자신의 처형에 대해 반감을 가지게 되었다. 아내의 경우, 다른 사람들이라면 그녀의 경박함을 비난했을 테지만, 이 비밀스러운 논쟁에서는 그녀의 가벼움이 오히려 매력적으로 보였다. 엘리안은 그의 아내가 무엇을 하는지 알고 있었다. 그녀의 입에서 나온 말은 처음에는 별생각 없는 것처럼 보였으나 모두 주도면밀하게 고려한 것이었다. 그것은 때때로 간접적이거나 무의미해 보이지만 항상 정확하게 계산된 것이었다. 그녀의 분명하고 곧은 의지는 한결같이 자신의 길을 고집했다. 마치 대도시의 길이 얽히고설킨 여러 길들을 자르고 지나가듯, 그녀의 의지는 타인의 존재를 관통하여 지나갔다. 어쩌면 그녀는 심성이 착해 그것을 짐작조차 못했을 것이다. 그녀는 조용하게 살았고 커다란 고통과 작은 즐거움 사이에서 현명하게도 절묘한 균형을 유지했다. 그러나 자신을 앞으로 밀고 나가는 어떤 거역할 수 없는 힘을 인식하지는 못했다. 필리프는 엘리안의 모든 생각 이면에서 그 힘을 간파할 수 있었다. 그녀는 가슴속으로는 슬픔을 느끼면서도 웃을 수 있었고, 아주 엄격한 판단을 스스로 취소할 수도 있었고, 자기가 좋아하지 않는 누군가를 변호할 수도 있었다. 그 여자의 마음속 깊은 곳에는 거의 그에게까지 들리는 명령조의 목소리가 있어 그녀에게 "가, 가란 말이야!"라고 말하고 있었다.

그는 두 여자와 함께 11년 가까운 세월을 보내고 나서야 이것을 깨달았다. 아무리 호기심이 부족하고 직감이 발달하지 않은 사람이라고 해도 항상 어떤 열정에 복종하고야 마는 영혼에 결국 관심을 가질 수밖에 없을 것이다. 매일같이 마주치면서도 별다른 관심을 기울이지 않았지만, 필리프는 결국 자신이 처형의 사랑의 대상이 되어버렸다는 사실을 알아차리고 말았다. 마치 사람들이 난데없이 그에게 대놓고 말해준 것처럼 분명하게 그것을 알아차렸다. 그는 혼자서 웃기 시작했다. 그만큼 상황은 분명해 보였다.

"제부, 무슨 생각을 하고 있어요?" 옆에서 바느질을 하던 엘리안이 물었다.

"아무것도 아니에요. 그냥 머릿속을 떠도는 생각이에요."

그를 향해 돌리는 그녀의 시선에는 미심쩍은 낌새가 어려 있었다.

"한번 알아맞혀볼까요?" 그녀가 부자연스러운 표정으로 말했다.

그는 즉시 웃음을 멈추었다. '처형은 아마도 내가 알고 있다는 것을 짐작하는 모양이야.' 그는 속으로 불안해했다.

"그래요, 한번 알아맞혀봐요." 그가 큰 소리로 말했다.

그녀가 고개를 저었다.

"안 되겠어요. 나는 이런 놀이에는 완전 젬병이에요." 그녀는 심각하게 대답했다.

필리프는 어린아이처럼 얼굴이 빨개지는 것을 느꼈다. 아마도 그녀는 그 자신이 불러일으킨 사랑에 대해 그가 비웃고 있다고 짐작했을 것이다. 그는 이러한 혐의를 견딜 수 없었다. 그래서 차라리 이 여자의 손을 잡고 말해버릴까 하는 생각도 해보았다. 하지만 도대체 뭐라고 할 것인가? 그녀가 언제 대놓고 한마디 고백이라도 했던가? 아니면 자신에게 반했다는 것을 입증하는 어떤 행동이라도 했던가? 두 사람이 살기에는 너무 넓으니 아파트에서 그들 부부와 같이 살자고 그녀에게 제안한 것은 오히려 자신이 아니던가? 불쌍한 노처녀는 거의 무일푼이었고, 게다가 결혼도 안 한 홀몸이었다. 좋건 나쁘건 엘리안을 그의 아파트에 받아들일 생각을 한 것은 앙리에트였다. 그녀는 엘리안이 자신을 돌보고, 자신의 옷을 정리해주고, 편지를 대신 써주는 데 익숙해져 있었기 때문이다. 하지만 상황을 가능하게 만든 것은 바로 필리프 자신이었다. 이렇게 해서 엘리안은 방 하나를 차지하고 작은 거실을 쓰게 되었다. 그렇지만 그녀는 조신하고 자존심 있는 태도를 보이며 감옥에라도 갇힌 듯 오랫동안 자신만의 공간에 머물러 있었기 때문에, 하루 종일 그녀를 볼 수 없는 날도 있었다. 결국 처형과 언니가 그리워진 필리프와 앙리에트의 간청에 못 이겨, 그녀는 점점 더 오랜 시간 그들과 함께하게 되었다. 처음에는 저녁 시간 동안만이었지만, 나중에는 동생 부부가 외출하지 않는 날이면 오후에도 그들과 함께 지냈다. 활기 차지는 않았으나 그녀는 편안하고 조용하면서도 쾌활한 어조로 말했다. 앙리에트는 언니가 항상 자기 곁에 있었으면 했다. 필리프가 책을 읽거나 서재에 앉아 있는 동안, 두 사람은 낮은 목소리로 이야기를 나누었다. 하지만 세 사람은 거의 떨어지지 않았다.

그런데 시간이 흐름에 따라 겉으로는 거의 드러나지 않는 다양한 변화가 생겨났다. 시간은 괴물과도 같은 참을성을 발휘하여 그러한 변화를 초래했다. 모든 것이 서두르지 않고 다른 차원으로 나아갔다. 어떤 행동이 여러 달 동안의 준비 기간을 거친 후 일어나면 모두들 동의하게 된다. 그 반면에 같은 행동이라도 너무 빨리 이루어질 경우, 사람들은 그것을 견디기 힘든 것으로 받아들인다. 필리프가 결혼한 지 1년 반 정도 지날 무렵부터 엘리안은 앙리에트의 자리를 완전히 차지해버렸다. 그녀는 다른 사람이 그런 말을 하는 것을 분명 견디지 못했을 것이고, 아마 자기 자신마저도 그렇게 믿지 않았을 것이다. 어쨌든 그녀는 이 명백한 사실을 자기 식으로 누그러뜨려서 받아들였다. 다시 말해 이런 상황을 대수롭지 않게 여긴 것이다. 하지만 그녀는 매우 총명했기 때문에 자신의 계획을 맹목적으로 몰아붙이지 않았다. 그녀는 그것을 나쁜 생각이라 부르면서 거기서 살짝 비껴나서 잘 이해할 수 있는 절제된 태도로 타협하고 있었다. 이처럼 자잘하고 의도적인 결점들은 선의로 받아들여졌다. 그녀가 가난한 자들의 손에 자신이 아껴 모은 것을 퍼부어주는 자선 행위는 사랑의 열정과도 같았다. 그녀는 이러한 사랑의 열정으로 동생을 대했고, 아무런 꿍꿍이 없이 겸손하게 가난한 사람들을 대하는 헌신적인 행동을 이어나갔다. 그렇지만 동생이 멀리 가버리거나 심지어 (이런 정도로까지 내려간 것은 아니지만) 차라리 그녀가 존재하지 않는 것은 뭐라 말할 수 없을 정도로 기분 좋은 상황이었다.

사람들은 그녀가 선하다고 믿었으며, 그녀 스스로가 먼저 그렇게 생각했다. 그것은 그녀가 자만심에 차 있어서가 아니라, 주위로 눈길을 던지기만 해도 곧바로 이런 사실을 알아차릴 수 있었기 때문이다. 그녀는 거의 아무런 고민 없이 이런 즐거움과 고결한 영혼의 소유자들이 누려온 일종의 정신적 행복을 맛보았다. 그녀는 엄격하게 이를 즐기면서 그 대가를 치렀다. 하지만 그녀는 다른 것에서와 마찬가지로 자기 방식대로 이를 즐겼다. 그녀는 명석했기 때문에 그 한계를 뚜렷하게 알았다. 그녀는 습관적으로 자신의 의도대로만 자신을 평가했기 때문에 사태를 직시해야 할 때면 즉시 눈을 감아버렸다. 그래서 그녀는 가차 없는 말이나 자신이 만들어낸 부당한 상황을 더 이상 이해하지 못할 때가 많았다. 그녀 가까이에, 초라하지만 부드럽고 온화한 영혼 가까이에 어떤 냉혹한 존재가 함께 있었던 것이다. 그 존재는 그녀가 가는 길 위의 모든 것을 깨뜨려버리면서도 여전히 그대로 남아 있었다.

일반적으로 이런 본성을 소유한 사람들은 겉으로 잘 드러나지 않는다. 가면이 너무 견고하기 때문에 살아 있을 때와 마찬가지로 죽어서도 존중받는다. 사람들은 희생자를 위해 눈물을 흘린다고 생각하며, 복수를 위해 그리고 의지의 만족을 위해서만 살았던 육체 위로 눈물을 쏟아낸다. 이따금 모르는 사람이 우연히 이런 비밀스러운 사람의 옆을 지나치다가 갑작스러운 직관에 의해 그들의 존재를 알아차린다. 하지만 같이 사는 사람들은 거의 눈치채지 못한다. 그들은 매일의 일상적인 일 뒤로 몸을 숨긴다. 친절하고 부드러운 말만 하는 입술로 필요에 따라 사형선고를 내릴 수 있다고 어떻게 믿겠는가? 사형선고

가 어떤 것이든 자비와 섞일 수 있다고 인정한다면 그럴 수 있을지도 모른다. 하지만 어떤 두려운 상황을 믿고 싶은 욕망은 대다수의 사람들에게는 잘 나타나지 않는다. 삶이란 충분히 어려운 구석이 있기 때문에, 사람들은 소금이 맛을 잃어버릴지도 모른다는 의심을 하지 않는다.

어쨌든 선을 향한 열정에 사로잡힌 이 여자는 그들의 의지에 따라 합쳐진 두 사람을 갈라놓는 데 열심이었다. 매일같이 소득이 있었다. 그녀는 성실한 동정심뿐만 아니라 신비스러운 기쁨에 사로잡혀 이러한 일상적 성공을 즐겼다. 그러면서도 이런 기쁨에서 아무것도 알아차리지 못했다. 자잘한 것에서 성공을 저지할 수 있을 경우 여지없이 그것을 이용했다. 이런 일이 그녀에게는 위안이었다. 왜냐하면 이따금 그녀에게도 의혹이 일었기 때문이었다. 그녀는 왜 자신의 눈앞에서 벌어지는 동생 내외의 불화가 더 이상 고통스럽지 않은지 생각해보았다. 하지만 이런 의문은 결코 멀리까지 가지 못했다. 그녀는 그냥 '그건 내가 이기주의자이기 때문이야. 그래서 불행이 내 것이 아닐 때에는 그 불행에 상관하지 않는 거지'라고 생각하고 말았다. 그리고 이런 진퇴양난의 국면에서 얼마 동안 고민하다가 그녀는 조용히 자신의 일로 돌아오고 말았다.

그녀의 신경을 거슬리는 것은 아무것도 없었으며, 필리프가 그럴 기회를 주었을 때에도 앙리에트를 변호하고 싶은 생각은 전혀 들지 않았다. 그녀에게 이 순간들은 진정한 행복의 순간만큼이나 중요했다. 그녀는 그때마다 성격의 토대부터가 잘못되었다는 가장 자연스러운 핑계거리를 찾는 듯했다. 그녀는 마치 정면에서 신선한 바람이 불어온 것처럼 생기를 띠었다. 결국 그녀는 이를 알아차리고 다시 제정신으로 되돌아왔다. 그녀의 양심, 집요하고 군건한 그녀의 양심은 그녀의 말에 찬사를 보냈다. 한동안 그녀는 다시 태어나기라도 한 듯 감미로운 인상에 사로잡혔다. 동생을 팔에 안고 침대로 데리고 가면서 그녀는 이와 유사한 감정을 느꼈고 거의 어머니와 같은 이런 태도에 감동했다. 마치 눈 위에서 잠든 아이를 등에 업은 성 베르나르의 진부한 이야기에서 느꼈던 감동과도 같았다.

다음 날 이른 아침, 옷을 차려입은 그녀는 마치 약속 장소에라도 가는 듯 식당으로 뛰어갔다. 자신도 모르는 사이에 기쁨으로 환해진 표정을 지으며 식당에 들어선 그녀가 말했다.

"이럴 줄 알았어."

필리프는 장작이 타고 있는 벽난로에 기대어 신문을 읽고 있었다. 엘리안이 도착하자 그는 급히 깊은 사색에서 빠져나왔고 상냥하게 보이려고 애를 썼다.

"잘 잤어요, 처형? 방금 뭐라고 했죠?"

필리프의 어조에 노처녀는 다시 평정을 되찾았다.

"앙리에트가 아파요. 놀랐어요? 알아맞혀보세요. 걔가 몇 시에 들어왔게요?"

필리프는 모르겠다는 뜻으로 어깨를 으쓱했다.

"두시 이십분에 들어왔어요. 그러니 그럴 만도 하지요. 아침에 일어나자마자 머리가 아프다며 저 난리를 치네요."

"아스피린을 갖다주세요."

"제부는 내가 그애한테 그런 충고를 할 필요가 없다고 생각하는 모양이네요. 모든 일이 내가 어제 제부에게 말했던 그대로예요."

"도대체 어쩌자는 거지요?"

"나요? 아무것도 아니에요. 앙리에트는 아스피린을 너무 많이 먹어서 건강을 해치고 말 거예요. 이주일에 두 통씩이나 사대니 말이에요. 일주일에 40알씩 먹는 셈이잖아요. 제부가 한번 진지하게 말해봐요. 일단 베개 밑에 감춰둔 아스피린 통부터 뺏어야 해요."

"그럴 수는 없어요."

"제부 맘대로 하세요. 하지만 걔가 외출을 덜 하면 신경통도 덜 할 텐데요. 이 말도 해주세요."

"그런 말은 이미 한걸요."

"다시 말해봐요. 걔 요즘 술을 너무 많이 마셔대요. 제부는 걔가 술 마시는 것에 대해 의사가 뭐라고 하는지 알잖아요. 걔 정상이 아니에요. 콩팥 상태가 좋지 않아요. 몸은 스물아홉밖에 안 됐는데 간 상태는 거의 마흔 살이래요."

"그 얼굴에 그 정도라니 말도 안 돼요."

"제부가 뭘 잘못 생각하고 있는 거예요. 엄마가 그랬거든요. 제부도 우리 엄마가 어떻게 돌아가셨는지 알잖아요."

"그만하고 딴 얘기 하시죠."

"그래요. 잘 잤어요?"

"충분히 자지는 못했지만 잘 자긴 했어요."

"앙리에트 때문에 자다 깼지요? 안색 좀 봐요. 얼굴을 약간 돌려볼래요? 어서요."

그녀가 조바심을 치는 바람에 그는 웃음보를 터뜨렸다.

"처형, 괜찮으니 걱정하지 마세요. 거울 봤는데 안색이 좋았어요. 앉아서 식사나 합시다."

그녀는 괴로운 표정을 지은 채 몇 분 동안 아무 말이 없었다. 그런 다음 앙리에트가 기분 나빠할 정도로 심하게 말할걸 하고 후회했다. 그녀는 마치 무슨 흠이라도 찾으려는 듯 손가락으로 식탁보를 더듬었다.

"제부, 앙리에트가 기뻐하게 한번 보러 가요." 그녀가 갑자기 말을 꺼냈다.

"놀랍네요. 머리가 아플 땐 가만히 내버려두는 것이 상책이지요." 그가 신문에서 눈을 떼지 않은 채 대답했다.

엘리안은 혼자 애쓰면서 계속 말을 이어갔다.

"어젯밤, 그애가 내게 사랑스럽게 제부 얘기를 하더군요."

침묵이 이어졌다. 필리프는 못 들은 척했다. 그녀는 심장이 뛰는 것을 느끼면서 마치 바늘로 몸을 찌르는 고행자와도 같은 심정으로 말을 이었다.

"사랑스럽게요…… 제부, 걘 제부를 아주 사랑하고 있어요. 아주 많이요."

그는 고개를 들었다.

"네? 왜 새삼스럽게 그런 말을 하세요?"

"제부가 그걸 전혀 고려하지 않는 게 아닌지 종종 걱정돼요."

"그럴 리가요. 집사람은 제게 아주 깊은 애착을 가지고 있어요, 아주 깊이요."

엘리안은 식탁 아래서 손을 모으고 힘을 주어 꽉 그러쥐었다.

"오늘 아침 앙리에트에게 뭐라고 한마디 해주세요."

"그럴 필요까지는 없을 것 같은데요. 집사람은 분명 정오나 돼야 일어날 테지요."

그는 신문을 넘기고는 '최신 뉴스'란을 눈으로 훑었다.

"제부는 결국 그러지 않겠다는 거지요?" 엘리안이 말했다.

"물론이죠."

그녀는 안도의 한숨을 쉬었다. 양심이 편해졌던 것이다. 신문 너머로 엘리안이 빵에 버터를 바르면서 웃고 있는 모습을 보자 필리프는 나쁜 짓을 하는 사람을 현장에서 발각한 것처럼 불편했다. 그녀는 자신이 미소를 짓고 있다는 사실을, 그리고 그 미소가 자신의 생각을 드러내고 있다는 사실을 정말 모를까? 하지만 그녀는 자신의 표정을 살피는 시선을 거의 짐작하지 못했다. 그녀는 자신이 혼자 있으며 이 순간의 즐거움 속에 갇혀 있다고 생각했다. 살아오면서 처음으로 그는 그녀를 경멸했다. '고작 위선자에 불과하다니!' 그는 생각했다. 하지만 위선자라는 이름에 부합하려면 그녀에게 속이려는 욕망이 있어야 했다. 그런데 그녀는 미소를 지으면서, 그가 경멸하는 바로 그 미소를 지으면서 자신의 무지한 영혼을 드러냈다. 그는 자신의 속마음을 알아차리는 것과 거의 동시에 처형의 속마음을 어느 정도 알아차리고는 이상한 생각이 들었다. 존재를 둘러싸고 있는 눈에 보이지 않는 벽이 마침내 처형과 자신 사이에 형성되었던 것이다. 자기가 그랬던 것처럼 처형도 그 벽을 알아차리게 될까? '처형은 그다지 똑똑하지 못해.' 그는 위안 삼아 생각했다. '만약 처형이 그것을 분명히 알아차린다면 지금처럼 저토록 순진한 미소를 짓지는 않겠지.'

그녀는 갑자기 자신에게 고정된 필리프의 시선을 알아차리고는 손을 허공에 그대로 둔 채 입에다 빵 조각을 물고 있었다. 그녀의 눈에서 이내 즐거운 표정이 사라졌다.

"제부, 무슨 일이죠?"

"무슨 일이라니요? 왜 그런 말을 하세요?"

그녀는 빵을 내려놓고 눈썹을 치켜세웠다.

"나를 뚫어져라 쳐다보는 것 같아서요."

"그래요? 방금 신문에서 읽은 것에 대해 생각하느라고요."

그러고 나서 그는 어느 무서운 사건을 요약해 들려주었다. 엘리안이 천천히 다시 미소를 띠었다.

"정말 무서운 사건이군요!" 그녀가 조용하게 말했다.

"그렇죠? 처형이 직접 읽어보실래요? 정말 끔찍해요!" 그가 짓궂은 표정으로 말을 받았다.

그녀는 이런 암시를 전혀 이해하지 못하고 평온하게 커피 잔을 비웠다.

잠시 뒤 그녀가 말했다. "식단을 봐야겠네요. 있다가 다시 봐요."

혼자가 되자 그는 신문을 접고 커피 잔에 든 것을 커피주전자에 쏟아버렸다. 자신이 식사를 하지 않았다는 것을 알게 될 처형의 괴로운 심문을 피하기 위해서였다. 사실 오늘 아침 그는 식욕이 전혀 없었다. 그는 시계를 본 후 하품을 한번 하고는 붉고 푸른색으로 장정된 책들이 가지런히 정돈되어 있는 진열장 앞에 자리 잡았다. 뒷짐을 진 채 권태로우면서도 주의 깊게 몇 권의 책 제목을 훑어보았다.

그가 있는 방은 모서리가 둥그스름한 직사각형 모양이었다. 비록 그들은 항상 이 벽 안에서 식사를 했지만, 방 한가운데 놓인 마호가니 테이블은 식당이라는 느낌을 주기에는 부족한 점이 많았다. 밝은색의 나무로 된 커다란 책장 속에는 유리 문짝 뒤로 받침대의 상단까지 수백 권의 책이 두 줄로 꽂혀 있었다. 도무지 책을 읽을 생각이라고는 하지 않았던 앙리에트의 말에 따르면, 그 많은 지식을 습득하기 위해서는 인생을, 그것도 지금보다 긴 인생을 몇 번이라도 더 살아야 할 것이다. 10권에서 15권으로 된 긴 이야기의 소제목들을 읽는 동안 자주 들어왔던 이 말이 떠올랐다. 이 말은 처음에는 짜증스러웠지만 나중에는 슬프기까지 했다. 이 같은 몇 마디 말 속에 자기가 잘 알고 있는 아내의 성격이 그대로 드러나 있었다. 이런 말과 행동을 아는 사람은 어김없이 "선생의 아내는 어떤 상황에서든 그럭저럭 대처하겠군요"라고 말할 것이다. 그녀 자신은 아무것도 몰랐지만, 이런 일은 확실해 보였다. 그는 인간의 운명을 이렇게 단순화하는 것이 끔찍했다. 그런데 자신의 삶 역시 이토록 제한된 말과 행동 속에 갇혀 있지 않다고 단언할 수 있을까? 옛날 같았으면 확실히 자신이 더 복잡하다고 생각했겠지만, 어제부터 그는 이제껏 자신에 대해 품고 있던 많은 판단을 수정했다.

그는 자신의 오만함이 어떠한 타격도 받지 않았던 시절을 어렵사리 기억해내자 고통스러웠다. 오랜 세월 동안 그의 힘은 완전한 상태를 유지했다. 이후에도 어떤 심각한 어려움도 드러나지 않았고, 어떤 장애도 앞길을 가로막지 않았다. 하지만 이제 와서 그의 힘은 모두 쓸데없는 것이 되어 영영 그를 떠나버렸다. 그가 가까스로 빠져나온 전쟁이 끝나고 나서 그는 이미 꽤나 다루기 쉬운 행운의 머리꼭대기에 올라가 있었다. 적어도 그는 사업가로서의 자신의 삶이 그다지 큰 어려움 없이 유지될 수 있을 것이라고 생각했다. 그러고 나서 아버지로부터 물려받은 커다란 아파트에서 고독한 삶이 시작되었다. 학구적인 취향이 있었기 때문에, 그는 오랜 세월 필요한 짐을 지면서 그것을 헛되다고 생각하지 않았다. 나중에 가서 몇 차례 시도했던 먼 곳으로의 여행, 미적지근한 우정이 아무런 정열도 없는 실존의 공허함을 가려주었다. 하지만 자유는 그에게 버거웠으며, 그는 조금씩 미래에 대한 신뢰를 상실해갔다. 그 미래라는 것이 날마다 길고도 희미한 현재로 변해가는 것을 보았기 때문이었다. 예전에 아버지는 그에게 직업에 대해 생각해보기를 권했다. 직업이라! 이 말을 다시 하는 것만으로도, 아버지의 죽음으로 인해 자기 시간을 마음대로 쓸 수 있게 된 이후 지나온 시간을 충분히 가늠할 수 있었다. 자신의 직업에 대해 생각한다는 것은, 일찍 일어나고, 아마도 바보 같은 순서에 따라 어두운 사무실에 틀어박혀 일을 하는 것이었다. 그는 그렇게 할 수 없었다. 게다가 아무것도 그에게 그런 일을 강요하지 않았다. 하지만 자신의 재산에 걸맞게 처신해야 한다는 생각이 여가 시간을 갉아먹었다. 젊은 시절 사람들은 그에게 확고한 의식과 달성해야 할 의무에 대해 매우 자주 말했다. 바닷가에서든 먼 박물관에서든 불가능할 정도로 큰 꿈을 좇는다는 것은 헛된 일이었다. 이상한 생각이 그를 사로잡고 있었는데, 아무리 이성적으로 생각해도 거기서 자유로울 수 없었다. 누가 감히 운명적으로 그가 다른 사람의 위로 올라갈 수 있는 일을 그를 위해 따로 떼놓지 않았는지 말해줄 수 있겠는가? 또한 어떤 것도 그가 그럴 만한 자격이 없다고 하지 않았다. 삶이란 너무나 신속하게 존재들의 가치를 떨어뜨릴 수 있고, 재빨리 존재들의 한계에 대해 가르쳐준다. 그런데 삶은 어떤 독특한 예외를 두어 자기의 시간을 어디에다 사용해야 할지 모르는 어떤 부자의 향수 어린 명상을 존중해주는 것 같다. 이따금 그는 어떤 쓸데없는 재능에 사로잡혀 그 방면에서 성공할 수 있다는 환상을 지닐 수 있다는 사실에 너무나 행복했다. 비록 겨우 서너 페이지만 쓰다 말고 신중하게 포기했지만, 그는 책이라도 써볼 요량으로 몇 개의 단어들을 끼적거린 적이 있었다. 혹은 그는 어쩌면 레오나르도 다빈치조차도 몰랐을 법한 양질의 캔버스를 확보하고 우아하고 연약한 데생으로 뒤덮었지만, 채색을 앞두고 물러나서 초벌 상태로 가구 아래로 밀어 넣고 말았던 적도 있다. 그는 두 개의 외국어를 완벽하게 구사할 수 있었고, 최소한의 진보의 기회를 결정적으로 없애버린 화려하면서도 기교적인 이런 것들을 가벼이 여겼다.

확실히 삶의 우스꽝스런 측면은 거의 그를 벗어나지 않았다. 하지만, 이런 측면은 그에게 보편적인 것으로 보였으며, 꽤나 독특해 보이는 의지의 결여를 쉽사리 인간적 약점이라고 불렀다. 자기 자신 앞에서 계속해서 물러나는 이런 태도는 약간 냉소적인 사람에게는 우습게 보일 수 있다. 하지만 그에게는 쾌활함이 부족했다. 또한 그는 그다지 큰 혐오감 없이 특별하게 생각했던 어떤 불행을 생각할 수 있었다. 적어도 그것으로 인해 특별한 존재가 될 수 있다는 사실이 만족스러웠다. 이 같은 불행을 통해 그는 수많은 사람들과 함께 할 수 있었다.

결혼이 그런 것이었다. 그가 앙리에트를 만나게 된 것은 부르주아의 삶에서 아주 흔히 있는 상황에서였다. 친구들과 저녁 파티를 즐기던 중 그녀와 함께 춤을 추게 되었을 때, 그는 그녀에게 반해버렸다.

석 달 뒤 그는 그녀와 결혼했지만, 몇 주 지나지 않아 그녀에게 정나미가 떨어져버렸다. 이 결합을 통해 태어났으나 제대로 대접받지 못한 아이는 현재 지방의 어느 중학교에 다니며 자라고 있다. 어린 로베르는 기나긴 권태의 시간을 보내는 것으로 세상에 태어난 과오를 씻고 있었다. 이런 시각에서 보자면 이야기는 시시하게 들릴지 모르지만, 몇 가지 세세한 사항에 이르면 필리프의 눈에 훨씬 더 고통스러우면서도 훨씬 더 흥미로운 것이 된다.

누군가 그들을 소개시켜준 바로 그 순간 앙리에트의 손을 처음으로 잡았을 때, 그는 그녀를 빼앗길 운명에 처한다면 더 이상 살아가기조차 어려울 것이라고 생각했다. 그것은 순수한 남자의 절대적이고도 갑작스러운 욕망이었다. 젊은 시절 내내, 그는 육체의 정열을 막연한 의미로만 생각해왔다. 그것은 마치 직접 가보지 않은 나라 같은 것이었다. 그에게 일어났던 몇 가지 단순하고 간결한 사건들이 인류의 가장 중요한 관심사인 이런 복잡한 행복을 대신해온 것이다. 하지만 아주 섬세하고 매끈한 앙리에트의 손을 처음으로 잡는 순간 그에게는 온갖 사물이 완전히 달라져버린 듯했다. 말의 의미가 바뀌어버렸다. 1분 전까지만 해도 중요하고 심각했던 것이 일순간에 어리석은 것으로 변해버렸다. 20년의 세월이 결국 손의 감촉으로 이어졌으며, 이 순간부터 미지의 실존이 새로 시작되었던 셈이다. 하지만 남자란 운명적으로 새로운 상황에서도 거의 변하지 않는다. 그런 운명을 받아들이도록 되어 있지 않은 사람들의 입장에서 보자면 사랑은 무엇보다도 엄청난 혼란이다. 필리프는 이 욕망의 짐을 어떻게 해야 할지 몰랐다. 가장 간단한 해결책은 앙리에트의 연인이 되는 것이었다. 하지만 그는 서툴게도 이런 격렬한 감정이 그대로 드러나도록 내버려두었다. 주위에서는 주저 없이 이런 솔직함을 이용했다. 여자에게 조금이라도 덜 반한 남자였다면 아마 성공했을지도 모른다. 하지만 남자가 너무 눈에 띄게 청혼의 성사에 집착했기 때문에, 여자는 그의 애간장을 녹이려는 유혹에 저항할 수 없었다. 그가 부유하기도 하고 멋있는 청년이었기 때문에, 앙리에트보다 더 순진한 머리를 가진 여자라도 한번 계산이나 해보자는 속셈을 가져봤을 것이다. 그녀는 소설 속 여주인공처럼 온갖 기교와 열의를 다해 저항했다. 그러한 저항은 처음에는 자신의 의사에 다소 반(反)하는 것이었지만, 나중에는 거기에 집착하고 말았다. 이렇게 해서 여러 세대의 독자들을 즐겁게 해주었던 끝없이 복잡한 일들이 시작되었던 것이다. 상황이 이토록 복잡하게 진행되어버리자, 필리프는 자신의 욕망의 한계를 막연하게나마 예감하는 시간을 갖게 되었다. 그래서 그는 언젠가 앙리에트가 지겨워지는 순간이 올 것이라는 사실을 미리 알게 되었다. 심지어 그 순간이 어쩌면 첫날밤을 보낸 다음 날일지도 몰랐다. 하지만 다른 사람들이라면 분명 그렇게 많은 대가를 지불하지 않고도 가져볼 수 있는 여자와 단 한 번이라도 자보기 위해, 그는 가장 손쉽고도 위험한 방법을 사용하기로 결정하고 그녀와 결혼하고 말았던 것이다.

스물네 시간도 지나지 않아 그는 자신의 행동을 후회했다. 우리는 거의 잘 알지 못하는 미스터리 때문에 값비싸게 주고 산 쾌락을 제대로 맛보지 못하는 경우가 있다. 아마도 지나친 욕망 때문에 본능적으로 괴로운 반항을 했을 것이다. 하지만 심한 허영심에 사로잡힌 한 남자의 분노에 대해 상세히 말한다는 것은 쓸데없는 노릇이다. 단지 타고난 우유부단함 때문에 그는 자신의 패배를 보여주는 결정적인 증거를 어찌하지 못했다. 이런 희비극적인 상황이 그리 오래가지는 않았지만, 삶 전체에 영향을 끼치는 내용을 포함하고 있었다. 어쩔 수 없이 아주 달콤한 먹이를 거부하는 것, 사람들이 자신보다 열등하다고 여기는 존재 앞에서 항복하는 것, 그는 할 수 있는 대로 이런 잇따르는 치욕을 집어삼켰다.

며칠 뒤에 그가 했던 앙갚음은 증오 때문이었지만, 자신이 실패했다는 지긋지긋한 기억은 도저히 지울 수 없었다. 이 여자를 바라보기만 해도 알 수 있었다. 그녀는 그가 아닌 다른 남자의 말, 행동, 쓸데없는 분노를 회상하고 있었다. 그녀가 살아 있는 한 그는 숨조차 제대로 쉴 수 없을 것이다. 그렇게 오랫동안 갈망했던 이 육체는 이제 그에게 분노 섞인 즐거움만을 돌려주었다. 그는 그제야 자신이 알았던 다른 여자들과 앙리에트가 얼마나 닮았는지 알게 되었다. 이 자명한 이치를 확인하기 위해 자신이 어떤 심각한 판단 착오를 통해 행복과 미래를 걸게 되었는지 생각해보았다. '미친 짓이야. 도무지 설명할 수 없는 미친 짓이야. 합리적인 남자가 저지른 미친 짓이야.'

사실 그는 너무나 합리적이었기 때문에 앙리에트를 비난할 수 없었다. 그녀는 예쁜 얼굴과 선한 기질, 젊은 처녀의 생기 있으면서도 근심 없는 태도를 지니고 있었다. 그런 그녀는 때때로 그를 감동시켰으며, 그의 내부에 사랑 비슷한 감정을 싹트게 했다. 그는 그녀가 자신을 사랑해보려고 노력했다는 사실을 잘 알고 있었다. 아마도 그녀는 그의 마음속에서 무슨 일이 벌어지고 있는지 잘 알았을 것이다. 아니, 그럴 리가 없다. 그녀가 그 앞에서 옷을 벗고 나체가 된 순간부터, 그는 이 날씬하고 싱싱한 몸이 자신에게 적대감을 품고 있다는 것을 알아차렸던 것이다. 앙리에트는 옷을 입고 있을 때 자신이 필리프의 눈에 다른 것을 잊어버리게 할 만큼 고혹적인 매력을 지닌 사람으로 비친다는 사실을 제대로 알지 못했다. 필리프의 마음은 모든 것을 감내하고 모든 것을 즐길 채비가 되어 있었다. 앙리에트는 그런 필리프에게 최초의 순간과 최초의 말이 가져다주는 생생한 감정을 불러일으켰다. 그는 그녀의 손놀림에서 어렵지 않게 친근한 이미지를 다시 발견했다. 하지만 밤이 되면 그녀는 자신이 완벽하다고 확신하는 사람들에게서 볼 수 있는 정숙지 못한 태도로, 수치스러운 기억을 새롭게 상기시키는 육체를 드러냈다. 그는 이 기억을 기분 좋은 것으로 바꿔보려 했지만 소용이 없었다. 처음의 기억이 그대로 남아 있었기 때문이다.

그렇지만 진정한 이기주의자처럼 그는 이러한 굴욕을 사랑하기에 이르렀다. 그것이 이미 그의 일부가 되어버렸던 것이다. 그것은 그가 굴욕을 좋아해서가 아니었다. 그와는 정반대로 굴욕이 그를 너무 꽉 움켜쥐고 있었기 때문에 그는 때때로 혼자 고통스러워했다. 하지만 고통은 자신을 인식하고 느끼는 방법이기도 했다. 이런 슬픔의 순간, 세상은 자신의 근심거리를 사랑하는 단 한 사람만을 포함할 수 있게 자신의 경계를 다시 설정했다. 그러나 필리프는 고통과 뒤섞인 즐거움이라는 기이한 요소를 납득하지 못했다. 그는 자신의 슬픔에 뒤섞인 부드러움을 모른 채 그 폭력성만을 믿었다. 무언가 그를 뒤흔들었다. 그는 너무 멀리까지 가게 될까봐, 그리고 행복이 존재한다고 믿었던 곳에서 갑자기 공허함을 발견하게 될까봐 두려웠다. 이런 이유로 그는 일상의 평화로움을 다른 어떤 것보다 중요한 것으로 여겼다. 그리고 너무 심오한 감정들이 생겨나 삶의 아름다운 균형을 뒤흔들어 버릴까봐 두려웠다. 한 달 정도 지나 그는 속으로 자신의 평정을, 다시 말해 자신이 일상적 냉정함이라고 이름 붙인 것을 되찾았다.

사실상 이미 이혼을 한 것이나 다름없었다. 이제 이 결혼에는 본질적이지 않은 것, 분명하게 말하자면 겉치레밖에 남아 있지 않았다. 바로 이때 엘리안이 등장하여 한자리를 차지하게 되었다. 이 희비극은 분장한 사람들 사이에서만 벌어지는 것이기 때문에 엘리안 역시 자신의 역할을 요구할 수 있었다. 그래서 그녀는 필리프와 앙리에트 사이에 자리 잡고 동생을 부드럽게 밀어내기 시작했다. 급기야 그녀는 새로운 장이 시작될 무렵 젊은 여자를 무대에서 완전히 밀어내버렸다. 필리프와 잠자리만 같이하지 않을 뿐 그녀는 지금 거의 그의 아내라고 생각될 정도였다. 그녀는 이제 다른 여자에게서 빼앗은 남자를 자기 가까이에, 눈에 보이는 곳에 두고 있다는 사실을 인지하는 것만으로도 충분히 행복했다.

앙리에트는 자신이 희생자라고 전혀 생각하지 않았다. 오히려 그녀는 약간 권태로운 남자로부터 그렇게 쉽게 해방될 수 있어서 다행이라고 여겼다. 며칠 지나자 그녀는 모든 것에 싫증이 났다. 그래서 조금씩 자신을 따라와서 관심을 끌고 주의력을 산만하게 하는 사랑에 빠진 남편을 어떻게 대해야 할지 알 수 없었다. 그녀는 있는 그대로의 그를 사랑했다. 그녀는 엘리안보다는 조금 덜했지만 아들보다는 필리프를 훨씬 더 많이 사랑했다. 그것은 결국 귀를 잡아주면 눈물을 흘릴 정도로 기뻐하는 검은 스패니얼 강아지 프레디에 대한 사랑과 같은 것이었다. 관찰하고 사색할 능력이 없는 그녀는 주위에서 어떤 일이 벌어지고 있는지 거의 짐작하지 못했다. 하지만 그녀는 그로 인해 더 편하게 살아가고 있었다. 두통만 빼면 그녀는 아주 행복했으며, 그 행복을 마다할 까닭 또한 없었다. 그녀는 분명한 이유도 없이 그냥 기분이 좀 좋다는 이유로 방이나 길거리에서 혼자 웃곤 했다. 낮에만 남편을 보면서도 그다지 신경 쓰지도 않았다. 더 오만한 여자였더라면 자신은 별로 관심이 없으면서도 남편이 자신에게 무관심한 것을 모욕으로 여겨 괴로워했을 것이다. 언니 엘리안은 앙리에트에게 필리프를 소개받은 날 저녁부터 동생이 그와 결혼하도록 만들었다. 그녀는 항상 아주 신중했으며, 동생 앙리에트에게 좋은 일만 있기를 바랐던 것이다. 지금까지 '주선된' 모든 혼담 중에서 청혼자의 재산으로 보나 호의적인 태도로 보나 이 결혼이 가장 덜 불쾌했기 때문이다. 아버지는 점점 나이가 들어가지만 재산이 거의 없었기 때문에, 이 기회를 이용하는 것은 아주 자연스러워 보였다. 게다가 이 결혼은 엘리안을 엄청나게 기쁘게 했다! 앙리에트와 자신이 몽주 가의 좁고 어두운 아파트를 떠나 어마어마하게 넓은 아파트에 새로 자리를 잡았기 때문이다. "우리 둘 다야. 그는 우리 둘 모두하고 결혼했어." 그녀는 경솔하게 동생에게 이렇게 말할 정도였다. 이 결혼으로 엘리안은 자신만의 침실과 거실을 갖게 되었다. 처음에는 체면상 얼굴을 찌푸리는 척했다. 그러면서도 사실 사람들이 자신의 말을 곧이곧대로 알아들으면 어쩌나 두려워했다. 동생 내외가 신혼여행 가 있는 동안, 그녀는 새로 이사 온 아파트에서 혼자 지내며 하녀들을 감시하고 이 방 저 방에서 끊임없이 명상에 사로잡혔다. 앙리에트는 언니에게 작별 인사를 하면서 어린아이처럼 눈물을 흘렸다. 하마터면 남편에게 엘리안을 스페인까지 데리고 가자고 할 뻔했다. 앙리에트에게 이 결혼은 그리 심각할 것 없는 하나의 사건에 불과했다. 그것은 즐거움의 한 부분, 말하자면 자동차를 타고 산책을 나가는 것과도 같았다. 하지만 엘리안에게는 이 결혼이 새로운 삶의 시작이었다. 그녀는 자신에게 문을 활짝 열고 있는 이 집에서 보는 사람 없이 마음대로 숨을 쉬고 싶었다. 마치 어떤 장군이 자신의 부대가 기습 공격으로 함락시킨 요새에서 잠시 명상에 잠기는 것과도 같았다. 그녀에게는 자기 스스로 놀라움을 맛볼 여유가 필요했다. "나는 당연히 아빠와 같이 있을 거야." 그것은 사실이 아니었다. 선한 영혼을 지니긴 했어도 그녀는 투덜거리는 늙은 아버지 곁에 머무를 결심을 할 수 없었다. 그녀는 더없이 기뻤고 희망에 차 있었기 때문에, 앞으로 펼쳐질 멋진 날들을 망칠 만큼 어리석지 않았다. 그녀에게는 덧창을 모두 닫아놓고 흰 커버를 덮은 가구들 사이로 이 거실에서 저 거실로, 이 방에서 저 방으로 끊임없이 돌아다니는 것이 일종의 신혼여행이었던 셈이다.

오늘 같은 10월의 아침, 서재의 문을 막 닫고 나니 당시의 감미로웠던 시간들이 떠올랐다. 그녀에게 그 기억은 부드럽고도 감동적이었다. 그녀는 찬방으로 이어지는 긴 복도에서 잠깐 멈추어 섰다. 그 후로 수년이 흘렀다. 그때보다 더 행복한가? 다른 것은 고사하고라도 그녀의 꿈, 당시에는 너무나 강렬한 나머지 혼자 텅 빈 집에서 스스로에게 반복해 말하던 그 꿈은 어디로 갔지? 그녀는 동생보다 더 많은 시간을 필리프와 함께 보냈다. 의당 신부에게 할당되었어야 할 시간을 그녀에게서 빼앗아버린 셈이었다. 다른 것은 원하지 않았던가? 엄격하고 정당하게 따지는 그녀 자신의 일부분, 자주 억눌러야만 했던 시니컬한 목소리가 그녀에게 대답하려 했다. 순간 그녀는 마음을 고쳐먹었다. '도대체 내가 무슨 불평을 할 수 있겠어? 나에게 잘해주고 나를 이토록 사랑하는 두 사람과 아무 불편 없이 살아가고 있잖아. 어떤 조그만 변화라도 내 행복을 위험에 빠뜨려버리지 않을까?' '뭐라고? 네 행복이라고?' 그녀의 양심이 즉시 그녀에게 말했다. '앙리에트의 행복은 어쩌고? 필리프의 행복은 또 어쩌고? 너는 매일같이 두 사람이 갈라지는 것을 보고 있는데도 감히 네 행복 따위나 생각하고 있는 거야?' '그래, 두 사람이 더 가까워지도록 해야 해. 마음을 곱게 써야지.' 그녀는 마치 한 방 맞기라도 한 것처럼 이마에 손가락을 대고 생각했다.

이런 생각을 하면서 그녀는 식탁이 있는 곳까지 왔다. 그녀는 찬장을 살펴보고 나서 식사 메뉴를 지시했다. 그녀가 서재로 되돌아왔을 때, 하인이 그녀에게 우편물을 건넸다. 신문과 필리프에게 온 편지와 앙리에트에게 보낸 초청장이었다. 그녀는 작은 봉투 위에 적힌 오만한 듯하면서도 나른한 필체를 알아보았다. 분명 알린 카르모가 앙리에트를 저녁식사에 초대한다는 편지일 것이다. 앙리에트는 이 초대에 기꺼이 응할 것이다. 엘리안은 카르모 씨 가족이 마음에 들지 않았다. 그녀는 그들의 재산과 취향을 경멸했다. 또한 앙리에트가 남편 없이 혼자 그들의 초대에 동의할 것이라고 생각하지 않았다. 그들은 필시 필리프를 함께 초대했겠지만, 필리프가 초대에 응하지 않을 것임을 알고 있었다. 엘리안을 초대하는 것이라면 아무런 문제가 없었다. 그녀는 나이 든 여자의 서투른 표정으로 식사에서 어떤 얼굴을 할 것인가? 그들은 분명 그녀를 늙은 여자라고 부를 것이다. 카르모를 만날 일이 있을 때마다, 성공으로 정신이 나간 듯한 이 남자는 무례함이 뒤섞인 태도로 그녀를 존경하는 척했다. "아가씨"라고 말하는 것만 봐도 모욕을 주려는 의도가 엿보였다. 그녀의 화를 돋우는 이런 자잘한 것들은 생각하지 않는 편이 나을 것이다. 중요한 것은 필요한 경우 필리프에게 말해 약간이나마 그의 심기를 흔들어놓는 것이다. 그는 이 점에 관한 한 앙리에트에게 무관심할 수 없을 것이다.

그녀는 서재 입구로 돌아와서 잠시 멈추어 섰다. 그녀의 손가락 사이에는 노름꾼이 막 던지려는 카드처럼 작은 봉투가 끼어 있었다. 말을 하든 침묵하든 둘 중 하나다. 만약 말을 한다면 그것은 앙리에트를 위해서이다. 하지만 자기 말에 넘어가지 않도록 노력해야 한다. 때때로 그 존재만으로도 정신이 돌아버릴 것 같은 이 남자 앞에서 애써 절제해야 했다. 흥분하지 않은 채 거의 무관심한 어조로 앙리에트가 이런 사람들과 어울리는 것이 위험하다고 다시 한 번 더 말해줘야 할 것이다. 특히 그가 불안감을 느끼게끔 해서도 안 되고 앙리에트에 대한 반감을 불러일으켜서도 안 될 것이다. 한편 그녀가 아무 말도 하지 않으면 앙리에트는 당연히 저녁식사 초대에 응할 것이다. 그녀는 평소보다 더 기쁜 표정을 지으며 이마를 약간 찌푸린 채 한 손으로 문 손잡이를 잡고 몇 초 동안 기다렸다. 필리프는 그녀가 들어가려고 하는 방에 있었다. 동생 이야기로 대화를 시작하여 그녀가 저녁식사 초대에 응하지 않도록 하면 그만이었다. 그것이 자신을 위한 것이기도 했다. 그런데 이런! 약간 가까이서 바라보니 이런 자잘한 문제들이 해결하기 어려운 것이 되어버리다니! 결국 그녀는 어금니를 깨물었고 입가에는 주름이 팼다. 돌이킬 수 없을 정도로 결심이 섰다는 표시였다.
'이번은 아니야.' 그녀가 생각했다. 그리고 그녀는 초청장을 낙엽 색
깔의 코르셋과 치마 사이의 허리띠 속에 밀어 넣고 들어갔다.

2

아이는 이 손에서 저 손으로 넘겨지면서 거의 스치듯이 입술을 내미는 세 사람에게 차례로 통통하고 싱싱한 뺨을 내밀었다. '자, 그래. 이 녀석과 내가 무슨 관계가 있는 거지? 왜 이 아이가 여기 있는 거지?' 필리프는 일주일이라는 권태로운 시간의 첫 순간부터 이런 생각이 들었다.

"얘야, 여행은 잘했니? 모트에서 차를 갈아탄 거지?" 필리프는 쾌활한 어조로 다시 말했다.

"그랬으니까 얘가 여기 있겠지요. 어쨌든 차를 맞게 탔다고 생각해야겠지요. 이리 가까이 앉으렴, 로베르." 앙리에트가 웃음을 터뜨리면서 말했다.

엘리안은 로베르가 열어놓은 현관문을 닫으러 갔다.

"직행으로 올 수도 있는데. 굳이 모트에서 갈아탈 것까지야 없지. 로베르 나이에 혼자서 기차를 갈아탈 수 있다는 것이 재미있네. 그렇게 묻는 걸 보니, 애 아빠도 그렇게 생각하는 모양이야." 엘리안이 동생에게 비난의 눈길을 던지며 말했다.

"오, 나는 뭐 그냥 한번 해본 소리예요. 나는 애들에게 어떻게 말을 해야 할지 잘 모르겠어요." 필리프가 중얼거렸다.

"일등칸을 타고 왔지?" 이번엔 앙리에트가 물었다.

"당연하겠지." 엘리안이 대답했다.

"옷은? 가방은?" 앙리에트는 마치 로베르가 묻는 말에 대답이라도 한 듯이 계속해서 물어댔다.

"필요한 것은 모두 여기 있는데 아이에게 공연히 짐을 들고 다니게 할 필요는 없지. 그래 봤자 공연히 도둑이 눈독 들이기나 할 텐데." 엘리안이 대꾸했다.

"배고프지?"

"다들 식탁으로 갑시다." 필리프가 말했다. 그는 처음에는 싫어했지만 짐짓 즐거운 표정을 지으며 손뼉을 쳤다.

한 번도 입을 열어 대답하지 않았던 로베르는 세 사람을 따라 식사가 준비된 곳으로 가서 엘리안과 앙리에트 사이에 자리를 잡았다. 붉은 주먹으로 비단결 같은 갈색 머리카락을 쓸어 넘겼지만 머리카락은 연방 이마 위로 떨어졌다. 긴 눈썹이 검은 눈 주위에 그림자를 드리웠다. 그래서인지 이 천진난만한 얼굴에 뭔가 인위적인 구석이 있는 것 같았다. 마찬가지로 견고하게 빚은 듯한 반짝이는 입술은 마치 그려놓은 것 같았다. 입술은 수줍어 보이는 커다란 눈동자 깊은 곳에서 반짝거리며 드러나는 지나친 순진함과 묘한 대조를 이루고 있었다. 자신에게로 향하는 관심을 느낄 때마다 아이는 작고 짧은 치아의 끝을 드러내며 침착하게 미소 지었다. 꽤나 우스꽝스러워 보이는 푸른 제복이 가슴 부근에서 불룩 솟아 있고 귀 바로 아래까지 치켜 올라가 있었다. 그렇지만 소매가 주먹을 덮고 있지는 않았다. 부모의 증오가 분출되는 가운데 잉태된 아이는 들판의 꽃처럼 싱싱하면서도 정직한 표정을 짓고 있었다. 로베르의 볼을 꼬집을 때(약간 세게 꼬집었다), 엘리안은 아이의 살결이 너무 부드러운 데 놀랐다. 그 살결은 모란의 두툼하고 매끈한 꽃잎을 생각나게 했다.

"이 아인 누굴 닮았을까?" 그녀가 아이를 처다보면서 말했다.

"아빨 닮았겠지 뭐." 앙리에트가 대답했다.

"아니, 전혀 그렇지 않아." 필리프가 단호한 어조로 말했다.

"그런데 아주 틀린 생각은 아닌 것 같은데요." 엘리안이 당황해하며 다시 말했다.

이 말은 마치 비명처럼 새어 나왔고, 그녀는 입술을 깨물었다. 로베르가 목에 냅킨을 묶는 것을 보자 이 노처녀는 그것을 적절한 핑계거리로 이용했다.

"아니야, 아니야. 그렇게 묶는 게 아니야." 그녀는 어린아이의 목에서 냅킨을 벗겨냈다. "애야, 완전히 접지 말고 무릎에 놓는 거야. 이렇게 말이야." 그녀는 목소리를 부드럽게 하려고 노력하면서 덧붙였다. 그녀에게 이 아이는 자기가 파괴하고 싶었던 결합을 상징하는 존재였다. 그래서 그녀는 사실 아이를 별로 좋아하지 않았다. 그녀는 자신의 과잉 친절을 민감하게 알아차리고는 그렇게 충동적으로 행동한 것이 부끄러웠다. 그녀는 찰과상이 난 무릎 위에 모서리 부분이 번들거리는 윤기 있는 냅킨을 펼쳤다. 로베르는 그녀에게 촉촉한 시선을 보내고는 미소를 지었다. 아이는 세 사람과 함께 있게 된 다음부터 심장이 더 빨리 뛰었으며, 점점 더 불안해졌다. 다른 사람들처럼 행동할 줄 모른다는 불안감 때문에 목이 막혀오는 느낌이었다. 그는 포크와 나이프를 그렇게 오랫동안 바라본 적이 없는 것 같았다. 어떤 것을 어떻게 사용해야 할까? 그런데 어른들이 자기에게 무슨 말을 하는지 이해하지 못한 데서 오는 두려움에 비하면 이런 당혹스러움은 아무것도 아니었다. 아버지는 자신을 쳐다볼 때마다 얼굴을 찌푸리고 눈썹을 치켜 올렸고, 어머니는 아무런 이유도 없이 웃어댔다. 이모는 그를 거칠게 대하며, 어머니와 마찬가지로 알 수 없는 호감을 보였다. 그는 되는대로 입을 열어 만족한 척하려고 했다. 하지만 학교에 있을 때가 더 행복했다. 그는 커다란 학교 식당과 납으로 된 포크를 탐을 내듯이 생각했다. 학교에서는 납 숟가락 하나로 수프도 먹고 디저트도 먹었다.

"앤 너무 과묵하군. 식탁에 앉은 후로 한 마디도 하지 않았어." 필리프가 지적했다.

"제부가 겁을 줘서 그래요." 아이가 울 것 같다고 예감한 엘리안이 말했다.

"나는 애가 수줍어하는 걸 원하지 않아. 젊은이, 고개를 들게." 필리프가 활기 찬 어조로 계속했다.

아이는 머리카락을 헝클어뜨린 채 고개를 들어 다시 미소를 지었다.

'가증스럽군. 모든 부모의 마음속에는 학대자가 도사리고 있단 말이야.' 필리프는 속으로 생각했다.

"내가 제기한 질문을 잘 생각해봐. 클레리 군, 자네의 행복이 걸린 문제야. 용기를 가지려면 먼저 술을 좀 마셔보게." 그가 심각한 목소리로 말했다.

로베르가 한 모금 마셨다. 목이 죄어오는 느낌이었다. 눈꺼풀 가득 눈물이 괴었다.

"이런! 제부, 아이에게 겁을 주고 있네요." 엘리안이 중얼거렸다.

"젊은이, 자넨 이미 오래전에 이성적으로 생각할 나이가 됐어. 대답할 정도의 나이는 되었다고 보네. 자넨 서커스가 좋은가, 영화가 좋은가?"

"서커스라고요?" 앙리에트가 소리를 질렀다. "한번 생각해봐야겠네요. 앙투아네트가 두시에 로베르를 데리고 메드라노에 갈 거예요. 정말 멋진 프로그램이 있거든요."

"그러면 이 아인 다섯시까지 틈이 없겠네요." 엘리안이 계산했다. "앙투아네트가 빵집에 들러 요기를 시키겠지요. 돌아와서는 자기 방에서 놀 거예요. 내일까지 우린 이 아이에 관한 이야기를 듣지 못하겠네요. 그리고 내일은 하루 종일 사촌누이 집에서 지낼 거고요."

"그러면 수요일에는요?" 필리프가 근심에 차서 물었다.

"수요일에는 앙투아네트가 로베르에게 베르사유를 구경시켜주기로 했어요. 둘은 전철을 타고 가서 거기서 점심을 먹을 거예요. 그다음은 두고 봐야죠."

두 사람은 이렇게 방학 계획을 잘 짠 데 대해 엘리안을 칭찬했다. 그녀는 상냥한 미소를 지은 채 한동안 그대로 있었다. 거의 정면으로 놓인 거울에 비친 자신의 모습을 보자 그녀는 해맑은 얼굴이 정말이지 10년은 젊어 보인다고 확신했다. '비스듬히 비치는 빛을 받으니 나도 아직은 꽤 괜찮아 보이네.' 그녀는 생각했다. '중요한 건 쾌활하게 보이는 거야. 얼굴 나이는 눈이 어느 정도 쾌활한가에 달린 거야. 눈에는 이제 주름살이 잡힐 대로 잡혀 있어.' 그녀는 시니컬하게 덧붙였다. 그녀는 잔털이 빠진 뺨을 금빛으로 물들이는 태양광선을 잘 받도록 필리프 쪽으로 약간 몸을 돌렸다.

"제부, 오늘 아침에 누가 전화했었는데 깜빡하고 말을 안 했네요. 디드리슈라는 분이었어요. 제부가 나가고 없을 때요."

"디드리슈 씨라고요? 뭐라고 하던가요?"

"그저 제부를 만나고 싶다고만 하던데요. 점심 후에 다시 전화하겠대요."

"아는 사람인 것도 같네요."

"돈이라도 꾸려는 사람이겠지." 앙리에트가 말했다.

"내가 대신 만나볼까요?" 엘리안이 제안했다. "내가 나서서 제부가 없다고 말할게요. 만약 중요한 용무가 있는 사람이라면 나중에 또 오겠죠 뭐."

필리프는 처음에는 동의할까 하다가 자신을 쳐다보는 빈정거리는 듯하면서도 다소 불가사의한 아내의 표정을 보고는 마음을 고쳐먹었다.

'저 사람은 재밌는 모양이야. 다른 번거로운 일에서 늘 그랬듯이 내가 이번같이 자잘한 일에서도 몸을 사리는지 궁금한 모양이지.' 그는 생각했다.

"음, 아뇨." 모든 사람이 깜짝 놀랄 정도로 칼을 접시 위에 내려놓으면서 그가 말했다. "내가 직접 만나보지요. 성가신 사람이면 본때를 보여줘야지요."

"그 사람 귀라도 자르게요?" 앙리에트가 물었다.

그는 입을 꼭 다물고 아내를 쳐다봤다. 엘리안은 이 말 없는 분노에 공감을 표시해 눈을 부라리며 동생 쪽으로 몸을 돌렸다. 분노가 번뜩거리는 네 개의 눈동자 앞에서 앙리에트는 미소를 지었다. 그러다가 더 이상 참지 못하고 몸을 젖히며 천진난만한 웃음보를 터뜨렸다. 몇 초 동안 차가운 침묵 속에서 그녀의 쾌활한 웃음이 자유롭게 이어졌다. 그러다가 그녀는 기뻐서 웃는 것이 아니라 자신도 어쩔 수 없는 상태에서 웃음을 멈출 수 없다는 사실이 난처해서 계속해서 웃어댔다. 하지만 우스꽝스러워 보일지도 모른다는 생각이 들자 이내 평정을 되찾았다. 그녀는 자신이 마치 총살형을 받게 된 상황에 처해 비명이라도 질러야 될 판국에 웃음을 터뜨린 미친 여자 같다는 생각을 했다.

엘리안은 침울하게 앙리에트에게 과일을 하나 건넸다. 그런 다음 식탁 아래로 다리를 뻗어 발을 밟아 더 이상 웃지 말라고 눈치를 주려고 했다. 그러나 이 계략은 로베르 때문에 실패로 돌아갔다. 엄마와 이모 사이에 앉아 있던 그가 의자 아래로 다리를 흔들어대다가 다리가 이모의 장딴지 바로 아래 닿았던 것이다. 아이는 식탁 아래서 무슨 일이 벌어지고 있는지 짐작하고는 목까지 벌겋게 달아올랐다. 엘리안은 고통으로 일그러진 표정을 억눌렀다. 이 작은 드라마는 아무도 눈치채지 못한 채 지나갔다. 필리프는 조심스럽게 감자 껍질을 벗겼다.

앙리에트는 귤을 하나 집어 이리저리 돌려 보다가 다시 그릇에 담았다. 그 귤은 그릇에 마지막으로 남은 것이었다. 잠깐 사이에 귤은 로베르의 간절한 탐욕의 대상이 되었다. 곧이어 심한 내적 갈등이 시작되었지만 곧 잦아들었다. 욕망이 불안감을 누르는 것이 겉으로 드러났다. 그는 붉은 손을 그릇 쪽으로 뻗어 귤을 자기 접시 위 껍질 무더기로 옮겨 담았다. 조심조심 손톱에서 벗어난 껍질이 이리저리 흩어지면서 떨어졌고, 과일의 투명한 육질이 그대로 분리되었다. 하지만 섬세하고 자극적인 향이 몽상에 빠진 엘리안의 콧구멍으로 올라왔다. 성 샤를마뉴가 베푸는 향연의 향으로 인해, 그녀는 옆에 앉아 있는 로베르 쪽으로 눈을 낮추고는 재판이라도 하는 듯한 손짓으로 귤을 빼앗았다. 이 순간 그녀는 거울에 비친 흉측한 자신의 모습을 발견했다.

커피가 나오자 디드리슈 씨가 방문했다는 전갈이 전해졌다.

필리프는 커피를 따를까 하다가 마음을 고쳐먹고 밖으로 나갔다.

"음, 언니, 빨리 말해줘. 예스야, 노야?" 앙리에트가 일어서면서 말했다.

엘리안은 고개를 저었다.

"아직 말 안 했어. 오늘 오후에 말할 생각이었는데, 네가 제부의 기분을 건드려놓는 바람에 못했어. 넌 제부에게 너무 깐죽대더구나."

"그러니까 말이야, 그 사람은 나한테 화가 나 있어. 그 사람은 언니 말이라면 쉽게 동의해주잖아."

"내일까지 기다리는 편이 나을 것 같구나."

"그럴 순 없어. 오늘 저녁 전에 돈이 필요하다고."

"어제저녁에야 말했잖아."

"오늘 아침 우체통 앞을 지나다가 그 사람이 보낸 편지를 발견했단 말이야." 그녀는 창밖을 바라보면서 눈을 깜박거리는 로베르 쪽으로 머리를 돌렸다.

"로베르, 앙투아네트에게 가서 준비 다 되었는지 물어보려무나." 엘리안이 아이를 문 쪽으로 떠밀면서 말했다. 아이가 나가고 둘만 남게 되자 그녀가 물었다. "티스랑이 네게 편지를 보냈다고?"

"그렇다니까! 내가 생각하는 것보다 사정이 더 급한 것 같아. 한번 읽어봐. 세 페이지는 족히 되는 감정 표현은 건너뛰고 중간 부분부터 읽어봐."

"그래, 나 역시 그 사람 말을 곱씹어볼 시간은 없어. 그리고 싶지도 않고 말이야. 글씨 참 잘 썼네!"

"필리프에게 말해줘. 약속하지?"

"알았다니까."

"지금 바로?"

"그래. 편지나 읽어보자."

앙리에트는 창가에 놓인 커다란 소파의 팔걸이에 앉아 거리로 눈길을 던졌다. 오전 내내 눈이 내렸다. 배수구까지 쓸려간 눈은 인도 가장자리에 작은 두덩 같은 것을 만들었다. 등이 구부정한 노인이 발을 거의 들지 않고 천천히 걸어갔다. 발바닥이 돌을 스치는 소리가 젊은 여자에게까지 들려왔다. 그녀는 갑자기 이런 진부한 광경에 관심을 가지고 몸을 앞으로 기울였다. 그녀의 자그마한 옆모습이 모슬린 커튼을 배경으로 도드라져 보였다. 반쯤 벌린 입과 코는 여전히 유년기의 꽤나 견고하고 탐욕스러운 표정을 드러내고 있었다. 그녀는 허리와 엉덩이 부분이 꽉 죄는 푸른색 치마를 입고 있었다. 흰 실크 재킷이 그녀의 상체에 딱 달라붙어 있었다. 이 작고 가냘픈 육체에서는 제자리에 가만히 있는 데서 오는 조바심이나 불편함이 보이지 않았다. 다리를 꼬고 앉은 채 그녀는 팔꿈치를 소파 등받이에 괴고 손으로 커튼을 열어젖혔다. 그러더니 갑자기 벌떡 일어나 튀어오르듯 엘리안이 편지를 읽고 있는 곳까지 왔다.

"그 사람 목소리는 어땠어?"

"응? 누구 말이야?"

"오늘 아침에 전화했다던 디드리슈 씨라는 사람 말이야."

"목소리를 어떻게 묘사하란 말이니? 그냥 평범한 목소리였어."

"이삿짐센터 사람이나 뭐 그냥 보통 사람들과 같은 목소리였단 말이지?"

"차라리 세상 사람들의 무기력한 목소리라고나 할까? 편지 좀 읽게 가만 좀 내버려둘래?"

"목소리가 몇 살쯤 된 것 같았어?"

"전혀 모르겠던데. 편지 좀 읽게 내버려달라니까."

"아예 끝장을 보려고 하는구나. 언니는 모든 것을 너무 심각하게 받아들이는 경향이 있어."

앙리에트는 방 한가운데로 물러가서 엉덩이에 손을 댄 채 책장 앞에 자리를 잡고 눈으로 책을 대강 훑어보았다. 결국 그녀는 더 이상 편지에 집착하지 않게 되었다.

"조금 있다가 돌아올게." 앙리에트가 문 쪽으로 가면서 말했다. "다

읽고 나면 편지를 태워버려."

"어디 가려고?" 언니가 물었다.

하지만 앙리에트는 이미 방에서 나가 그 방과 남편의 서재 사이에 있는 작은 거실을 가로지르고 있었다. 그녀는 잠깐 동안 두 사람의 대화에 귀를 기울이다가 필리프의 심각하면서도 무기력한 목소리를 알아들었다. 필리프는 거의 말을 하지 않았지만, 방문객은 질질 끄는 말투로 제멋대로 길게 말하고 있었다. '바보인가보군!' 그녀는 생각했다. 그녀는 서재 문을 열어 방문객의 얼굴이라도 한번 볼 핑계를 찾아보았다. 단호한 어조로 보아 그렇게 빨리 떠날 것 같지는 않았다. 그녀는 필리프가 매우 지루해하고 있을 거라 생각하자 웃음을 참을 수 없었다. 몇 분 동안 그녀는 아무 소리도 내지 않은 채 중국풍의 커다란 양탄자 위를 이리저리 돌아다녔다. 그녀는 양탄자 위에서 흑색 방패 무늬 바탕 위에 점점이 흩뿌려진 커다란 군청색 점들을 교묘하게 피하려 애썼다.

침침한 빛이 감도는 푸른색 벨벳이 작은 방의 벽을 장식하고 있었다. 벨벳은 벽뿐만 아니라 장작불 앞에 놓인 소파까지 덮고 있었다. 마주보고 있는 두 개의 거울은 거의 텅 비었지만 호화로운 거실의 이미지를 서로 무한히 반사하고 있었다. 검은 대리석 벽난로 위에는 커다란 흰 라일락꽃이 가지를 뻗고 있었는데, 가지는 눈처럼 흰 꽃송이의 무게로 비스듬히 기울어졌다. 그녀는 꽃 쪽으로 다가가서 작은 꽃무리에 뺨을 비비대며 향기를 맡아보았다. 그러다가 부지깽이로 장작을 건드리자 장작들이 두꺼운 연기를 내뿜으며 서로 갈라졌다. 끈기 있게 기다리던 그녀는 문 쪽으로 가서 갑자기 문을 반쯤 열어젖혔다.

그녀는 깜짝 놀란 얼굴을 보았다. 그 얼굴은 말하느라 벌린 입을 다물지 못했다. 그녀는 빛을 등지고 앉은 방문객의 얼굴을 제대로 알아볼 수 없었지만, 태양광선이 드리워진 적갈색 머리카락과 뚜렷하게 대비되는 그의 창백한 안색을 보았다. 지나치게 넓은 어깨는 마치 자연에 폭력을 가한 것처럼 인공적으로 보였다. 그녀는 재단사가 공모했을 것 같다는 생각을 하며, 디드리슈 씨가 어떤 정신적 특징을 지닌 사람인지 짐작할 수 있었다. 디드리슈 씨는 놀라움에서 벗어나 정신을 차린 다음 심각한 표정으로 몸을 일으켰다. 팔꿈치를 몸에서 약간 떼고 있어서 아주 가느다란 그의 허리가 드러났다. 필리프는 마지못해 두 사람을 소개했다. 방문객이 아주 교양 있는 사람의 침울한 표정으로 자기 앞에서 몸을 숙이자 앙리에트는 다소 당혹스러웠다. 그는 키가 컸고, 필리프와 비슷한 나이쯤으로 보였다. 한두 번 정도 그는 부자연스러울 정도로 꼿꼿하게 선 채 빛이 비치는 쪽으로 귀공자 같은 긴 얼굴을 돌렸다. 그는 이처럼 무례하기 그지없는 상황에 대해 놀란 표정을 버리지 않으면서도 여전히 매우 공손한 태도를 보여주었다. 그는 몇 마디 진부한 말을 하기는 했지만, 대단한 비밀이라도 간직한 듯 신중한 태도를 취했다. 몇 초 뒤 앙리에트는 방에서 물러나와 마음껏 웃었다. 그녀는 뛰어서 푸른빛이 도는 자그마한 거실을 가로질러 서재 의자 위에 몸을 던졌다. 엘리안이 깜짝 놀랐다.

"필리프의 친구들은 어쩜 그렇게 한결같을까." 그녀는 웃어젖히면서 소리를 질렀다.

"디드리슈 씨가 제부의 친구야?" 엘리안이 물었다.

"확실해. 필리프와 닮았어. 내가 서재에 들어가서 그 사람을 잠시 보았거든. 불쌍한 필리프. 태양이 별을 끌듯 그는 항상 얼간이들만 끌어들인단 말이야."

"왜 그런 식으로 이야기하니? 앙리에트, 당치도 않구나."

"나는 필리프를 나쁘게 말하는 것이 아니야. 그냥 어떤 종류의 사람들이 있다는 사실만 이야기하는 거지. 그런 패들은 다른 사람들보다 더 그와 함께 있기를 바라거든. 가령 잘 알려지지 않았거나 알려질 가능성도 거의 없는 작가들이나, 식견이라곤 없어서 항상 위조품만 사들이는 예술 애호가들처럼 말이야. 디드리슈 씨가 시집을 한 권 출판했을 거라고 언니와 내기도 할 수 있어. 우아하고 식자깨나 있는 사람 같았어."

"최소한 그가 무엇을 원하는지 알아내기라도 했니?"

"필리프가 방문에 걸어놓은 저 저주받은 태피스트리 때문에 말을 알아들을 수가 있어야지."

"제부에게 돈이라도 꿔달라고 하지나 않으면 좋으련만! 그렇게 되면 오늘 오후에 내가 할 일이 쉽지 않을 테니까 말이야."

"무슨 소릴 지껄이는 거야? 필리프가 이제까지 언니 말을 거절한 적 있어?"

"내가 제부의 약점을 이용하기 싫어하는 이유가 바로 그가 거절을 못하기 때문이지."

"하지만 그이는 그걸 좋아할걸. 두고 보라고. 게다가 언니는 자비를 베푸는 셈이야. 언니는 불안해서 죽을 지경에 이른 불쌍한 티스랑에게 평온을 되찾아주는 셈이니까 말이야. 편지는 어떻게 했어?"

"태워버렸어. 앙리에트, 그런 편지들은 오래 간직하는 게 아니야."

"언니는 내가 미친 것 같아? 편지 내용에 대해 어떻게 생각해?"

"교묘하더구나."

"그게 다야? 가슴이 찢어지는 것 같지는 않고?"

"맙소사. 절대로 그렇진 않았어. 그 사람은 마흔여덟 시간 안에 7천 프랑이 필요하다면서, 널 감동시키기 위해 별말을 다 했더구나. 그 사람이 이런 편지를 도대체 얼마나 많은 여자들에게 얼마나 많이 썼을지 궁금하다."

"언니는 내 신경을 긁어놔서 필리프에게 말하지 않으려는 거지?"

"그럴 리가 있니? 제부에게 필요한 돈을 달라고 부탁하겠어. 네게 약속한 이상 내 귀중품을 걸고서라도 그에게서 돈을 빌릴게. 그런데 티스랑을 궁지에서 구해주려고 너를 돕는 것이 벌써 세번째야."

"그는 항상 빌려간 돈을 갚았어."

"모두 소액으로 나누어 갚아서 그 돈을 거의 쓸모없는 것으로 만들어버렸지. 3백 프랑을 가지고 뭘 살 수 있겠니?"

"그래도 언니는 주식 시장에서 투기로 성공하는 것보다는 한 사람의 목숨을 구해주는 것이 더 낫지?"

"우선, 나는 투기를 하지 않아. 나는 미래를 계획하고 있어. 게다가 난 티스랑이 절대로 죽을 사람이 아니라고 생각해. 단호하게 말이야."

"확신하지 못하겠어."

"자살하겠다는 협박이 번번이 먹혀들어가는 것은 네게 확신이 없어서야."

"언니는 너무 심해! 언니는 그 사람이 내가 정말로 사랑하는 사람이라는 걸 잊어버렸어?"

"그게 바로 그 사람이 너한테 돈을 요구하지 말아야 하는 이유이기도 하지. 사랑과 같은 감정을 그런 식으로 이용해서는 안 되는 거야."

"언니, 언니는 그가 그만한 돈을 누구에게 빌렸으면 좋겠어?"

"자기가 알아서 해야지. 그 돈을 벌든가. 일을 해서 말이야."

"언니, 지금 날 놀리는 거야? 목요일까지 채권자들에게 빚을 갚아야 한대잖아."

"이번에 우리가 그를 구해주면 그 사람은 반년도 지나지 않아 똑같은 이야기를 할걸."

"반년 안에는 상황이 확실히 더 좋아질 거야."

이 말을 마치고 나서 그녀는 쓸쓸한 웃음을 지었다. 하지만 필리프가 불쑥 들이닥쳐 그 웃음은 뚝 잘리기라도 한 듯 갑자기 중단되었다.

"아니, 그 사람은 누구예요?" 두 여자가 동시에 물었다.

"내가 까맣게 잊고 있던 옛날 고등학교 다닐 적 친구야."

"원하는 게 뭐래요?" 엘리안이 물었다.

"아무것도요." 필리프가 대답했다.

"그것 참 재밌네. 몇 년 만에 친구가 찾아오다니." 앙리에트가 말했다.

"아니, 아니. 페르낭은 나쁜 친구가 아니야. 그 친군 약간 냉정해. 적어도 겉으로 보기에는 말이야. 그래도 다정한 친구야. 그 친구는 옛날 우리의 우정을 기억하고 있더군. 앙리에트, 그가 당신을 칭찬하던데."

"어머나, 친절하기도 하셔라."

"그렇지. 그 친구 아버지는 제련 공장에서 일하고 있는데, 아버지가 구상하고 있는 중요한 사업에 한번 관심을 가져보라고 제안하더 군."

"결국 그거네요." 앙리에트가 말했다.

"무슨 말이야?"

"바로 그것 때문에 그 사람이 찾아왔단 말이죠. 당신을 구슬려서 1만 프랑쯤 뜯어내려고요."

"그는 당신이 말하는 것처럼 나를 구슬리지 않았어. 그 친구는 아 주 신중하고도 막연하게 자본 협력에 대해 암시하더군. 그게 전부였 어."

"어련했겠어요?" 엘리안이 말했다. "이런 일에 대해 말한다는 것이 얼마나 위험한지 알아요? 아마 그 사업이라는 것은 어리석게도 무시 해버릴 수 없는 아주 흥미 있는 사업일 테지요."

"정신을 차려야지." 앙리에트가 쾌활하게 말하면서 순진하고도 의 뭉스러운 어조로 물었다. "그 사람이 똑똑해 보였다고요?"

"그는…… 뭐랄까…… 신중했어."

"알겠네요. 좋은 학생이었겠죠. 학교에서 일등만 독차지했을 테고 요."

"잘못 짚었어. 공부를 아주 못하는 학생이었어. 약간 게으른 친구 라고 말해야겠군."

"자잘한 잡지에 기고도 했을 테죠."

"그런데 앙리에트, 당신은 그 친구를 싫어하는군." 이번에는 필리 프가 웃으면서 말했다. "그 친구가 당신한테 무슨 말이라도 했나? 아 니야, 그는 잡지에 글을 쓰지 않았어. 그의 고백대로라면 그는 아무런 재주도 없어."

"그럼 도대체 뭐 하는 작자예요?"

"그 친군 외교 업무에 종사하고 있어."

"내가 그걸 짐작했어야 했는데." 앙리에트가 소리를 질렀다. "그 사람은 대사관 압지에 손톱이 반들반들해져 있더군요."

이런 대화가 한동안 이어졌다.

잠시 후, 필리프는 두 여자 곁을 떠나 편지를 쓸 요량으로 서재로 갔다. 작은 거실을 가로지르다가 뭔가에 끌려 흰 라일락꽃으로 반쯤 가려진 거울에 관심이 쏠렸다. 햇볕은 이미 낮아져 있었다. 그래서 그는 거울에 비친 자신의 윤곽을 거의 분간할 수 없었다. 다만 어둠침침한 푸른 홍채 안의 검은 동공만이 선명하게 드러났다.

'그게 겉으로 드러나 보일까?' 그는 문득 궁금해졌다. 이 생각에 그는 화들짝 놀랐지만 그 의미를 곧바로 알아차리지는 못했다. 갑자기 자신을 부르는 목소리처럼 이런 생각이 속에서 강하게 들려왔다. 어떻게 이런 터무니없는 질문을 할 수 있을까? 입이 침묵을 지키는 오랜 시간 동안 그의 얼굴도 비밀을 간직할 것이다. 자기 스스로 친구들에게 "자네들도 내가 불쌍하고 약한 존재라는 것을 아나? 난 삶과 드잡이할 줄도 모르고 부자라서 서서히 죽어가고 있네. 난 힘도 없고 용기도 없어. 내게서 돈을 뺏으려는 사람들에게 저항할 줄도 모른다네. 게다가 나는 겁도 많아. 마음속 깊은 곳에서 거의 모든 사람을 두려워하고 있다는 것을 아나?"라고 말할까? 수도 없이 그는 이런 대화를 하고 싶은 유혹에 사로잡혔다. 자기 자신에게 해를 입힘으로써 가슴속에서 느끼는 커다란 짐에서 조금이라도 해방될 수 있을 것 같았기 때문이다. 아니다. 입술까지 올라오는 이 말은 혼자 간직하는 편이 더 나았다. 사람들은 그가 우스꽝스러운 사람이라는 것을 꽤 일찍부터 알고 있었을 수도 있다. 아내는 이미 그것을 알고 있다.

그는 거울에서 벗어나기라도 하려는 듯 갑자기 뒤로 물러나 전등 스위치를 켰다. 기쁨의 순간이 슬픔을 뒤따라왔다. 옷은 황홀할 정도로 그에게 잘 어울렸다. 이제껏 자신이 지금처럼 멋지다고 생각해본 적이 없었다. 검은 눈썹 아래서 푸른 눈이 빛나고 있었다. 구부러지지 않은 눈썹의 아치는 관자놀이까지 이어지고, 갈색 뺨은 어린아이의 것처럼 빛을 발했다. 그는 뒤꿈치를 모으고 어깨를 젖힌 채 군인같이 차려 자세를 취해보았다. '적어도 난 건강 하나는 좋아. 흉해 보이지도 않고.' 그는 아버지로부터 재산과 신중함, 질서에 대한 미신 같은 것들뿐만 아니라 강인하고 건장한 체구를 물려받았다. 일종의 유산과도 같은 이 모든 것은 나눌 수 없고 소중하기는 했지만, 어쨌든 실제로는 쓸모없는 것이었다. 그가 모든 재산을 물려받으면서도 그것을 일구어낸 원천이었던 힘은 물려받지 못했기 때문이다. 상속은 아무런 가치도 없다. 구멍가게 깊숙한 곳에 앉아 있는 꼽추라도 그보다는 더 위엄 있는 인간일 것이다. 그는 겁에 질려 거울에서 몸을 돌렸다. 특히 겁쟁이에게는 이런 군인 같은 태도가 우스꽝스러워 보였다. 자신의 역할을 비극적인 것으로 이해하고 연기한 희극배우 같다는 생각이 들었던 것이다. 그래서 그가 심각한 목소리로 터무니없는 말을 할 때마다 아내는 웃음을 터뜨렸다. 그녀는 자신이 남편에게 고통을 안길지도 모른다고 생각이나 했을까? 남편이 남자답게 말하려고 노력함에도 우습게 보일까봐 괴로워한다는 생각을 할까? 그가 처형의 눈에서 사랑의 표현을 알아차렸다고는 하지만, 그것으로 자신을 경멸하는 듯한 아내의 즐거움이 상쇄되지는 않았다. 엘리안은 장님이 아니었고 그녀 역시 그가 무능력자에 불과하다는 것을 잘 알기 때문이다. 그녀는 그에 대해 무슨 생각을 하고 있으며, 또 무엇을 알고 있을까? 그녀는 그를 사랑하고 있었다. 그것은 문젯거리조차 안 된다. 어쩌면 그녀는 그런 열정을 불러일으킨 그를 비난하고 있을지도 모른다. 그녀는 매우 건전한 정신의 소유자이기에 자신의 감정을 숨길 수 있었으며, 이따금 강한 시선으로 이 모욕당한 남자를 판단할 수도 있었다. 이 남자는 자신의 비겁함이 표정으로 드러날까봐 끊임없이 노심초사했다. 그것은 마치 환자가 몸에 병이 들었다는 것을 알려주는 흔적이나 상처가 나타날까 조바심을 치는 것과도 같았다.

물론 그 역시 아내와 처형의 이야기를 들었다. 그들은 아마도 그의 이야기를 하고 있었을 것이다. 들으려고도 하지 않고 듣지도 않고 아무것도 알려고 하지 않는 편이 더 나을 것이다.

그는 갑자기 벨벳 벽지를 찢어버리고 흰 라일락꽃을 불에 집어던져버리고 싶은 충동에 사로잡혔다. 이 집에서는 모든 것이 보기좋게 배치되어 있었다. 그는 속에서 갑작스러운 폭풍우의 전조처럼 반항의 본능이 깨어나는 것을 느꼈다. 하지만 엘리안의 비난과 아내의 조롱 섞인 시선이 두려워 감히 벨벳 벽지와 꽃에 손을 대지 못했다. 그들은 그가 분명 그의 방에 있을 것으로 생각하고 서가가 있는 방에서 큰 소리로 말하고 있었다. 잠시 그는 자매가 다툰다고 생각했지만 그게 아니었다. 그들은 처형이 받아들이지 않는 어떤 계획에 대해 이야기를 나누고 있었다. "언니가 약속했잖아." 앙리에트가 말했다. "뭘 약속했다고 그러니?" 그는 자신의 가족들 사이에 어떤 근심 걱정이 있을 수 있을까 자문해보았다. 두 여자는 말을 하고 또 하면서 알 수 없는 목적을 추구하고 있었다. 잠시 동안 그는 문에 귀를 대고 엿들어볼까 하다가 어깨를 으쓱했다. "이런 소설 같은 일이 나와 무슨 상관이람!" 그는 서재로 뛰어 들어가서 문을 쾅 닫고는 손가락을 눈 위에 올려놓고 엄지로 귀를 틀어막았다. 그리고 나서 그는 머릿속에서 윙윙거리며 모든 생각을 멎어버리게 만드는 맥박 소리에 신경을 곤두세운 채 아무것도 보지 않았다.

3

아이는 아버지 앞에 서서 머리를 이리저리 돌렸다. 어두운 원으로 감싸인 푸른 동공은 필리프의 사소한 동작까지도 엿보고 있었다. 아이는 아버지의 얼굴에서 표현하지 못한 어떤 결점의 흔적이라도 찾아내려는 것 같았다. 방학은 항상 이렇게 시작되었다. 필리프는 로베르의 거북함을 짐작했지만, 아이를 편하게 해주려는 그 어떤 노력도 하지 않았다. 소파 위에 빛을 등지고 앉은 그는 아들의 손목 부근에 손을 댄 채, 일종의 제의를 반복하고 있다는 생각을 했다. 그의 아버지도 다르게 행동하지 않았다. 아버지 역시 지금 그가 하고 있는 것처럼 강한 손으로 자신을 꼭 그러쥐었다. 클레리 씨도 사실 부드러운 태도에 걸맞지 않는 어조로 말을 하곤 했다. 자칫 너그러움에 빠질까 염려했기 때문이다. 하지만 다소 우스워 보일지도 모른다는 위험 때문에 필리프는 아버지의 자질구레하고 신랄한 말들을 흉내 내지는 않았다. 아무 말도 안 하는 편이 더 위엄 있을 것 같아 침묵을 지켰다.

"로베르가 달라졌어요." 소파 등받이에 팔꿈치를 댄 채 엘리안이 말했다. 이번에는 그녀가 필리프의 어깨 너머로 로베르를 관찰했다. "새학년이 시작된 뒤로 키도 크고 안색도 더 좋아졌어요. 거의 분홍빛이 나네요. (그녀는 검은 눈을 깜박거렸다.) 그런데 저 아이는 과연 누구를 닮았을까요?"

"날 닮지는 않았어요." 갑자기 아들의 손목을 놓으면서 필리프가 말했다. 그는 단호한 표정을 지으며 일어나 소파와 창문 사이에 어정쩡하게 섰다.

"제부, 나갈 거예요?" 엘리안이 물었다.

"아마도요…… 아직은 잘 모르겠네요."

"조금 전에 요리사가 와서 부엌에 포도주가 떨어졌다고 말하던데요. 에르네스틴에게 포도주 창고에 가서 꺼내오라고 할까요?"

그는 마치 자신이 어떤 생각에 몰두해 있어 달리 대답할 수 없다는 듯이 고개를 가로저었다.

로베르와 둘만 남게 되자, 필리프는 책장의 유리문 앞에서 서성거리면서 곁눈질로 아이를 힐끔거렸다. 아들과 함께 있는 것이 거북해서 그는 평소와 같이 자연스럽게 행동하지 못했다. 불현듯 자신이 아버지 역할을 연기하려 하면서도 잘 소화해내지 못하는 초라한 배우 같다는 생각이 들었다. 이따금 동정심이 발동해서 아무도 사랑하지 않는 듯한 아이에게 다가가서 어색하게나마 안아주기도 했다. 하지만 오늘 아침에는 아이에게 무슨 말을 해야 할지 도무지 알 수가 없었다.

소년은 창유리에 이마를 갖다 대고는 사색적이면서도 지루한 표정으로 거리를 지나는 행인들을 관찰하고 있었다. 필리프는 여러 차례 창가로 다가가서 자신도 거리에서 벌어지는 광경에 관심 있는 척했다. 그는 흥분과 건강함으로 홍조를 띤 아이의 얼굴이 약간 자신에게로 향해 있는 것을 곁눈질로 볼 수 있었다.

필리프는 갑자기 창에서 멀어져 난로 앞에 앉았다. 사실 그는 아이를 별로 사랑하지 않아 파리에서 한 시간 정도 떨어진 기숙 학교에 넣어버렸다. 하지만 아이에게 부드럽게 말하고 싶었고, 다루기 힘들게 들고 일어선 머리카락 사이로 손을 넣어 쓰다듬어주고 싶기도 했다. 그런 생각이 일찍 떠올랐더라면, 분명 학교 안마당을 그리워하고 있을 푸른 눈을 가진 아이의 불안을 진정시키기 위해 기꺼이 다정한 말을 해주었을 것이다. 그는 아이의 하루를 상상해보았다. 일찍 잠에서 깨어 어두운 기숙사와 차가운 세면대를 떠나 기쁨에 들뜬 채 역으로 뛰어갔을 것이다. 그렇게 아버지의 집에 도착해 냉랭한 시선들을 만나게 된 것이다. 하지만 자신과 무관한 슬픔에 동요되기에는 그의 심장은 너무나 둔했다. 적어도 지금으로서는 자기가 눈썹 한 번 찌푸리는 것으로 한 인간의 기분을 바꿀 수도 있다고 생각하니 그것만으로도 기뻤다. 로베르는 창밖을 바라보는 척했다. 하지만 실은 아버지가 다시 기분이 좋아졌다는 제스처를 보여주지 않을까 엿보고 있었다. 지금은 잊어버렸지만 필리프 자신도 유년기에 이런 계략을 펼쳤던 기억이 떠올랐다. 아들은 얼마나 자신을 닮았을까? 비록 아들이 자신과 비슷한 골격을 가졌고 3세대 전에 땅이라도 갈았음직한 묵직한 발목과 굵직한 손목을 가지고 있기는 했지만, 육체적으로는 그와 닮은 구석이 거의 없었다. 정신적으로는 어떨까? 그는 로베르를 불러 자신의 곁에 앉혔다. 아니다. 이 생글거리는 눈은 자신과는 다른 세계를 향해 열려 있었다. 필리프는 어렸을 때에도 이처럼 무관심하고 악에 대해 무지한 태도를 보인 적이 없었다. 그는 항상 사람과 사물 들의 교활함을 믿지 못했다. 그는 목 부분이 통통한 아이의 옆모습을 은밀하게 관찰하면서, 눈썹 선이나 입술 아치에서 속을 알 수 없는 이 아이와 자신을 합쳐놓을 수 있는 순간적인 표정과 비밀스러운 면을 찾아보려 했다.

잠시 후 그는 대기실에서 나는 처형의 발소리를 듣고 문 쪽으로 뛰어갔다.

"처형, 에르네스틴에게 내가 포도주 저장고로 내려가겠다고 말해줘요. 촛대와 열쇠를 갖다달라고 하세요."

그는 아들과 함께 어둡고 작은 마당 한쪽 구석에 섰다. 마당 한가운데에는 거무튀튀한 고목 한 그루가 휘어진 가지를 늘어뜨리고 있었다. 아이는 황동 촛대를 주먹으로 움켜쥐고 아버지의 시선을 살폈다. 필리프는 지붕의 연기가 바람에 흩어지는 창백할 정도로 희끄무레한 하늘로 눈을 돌렸다. 공기 중에는 가벼운 안개와 불에 탄 나무 냄새가 뒤섞인 냄새가 퍼져 있었다. 이 냄새를 맡을 때면 그는 어린 시절 겪었던 일들이 생각났다. 도시와 겨울의 이런 향기에는 이웃한 거리에서 칼 가는 사람이 소리를 지르며 흔들어대는 종소리의 여운이 뒤섞여 있었다. 이 소리를 듣자 그는 잠시 동안 몽상에 사로잡혔다. 소리가 완전히 멀어지기를 기다렸다가 창고로 이어지는 문을 밀었다.

두 사람은 아래로 내려갔다. 아이는 차갑고 거친 벽에 손을 짚고 목을 앞으로 내밀었다. 아이의 머리 약간 위에서 촛불이 일렁거렸다. 계단이 그의 앞에서 갑자기 구부러지더니, 가물거리는 불빛이 채 걷어 내지 못한 어둠 속으로 사라졌다.

"앞으로 가려무나. 앞으로 말이야." 필리프는 한 걸음 뗄 때마다 반복해서 말했다.

그리고 그는 열쇠로 벽을 치며 조바심에 한숨을 지었다. 마지막 계단에 다다르자 그들은 걸음을 멈추었다. 아이는 술병을 담을 철로 된 바구니와 촛대를 발밑에 내려놓았다. 그들은 두 개의 좁은 통로가 만나는 지점에 있었는데, 어둡고 차가운 바람이 그들의 얼굴에 부딪혔다. 붉은 불꽃이 이리저리 흔들리면서 딱딱한 창고 바닥에 빛을 드리웠다. 거리의 소음이 그곳까지 이르기는 했지만, 워낙 약해 거의 들리지 않을 정도였다. 이따금 자동차 지나가는 소리가 대지의 위협처럼 으르렁거렸다.

몇 초 뒤에 필리프가 말했다. "열쇠를 네게 맡기마. 네 할아버지는 금고 열쇠와 포도주 창고 열쇠는 하인에게 맡기는 게 아니라고 종종 말씀하셨단다."

아이는 아버지의 구두에서 눈을 떼지 않은 채 듣고 있었다. 지나치게 광을 내어 윤기가 흐르는 구두 끝에는 촛불이 던진 붉은 점이 반사되고 있었다. 그는 또한 모직 바지의 곧고 뚜렷한 주름이 무릎까지 이어진 것을 보고는 불안과 존경이 뒤섞인 표정으로 아버지의 다리와 발을 바라보았다. 어둠 속에서 목소리가 계속 들려왔고, 녹이 슨 커다란 열쇠가 어둠 속에서 모습을 드러내 어린아이에게 건네지자 아이는 손으로 그것을 잡았다.

"이 통로 끄트머리에 있는 세번째 문이란다. 열쇠 구멍에 열쇠를 넣고 두 번 돌려 문을 연 뒤 포도주 네 병을 바구니에 담아오너라. 나는 여기서 기다리고 있으마."

로베르는 고개를 끄덕이고는 열쇠를 받아 주머니에 넣은 뒤 바구니를 팔에 끼었다. 그런 다음 서투르게 몸을 숙이고 촛대를 잡았다. 작은 불꽃이 거의 꺼질 뻔했으나 다시 살아나서 활활 타올라 천장의 청록색 돌까지 훤히 비춰주었다.

필리프는 아이가 어둠 속으로 사라지는 모습을 바라보았다. 빛이 좌우로 움직였지만 꺼지지는 않았다. 불은 첫번째 문을 밝혔다. 그리고 몇 초 뒤에 두번째 문을 밝히더니 이내 필리프의 시야에서 사라졌다. 발소리도 잦아들더니 밖에서 들려오는 중얼거리는 소리와 뒤섞여버렸다. 마침내 열쇠 구멍 속에서 열쇠가 돌아가는 소리가 들렸다. 거의 동시에 아주 멀리서 자신을 부르는 아이의 목소리가 들려왔다.

"바람에 촛불이 꺼져버렸어요."

필리프는 문이 열리는 순간 창고 안의 공기 흐름 때문에 불이 꺼질 거라는 사실을 잘 알고 있었다. 그는 손가락으로 주머니 깊숙한 곳에 있는 성냥갑을 만지작거렸다. '아이가 무서워하려나?' 다시 아이의 목소리가 들려왔다. 어둠 속에서 그를 찾는 듯한 여자 같은 목소리였다.

"아빠, 거기 있어요? 어디 있어요?"

그는 대답하지 않았다. 잠시 뒤 목소리는 약간 더 높아졌다.

"성냥이 없어요. 볼 수가 없어요."

그때 갑자기 어떤 생각이 그를 공포로 가슴을 졸이고 있는 아이에게로 이끌었다. 그가 불쑥 소리를 질렀다.

"그래, 로베르, 아빠 여기 있어!"

그러고는 통로 끝에 있는 아들에게로 갔다.

"아빠가 가버린 줄 알았나보구나." 그는 아이의 머리카락을 쓰다듬으면서(이제는 이런 동작이 쉬워졌다) 말했다. "너는 내가 지하 감옥의 끄트머리 같은 이곳에 널 내버려두고 혼자 가버릴 거라고 생각했니?"

미소를 머금은 아이는 고개를 흔들어 아니라고 했다. 그는 눈높이에 촛대를 잡고 아버지를 쳐다보았다. 짧은 침묵이 흘렀다.

"애야, 무서웠니?"

아이의 눈썹이 떨리더니 시선이 고정되었다. 순수하고 털이 보송보송한 아이의 얼굴이 갑자기 성숙해 보였다.

"무섭지 않았어요."

필리프는 얼굴이 심하게 붉어졌다. 그는 아들이 자신의 어지러운 심사를 알아차리지 못하도록 얼른 일어났다.

"그래, 잘했다. 포도주 네 병을 바구니에 담으려무나." 그는 목소리톤을 바꾸어 말했다.

문이 닫히고, 그들은 천천히 걸어 다시 계단으로 돌아왔다. 이번에는 아버지가 앞장을 섰다. 포도주 병의 무게 때문에 아이의 몸은 온통 옆으로 기울어졌다. 계단 아랫부분에 이르렀을 때, 센 강의 예인선에서 아련한 고동 소리가 들려왔다. 두 사람은 멈춰 서서 그 소리를 들었다.

4

비록 고백하지는 않았지만, 그는 종종 집요하게 자신을 쫓아다니는 병에 걸린 사람이라도 된 듯한 느낌에 사로잡혔다. 겉으로는 거의 드러나지 않았으나, 자연이 자신의 창조물을 파괴하려고 결정했을 때 놀라운 집요함을 보여주듯 모든 것이 내부에서 이루어졌다. 처음의 충격이 가시고 나면 환자들이 자신의 운명에 익숙해지고 결국 거기에 관심을 갖는 것처럼, 그는 마침내 훨씬 더 고요한 마음으로 자신의 주위를 둘러보게 되었다. 세상은 다른 질서에 따라 다시 구성되었다. 모든 요소들이 우연과 뒤섞인 거대하고 혼란스러운 군중 대신, 그는 자신의 주변이 두 개의 진영으로 나뉘어 있는 것을 보았다. 한쪽은 공포를 별로 중요하게 여기지 않은 축이었고, 다른 쪽은 동일한 감정을 나누어 가진 수많은 미지의 사람들, 그의 형제들이었다. 하지만 인류를 둘로 가르는 이런 간략한 방법이 항상 정당한 것은 아니다. 평화와 마찬가지로 용기는 현대인의 삶에서 별로 중요한 것이 아니다. 매우 존경할 만한 인물 중에서도 용감한지 아닌지 확인할 수 없는 경우가 있다. 왜냐하면 그들 스스로 아무것도 모르고 있으며 결코 그런 질문을 받은 적도 없기 때문이다. 하지만 그는 "결국 나는 다른 사람처럼 먹고 마시지……"라고 말하며 더할 나위 없이 잘 행동했다고 한두 시간 안에 결론 짓는 환자처럼 생각했다.

자신을 속이려 해봐야 소용없는 짓이었다. 그런 놀이라면 그는 성공할 수 없었기 때문이다. 그래서 아들과 함께 지하실로 가면서, 그는 자신으로부터 나온 이 존재에서 약간이나마 아버지의 비겁함이 드러나지 않을지 알고 싶은 욕망에 사로잡혔다. 하지만 어린아이는 다른 부류에, 이를테면 적진에 속해 있었다. 아주 사소한 떨림이라도 감지할 수 있었더라면 그는 사랑의 마음으로 이 작은 육체를 껴안아줄 수 있었을 것이다. 이 불안한 영혼을 받아들이고 다시 감싸주었을 것이다. 그러나 그 영혼은 어린아이 같은 눈을 통해 그와는 다른 지역에 살고 있다고 말하고 있었다. 그리고 그는 이해하고 있는 듯한 이 곧고 맑은 시선이 싫었다.

이제 와서 필리프는 로베르의 존재가 거추장스럽게 느껴졌다. 그는 지긋지긋한 방학이 끝나자 한숨을 돌렸다. 대놓고 부당하게 굴기에는 그의 성격이 너무 유순하고 우유부단했다. 그래서 감히 순진무구한 아이에게 공격적으로 대하지 못했고, 타당한 핑계거리 없이 자신이 원하는 대로 아이를 괴롭히지 못했다. 먼저 그에게는 사람들이 자신에 대해 품고 있는 생각에 맞서기 위해 필요한 대담성이 부족했다. 아내와 처형, 심지어 친구들마저 그를 선한 사람이라고 믿고 있었다. 아들은 용감한데 자신은 그렇지 못하다고 해서 대뜸 아들을 야단칠 수는 없는 노릇이었다. 아무도 그를 이해하지 못했을 것이며, 어떤 논리로도 그는 자신에 대한 사람들의 기대에 맞서는 행동을 할 수 없었을 것이다. 그래서 그는 로베르에게 아주 친절하게 대했다. 또한 씁쓸한 미소를 애써 억누른 채, 교육적이고 재미있기도 한 값비싸고 나무랄 데 없는 장난감을 사주기도 했다.

하지만 오늘 그에게 다른 근심거리가 생겼다. 이삼 주 전부터 체중이 계속 늘었다. 식이요법을 따랐지만 소용이 없었다. 아주 오래전부터 입어왔던 옷 한 벌이 몸에 너무 꽉 끼었다. 칼라가 목을 죄어오는 바람에 피가 머리로 쏠리는 것 같았다. 그는 심각하면서도 온화한 표정으로 삼면거울에 자신을 비추어보았다. 거울에 비친 모습을 보니 오뚝한 콧날의 윤곽은 무너져버렸고, 턱은 이미 약간 둥그스름하게 변해 있었다. 푸르고 검은 빛이 감도는 커다란 눈은 갈색 뺨과 입술 언저리를 곁눈질하는 듯했다. 입술 언저리는 하도 깊이 패어 마치 구멍이라도 뚫린 것 같았다. 적어도 거기까지는 아무것도 변하지 않았다. 얼굴 윗부분은 그럭저럭 깨끗한 선과 로마식 가면에서 볼 수 있는 무미건조한 균형을 유지했다. 머리를 꼿꼿하게 세우기만 하면 목도 가늘어 보였다. 하지만 꽉 끼는 조끼 때문에 숨 쉬기가 불편했다. 대놓고 말하지는 못했지만 그는 며칠 전부터 이 점을 의식했다. 이와 같은 부끄러움 때문에 그가 속으로 얼마나 큰 어려움을 겪었는지! 그는 조끼를 벗어 바닥에 집어던져버렸다. 이런 식으로 정신적 결점과 육체의 몰락을 비교한다는 것은 터무니없는 일이었다. 그는 몸이 망가지는 것을 보기보다는 차라리 수십 번이라도 비겁해지는 쪽을 택했을 것이다. 그는 침대 발치에 쓰러지듯 주저앉아 자신이 처한 불행에 대해 생각해보았다. 몇 분 뒤, 그는 옷감과 재단(裁斷)이 더 좋은 용도로 충분히 활용될 수 있는 조끼를 다시 집어 들었지만, 다시는 이 옷을 입지 않겠다고 결심했다.

그는 조금 늦은 시간에 거실을 가로질러 서재로 들어가려다가 창가로 밀어놓은 그랜드피아노 앞에 멈추어 섰다. 아내가 종종 치던 피아노였다. 그도 집에 혼자 있을 때면 푸른 벨벳이 덮인 피아노 의자에 앉는 것을 마다하지 않았고, 꽤 난해한 곡들을 그다지 어렵지 않게 연주하곤 했다. 그는 피아노 뚜껑을 열고 열중하는 표정으로 건반을 눌러보았다. 그의 손가락은 즉시 프랑크의 전주곡 첫 소절을 짚어냈다. 그는 잠시 멈추었다가 다시 시작했다. 이 소리가 그에게 얼마나 많은 말을 했던가! 그는 이 선율이 주는 우울한 평정에 빠져들어 깊게 한숨을 쉬었다. 바로 그 순간 그는 들어올 때는 보지 못했던 아들을 발견하고는 소스라치게 놀랐다. 로베르는 창에서 가까운 바닥에 주저앉아 있다가 처음 몇 소절을 듣고 아버지에게 다가왔던 것이다.

필리프는 피아노 뚜껑을 덮고 방에서 나갈까 생각했다. 하지만 감정을 억누르고 아주 조심스럽게 피아노 뚜껑을 닫으면서 부자연스러운 미소를 지었다. 어린아이 앞에서 한숨을 짓고 소스라치게 놀라기까지 했다는 사실에, 마치 낯선 사람에게 자신의 치부를 드러내기라도 한 것처럼 짜증이 났다. 하지만 자신을 향한 아이의 시선에는 감탄만이 깃들어 있었다. 강렬한 즐거움이 아이의 얼굴에 생기를 불어넣었던 것이다. 어떻게 아이가 이토록 심각한 음악에 민감할 수 있을까? 필리프는 자기가 로베르 나이였을 때, 때때로 아버지가 같은 곡을 연주하는 것에 귀를 기울였던 기억을 떠올렸다. 경이로운 소리가 그의 귀를 가득 채웠다. 아주 사소한 선율조차 마음속 깊은 곳에서 감동적으로 울려 퍼졌다. 화음이 폭풍우처럼 으르렁거렸다. 갑자기 그는 아들의 머리를 쓰다듬었다. 똑같은 열정에 사로잡혀 그는 어린 시절의 필리프에게로 향했다. 마치 자신이 둘로 나눠지기라도 한 것 같았다. 그는 어린 시절의 자신 앞에서 이처럼 행복한 미소를 띠고 취한 듯한 눈으로 바라보는 자신을 발견했던 것이다. 이렇게 자신을 다시 발견한다는 것은 이상하면서도 고통스러운 경험이었다. 비누 냄새가 나는 덥불진 머리카락을 입술로 스치면서, 그는 앞으로 몸을 숙였다. 갑자기 주체할 수 없는 충동에 사로잡혀 그는 아들을 꼭 껴안고 허기를 채우기라도 하듯 아들의 얼굴에 마구 키스를 퍼부었다.

그날 오후, 아내와 처형은 각기 다른 일로 시간을 보냈다. 엘리안이 먼저 외출해 생피에르 드 샤요 성당에서 오랫동안 머물렀다. 그녀는 꽤 권태로워 보이는 이 성당을 별로 좋아하지 않았다. 하지만 어쨌든 성당은 거리의 소란과 그녀 자신으로부터 피난처가 되어주었다. 우연, 소란, 무의미한 동요가 난무하는 거리는 그녀에게 외부 세계의 이미지를 단순화시켜 보여주었다. 경첩으로 부드럽게 돌아가면서 한숨 짓듯 삐걱거리는 가죽으로 속을 댄 작은 문을 닫아 이 세상에서 벗어날 수 있다는 것은 기분 좋은 일이었다. 성당의 중앙 홀은 텅 비어 있었다. 측랑에는 늙은 가난뱅이 한 사람이 난방기 앞에 의자를 놓고 앉아 졸고 있었다. 그녀는 까치걸음으로 그를 지나쳐 성당 안을 한 바퀴 돌아보았다. 그러고는 중앙 제단 뒤 가려진 곳에 앉아 철로 된 촛대 받침에서 타오르는 양초 개수를 세다가 몸을 일으켜 다시 문 쪽으로 내려갔다. 시계가 세시를 알렸다. 그녀는 이 슬프고 흐릿한 작은 소리를 듣고 성당의 권태로움을 가늠해보려는 듯 마지막으로 다시 한 번 성당으로 눈길을 던졌다. 그러고 나서 현관을 지나 다시 거리로 나왔다. 거리의 소음이 온통 그녀의 얼굴을 때렸다. 하지만 그녀는 기독교도들의 졸린 듯한 평화보다는 거리의 외침과 무언가를 부르는 소리가 더 좋았다. 조금 전부터 그녀는 깊은 생각에 빠져 있었다. 지금까지 그녀는 오류와 실패로 가득 찬 삶을 사랑해왔다. 자신의 양심에 따라 삶을 부정적으로 완성시켜왔다는 생각에 갑자기 두려웠다. 이제 곧 서른두 살이 될 것이다. 젊은 시절 내내 그녀는 나쁜 짓을 삼갔다. 다른 사람을 괴롭히지 않고, 아무도 불편하게 하지 않고, 필요에 따라 뒤로 물러나 있어야 한다는 교훈들을 머릿속에서 곱씹어왔던 것이다. 그래서 항상 뒤로 물러나 그림자 속에 머물러 있는 것을 받아들였다. 그러고는 가슴이 조금 덜 뛰고 작은 것에 만족하는 법을 배웠다. 지금에 와서 그녀는 그것이 괴로웠다. 줄곧 자신에게 물러나라고 말하는 내면의 목소리에 복종하느라 행복을 놓쳐버렸다고 생각했다. 11년 전만 해도 그녀는 필리프와 결혼할 수 있었을 것이다. 앙리에트는 결코 필리프를 사랑하지 않았다. 자신이 조금만 능숙하고 끈기가 있었더라면 필리프의 열정을 자신 쪽으로 돌려놓을 수 있었을 것이다. 앙리에트보다 덜 아름답기는 했지만 어려운 일은 아니었을 것이다. 그 당시엔 엘리안 역시 젊고 싱싱했으며 피부도 아름다웠다. 눈동자가 반짝이며 깊이 있고, 변화무쌍한 푸른빛을 띠는 눈 또한 누구에게도 뒤지지 않을 만큼 아름다웠다. 마지막으로 동생과 아주 많이 닮았다는 사실도 그녀에게 유리하게 작용했을 것이다. 그래서 그녀는 별다른 어려움 없이 필리프를 설득해 자신을 사랑하도록 할 수 있었을 것이다. 스스로에 대한 확신조차 없는 다 큰 소년을 자기 쪽으로 유혹하지 말란 법이 어디 있겠는가? 어디 있냐고? 그것은 바로 그녀의 가슴속에, 말하자면 맹목적인 양심 깊은 곳에 있었다. 그래서 그것은 그녀에게 고집스럽게 반복하며 말했다. '넌 나쁜 짓을 저지르고 있어. 넌 동생을 바로 세울 수 있을 거야. 그렇지 않으면 동생의 것을 약탈하는 꼴이 되는 거야. 필리프는 널 사랑하지도 널 원하지도 않아. 그러니 그를 앙리에트에게 남겨줘'라고.

그녀는 분노를 집어삼키면서 거기에 복종했다. 만약 신앙이 있었더라면 아마도 다른 곳에서 보상받을 수 있도록 자신의 의지를 하느님께 희생물로 바쳤을 것이다. 하지만 11년이 지난 오늘 이 작은 광장의 인도 위에서 그녀는 그토록 자신의 삶을 학대하고 나서 얻은 결과가 무엇일까 하는 의문이 들었다. 그토록 오랫동안 선을 실천하기 위해 노력하는 과정에서 무엇이 더 나아졌을까? 무엇보다도 자신이 선을 위해 태어나기라도 한 것일까? 아마도 악한 소명을 받고 태어나서 수녀가 자신의 서원을 완수하듯 순수하게 자신의 소명을 따르는 영혼의 소유자들도 있을 것이다. 생각이 여기에 이르자 그녀는 정신이 혼란스러웠다. 불쌍한 여자는 마치 그런 무서운 생각이 자신에게서 나온 것이 아니라는 증거라도 찾으려는 듯 창백한 얼굴을 성당 쪽으로 돌렸다.

그녀는 이런 질문들에 대해 곰곰이 생각해보았다. 이 질문들은 자신의 진짜 본질성이 무엇인지 잘 가르쳐주지 않으면서도 그녀를 점점 더 먼 곳으로 끌고 갔던 것이다. 그런 다음, 그녀는 마음속으로 필리프에게 연애편지를 한 통 쓰고 나서 그가 잃어버렸다는 지갑을 사러 갔다.

앙리에트는 엘리안보다 30분 정도 후에 집을 나서 자동차를 타고 파리 중심부로 갔다. 몇몇 가게를 방문하고 나니 시간이 잘도 지나갔다. 조바심이 나서 거의 생각도 하지 않았는데 이미 오후의 끝자락에 이르러 있었다. 가로등이 켜졌다. 하지만 아직도 상당히 많은 시간을 기다려야 했다. 몇 초 동안 생각해본 다음, 자주 들어가보고 싶었던 잘 모르는 찻집의 계단을 올랐다. 창가에 자리를 잡고 나서 발아래로 비스듬하게 기울어진 마들렌 광장을 마치 한 번도 본 적 없다는 듯 골똘히 바라보았다. 아주 친근한 이 장소가 완전히 다른 모습으로 드러났다.

유년기부터 그녀는 아주 평범한 길거리에서 엉뚱한 면모를 찾아보는 것을 즐겼다. 그러기 위해 그녀는 주저 없이 아파트 문을 열어젖혔다. 창문이 그녀의 새로운 관찰지점이었다. 그녀는 기왓장의 선이 서로 다른 각도로 드러나는 지붕들과 보도에서는 볼 수 없는 수많은 굴뚝을 호기심 어린 눈으로 바라보았다. 위에서 내려다보니 행인과 자동차 들의 활기는 그녀가 정의할 수 없는 독특한 의미를 띠고 있었다. 사람들 위에 있는 그녀는 사람들이 이리저리 오가는 다양한 이유가 점점 더 비현실적으로 변해가는 듯한 인상을 받았다. 만약 그녀가 2층에서 군중을 보았더라면, 사람들의 움직임은 아직도 얼굴에서 읽을 수 있는 신중함을 통해 그 의미가 드러났을 것이다. 하지만 6층에서 그들을 내려다보면 이런 논리는 거의 드러나지 않는다. 의도가 우연에 자리를 내주고 만다. 바람에 흩날리는 알곡과도 같이 오른쪽으로 향하던 것이 갑자기 왼쪽으로 방향을 틀 수도 있다. 삶을 경탄할 만한 것으로 변형시키는 비밀스러운 놀이에 집들이 끼어들 수도 있다. 또한 하늘에 조그만 구름이라도 지나갈 때면 앙리에트는 구름이 움직이지 않고 있는 것이라고 생각했다. 거리가 주저하면서 바람 부는 대로 움직이다가 갑자기 멈추더니, 마치 마스트가 뽑힌 거대한 배처럼 이내 방향을 바꾸는 것으로 보였다. 그러고 나면 아래로 내려다보이는 보도에서 벌어지는 일들은 전혀 심각한 것이 아니었다. 존재들은 우연히 지금보다 더 강한 동요가 일어나 자신들을 가져가버릴지도 모른다는 사실도 모른 채 동요하고 있었다. 그녀는 이런 장님과 귀머거리들에 아무런 관심도 기울일 수 없었다. 오직 강력한 변덕만이 남아 아무에게도 복종하지 않고 아무것에도 봉사하지 않은 채 구름 사이로 쓸모없는 대지를 굴리고 있었다.

현기증이 일어 정신을 온통 꿈에 빼앗긴 사람들처럼 순간순간 그녀를 일으켜 세웠다. 그녀는 육체가 조금씩 가벼워짐에 감미로움을 느꼈다. 삶 자체가 빠져나가버리는 느낌이 들 정도로 외부세계에 대한 의식이 줄어들었다. 그녀의 뺨에서 핏기가 가셔버렸다. 눈은 감각을 상실한 채 이리저리 헤매더니 내부를 향해 시선을 돌렸다. 소리는 여전히 그녀에게 이르렀지만, 곧 귀가 막히더니 오로지 둔탁하고 깊은 맥박의 기억만이 두뇌 깊은 곳에 가득하게 되었다. 그러더니 아주 짧은 순간에 그녀의 내적 존재가 질료에서 떨어져 나왔다. 마치 위에서 빨아들이기라도 한 것처럼 내적 존재는 두 세계 사이를 떠돌아다녔다. 이런 혼미함은 너무 갑작스럽게 찾아온다는 점 말고는 그다지 고통스럽지 않았다. 이렇게 해서 그녀는 조금만 주의를 집중해도 마음대로 자신과 보이지 않는 우주의 한계에서 벗어날 수 있었다. 그녀는 자유로웠다. 그녀를 삶에 붙잡아두고 있는 것은 육체밖에 지배할 수 없었다. 대낮이었지만 그녀는 다른 사람들이라면 수마의 미로 속 어둠에서나 찾는 행복을 맛보았다.

합리적 세계가 다른 모든 것을 완전히 배제하고 살아가는 언니 같은 사람 앞에서, 그녀는 자기가 영원히 틀렸다는 느낌을 받았다. 하지만 그런 느낌은 어떤 정확한 질문들에 대한 구체적인 반응이 아니라 막연한 것이었다. 그녀가 보기에, 인간 존재란 자신이 다른 사람에게서 본 삶에 대한 격렬한 애정을 내부에서 키워나가는 것이었다. 그녀로서는 동일한 것을 오랫동안 갈망할 수도, 지향할 수도 없었고, 그것이 유감스러웠다. 그녀의 실존은 무게가 없었다. 정열이 그녀에게 삶의 무게를 느끼게 했고, 그녀를 땅에 묶어두었다. 하지만 그녀가 가장 생생하게 느껴야 했던 탐욕은 더 이상 지속되지 않았다. 그녀는 때때로 무언가 갖기 위해, 붙잡기 위해 애를 썼다. 그것은 그녀가 부자이기 때문에 가능했다. 하지만 먹이 위에서 게걸스럽게 닫혀야 할 손가락들이 쉽사리 먹이를 놓치고 말았다. 마치 잠자는 동안 손에서 힘이 빠져나가 모든 것을 놓쳐버리는 것처럼. 이따금 호기심이 발동하여 어떤 사소한 것으로 나아가보기도 했다. 그것은 당시 그녀의 생각을 온통 차지했지만, 나중에 가서 갑자기 아무것도 아닌 것이 되어버렸다. 그녀는 마음이 더 이상 고통스럽지 않다는 사실에 놀라고 말았다.

그녀는 마치 검은 선처럼 마들렌 광장을 두르고 있는 플라타너스들의 꼭대기를 바라보았다. 자신을 행복으로 데려다줄 길이 바뀔 수도 있다는 미신적인 두려움에 사로잡혀, 첫번째와 두번째 나무 사이를 얼마나 자주 지나쳤던지! 어떤 사람들은 아무런 의심도 없이 보이지 않는 길을 가로질렀고, 또 다른 사람들은 몇 미터 정도 그녀의 뒤를 따르기까지 했다. 그들을 보면서 이런저런 궁금증에 빠져들었다. 그들은 왼쪽으로 돌아야 한다는 것을 알고 있을까?(모두들 대개 계속해서 나아갔다.) 우연히 그 통로로 접어들게 될까? 다른 곳에서 오지나 않을까? 아니면 나무 사이에 있는 자신의 흔적을 따라가지나 않을까? 빛이 점차 희미해져서 회색 하늘이 지붕 뒤에서 연보랏빛으로 변했다. 가게들이 불을 밝히자, 집의 윗부분은 계속해서 짙어져가는 어둠 속으로 사라졌다. 앙리에트는 눈을 깜박거리면서 속눈썹 사이로 불빛을 바라보았다. 가로등 불빛은 약간 분홍빛을 발했고, 가게의 불빛은 거칠고 딱딱하게 흰빛을 발하고 있었다. 모든 빛이 길고 거무스레한 성당의 육중한 실루엣 앞에서 마치 빛과 섬광으로 된 보자기를 펼치고 있는 것 같았다. 시간이 되자 밤이 찾아왔다. 마들렌 성당을 덮고 있는 청동 지붕만이 아직도 광선을 받고 있었다. 모든 것이 용해되어 버리는 어둠 속에서 지붕은 여전히 요란한 녹색을 띠고 있었으며, 눈으로는 더 이상 알아보기 힘든 거대한 점으로 남아 있었다. 거대한 점은 밤을 가로지르는 장막처럼 펼쳐져 있었으며, 비현실적인 모습으로 카페, 은행, 영화관 위를 떠다니고 있었다.

그녀는 종업원의 질문에 대답하기 위해 애써 빠져나와야만 할 정도로 온통 이 광경에 정신이 팔려 있었다. 그녀는 차를 한 잔 주문했지만 다 마실 시간이 없었다. 5분이면 족할 것이다. 그녀는 뛰어서 계단을 내려와 다시 거리로 나섰다.

그녀는 차도와 인도 사이로 나 있는 비밀의 길로 접어들었다. 그 길은 상상 속에서 한계가 뚜렷했다. 그녀는 뛰어가면서 마주치는 사람들에게 속으로 말했다. '당신은 올바른 길을 가고 있네요. 당신의 길은 더 이상 올바르지 않아요. 올바른 길로 다시 돌아오세요. 거기를 떠나 올바른 길로 돌아오세요.' 그녀는 갑자기 멈추었다.

그녀 앞에서 고물상의 진열장이 마치 거울처럼 분명하게 그녀의 모습을 비추고 있었다. 그녀는 미동도 하지 않고 있었다. 자신이 어떤 모양으로 모자를 쓰고 있는지 관심을 기울이지 않았다. 마치 유령이라도 보는 것처럼 그녀는 정면 한가운데를 차지하고 있는 가구를 멍하니 바라보고 있었다. 주위로는 소파, 작은 탁자, 오래된 액자들과 반투명의 작은 골동품들이 다양한 색상의 커튼이 쳐진 좁은 공간을 가득 채우고 있었다. 그렇지만 그녀는 즉시 자신의 욕망을 자극하는 그 가구에만 눈길을 던졌다. 두 개의 서랍이 딸린 배가 불룩 튀어나온 작은 서랍장이었다. 너무 가늘어서 가냘파 보이기까지 하는 다리에는 불꽃이나 뾰족한 나뭇잎 모양의 작은 청동 신발이 신겨져 있었다. 하지만 세련되고 우아한 선을 보면 이 서랍장은 1750년 무렵 프랑스 장인의 손길에서 나왔을 법한 것과 잘 구분되지 않을 정도였다. 하지만 이것은 자기로 되어 있고 연초록과 장밋빛으로 채색되어 독특한 느낌을 주었다. 젊은 여자는 한동안 가구를 주시하다가 잠시 눈길을 다른 곳으로 돌렸다가 다시 되돌아왔다. 그녀는 제대로 보지 못했다. 그렇게 깨지기 쉬운 가구가 그토록 길고 혼란스러운 시대를 무사히 지나왔다니! 그녀에게는 그것이 가능해 보이지 않았다. 어쩌면 낭만주의 시대의 모작일지도 모른다. 하지만 아니다. 처음에 그녀는 모작이라는 혐의를 무색하게 하는 청동 손잡이와 자물쇠를 알아보지 못했다. 그것을 보자 가슴이 뛰기 시작했다. 그녀는 가까이 다가가서 앞으로 몸을 숙이고 서랍을 꽃술로 장식하고 있는 작은 화환을 살펴보았다. 무엇인가가 목구멍을 막아오는 것 같았다. 지팡이로 두드리기만 해도 둘로 쪼개질 것 같은 이 가구를 고집스럽게 소유하려 하면서 행복을 찾는 일이 가능할까? 앙리에트는 그럴 것이라고 확신했다. 그녀는 안으로 들어가서 가격을 물어보고는 다시 나왔다. 1만 5천 프랑이었다. 더 노련한 여자였더라면 비싸다고 말해도 보고 흥정이라도 해보았을 것이다. 하지만 그녀가 할 수 있는 일이라고는 고작 자신의 혼란을 억누르고 작은 서랍장에서 눈을 떼어 무관심한 척하는 것이 전부였다. 나중에는 가격이 합당한 것처럼 보였다. 만약 가격이 1만 5천 프랑이 아니라 5만 프랑이었더라면, 그녀는 "생각해볼게요"라고 대답하고는 합당한 가격이라고 생각했을지도 모른다. 필리프에게 말하고 수표에 이 숫자를 쓰게 하면 그만이었다. 하지만 필리프에게 뭘 요구하기란 쉬운 일이 아니었다. 그는 왜 아내가 이 큰 돈을 원하는지 알고 싶어 할 것이며, 여러 가지 이유로 그녀는 대답할 수 없을 것이다. 그러고 나면 엘리안을 구워삶아야 할 것이다. 필리프는 먼저 엘리안을 통해 알아보고 난 후에야 아내에게 돈을 줄 것이기 때문이다. 불행하게도 오늘 오후 엘리안은 그에게 7천 프랑을 빌려야 한다. 엘리안에게 "언니, 필리프에게 말해서 1만 5천에다 7천을 더해 2만 2천 프랑을 빌려줘"라고 말하기에는 너무 늦어버렸다. 2만 2천 프랑. 그토록 짧은 시간 안에 엘리안을 설득해서 필리프에게 2만 2천 프랑을 빌리게 한다…… 언니는 이유를 물어볼 것이다. 아침에는 7천 프랑이 필요하다고 했다가 갑자기 2만 2천 프랑이 필요하다는 것을 이해하지 못할 테니 말이다. 엘리안은 착하기는 하지만 의심이 너무 많아서 탈이다. 언니는 자기가 이미 꾸며놓은 청구서를 보자고 할 것이다. 그녀는 잃어버렸다고 말할 것이다. 잃어버린 가방 속에 들어 있었다고…… 그사이에 서랍장은 앙리에트보다 더 부유한 어느 애호가의 손에 넘어가버릴 것이다.

그녀는 벤치에 앉아 사람들이 지켜보든 말든 울고 싶은 심정에 사로잡혔다. 그녀는 비밀스러운 길에서 벗어날 뻔했다. 그녀가 긴 계산에 몰두하면서 눈을 내리깐 채 걸어가느라 신문팔이가 그녀를 넘어뜨릴 뻔했다. 자신도 모르는 사이에 그녀는 차가운 공기가 쓸고 다니며 조명도 제대로 되지 않은 어둠침침한 통로 한가운데 있었다. 이곳, 어두운 가게들 사이에서 삶은 갑자기 흉측한 모습을 띠었다. 유리로 된 천장은 마치 이러한 쓸데없는 소란을 비웃기라도 하듯 발걸음 소리를 반향했다. 그녀는 가게의 흐릿한 유리에 비친 자신을 바라보고는 표정에서 드러나는 피로의 기색에 깜짝 놀랐다. 창백한 그림자가 얼굴에 드리워져 있었고, 시선은 무기력해 보였다. 이렇게 추한 모습인데 서랍장을 소유한들 무슨 소용이 있겠는가? 이 생각은 아주 정당한 것 같기도 하고 동시에 아주 터무니없는 것 같기도 했다. 그래서 그녀는 좀 더 생각해보려는 듯이 걸음을 늦추었다. 추해진다는 것은 가능한 일이 아니었다. 삶을 견뎌내려면 모든 것이 끝까지 움직이지 않고 제자리에 있어야 했다. 그리고 비밀의 길과 그 끝에는 항상 똑같은 행복이 있어야 했다. 새하얀 피부와 어두운 눈을 가진 이 여자는 항상 같은 방식으로 웃어야 하며, 주름살이 파여서는 안 되었다. 뿐만 아니라 그녀는 영원히 아름다움을 간직할 가구의 손잡이에 메마른 손을 대어서는 안 되었다.

그녀는 뛰기 시작했다. 처음으로 시간에 생각이 미쳤던 것이다. 그녀의 얼굴은 예전 못지않게 순수해졌으며, 통로의 어두운 불빛에 그녀는 속아 넘어갔다. 사실 그녀의 내부에서 무엇인가 변화가 일어났다. 스물여덟 살이 될 때까지 그녀는 도대체 뭐가 뭔지도 모른 채 삶을 영위해왔다. 그러다가 나머지 것을 잘 알지도 못하는데 어떤 목소리가 갑자기 "목적지가 보여"라고 말했다. 목적지라고? 무슨 목적지를 말하는 거지? 왜 갑자기 이 말이 생각났을까? 이 말은 도대체 어디서 온 것일까? 대체 누가 자신을 쫓기는 여자처럼 뛰게 했을까? 10분 정도 늦을 것 같다. 그리고 다음에는? 약속 시간을 30분이나 넘겨서 도착한 적도 있었지만 결코 오늘처럼 뛰어본 적은 없었다. 그녀는 도망을 친 셈이다. 사람들은 통로의 출구 부근에서 빈정대거나 의심스러운 표정으로 그녀 쪽을 돌아보았다.

그녀는 작은 대기실로 들어섰다. 들어섰다기보다는 차라리 떨어졌다는 표현이 더 나을 것이다. 그가 문 가까이로 나와 그녀를 팔로 안았다.

"무슨 일이야?"

"마들렌 광장에서 왔어. 뛰어왔어."

"그러지 말았어야지. 왜 택시를 타지 않았어? 빙판이던데 미끄러지면 어쩌려고?"

몸을 따뜻하게 해주려는 듯 그는 그녀를 꼭 껴안았다. 그는 그녀보다 머리 하나는 더 컸으며, 축 처진 어깨는 건강이 좋지 않음을 보여주었다. 뿐만 아니라 호흡은 도시인답게 희미하게 느껴졌다. 광대뼈 부근에는 안색이 생기를 띠었지만, 깡마르고 자잘한 주름이 파인 뺨은 그다지 젊어 보이지 않았다. 표정과 평퍼짐한 짧은 코와 얇은 입술은 메말라 보이는 기색이 역력했다. 하지만 열띤 태도 때문인지 눈동자만은 생생하면서도 금속과 같이 딱딱한 빛을 발했다. 강압적인 시선은 마치 그녀가 들어온 문을 확인이라도 하려는 듯 앙리에트 주위를 두리번거리다가, 마침내 자신의 팔에 안겨 숨을 고르고 있는 작은 육체로 향했다.

"난 불안해. 나는 항상 어떤 불행한 일이나 사고가 생길까봐 불안해. 여기 있지 말고 몸을 좀 데워." 그가 다시 말했다.

그는 그녀의 허리를 팔로 부축한 채 대기실을 가로질렀다. 대기실에는 검붉은 플러시 천을 입힌 의자 세 개가 초콜릿 빛 판재 위에 금속 장식을 늘어놓고 있었다. 그들이 나중에 들어간 방은 화려하지는 않았다. 천장이 아주 낮은 방이었다. 벽난로 위로 튀어나온 거울 오른쪽에 고정된 전등 하나가 방을 밝혔다. 인색한 손으로 재를 덮어놓은 초라한 조개탄에서 나오는 희미한 열기만이 방 안에 감돌았다. 갈색과 보라색이 감도는 작은 양탄자가 울퉁불퉁한 골마루의 중앙 부분을 가려주었다. 아궁이 한쪽에는 채색된 나무 소파가 방문객을 기다리고 있었다. 그녀는 추위로 몸을 부르르 떨면서 질긴 천으로 된 의자에 앉았다. 긴 참나무 테이블 위에 걸려 있는 커다란 베네치아 대운하 사진이 필요에 따라 식당으로도 사용되는 살롱의 실내장식을 완성했다.

"머리가 아파. 아스피린 좀 줘." 그녀가 말했다.

그는 눈살을 찌푸리고 뭔가 말을 하려다가 이내 마음을 고쳐먹고 방을 나섰다. 앙리에트는 그가 부엌에서 이리저리 돌아다니는 소리를 들었다. 그녀는 창가에 가만히 앉아 어두컴컴한 작은 마당으로 눈길을 던졌다. 단지 빅토르의 기분을 상하게 할지도 모른다는 두려움 때문에 덧창을 닫지도, 낡은 무명천으로 된 커튼을 젖히지도 못했다. 이미 창유리와 얇은 망사를 통해 밤이 낮보다 더 쉽게 방 안으로 들어왔다. 방 안을 밝히는 유일한 전등은 어둠이 발산하는 차가운 빛과 제대로 싸우지 못했다. 하지만 빅토르는 앙리에트가 창이나 가구에 손 대는 것을 금했다. 그녀에게 완전히 봉사하는 것이 그의 편집증 중 하나였기 때문이다. 그녀는 벽난로 가까이로 다가가 손에 불을 쬐었다. 작은 석탄 망을 보자 어린 시절을 보냈던 아버지의 아파트가 떠올랐다. 서재에 있던 모로코풍의 도자기, 녹색 천으로 장정된 책들, 늙은 교수가 한숨을 지으며 소나무로 된 작은 테이블에 올려놓은 낡은 서류가방도 기억났다. 빅토르의 방 안에서 아버지의 아파트에 있던 것들 중 몇 가지를 발견했던 것이다. 그녀가 빅토르에게 애착을 가지는 것은 어쩌면 이런 기억들 때문일지도 몰랐다. 그녀는 오로지 자신의 목소리를 이상하게 만들어버리는 낮은 천장 아래서, 그리고 가장자리가 노랗게 변해버린 커다란 사진 가까이에서만 빅토르를 상상할 수 있었다. 이전에는 가난이 그렇게도 지긋지긋했지만 지금 와서 어쩔 수 없이 가난에 이끌리고 있었다. 며칠 동안 그녀는 가난의 냄새가 떠돌아다니는 아파트에서 얼굴에 파산의 흔적을 고스란히 지닌 빅토르 옆에 있을 때에만 편안함을 느꼈다. 이 순간, 그녀는 빅토르가 좀체 찾을 수 없는 아스피린 통을 찾느라 서랍 여닫는 소리를 들었다. 그는 부엌의 타일 바닥 위로 슬리퍼를 질질 끌면서 걸었다. 때때로 그 소리가 앙리에트를 짜증 나게 했지만, 때로는 오늘처럼 그녀 주위에 일상적인 삶이 배제된 마술적인 원을 그리며 그녀의 마음을 편안하게 했다. 그녀는 2년 전부터 매주 여기에 왔다. 남자의 격렬하고 질투심 많은 사랑이 그녀를 너무 괴롭히지는 않았다. 그녀는 그가 거리에서도 자신을 미행한다는 사실을 잘 알고 있었다. 심지어 그는 앙리에트가 헤프다고 생각했다. 왜냐하면 그가 보기에 이토록 아름다운 여자가 자기처럼 가난한 애인에게 만족할 거라고는 생각지 않았기 때문이다. 하지만 그녀는 그를 타박하지 않았다. 그저 마음속에 비밀로만 간직한 채 항상 무기력한 손길과 갑작스러운 요구를 힐난하는 정도로 그쳤다. 확실히 그는 그녀를 모욕하는 일을 즐겼다. 그것은 바로 여자의 부와 자신이 머릿속에서 상상하는 여자의 배반에 대해 나름대로 복수하는 방식이었다. 이런 순진한 즐거움을 망치지 않으려고, 그녀는 빅토르에게 자신의 가난과 관련된 진실을 겉으로 드러내지 않으려고 조심했다. 즉 자기 또한 예전에는 그처럼 가난했고, 그래서 어쩔 수 없이 이러한 가난을 좋아할 수밖에 없으며, 자신은 결코 부자라는 생각에 익숙해질 수 없었다는 사실을 감추어온 것이다. 다른 것에 대해서는 마음대로 생각하도록 내버려두었다. 그리고 자신을 있는 그대로 노골적으로 드러내고 싶지 않았기 때문에, 남편이 자신에게 무관심하다는 사실 역시 감추었다. 이 가난한 은행원은 그녀의 남편을 행복의 절정에 이른 경쟁자라고 보았다.

그녀는 장갑 한 짝을 벗고 아몬드 향 크림을 바른 손의 냄새를 맡아보았다. 그녀의 생각은 온통 서랍장 생각과 뒤섞여 있었다. 여기 벽지가 바랜 벽 사이에서 삶은 진짜 모습으로 되돌아와 있었다. 창이라는 단어는 이 아파트의 창에 적용될 때에야 비로소 완전한 의미를 지니게 되는 것 같았다. 필리프의 아파트는 마치 중국이라는 나라가 존재한다는 사실을 아는 것처럼 막연하게 존재했다. 그녀는 자주 필리프의 아파트에 있지만 그곳에 있을 때면 항상 자신이 있어야 할 장소가 아니라 다른 곳에 존재하는 것 같았다. 즉 필리프의 집으로 이어지는 비밀스러운 길을 거슬러간다고 해도 여전히 머무를 수밖에 없을 것 같은 낮은 천장 아래 존재하고 있었던 것이다. 빅토르의 집에 있을 때면 자신을 속이는 것이 훨씬 더 어려워 보였다. 거기나 다른 곳에 있을 때면 그녀는 외부세계를 변형시킬 수도 있었고, 다른 사람이라고 생각할 수도 있었다. 하지만 어떤 마술적인 원 안에서 그녀는 엄격하고 견고한 현실을 재발견했다. 이렇게 해서 진부한 가정생활에서 벗어나 꿈이라는 손쉬운 낙원 속으로 몸을 던지는 사람들과는 달리, 그녀는 환상세계 한가운데에 발이 빠지지 않고 안개와 구름 사이로 단단한 머리를 내밀고 있는 한 귀퉁이 땅을 찾았다. 그녀는 작고 어두운 마당 끝에 있는 옹색한 방을 좋아했다. 석탄이 비쌌기 때문에 그곳은 추웠다. 이런 현실을 더 잘 느끼기 위해 아주 우아한 드레스 위로 노동자들의 소매 달린 앞치마를 걸쳤다. 그리고 그녀는 빅토르가 고통스러워하는 금전적인 어려움을 걱정하고 있었다. 그녀는 본능적으로 자신의 물건에서 절대로 관심을 돌릴 수 없는 곤충과도 같은 조바심을 지니게 되었다. 그런 상황에서 그녀는 필리프와의 결혼에서 얻은 모든 것을 허구로 돌려버렸다. 그 모든 것을 자신이 빅토르에게 불러일으킨 열정 속에 있는 것으로 바꾸어놓았다. 그것은 평범하고 저속하지만 진정한 것이었다. 초라한 아파트, 이 끔찍한 집 안에서 자신을 줘버린 이 보잘것없는 남자는 어느 정도 그녀 자신의 창조물이자 자신이 만들어놓은 작품이었던 것이다.

"자, 여기 있어." 그가 들어오면서 말했다. 그는 물 한 잔을 내밀었고, 그녀는 그것을 단숨에 들이켰다. "좀 눕지그래?" 그가 덧붙였다.

그녀는 손에 물잔을 쥐고 주위를 둘러보았다.

"어디에 눕지?"

"내가 옆에 불을 피워두었어."

앙리에트는 고개를 저으며 잔을 벽난로 위에 내려놓았다. 자신의 자그마한 표정마저 관찰하는 남자를 앞에 두고, 사랑의 감정과 뒤섞인 남자의 허영심에 상처를 줄까 두려워 조심스럽게 말해야겠다고 생각했다. 사랑받는 데 성공하지 못한 사람에 대한 깊은 동정심이 그녀를 사로잡았다. 그는 부드럽게 그녀의 팔 위에 손을 얹어 소파에 앉혔다.

날씨 때문에 기분이 우울하고 무엇을 할지 몰라 괴로웠던 어느 날, 그를 따라간 것은 바로 그녀였다. 인파가 많은 작은 거리에서 모르는 남자가 몸을 돌려 그녀를 바라보았다. 그 순간 그녀는 그의 눈에서 불안하면서도 사악한 욕망의 표현을 알아차렸다. 처음에는 기분이 나빠 발걸음을 돌려 큰 가게에 들어가서 그가 멀어지기를 기다렸다. 하지만 해쓱하고 수심기 어린 얼굴이 마음속에서 이내 사라지지 않았다. 몇 초가 지났다. 그녀는 손가락 사이로 헝겊 조각을 만지작거렸다. 그때 불현듯 남자가 어디로 갔는지 알고 싶다는 생각이 들어 쫓기듯 거

리로 나왔다. 그녀는 남자의 낡아빠진 외투, 검은 장갑을 기억해내고
는 그토록 세심하게 남자의 옷차림을 관찰했다는 사실에 놀랐다. 수
많은 산책객이 그녀를 떼밀며 발걸음을 가로막았다. 그와 처음 맞닥
뜨렸던 곳에 가보았지만 남자는 더 이상 그 자리에 없었다. 앙리에트
는 화도 나고 슬프기도 해서 가슴이 옥죄어왔다. 무슨 일이 있어도 그
낯선 남자에게 말을 걸고 싶었다. 단 한 번만이라도 만나보고 싶어졌
다. 그녀는 더 빨리 걸으려고 사람들로 가득 찬 인도를 벗어나 차도로
내려서서 계속 걸었다. 잠시 후, 그녀는 초라한 옷차림과 불안해 보이
면서도 갑작스러운 걸음걸이로 그 사람을 다시 알아보았다.

　재산이 다른 여자들에게 영향력을 행사하는 것처럼 그녀에게는 가
난이 그랬다. 자신도 가난했더라면 이 남자를 무시해버렸을 것이다.
하지만 부자였기 때문에 그녀는 이 남자에게 감탄과 호기심이 뒤섞인
묘한 감정을 느꼈다. 그녀는 발걸음을 재촉해 남자를 앞질렀다. 가장
어려운 것은 남자에게 말을 붙이는 일이었다. 그녀가 너무 우아해서
그는 그녀에게 두려움을 느끼고 있었다. 미지의 남자에게 있을 법하
지도 않은 이런 행운에 대해 생각해볼 시간이 필요했다. 그녀가 뒤로
물러서자 이번에는 그가 그녀를 따라왔다.

　이 모든 것이 너무나 이상해 보여 그녀는 몽유병자라도 된 듯했다.
그녀는 남자의 시선이 약간 두려웠다. 그녀는 고개를 돌릴 때마다 도
둑처럼 자신을 훔쳐보는 눈길과 마주쳤다. 아마도 그는 일이 이렇게
빨리 풀리기를 바라지 않은 것 같았다. 하지만 이제 그녀는 그가 자기
를 따라오지 않는 것이 만족스러운 듯했다. 그녀는 다른 집과 약간
떨어져 있는 집 앞을 지나칠 때 대문 아래로 몸을 숨겼다. 그는 미소

를 지으며 그녀에게로 다가와서 "여기가 제가 사는 곳인데요"라고 말했다.

그녀는 닫혀 있는 문짝에 기댄 채 서 있었다. 저쪽 거리에서는 목소리, 빛, 친근한 소음이 넘쳐났지만 여기에는 대문 아래의 축축하고 침침한 공기 속에서 다른 세계가 시작되고 있었다. 남자는 다른 어조로 이번에는 웃음기 없이 같은 말을 반복했다. 그는 "여기가 제가 사는 곳인데요"라고 말하지 않고 ― 어떻게 그걸 잊을 수 있을까? ― "여기가 제가 남아 있는 곳인데요"라고 말했다. 이 말에 그녀는 아무렇게나 대답했고, 그들은 함께 계단을 올라갔다. 계단에는 양탄자가 깔려 있지 않았다. 그녀는 감격에 차 나무 계단에 부딪는 신발 소리를 들었다.

이날부터 그녀의 삶은 일종의 균형을 되찾았다. 반은 가난하고 반은 부유한 자신이 어느 정도 행복하다고 생각했다. 티스랑을 그다지 사랑한 것은 아니지만, 그녀는 그에게 익숙해졌다. 욕망과 사랑뿐만 아니라 분노와 탐욕으로 이루어진 그의 정열에도 차츰 익숙해졌다. 그는 그녀의 재산과 보석이 미웠고, 배고플 때 먹을 수 있고 빚도 없는 그녀의 남편이 증오스러웠다. 그에 반해 그녀는 그의 가난, 비위생적인 아파트, 심지어 그녀가 가슴에 담아두려 했던 돈에 대한 쪼들림마저 좋아했다. 그녀는 그가 집세를 못 내 주인으로부터 쫓겨날까봐 얼마 되지 않는 금액이기는 했지만 한두 번 그에게 도움을 주었다. 하지만 집세라는 거추장스러운 문제를 제외하고는 그가 추위에 떨든 말든 제대로 먹든 말든 거의 신경 쓰지 않았다. 확실히 그녀는 그의 운명을 동정했고, 심지어 그로 인해 그 앞에서 눈물까지 흘린 적도 있었다. 그녀는 자신의 눈물에서 행복을 느꼈고, 눈물을 흘리는 그 순간만은 진실했다. 하지만 티스랑에게 너무 많은 돈을 빌려주다가 자신이 증오하는 부유함에 대한 취향을 그에게 불러일으키지 않을까 염려했다. 그녀는 또한 그가 너무 우아한 옷을 주문하거나 누렇게 바랜 거실의 벽지를 바꿀 생각을 할까봐 겁났다. 낡아빠진 벽지가 발린 이 벽사이에서 삶은 진정한 모습으로 돌아와 있었던 것이다. 그녀는 이제 가난한 소(小)부르주아에 불과했다. 불이 신통치 않았기 때문에 그녀는 추위를 느꼈다. 그것만이 사실이었다. 살아 있다는 느낌을 제외하고는 모든 필요가 즉시 충족될 수 있는 커다란 아파트에서, 필리프라는 가상의 남편 집에서 지내는 긴 시간은 사실이 아니었다. 그녀는 다른 사람들이 몽상과 거짓의 낙원으로 몸을 던지는 것과 마찬가지로 진실을 찾아 나섰다.

"추위." 그녀가 말했다.

그는 그녀의 손을 잡고 불안과 분노가 뒤섞인 표정으로 그녀를 쳐다보았다.

"앙리에트, 오늘 무슨 일 있어? 오늘은 내 생각을 하지 않는군."

"그 반대야. 나는 온통 자기만, 자기가 처한 어려움만 생각해."

"그 문제라면 더 이상 말하고 싶지 않아."

그녀는 벽난로 가까이에 앉아 작은 철망의 깊은 곳에서 재를 뒤적거렸다. 그녀는 내일이면 석탄이 떨어지리라는 걸 잘 알고 있었다. 불은 아침부터 타고 있었지만 입김이 보일 지경인 눅눅한 방을 충분히 덥혀주지 못했다. 옆에 있는 빅토르의 방도 마찬가지였다. 그곳에도 이와 똑같은 철망 깊은 곳에서 조그만 조개탄 더미가 타고 있었다. 세심하게 준비된 불이 밤 깊도록 비어 있을 방을 똑같은 온도로 유지시켜주고 있었다. 무명천으로 된 소파, 옆으로 기울어진 거울 달린 옷장, 두 개의 베개가 놓인 커플용 가죽 침대만이 불의 온기를 누리게 될 것이다. 이미 너무 늦었다. 그녀는 여섯시 5분 전에는 떠나야 했다. 그녀는 이런 우스꽝스러운 상황이 유쾌했다.

"자기는 내가 떠나는 순간 자기 생각을 하지도 않는다고 여기지?" 그녀가 말했다.

그는 무릎을 꿇고 그녀를 바라보았다.

"난 자기가 바라는 것 말고는 아무것도 믿지 않아." 그가 중얼거렸다. "나는 자기 생각만 해. 자기가 가버리면 난 내 불쾌한 표정들, 내 거친 말투들이 싫어져. 내 얘기 듣고 있어? 난 당신의 존재를 이용할 줄도 모르겠고, 자기가 여기 있을 때 행복을 느낄 줄도 모르겠어."

"빅토르, 난 내가 여기 있는 것이 만족스러워서 웃는 거야. 집으로 돌아가야 할 때면 난 모든 것이 우울해져."

"그게 가능해? 그러니까 자기는 날 사랑하는 거지?"

그녀는 그가 묻는 말이 아무런 의미도 없다고 대답할까 생각했지만, 제때에 그것을 억누를 수 있었다. 가난한 남자는 그것을 이해하지 못했다. 그녀는 그가 자기 앞으로 몸을 숙여 감사라도 하려는 듯 그녀의 무릎 위에 고개를 올려놓는 것을 보았다. 바로 그때, 그의 머리에서 대머리 초기 증상이 보인다는 것을 알아차리고 소스라치게 놀랐다. 탈모가 시작된 머리를 쓰다듬으려던 그녀의 손이 동작을 그치고 허공에서 멈췄다. 자신의 애인이 늙은 것이다. 그녀는? 무릎을 꿇고 있는 남자 위에서 그녀의 얼굴은 공포로 일그러졌다. 그녀는 진리를 좇아왔고, 의미없다고 생각한 결합을 대신하기 위해 치사한 계략을 꾸며 진리를 그녀의 삶으로 억지로 이끌어오기까지 했으며, 마침내 거기에 성공했다. 그런데 그 진리가 덫에 걸려버린 것이다. 앙리에트는 앞으로 몸을 숙이고 이제 막 시작되는 대머리 증상으로 인한 작은 원형 탈모 부분을 유심히 바라보았다. 그녀의 거부감은 먼저 끝을 알 수 없는 동정심과 뒤섞였다. 자존심 강한 남자는 고통스러워할 것이다.

그녀의 침묵에 불안했던지 그가 갑자기 머리를 치켜들었다.

"무슨 일이야? 왜 아무 말이 없어?"

그가 얼이 빠진 얼굴로 그녀에게 물었다.

"딴생각을 하고 있었어."

그녀는 그의 눈에 부드럽게 손가락을 댔다. 곧바로 그녀는 가난한 소부르주아인 척했다. 하지만 그녀의 마음 깊은 곳에서 어떤 목소리가 들려왔다. '한 시간 후면 너는 멋진 아파트로 가서 세련된 접시로 저녁을 먹고, 실크 캐노피가 달린 침대에서 잠을 자고 있을 거야.' 그런 생각이 들자마자 그녀의 기쁨이 사라져버렸다. 하지만 5분 전부터 그녀는 정말로 소부르주아가 되어 있었다. 춥고 어두운 방에는 절망한 여자와 수심 가득한 남자가 있었다. 그녀는 키스하는 것이 오히려 두려운 어떤 못생긴 남자와 결혼으로 연결된 진짜 아내가 되어 있었던 것이다. 그녀는 오열을 터뜨렸다.

"난 불행한 여자야. 난…… 난……"

겁에 질린 그가 몸을 일으켜 그녀를 팔로 안았다.

"무슨 일이야? 나한테 뭐 감추는 게 있지?"

"아니야, 난 더 이상 자기가 어려움을 당하는 일이 없었으면 해. 내가 자기한테 그 돈을 마련해줄게."

"앙리에트, 그것 때문에 우는 거야?"

감동에 사로잡혀 그는 몸을 떨었다. 그가 너무 세게 안아서 그녀는 숨 쉬기조차 힘들었다.

"그만…… 날 놓아줘. 숨이 막힐 것 같단 말이야. (그녀는 눈물을 닦았다.) 들어봐. 언니가 도와주기로 했어. 아마도 오늘 저녁이면 자기가 필요한 돈을 보내줄 수 있을 거야. 그랬으면 좋겠어."

"자긴 너무 착해. 자긴 모르겠지만……"

"빅토르, 내게 고마워하지 마. 난 이기주의자일 뿐이야. 나는 진짜 필요한 것도, 진짜 걱정할 것도 없어."

그녀는 너무 멀리까지 나가다 자기도 예전엔 가난했다고 말해버릴까봐 그쯤에서 멈추었다. 그녀는 그게 부끄러웠던 것이다. 그가 자신을 변덕쟁이로 보고, 그의 접근을 두려워하면서도 그에게 관능적인 애착을 가진 여자 정도로 보는 편이 더 나을 것 같았다. 그녀는 결코 이 불행한 남자에게 자신이 그를 만나는 것이 그의 가난 때문이라고 설명할 방법을 찾을 수 없을 것이다. 갑자기 일종의 취기가 그녀를 사로잡았다. 조금 전까지만 해도 그녀에게 혐오감을 주었던 상황이 느닷없이 그녀의 마음을 사로잡았다. 그녀는 그의 품 안에 몸을 던졌다. 적어도 그의 불은 어딘가에는 소용이 있겠지, 하고 그녀는 냉소적으로 생각했다.

필리프는 오후 시간의 일정 부분을 사업에 할애했다. 그는 튈르리 공원을 지나 마들렌 성당까지 걸어갔다. 추위가 얼굴을 찢어놓을 것 같았지만, 튈르리 공원에서 한동안 머물렀다. 그는 권태로운 하루를 빨리 마감하고 싶은 욕망과 그가 완수해야 할 힘든 일들에 대한 좀처럼 극복할 수 없는 혐오감 사이에서 망설이고 있었다. 황동사자상 가까이에 이른 그는 계단을 올라가서 몸을 뒤로 돌리고 이제 막 벗어나려는 행복하고 자유로운 이 넓은 공원에 마지막 눈길을 던졌다. 고등학교 시절 이 정원을 가로질러 학교에 다닐 때 이와 비슷한 슬픔에 사로잡혔던 기억이 떠올랐다. 그것은 어두워질 때까지 그를 따라다녔던 어린아이 같은 슬픔이었다. 불편한 기억이지만 사람들은 당시에 그를 뛰어난 학생이라고 불렀다. 그는 자신과 자신의 미래에 대한 확신이 있었고, 자신이 중요한 위치에 있다고 믿었다. 이런 특징이 다소 감정적인 본성을 바꾸어놓았다. 그런데 오늘날에 와서는…… 차라리 다른 생각을 하는 편이 더 나으리라. 그는 "이제 그만" 하고 나지막한 소리로 말하면서 리볼리 가로 내려서서 거리를 가로질러 건넜다.

몇 분 동안 더 걸어 그는 마들렌 성당으로 갔다. 거기서 그는 대로와 연결된 거리 가운데 하나로 접어들었다. 속고 있는 남편이 갖기 마련인 수학적인 정확성으로 앙리에트가 들어가기 30초 전에 빅토르가 살고 있는 건물 앞을 지났다. 그는 그림을 파는 화랑을 배회하면서 약간 우회하다가, 초록색 대리석으로 된 현관의 커다란 시계가 다섯시 반을 알리는 순간 목적지에 도달할 수 있었다. 이 희미하고 가느다란 소리를 들을 때면 그의 머릿속에는 항상 동일한 생각이 스치고 지나갔다. 어린 시절 그가 귀찮은 숙제를 앞에 두고 얼굴을 찌푸릴 때 하녀가 그에게 반복하던 어처구니없는 말이 떠오른 것이었다. "그건 지옥에 가서라도 도련님의 시련을 이기는 데 그만큼이라도 득이 될 거예요." '그만큼이라도 득이……' 그는 자신도 모르는 사이에 중얼거렸다. 이런 생각이 떠오르는 기계적인 성격에 화가 났다. 그는 하인에게 모자를 건네면서 혼자 나지막한 소리로 덧붙였다. "그 하녀가 생각했던 것처럼 이 모든 것이 뭔가에 소용되기라도 한다면 말이지." 그리고 그는 회의실로 이어지는 황록색 방수포로 덮인 문을 밀었다.

방이 대단히 화려했기 때문에 그는 상당한 비용이 들어갔을 것이라고 생각했다. 이 방에서 그는 아버지의 취향을 알아볼 수 있었다. 비교적 큰 광산 회사의 이사 여덟 명이 한 달에 한 번씩 모이는 이 건물은 사실 아버지가 직접 장식을 한 것이다. 전쟁이 나서 사정이 엄청나게 나빠진 상황에서도 43년 전부터 사업은 거의 저절로 굴러가다시피 했다. 그것은 사람들이 겨울이면 난방을 할 수밖에 없다는 아주 단순한 이유 때문이었다. 그렇기 때문에 대단히 활동적이었던 노인이 사망한 다음에도 사업은 어떠한 변화도 겪지 않았다. 일을 많이 해서 힘이 빠져버린 아버지의 커다란 육체가 파놓은 의자 속으로, 어느 게으른 자가 무기력하게 미끄러져 들어갔다. 부자간의 차이는 거의 느껴지지 않았다. 하지만 아버지 클레리는 스스로 회사에 없어서는 안 될 존재라고 생각했다. 자신을 회사에 불필요한 존재라고 여기는 아들과는 전혀 딴판이었다.

필리프는 이사들과 일일이 악수를 했다. 이사 중 한 사람이 회의를 시작하기 위해 필리프가 오기만 기다리고 있었다며 부드러우면서도 가시 돋친 듯한 투로 말했다. 이들은 모두 15분에서 20분 정도 일찍 도착해 있던 터라 젊은 클레리의 지각을 나쁘게 생각할 수밖에 없었다(이사들은 그가 예순 살도 되지 않았다는 용서할 수 없는 과오를 비난하고자 할 때는 그를 '젊은 클레리'라고 불렀으며, 단지 고인이 된 경영자의 우월함을 상기하고자 할 때는 그를 '아들 클레리'라고 불렀다).

'그러니까 한편으로는 젊고 한편으로는 늙은 셈이군.' 이런 생각을 하면서 그는 지정된 의자에 몸을 파묻었다. '잘 모르고 보면 그렇겠지. 한쪽에는 새로운 생각들, 열의와 미래가 있고, 다른 쪽에는 전통적인 오류와 세월의 무기력이 있는 셈이지. 사실 나 역시 이사회 의장만큼이나 지겨워. 우리는 모두 한꺼번에 난파당한 셈이군.'

한 달 전이었더라면 그는 기겁을 하며 이런 생각을 떨쳐버렸을 것이다. 하지만 오늘은 아주 차분하게 이 생각을 받아들였다. 지금처럼 자신을 직시하면서, 이상하기는 했지만 약간 침울한 즐거움을 느꼈던 순간이 있었다. 강가에서 밤을 지낸 다음부터 그의 안에 있던 무엇인가가 죽어버린 듯했다. 그는 그런 사실을 잘 알고 있었다. 필리프라는 이름은 더 이상 그가 알고 있던 존재와 완전히 같은 존재가 아니었다. 확실히 삶은 급격한 변화를 받아들이지 않는다. 사람들은 수년 동안 변화가 지속된 다음에야 비로소 자신이 달라졌다는 것을 알아차린다. 한숨을 짓고 난 다음 그는 어느 순간부터, 정확히 언제부터 그러한 변화가 시작되었는지 생각해보았다. 강가에서 여자가 자기를 불렀던 순간이었을까? 그보다 훨씬 더 오래된 일일지도 모른다. 말 잔등에 앉아 양손을 덜덜 떨었던 순간이었을까? 아마도 그보다 훨씬 더 오래전이었을 것이다. 어린 시절의 공포, 아버지에 대한 두려움, 지금 이 순간까지 그를 따라다니는 거의 초자연적인 두려움을 잊어버린 걸까? 그가 이 회의실에서 말할 때마다 혼자만 알아들을 수 있는 어떤 목소리가 항상 그에게 입을 다물라고 명령하는 것 같았다. 그래서 그는 자신의 의견을 말할 때마다 대강 주위섬겨버리든지 당혹감을 느낄 수밖

에 없었다. 부끄러움에 얼굴이 벌게져서 아버지의 친구들이 그에게
퍼붓는 무례한 시선을 견뎌내야 했다. 마치 위험이라도 다가오는 것
처럼 심장 박동이 더 빨라졌다. 그들이 알아차렸을까? 보통 이런 질
문이 떠오르면 정신을 차릴 수가 없었다. 하지만 오늘 처음으로 그는
차분하게 대답했다. "그럼, 당연하지. 그들이 알아차렸겠지. 그들은
내가 두려워하고 있다는 사실을, 그들을 두려워하고 있다는 사실을
알아차렸을 거야."

그는 날고기처럼 붉은색을 띤 거대한 대리석 벽난로 쪽으로 눈을
돌렸다. 난로 위에는 묵직한 틀에 끼운 어마어마하게 큰 거울이 앞으
로 기울어져 있었다. 그 거울은 회의실과 검붉은 모직으로 덮인 테이
블과 이사들의 대머리를 비춰주었다. 그는 거울에서 자신의 모습을
찾다가 약간 창백해진 얼굴을 발견하고는 마치 공모자라도 되는 듯
은밀한 신호를 보내고 싶은 생각이 들었다. 그의 뒤에는 커다란 보랏
빛 벨벳 커튼이 창 위로 드리워져 있었다. 창 사이로는 프랑스 화가
보나가 그린 창업자의 초상화가 인상을 잔뜩 찌푸리고 있었다. 상들
리에가 음산한 빛을 퍼뜨렸다. 너무 높아서 상들리에에 빛이 닿지 않는
천장은 어둠 속에 그대로 남아 있었다.

지금 필리프는 아무런 할 말이 없었다. 이사회 의장이 큰 소리로 서
류를 읽어 내려갔다. 의장은 이따금 적대적이고 불안한 시선을 문 쪽
으로 던지면서, 어깨를 덮고 있는 회색과 검은색이 뒤섞인 체크무늬
머플러 끄트머리를 잡아당겼다. 나이가 많이 들어서인지 몸에서 지방
기가 다 빠져나가버려 이제는 축 처지고 누렇게 변한 육신만 남은 듯
했다. 육신은 마치 꽃 장식처럼 턱 아래에 매달려 있는 것 같았고, 흑

갈색 점들이 박힌 기다란 손은 온통 주름이 잡혀 있었다. 20대처럼 투명하고 딱딱해 보이면서도 파리하고 푸른빛이 감도는 눈은 붉은 눈썹 사이에서 좌우로 움직였다. 하지만 중요한 치아가 몇 개 빠져버려서 인지 서류를 제대로 읽어 내려가지 못했다. 하지만 이 결점이 우스꽝스러워 보이지는 않았다. 이사가 하고 있는 말이 명확한 것인지 아닌지에 대해서는 관심조차 없었다. 웅장한 장소, 창백하면서도 격렬한 조명과 문장의 끝 부분에서 잦아드는 무미건조한 목소리, 이 모든 것이 하나의 이상한 덩어리를 이루고 있었기 때문이다. 그 이상한 덩어리를 구성하는 여러 요소들은 조금씩 인간적인 성격을 상실해버린 것 같았다. 이 노인은 일종의 마술사가 되어 존재와 사물을 마술적인 수면 속으로 빠뜨렸다. 방 안의 열기는 권태, 특히 수면 욕구를 더했다. 필리프는 자신도 모르는 사이에 눈을 감아버리지 않을까 겁났다. 그래서 그는 이러한 유혹에 저항해보려고 거울에 비친 샹들리에에 시선을 고정시켰다. 때로는 샹들리에가 태양 속의 얼음 덩어리라도 되는 것처럼 번쩍거렸고, 때로는 불티 속에서 선회하는 검은 별처럼 보였다. 필리프는 여러 차례 손으로 눈썹을 비벼 관자놀이 위로 천천히 길을 내고 있는 땀을 훔쳐야 했다. 그의 옆에는 이미 반백이 된 다갈색 머리카락에 어깨가 건장한 이사 한 사람이 페이퍼나이프를 가지고 손장난을 하고 있었다. 그는 그것을 털이 난 집게손가락 위에다 균형 잡아 세우려고 안간힘을 썼다. 이따금 짧고 격렬한 기침 때문에 배가 흔들려 페이퍼나이프가 테이블 위로 미끄러졌다. 규칙적으로 진행되는 이 작은 사건이 결국 필리프의 주의를 끌고 말았다. 그래서 그는 가느다란 페이퍼나이프의 움직임을 관찰하기 시작했다. 그것은 마치 저울의 바늘처럼 떨렸고, 주저주저하면서 어느 쪽으로 미끄러질지 선택하는 것 같았다. 반수면 상태에 빠져 있던 필리프는 이 평범한 작은 물건이 어떤 신비한 의도를 지닌 살아 있는 존재처럼 느껴졌다. 자신의 내부에도 이 터무니없는 움직임과 같은 모호한 어떤 것이 존재하고 있었다. 이렇게 해서 페이퍼나이프가 떨어질 때마다 필리프는 마치 어떤 심연의 가장자리에 때맞춰 멈춰 서기라도 한 것처럼 고통스러운 발작을 억눌렀다. 결국 더 이상 참지 못하고 옆사람에게 몸을 기울여 그 가증스러운 물건을 빌려달라고 할 찰나, 그래서는 안 된다는 것을 깨달았다. 말하려던 단어들이 목구멍에 그대로 머무르고 말았다. 그래서 그는 다시 부드럽게 몸을 뒤로 젖혀 문장 장식이 있는 의자 등받이에 머리를 기댔다. 입 가장자리에 미소가 스치고 지나갔다. 갑작스러운 화끈거림을 동반한 씁쓸하고 슬픈 미소였다. 이제 자고 싶다는 욕망은 잦아들었고, 아직도 계속되는 의장의 보고를 듣고 있었다. 이따금 불분명한 문장 사이사이에서 도시와 강 이름이 울리면서 갑자기 북쪽 지역의 신비한 풍경이 떠올랐다. 희끄무레하고 비가 많은 하늘을 배경으로 광산 밖으로 옮겨진 흙이 거대한 원추형 더미를 이루었고, 그 더미 내부의 불이 그것을 천천히 태우고 있었다. 초목과 관목들이 검고 뜨거운 땅에 뿌리를 내리고 흙 버리는 곳의 허리께를 뒤덮고 있었다. 때때로 연기를 내뿜는 갈라진 틈 가장자리에서는 꼭대기까지 풀이 자라 있었다. 더 멀리 갱도 주위에는 무겁고 심각한 표정을 짓고 있는 한 무리의 광부들이 석탄 지옥으로 내려갈 채비를 하고 있었다. 그들은 마치 분노의 불이 노리는 신처럼 보였다. 몽상에 이끌려 들어간 필리프는 광산의 이름이 언급될 때마다 자신이 하나씩 갱도 안으로 빨려들어가는 상상을 해보았다. 그들은 존경심 어린 표정을 지은 채 문을 밀어주고는 잠시 문턱에 서 있었다. 번쩍거리는 상반신 위로 샹들리에 불빛이 어른거려 눈이 부셨다. 그들의 입은 헤벌어져 있었다. 그들은 숫자와 더불어 늘어나는 듯한 수줍음에 사로잡혀 방의 가장 어두운 구석에서 서로에게 몸을 밀착시키고 있었다. 마침내 동료들보다 더 젊고 강해 보이는 한 사람이 무리에서 떨어져 나와 커다란 오뷔송 양탄자 위에서 비틀대며 앞으로 나왔다. 그는 이렇게 이사회 의장의 자리에 도달했다. 거북살스러움을 감춘 공손한 태도로 그는 회색과 검은빛이 나는 코안경을 부드럽게 벗고는 화를 내지 않고 손가락으로 목덜미를 잡고 노인을 소파에서 일으켜 세우더니, 샹들리에까지 대롱대롱 매달듯이 들어올렸다. 노인의 몸은 번쩍거리는 불꽃 속에서 몇 차례 빙글빙글 돌았다.

필리프는 침묵 때문에 제정신으로 돌아왔다. 이사회 의장이 마침내 보고서 읽기를 모두 끝냈다. 비스듬하게 놓인 커다란 거울로 샹들리에가 불을 던지고 있었는데, 마치 녹색과 분홍색으로 어우러진 빛으로 된 흉측한 꽃다발 같았다. 전체 회의가 시작되기 전에 긴 테이블 주위에서 잠시 웅성거림이 들려왔다.

이제는 지금까지의 보고 내용에 대하여 자신의 견해를 밝히는 시간이었다. 이사회 임원들은 각자 몇 마디 말을 했다. 의장은 상반된 의견들을 모아 빠져나간 치아로 그것을 요약하고 축약하고 계속해서 우물거리더니, 결국 단번에 집어삼켜버릴 수 있는 걸쭉한 즙으로 만들어버렸다. 적어도 필리프의 정신 속에서 이사회의 토론은 이런 양상으로 진행되었다. 그는 아무리 해도 이 토론들이 현실적인 것이라고 생각할 수 없었다.

　필리프로서는 이보다 더 견디기 어려운 순간이 없었다. 사실 그는 이런 토의에서 자신의 무용함을 가장 심하게 느꼈다. 아버지에게서 이 자리를 물려받은 다음부터 그는 이런 토의에 단 한 번도 실질적으로 참여한 적이 없었다. 일종의 인사치레로 사람들이 필리프의 의견을 구한 적이 있기는 했지만, 그가 거북해하고 우물거리자 결국 가만히 내버려두었다. 혹시라도 그가 기침을 하거나 의자를 움직이기라도 하면, 사람들은 그가 거기에 있다는 것을 확인하려는 듯 그가 앉아 있는 쪽으로 놀란 시선을 돌렸다.

　오늘 저녁 그는 이 사람들과 싸우고 싶은 생각이 몇 분 동안 들었다. 소심하게도 그들의 눈에 자신의 존재를 확인시키고 한 마디라도 시의적절한 말을 해보고 싶은 욕망에 사로잡혔던 것이다. 날아다니는 몇 마디 말을 포착해서 필요한 대로 약간 바꾸어 적절한 순간에 그것을 반복한다는 것이 그렇게도 힘든 일일까? 한번 시도나 해보리라.

　이제는 대화가 통계와 관련된 것으로 변했다. 이사 중 한 사람이 종이 위에 적어둔 숫자들을 일목요연하게 비교하면서 늘어놓았다. 소맷부리와 칼라, 가슴 부분에 장식을 한 단정한 용모의 마르고 키가 작은 노인이었다. 약간 길어 보이는 각 기간의 통계자료를 나열할 때마다, 그는 주기적으로 등껍질 테로 된 코안경을 벗었다가 어떤 가상의 이사에게 그것을 건네는 시늉을 하고는 콧날이 번쩍거리는 구부러진 커다란 코에 다시 올려놓았다. 그가 마침내 소맷부리를 흔들고 코안경을 테이블 위에 놓아 자신의 말이 끝났다는 신호를 보냈을 때, 필리프는 자신이 아무것도 이해하지 못했다는 것을 알아차렸다.

그는 바로 이어서 말을 시작한 다른 이사에게 더 많은 관심을 가지고 귀를 기울였다. 나이가 들어 묵직하고 물렁물렁한 얼굴에는 존경받을 만한 위엄이 자리 잡은 듯했다. 필리프는 곁눈질로 그 얼굴을 바라보았다. 사실 혈색 좋은 얼굴에는 주름살 하나 보이지 않았으며, 촉촉한 입술은 흡사 어린아이의 것과도 같았다. 푸른빛이 감도는 눈이 눈꺼풀에서 튀어나왔으며, 불룩 나온 거대한 배는 자신을 밀치는 테이블과 드잡이하는 것 같았다. 강한 향수 냄새가 풍겼다. 그는 불확실한 생각으로 인한 동요를 감추기라도 하려는 듯 쥐어짜낸 듯한 힘으로 자신의 의견을 표현했다. 필리프는 몇 초 동안 그의 이야기를 따라가면서, 속에서는 전체적으로 하나의 의견과 같은 문장들을 구성해보려고 했다. 하지만 그의 정신은 끊임없이 그에게서 빠져나가버렸다.

어쩔 수 없이 그는 상황과 완전히 동떨어진 것, 다시 말해 지옥에 대한 하녀의 생각, 밤늦게까지 센 강을 산책했던 날 저녁 엘리안이 자신의 손이 닿는 곳에 놓아둔 예술 잡지를 생각했다. 그가 이 커다란 의자에서 괴로워하고 있는 바로 그 시간에 녹색이 감도는 장밋빛의 수백 개 빛들은 이미 검은 물속에서 반짝거리고 있었다. 강둑길에는 벌써 알 수 없는 사람들이 왔다 갔다 하기 시작했다. 그것은 새벽까지 이어질 것이다. 낮에는 절대로 볼 수 없는 사람들이 은신처에서 빠져나와 곰팡이가 슨 벽을 따라 소리 없는 산책을 시작했다. 그들은 손을 주머니에 찌른 채, 옆구리를 맞대고 잠들어 있는 텅 빈 커다란 거룻배들 가까이에 있는 모래 더미 사이로 지나갔다. 때때로 그들은 멈추어서서, 누군지 모를 사람을 바라보고 부르면서 부드럽게 휘파람을 불어댔다. 몇몇 사람들은 모자를 코까지 눌러쓰고 입을 헤벌린 채 나무 아래에서 잠을 자고 있었다. 누더기를 입은 여자들은 자그마한 소리에도 소스라치게 놀라 지나가는 행인을 향해 짜증스러운 얼굴을 들었다. 자극적이면서도 음산한 냄새가 강에서 올라왔다.

필리프는 갑자기 정신이 번쩍 들었다. 그의 옆에 앉은 다갈색 머리의 남자가 뭔가 할 말이 있는 모양이었다. 그 사람은 갑자기 화가 난 표정으로 기침을 한 다음, 페이퍼나이프를 손으로 잡고 살펴보았다. 그런 다음 눈을 내리깐 채 말을 시작했다. 두툼한 손이 앞에 놓인 연필, 펜, 압지를 쉴 없이 옮겨놓았다. 동그랗고 잔뜩 부푼 얼굴은 부드러운 입술과 갈고리 모양의 입이 앞으로 튀어나와 관능적으로 보였다. 그는 몇 마디 말을 계속한 다음, 아주 강하게 기침을 하고는 평평하고 커다란 귀의 보랏빛 귓불을 잡아당기더니 마침내 입을 다물었다.

필리프는 이 순간 자신의 주위로 어둠이 내리깔리는 인상을 받았다. 테이블의 까칠까칠한 모직에 손바닥의 땀을 닦았다. 그는 자기도 말을 해야 한다는, 드디어 말을 해야 한다는 이상한 욕망에 사로잡혔다. 이 사람들의 정신 속에 존재감을 드러내기 위해서는 말을 해야 했다. 그가 보기에 이미 두어 사람이 동시에 마치 침묵을 깰 테면 그렇게 해보라는 듯이 그에게로 시선을 던지는 것 같았다. 테이블 끝에 앉은 두 사람만이 낮은 목소리로 자기들끼리 토론을 이어가고 있었다. 하지만 그들마저 말을 중단하고 의자에 몸을 젖히고 앉았다. 왜 이 사람들은 다들 입을 다물어버렸을까?

거울 깊숙한 곳에서는 샹들리에에서 내려오던 빛이 희미해져버린 듯했다. 작은 불 주위로 회색의 빛 무리가 생겨났다. 보랏빛 벨벳 커튼 사이에서 창업자의 얼굴을 겨우 분간할 수 있을 정도였다. 미적지근한 습기가 온몸을 적셔 가슴부터 허리께까지 셔츠가 몸에 꼭 달라붙어버렸다. 그는 절망적으로 거울에서 자신의 모습을 찾으려 했지만, 안개 같은 것이 그의 눈앞에 떠다니기 시작했다. 그는 단단하고 거친 물질을 만져 힘이라도 얻으려는 듯 손가락으로 테이블의 모서리 부분을 세게 그러쥐었다. 갑자기 그는 몸을 일으켜 입을 열었다. 그의 입에서 말이 쏟아져나왔다. 그는 멍한 상태로 침묵 속에서 소리가 형성되는 것을 들었다.

이날 저녁 앙리에트와 엘리안은 말이 없었다. 하루 종일 하녀와 함께 생클루에서 보낸 로베르는 기운이 다 빠진 상태였다. 하지만 필리프는 기분이 아주 좋았다.

"한 가지 알려줄 소식이 있어요." 저녁식사가 거의 끝나갈 무렵 그가 말했다.

"소식이라고요?" 두 여자가 반복했다.

필리프는 침착한 표정으로 잔을 채우고는 핑계 삼아 아내와 처형에게 술을 권했다.

"아니, 소식부터 말해줘요." 두 여자가 갑자기 정신을 차리고 말했다.

그는 가장다운 관대한 웃음을 지었다. 하지만 문득 자신이 수행해야 할 터무니없는 역할을 알아차리고는 두려움에 사로잡혔다.

"음, 나는 유니온 회사를 그만뒀어요." 그가 목소리를 바꾸어 말했다.

"제부! 그럴 수는 없어요." 엘리안이 소리를 질렀다.

"무슨 말을 하는 거예요?"

"제부의 지분을 포기했다고요?"

"상당한 금액을 받고 양도했어요."

"그럼 매달 이사회에 나가지 않는다는 거죠?" 앙리에트가 물었다.

"필리프, 그렇게 중요한 결정을 별다른 고민도 없이 내렸단 말이에요?" 엘리안이 다시 말했다.

"처형은 무슨 근거로 내가 아무런 고민도 없이 그런 결정을 내렸다고 생각하는 거죠?"

"우리한테 한 마디도 하지 않았잖아요."

"내가 왜 집사람과 처형의 의견을 물어야 되죠?"

"화내지 마세요, 제부. 분명 어떤 계획이 있겠지요. 어쨌든 아주 좋은 결정일 거예요. 말해주세요. 좀 알아야겠어요."

"계획이 있어서가 아니라, 오늘 저녁 여섯시경부터 이루어진 일이에요. 사실 여섯시에 나는 이사회 석상에서 발언을 했고, 이사들에게 내가 가진 유니온 회사의 지분을 팔 예정이라고 밝혔어요."

"그 사람들은 뭐라던가요?"

"이사회 의장이 아주 친절한 태도로 내게 엄청난 보상을 해주겠다고 대답하더군요."

'파산이 시작된 거야.' 엘리안은 생각했다. '내가 언젠가 그와 결혼한다면 나는 가난뱅이와 결혼하는 셈이겠네. 적어도 그가 날 타산적인 여자라고 생각할 일은 없겠어.'

"아주 친절한 태도라." 그녀가 아주 큰 소리로 말했다. "불쌍한 제부, 나는 제부에게 그런 말을 하려는 게 아니었어요."

"나는 언니가 이 일이 뭐가 그렇게 불길하다고 생각하는지 이해를 못하겠어." 앙리에트가 말했다. "유니온 회사는 아주 부자고, 필리프는 아주 후하게 값을 쳐서 받았을 거야. 그렇죠, 필리프?"

"그 점은 확신해도 좋아."

"제부는 거의 무궁무진한 수익을 포기한 대가로 상당히 많은 재산을 확보하게 된 것이겠지요." 엘리안이 말했다. "그 점은 나도 의심하지 않아요. 그렇지만 그것은 결국 한계가 있는 거예요."

"처형은 나에게 몇 채의 부동산이 있다는 것을 잊은 모양이군요."

"그건 나도 알아요. 그런데 집값은 내려가고 앞으로도 계속 떨어질 거예요. 게다가 거의 모든 임대차 계약이 전쟁 전에 체결된 것이어서 금액도 하찮을뿐더러 어떻게 할 수도 없어요."

'우리는 이제 어둡고 작은 아파트에서 살게 되겠군.' 엘리안은 생각했다. '침실 두 개에다 거실 하나, 식당 하나…… 무슨 소릴 하는 거지? 예전에 아빠 집에 있을 때처럼 식당을 거실과 겸해서 사용해야 할 거야. 어쩔 수 없지.'

그녀는 장식처럼 벽에다 접시를 걸어놓고 손님을 받는 모습을 상상하고는 깊은 한숨을 내쉬었다.

"처형이 많이 실망했나봐요." 필리프가 말했다. "처형은 내가 얼마나 많은 돈을 벌었는지 알지도 못하면서 벌써 그 돈을 다 써버린 것처럼 구네요. 내가 백만장자가 되었다는 사실을 알기나 해요?"

"아!" 백만장자라는 말에 황홀해진 앙리에트가 탄성을 질렀다.

살아오면서 처음으로 그는 필리프에게 감탄했다.

엘리안이 고개를 내저었다.

"얼마나 가겠어요, 그 백만장자가?"

'절대로'라고 엘리안은 속으로 생각했다. '절대로 앙리에트는 이 바보 같은 필리프가 우리를 이끌고 갈 가난에 익숙해지지 못할 거야. 바보도 너무 심한 바보지. 바보라고? 아니야, 몽상가야. 필리프는 몽상가야. 언젠가 심한 불화가 일어 필리프와 앙리에트가 완전히 헤어지고 나면……(지금 무슨 생각을 하는 거니? 이 나쁜 년!) 11년 동안 여기서 이렇게 편안하고 어려움 없이 살다가 앙리에트는 절대로 씀씀이를 줄이지 못할 거야. 앤 내가 잘 알아. 그러면 나는 몽상가와 결혼하게 될 거야. 내가 찬양하는 것과는 반대지만 말이야. 하지만 나는 그를 선택한 것이 아니라 그를 사랑하니까.'

하녀가 요리를 내오는 동안 짧은 침묵이 흘렀다. 하녀가 방을 떠나자마자 엘리안이 아주 침착한 목소리로 다시 말을 시작했다.

"이사들에게는 어떤 이유를 댔나요?"

"아무런 이유도 대지 않았어요. 그 사람들이 묻지도 않았거든요."

이 순진한 말에 늙은 여인의 눈에서는 눈물이라도 나올 지경이었다.

"제부가 왜 회사 지분을 포기했는지 알 수 있을까요? 우리에게 그 이유를 말하지 않았어요."

"이사회가 지긋지긋했거든요."

"그게 다예요?"

"그만하면 충분하지요." 필리프가 힘차게 테이블을 치면서 대답했다. "그리고 내 삶은 다른 곳에 있어요. 나는 사업을 위해 태어난 것이 아니라 작가나 예술가가 되기 위해 태어났어요."

그는 자신의 어투가 거북해서 말을 멈추었다.

'어린애로군.' 엘리안은 생각했다. '앙리에트가 그와 이혼하려 할 때 그다지 어렵지 않겠어. 그런데 애도 어린애에 불과한걸. 내가 도와 줘야 할 거야. 내가 결혼 상대를 찾아줘야 할 테지. 그래, 필리프를 대 신할 상대를 말이야.'

"언니, 울어?" 앙리에트가 낮은 목소리로 물었다.

"너 미쳤니? 가만히 내버려두렴." 언니가 한결같은 어조로 대꾸 했다.

저녁식사는 침묵 속에서 끝났다.

5

　엘리안은 앙리에트의 방에 가려고 제부가 잠들기를 기다렸다. 그녀
는 긴 복도 벽을 뒤덮은 일본식 판화를 하나씩 들여다보면서 조금 지
체했다. 푸르고 붉은 물고기들을 보자 행복했던 지난날들이 떠올랐
다. 그녀는 이 그림들이 자신의 행복을 증언이라도 해주는 것처럼 여
러 차례 복도를 지나다녔다. 그런데 오늘 저녁, 그녀의 양심이 잘못을
알려주었다. 그녀는 필리프의 방문을 넘어 그에게 가서 "자, 수표를
도로 가져가요. 조금 전 나는 제부를 속였어요. 내가 이 돈을 필요로
하는 것이 아니에요. 이건 앙리에트가 필요한 거예요"라고 말하고 싶
었다. 그리고 돈을 문 아래로 밀어 넣고 나면 아주 평화롭게 잠을 잘
수 있을 것 같았다. 미쳤군. 그럴 경우 앙리에트가 왜 7천 프랑을 원
하는지 필리프에게 설명해야 하고, 아마도 필리프가 믿지 않을 새로

운 거짓말을 해야 할 것이다. 아니야, 그녀는 양심에 따라 당연하게도 자신이 하나의 과오, 특히 지성에 반하는 과오를 범했다는 것을 깨달았다. 동생의 일에 끼어들어 나쁜 행실을 도와줄 이유가 있었던가? 언젠가 필리프가 모든 것을 알게 될 날이 올 것이다. 그는 엘리안을 통해 아내의 애인에게 돈을 빌려주었다는 사실을 알게 될 것이다. 그러면 그녀 자신은 위선자의 멋진 표정을 짓게 될 것이다!

그녀가 말을 함으로써 그는 사실을 알게 될 것이다. 그것이 진정 그녀의 배신을 극대화하는 것이겠지만, 달리 어떻게 하겠는가? 그녀는 벌써 괴로워졌다. 일주일 후면 어떻게 될까? 머릿속으로 동생에게 말을 걸면서 그녀는 "대단한 실수야. 착한 여자에게 속마음을 털어놓다니, 엄청난 실수야!"라고 생각했다. "내가 언제 네가 필리프를 배신했다는 걸 말해달라고 부탁이라도 했니? 나는 충분히 짐작하고 있었어. 말을 하지 말았어야지. 날 공모자로 만들지 말았어야지." 앙리에트의 작고 가느다란 목소리가 이 말에 이렇게 대답했다. "내가 어떻게 이 돈을 손에 넣는단 말이야? 난 이미 필리프의 돈을 너무 많이 썼어. 그는 이젠 내게 그런 돈을 주지 않을 거야." 여기서 목소리 톤이 높아졌다. "그리고 언니는 내게 비밀을 지키겠다고 맹세했잖아. 날 배신한다면 언니는 정말 치사한 사람이야." 치사한 사람. 이 말은 자신의 양심을 학대하는 사람이 자신을 가리켜 사용하는 바로 그 말이었다. 확실히 그녀는 앙리에트의 수심 가득한 표정에 감정이 흔들렸지만, 이런 정도의 비난은 오히려 가벼워 보였다. 선의를 허약함과 혼동하는 것이 아닐까? 진정한 선이란, 그녀가 종종 생각하는 대로, 일반적으로 자비라고 알려진 너그러운 감정보다 더 견고하고 엄격한 것이다. 마찬가지로 자신의 행동을 어떻게 생각하든 그녀는 자신이 잘못 처신하고 있다는 것을 인정할 수밖에 없었다. 물론 이런 생각 속에는 일말의 기쁨이 없지 않았다.

엘리안은 몇 분 동안 자기 자신과 싸웠다. 그러고는 자신이 생각하는 것 이상으로 심한 양심의 가책을 느꼈다. 그런 다음 그녀는 단호하게 동생의 방으로 들어갔다.

작은 테이블 위에 놓인 전등만이 방 안을 밝히고 있었다. 오렌지 빛 실크 커튼이 드리워진 마호가니 침대가 한쪽 벽면을 온전히 차지하고 있었다. 엘리안은 앙리에트가 결혼할 때 볼테르 강둑길의 시장에서 자신이 직접 선택한 가구에 눈길을 던졌다. 그녀는 그 시절의 자잘한 즐거움을 다시 기억하면서 고개를 내저었다. 전등 불빛 아래서 책상의 붉은 나무가 등껍질 같은 질감을 느끼게 하는 무늬를 드러냈다. 난로 가까이에 놓인 다리가 넷 달린 작은 화장대가 마노처럼 빛났다. 벽지와 오뷔송 양탄자가 발소리와 목소리를 삼키고 있었다. 여기서는 거리의 어떤 소음도 들리지 않았다. 침묵조차 일반적으로 대도시에서 멀리 떨어진 곳에서만 드러나는 독특한 양상을 띠었다. 그것은 단지 소리의 중지가 아니라 귀보다 가슴으로 먼저 느껴지는 내적이고 심오한 것이었다. 밖에서 들어오는 사람에게는 삶이 벽 사이에서 톤을 낮추는 것 같았다.

앙리에트는 커다란 벽장의 물건들을 살펴보다가 언니가 들어오는 것을 보고는 얼른 문을 닫았다. 하늘색 가운을 걸친 그녀가 갑자기 뒤를 돌아보았다.

"어떻게 됐어?" 그녀가 낮은 목소리로 말했다.

엘리안은 먼저 앉고 싶다는 표시를 하고는 난로 앞에 놓인 구부러진 낮은 의자에 편안히 자리 잡았다. 동생의 불안한 시선 때문에 그녀는 온통 용기를 빼앗겨 눈을 돌릴 수밖에 없었다.

"나는 네가 이 돈 없이도 지낼 수 있어야 하지 않을까 싶구나." 내친김에 그녀가 중얼거렸다.

그녀는 손바닥을 무릎에 붙이고 고통스러운 얼굴로 방바닥만 응시한 채 감히 고개를 들지 못했다. 당연히 동생이 자신을 모욕할 것이라고 생각했다. 그녀는 아무리 심한 욕이라도 기꺼이 받아들였을 것이다. 하지만 그녀는 한숨 소리만 들었으며, 그 소리에 심한 고통을 느꼈다. '불쌍한 것. 앤 더 이상의 것을 기대하고 있었군. 내가 얘한테 이 수표를 줄 수 있었으면 좋으련만!' 하고 그녀는 생각했다.

"그 남자가 널 몰랐더라면 혼자 알아서 처리했을 텐데." 그녀가 가까이에 서 있는 동생의 손을 잡으면서 말했다. 그리고 갑자기 다정스러운 마음에 사로잡혀 손가락이 약간 휘어진 가벼운 손에 입술을 갖다 댔다. 그녀가 이렇게 고개를 떨어뜨리고 있는 동안, 앙리에트가 기어드는 목소리로 그녀의 귀에다 대고 속삭였다.

"언니, 그 돈을 좀 마련해줘."

"어쩔 수 없구나. 내가 말했잖니……"

거짓말을 하고 있다는 사실이 부끄러워 피가 뺨으로 쏠리는 듯했다. 그녀는 기계적으로 하늘색 가운의 가장자리를 붙잡고 손톱으로 섬세한 재봉선을 따라갔다. 억누르고 싶은 말들이 가슴에서 올라왔다.

"그 사람이 그렇게도 좋니?"

"물론."

"필리프를 좋아했던 것 이상으로?"

"훨씬 더."

엘리안은 잡고 있던 동생의 손을 놓고, 앉아 있던 낮은 의자에서 완전히 몸을 구부리듯이 다시 몸을 낮췄다.

"그런데 네겐 필리프가 아직 어떤 의미를 지니고 있잖니?"

그녀는 마치 난롯불에 대고 하는 듯이 아주 낮은 목소리로 말했다. 불빛이 엘리안의 얼굴을 강하게 때렸다.

앙리에트는 검은 옷을 입고 있는 언니의 가녀린 육신과 어깨를 바라보았다. 그녀는 한쪽 어깨를 동생의 무릎에 기대고 있었다.

"난 언니가 무슨 말을 하는지 모르겠어."

"중요한 건 아니야."

그녀는 제대로 다듬지 않은 목덜미를 드러내면서 흐릿한 갈색 머리를 기울였다. 짧은 침묵이 흘렀다.

"언니, 다른 방법으로 내게 돈을 좀 마련해줄 수 없을까?"

"애, 그렇다고 내 패물을 팔 수야 없잖니? 그건 아주 경솔한 짓일 테니."

"혹시 언니 친구들한테 꾸면 안 될까?"

"생각지도 마라. 그러면 난 잠도 제대로 못 잘걸."

"하지만 결국, 필리프가 언니에게 7천 프랑을 빌려주겠지. 7천 프랑이 뭔 대수람! 그는 부자야. 아주 부자라고. 곧 엄청난 금액을 손에 넣을 거라고 말했잖아."

"나는 그가 그런 일을 한 것을 벌써 후회하고 있는 것 같다는 생각이 들어."

"그 사람이 언니한테 오늘 저녁에 그 이야기를 다시 꺼냈어?"

"아니, 하지만 제부 기분이 안 좋은 것 같더구나."

"그리고 그 사람이 언니에게 돈 주는 걸 거절했고?"

엘리안은 마치 숨어버리고 싶은 듯 동생의 무릎 위에 뺨을 갖다 댔다. 그녀의 눈에는 절망의 빛이 어렸다.

"그가 거절했어." 그녀가 중얼거렸다.

"생각조차 할 수 없어. 그 사람이 언니의 청을 거절하다니…… 감히 언니의 청을 말이야. 언니, 그럼 난 어떻게 해? 난 그 돈이 필요하단 말이야. 알겠어?" 앙리에트가 말했다.

"네가 직접 제부한테 말해보려무나."

"웃기고 있네. 그 사람은 이유를 설명하라고 할걸."

"모르는 일이야."

"난 그런 위험을 감수하고 싶지 않아. 그 사람에게 말을 거는 것이 이미 내겐 어려운 일이 되어버렸어."

엘리안의 가슴이 뛰기 시작했다.

"무슨 말을 하는 거니?" 그녀가 물었다. "그러면 넌 제부를 사랑하지 않니?"

"나는 절대로 필리프 생각은 안 해."

"그럼 제부는 어떤데?"

"필리프? 별 이상한 질문도 다 하네! 내가 알아? 그 사람은 이제 날 쳐다보지도 않아."

"너랑 단둘이 있을 때는?"

"그 사람이 나하고 단둘이 있을 일이 없다는 건 언니도 잘 알잖아."

엘리안은 감정이 격해져 정신을 잃을 지경이었다. 조심성은 물론 자잘한 부끄러움마저 완전히 사라져버렸다. 그녀는 이렇게 중얼거렸다.

"그럼, 밤에는……"

방 안을 감도는 무거운 침묵 속에서 그녀는 동생이 약간 놀랍다는 듯이 그녀 위에서 반복하는 말을 들었다.

"밤에는……"

엘리안은 점점 더 몸을 숙였다. 그녀는 마치 지지대라도 되는 듯 동생의 흰 다리를 긴 손으로 꼭 껴안았다.

"이런 말은 하지 않는 건데." 그녀가 나지막하게 말했다.

"밤에 그는 내 방으로 안 와." 잠시 후 앙리에트가 말했다. "로베르가 태어나고 난 다음부터는……"

엘리안은 수년 전부터 이 모든 것을 짐작하고 있었다. 그녀는 복도를 따라 집 안을 배회하면서, 집 안 사람들이 모두 잠들어 있을 때 그들을 감시해왔다. 당연히 부끄러워서 그녀는 감히 물어보지 못했고, 심지어 그와 관련된 비밀을 알려고 하지도 않았다. 그 비밀을 알아내기 위해서 어쩔 수 없이 사용할 수밖에 없는 단어나 표현이 두려웠던 것이다. 또한 그녀는 자신의 오만을 굽히지도 못했을 뿐만 아니라, 젊고 아름다운 동생 앞에서 자신이 여전히 처녀로 남아 있다는 사실을 인정하지도 못했다. 그런 문제에 대해서는 아무 말도 하지 않고, 마치 어떤 것들은 이 세상에 존재하지도 않는 것처럼 살아가는 것이 더 나을 것이라고 보았다. 비록 이따금 괴롭기는 했지만, 그녀는 또한 고통이, 심지어 자신의 고통이 일종의 고귀함마저 지니고 있다고 생각해오던 터였다. 하지만 앙리에트가 자신에게 불륜의 비밀을 털어놓았을 때, 엘리안은 마음속에서 아주 커다란 변화가 일어나는 것을 확인했다. 오늘 저녁, 동생의 발아래 웅크리고 앉은 그녀는 자신의 영혼이 그 불륜의 비열한 공모자라는 느낌을 받았다. 그토록 충만하고 신비한 단어를 입 밖으로 내뱉기 위해 그녀는 몸을 바닥으로 숙이고 감추었던 것이다. 하지만 난로 속에서 타오르는 불꽃의 높이까지 몸을 숙인 그녀의 얼굴에 미소가 떠올랐다. '나쁜 년, 가증스러운 년, 이제 만족해? 불 가까이에 있는 네 모습이 얼마나 추한지 알기나 해?' 그녀는 자신에게 물어보았다.

그녀는 긴 한숨을 내쉰 다음, 얼굴을 동생 쪽으로 들면서 다시 몸을 일으켰다. 자매의 시선이 교차했다.

"로베르가 태어난 다음부터…… 난…… 난 몰랐구나, 앙리에트."

그녀의 뺨이 붉어졌다. 앙리에트가 웃기 시작했다.

"그렇다고 나를 불행하다고 여기진 마. 언니도 잘 알잖아. 난 여지껏 한 번도 필리프를 사랑한 적이 없어."

엘리안의 눈이 기쁨으로 반짝거렸다.

"이건 내 잘못이야." 시선을 돌리면서 그녀가 중얼거렸다. "이 결혼을 원한 건 나였으니까. 날 용서해주겠니?"

"언니, 미쳤어? 내가 정말로 불행한 것은 아니라고 말했잖아. 가끔씩 나는 걱정이 있어. 불쌍한 티스랑이 어떻게 하면 곤경에서 빠져나올 수 있을까 하는 생각만 하면 고통스럽단 말이야. 다른 것은 내게 전혀 중요하지 않아."

그녀는 잠시 기다렸다가 동생의 머리에 손을 얹었다.

"언니, 내가 그 돈을 손에 넣을 수 있도록 도와줄 거지? 응?"

잠깐 동안 침묵이 흘렀다. 그런 다음 엘리안이 갑자기 앙리에트의 손을 꽉 그러쥐었다.

"내가 가지고 있어. 네가 필요한 돈 말이야. 자, 자, 보란 말이야."

그녀는 수표를 건네주었다.

"아까는 내가 거짓말을 했어." 그녀는 얼굴이 화끈거리는 것을 느끼면서 재빨리 말했다. "제부가 전혀 주저 없이 이 돈을 줬어. 난 그가 그렇게 관대하고, 그렇게…… 그렇게 착한 것을 보면 양심이 찔려. 그는 먼저 나를 신뢰해. 넌 그다음이야. 네가 자기를 배반하고 바람을 피울 거라는 생각은 전혀 하지 못해. 오! 이건 비난이 아니란다."

"나도 그런 게 아니었으면 해." 앙리에트는 엘리안이 손에 쥐여준 종이를 낚아채면서 말했다. "내가 자기에게 충실하길 바랄 권리가 그에게 있나?"

"하지만 앙리에트, 네 남편이잖니……"

"필리프는 내 남편이 아니야."

다시금 엘리안의 뺨으로 피가 쏠렸다. 뭔가 더러운 것이 그녀의 삶 속으로 미끄러져 들어왔다. 그녀는 그것을 느낄 수 있었다. 동생이 했던 말들이 그렇게까지 급작스럽게 들린 적은 없었다. 앙리에트는 언니가 그토록 당혹스러워하는 것을 보고 웃기 시작했다.

"불쌍한 언니. 왜 그렇게 흥분해? 언니는 후회해? 언니는 항상 후회하고 있지?"

"앙리에트, 너 나한테 무슨 짓을 시킨 거니? 난 필리프의 믿음을 악용하고 있어. 난 네가 그를 속이도록 부추기고 있다고."

"입 다물어. 언니 무릎에 앉고 싶어. 언니가 날 얼마나 행복하게 해주는지, 언니 덕분에 이제야 내가 잠을 잘 수 있게 되었다는 것을 이해 못할 거야. 조금 있다가 불쌍한 티스랑에게 편지를 쓸 거야."

그녀는 언니의 찌푸린 얼굴에 키스를 하고는 팔로 목을 껴안았다.

"조금 전에 나를 괴롭히는 언니를 비난할 뻔했잖아." 그녀는 엘리안에게 기대어 웅크리면서 말했다. "하지만 난 지금 정말 행복해. 이렇게 하고 있을 때면, 난…… 언니는 내가 무슨 생각을 하는지 알아?"

"알 턱이 없지."

"옛날에 우리가 살던 몽주 가의 아파트가 생각나."

"앤, 참, 별생각을 다 하는구나!"

"그래. 비록 엄청 어둡고 초라했지만, 난 내가 다시 거기에 있는 것을 보게 돼. 거기서 행복해하는 나를 다시 보게 된단 말이야."

"넌 별로 행복해 보이지 않았는데."

"언니가 그걸 어떻게 알아? 여름날 오후 세시쯤이면 식당 한구석에 햇볕이 들었지. 그러면 붉은 양탄자의 씨실이 보였어. 한쪽 끝이 계속해서 들고 일어났지만 말이야. 그걸 눌러놓느라고 2킬로그램이나 나가는 짐을 올려놓은 적이 있었지. 언니, 그거 기억나?"

"물론이지."

"난 자주 거기에 서 있었어. 양탄자 끝에 발을 대고 말이야. 나는 씨실이 드러나면서 만들어내는 그림을 바라보았지. 어떨 땐 거기서 풍경을 보았고, 어떨 땐 반쪽짜리 얼굴을 보았어. 내 스타킹 위로, 내 쭈글쭈글한 오래된 구두 위로 다리를 따뜻하게 해주는 빛을 따라다니는 것이 좋았어. 열두 살 때도, 열여섯 살 때도, 심지어 열여덟 살이 되었을 때도 말이야. 나는 '여기서 움직이지 말자. 모든 것이 조용해. 나는 행복해'라고 생각했어. 언닌 내가 황당하지?"

"얘, 그럴 리가 있니?"

"또 있지. 식당 의자 말이야. 살을 덧댄 그 흉물스러운 의자들 말이야. 언니, 그 의자들 기억나?"

"그걸 기억하면 불쾌해져."

"음, 난 그게 아주 좋았어. 그 의자들을 장식하고 있던 사소한 것들마저 모두 기억해. 등받이 두 귀퉁이에 뾰족하게 끝마무리한 공 모양까지 기억나. 기둥의 주간(柱幹)을 닮은 괴상망측한 홈들도 기억나고, 의자를 덮고 있던 가죽 위에 그려진 헨리 2세 그림도……"

"앙리에트, 너 미쳤니?"

"언니가 비웃을 거라고 생각했어. 언닌 날 이해 못할 거야. 이런 말을 하는 내가 잘못이지."

"불쌍한 앙리에트, 너는 이해해주기만을 바라는구나. 이렇게 온통 예쁜 가구들로 둘러싸인 좋은 집에서 수위실 의자들과 낡아빠진 넝마 쪼가리나 그리워하고 있다니. 어떻게 그런 걸 다 생각하니?"

"이 방을 미워하던 날들이 있었지."

"내가 이 방의 가구를 마련하느라 얼마나 고생했는데……"

"언니, 용서해줘. 하지만 언니, 난 언니한테 이런 것들을 설명할 수 없어. 몽주 가에서 살 때 내가 별로 행복하지 않았다는 것은 맞는 말이야. 그건 사실이야. 나는 웃었고, 지금도 웃고 있어. 하지만 가난이 힘들었어. 가난 때문에 부끄러웠어. 사람들이 올 때면 내 방이 부끄러웠고, 내 분홍빛 화장대가 부끄러웠고, 구리로 된 침대와 모든 것, 심지어 어떨 땐 거실 양탄자조차 부끄러웠어."

"이런! 나도 그랬어. 특히 손님들이 찾아올 때면 말이야."

"그런데 지금에 와선, 지금에 와서는 말이야…… 아, 그걸 어떻게 알아들을 수 있게 말하지? 그 모든 것에 애착 같은 것을 느껴. 날 둘러싸고 있는 이 모든 멋진 가구들에서 벗어나 다른 것들을 그리워하고 있다니 말이야."

"얘, 정말 가당치도 않구나."

"정말 그래. 나도 어쩔 수 없어. 이 방 천장도 그래."

"응?"

"언니는 이게 얼마나 높은지 알아?"

"그다지 높지도 않은데 뭘."

"천장이 아주 높아. 너무 높아. 너무너무 높아. 무시무시할 정도로 높아. 언니, 나는 예전의 우리 집처럼 낮은 천장이 좋아."

"그런데 왜? 왜 낮은 천장이 좋아?"

"내가 알아? 낮은 천장 아래 있으면 사람과 물건이 제자리에 있는 것 같아. 진짜 제자리에 말이야. 나는 낮은 천장 아래서 자랐어. 열여섯 살 때였어. 의자에 올라서면 손가락으로 거실의 천장을 만질 수 있었지. 그 당시엔 부자가 되는 꿈을 꿨었어."

이제 엘리안은 조금 전처럼 주의 깊게 듣지 않았다. 수년 전부터 그녀는 동생을 완전히 어린애로 봐왔다. 그런데 조금 전, 몇 분 동안 그녀는 자기 앞에서 성숙한 여인의 모습을 보았는데 지금 또다시 수다를 떨고 있는 소녀를 발견한 것이다.

'앤 자기 남편처럼 어린애로구나.' 그녀는 생각했다. '두 사람을 결혼시키려 했다니, 별 이상한 생각도 다 했네! 하지만 앤 제부의 눈에 든 것 같았는데. 1년 전까지만 해도 제부가 애한테서 멀어질 거라고 짐작이나 할 수 있었을까? 넌 직감이 부족해. 앞으로 더 나가야 해. 그래서 필리프에 대해 어떤 욕망도 없고 그를 지킬 줄도 모르는 앙리에트의 자리를 차지해야 해. 자, 네 차례가 올 거야. 무슨 일이 벌어질 거야.'

그녀는 동생이 하는 말에 머리를 내저으며, 이런 생각을 하면서 마지막 불꽃을 피우는 난롯불로 시선을 던졌다. 몇 분이 더 흘렀다. 갑작스러운 침묵에 그녀는 사색에서 빠져나왔다. 그녀는 앙리에트가 잠들었다는 것을 알아차렸다.

앙리에트는 꿈을 꾸었다. 천장이 낮은 방에서 잠을 자고 있었다. 방은 어둡고 시원했다. 침대는 블라인드가 떨고 있는 창문을 향해 놓여 있어 열린 문을 감시할 수 있었다. 한쪽 벽을 따라 흙으로 된 커다란 화분에서 예닐곱 그루의 레몬나무가 자라고 있었고, 노란 열매가 검은 잎 사이에서 빛을 발하고 있었다. 옆방에서는 어떤 사람이 대걸레를 물에 담근 다음 공기를 찢을 듯 과격하게 타일 바닥을 문질러대고 있었는데, 그 소리가 마치 헐떡거리는 숨소리 같았다. 더 멀리 거리에서는 외침, 웃음소리, 외국어로 말하는 소리가 들려왔다. 그녀는 마당을 가로지르는 발소리를 들은 것 같아 약간 몸을 일으켜 침대 주위에 드리워진 모슬린 천을 들어올렸지만 들어온 이는 아무도 없었다.

그녀는 다시 몸을 뉘고 행복한 꿈으로 빠져들었다. 그녀 옆에는 모랫빛 얼굴의 어떤 남자가 있었다. 때때로 그는 떠나버릴 듯한 표정을 지었고, 그녀가 손을 잡자 미소를 지었다. 마침내 그는 아주 가까이 다가와 무릎을 꿇었다. 그녀는 자신의 배 위에서 이리저리 구르는 노란 머리의 무게를 느낄 수 있었다. 갑자기 그녀는 잠에서 깨어나 천장이 낮은 방에 혼자 있는 자신을 발견했다. 블라인드가 가볍게 흔들렸다. 벽난로 장식 틀에 기대놓은 뒤틀린 나무 소파 덕분에 문은 그대로 열려 있었다. 그녀는 귀를 기울였다. 누군가가 오는 것 같았지만, 그것은 착각이었다. 훨씬 더 어두워졌다. 이제 옆방은 조용해졌고, 심지어 길거리의 소음조차 드문드문 멀리서만 들려왔다. 그녀는 더 이상 행복한 느낌을 가질 수 없었고 불안해졌다. 날씨가 너무 더웠다. 갑작스럽게 그녀는 모슬린 커튼을 열어젖혀 누군가를 부르고 싶었다. 그 순간 잠에서 깨어났다.

아주 오랫동안 잠을 잔 것 같았다. 그녀는 다리를 구부린 채 커다란 소파에 파묻혀 있었다. 그녀가 잠들자 엘리안이 이렇게 해놓고 갔던 것이다. 난로 앞에는 불똥막이가 잘 접혀 있었다. 불똥막이가 접혀 있는 방식을 보고 그녀는 언니의 섬세한 손길을 알 수 있었다. 하지만 앙리에트는 언니의 이러한 배려에 감사할 줄 몰랐다. "수표는 어디 있지? 언니가 그걸 어디다 뒀을까?" 그녀는 아직도 잠이 그렁그렁한 눈으로 중얼거렸다. 마침내 조그맣고 예쁜 램프 발치에 반쯤 가려진 수표를 찾아 급히 손으로 잡았다. 그녀의 일부분은 여전히 조금 전에 빠져나온 잠 속에서 미적거리면서 다시 파고들려고 했지만 소용이 없었다. 그녀는 손가락 사이로 이 종이쪼가리를 잡고 눈으로 내용을 읽고 있었던 것이다. 권태, 숫자, 그녀 내부의 엄격하고 탐욕스러운 모든

192

것과 더불어 삶이 사방에서 다시 돌아왔다. 그녀는 대수롭지도 않은 욕망, 불행한 일, 동정을 불러일으키는 실망이 존재하는 꿈속이 더 나은 것 같았다. 깨어나자마자—어떻게 이런 일이 있을 수 있을까?— 지금 거울을 통해 보고 있는 대로, 헝클어진 머리카락 아래로 약간 시무룩한 시선을 띠고 입을 꼭 다문 채 그녀는 다시 이기적이고 변덕스러운 작은 여자가 되어 있었다.

그녀는 어깨를 으쓱하고는 냉혹한 눈길로 자신의 이미지를 바라보았다. 무엇보다도 자신에게 부족한 것은 현실감이었다. 그녀는 너무 많은 꿈을 꾸었으며, 다른 사람들처럼 진정한 의미의 삶을 살고 있지 않았다. 이런 느낌은 결혼하고 난 이후 자신이 삶을 신중하게 생각하지 않았다는 데서 오는 느낌이었다. 그녀는 화려한 생활에 익숙해질 수 없었고, 남편의 부유함은 상상의 것처럼 보였다. 사람이 돈 걱정을 하지 않고 살아간다는 것은 자연스러운 일이 아니었다. 한 해 한 해가 지나가고, 만기, 기한, 수표 등에 관한 말을 듣지 않는다는 사실이 그녀는 막연하게 불안했다. 가령 가구 하나가 부서졌다고 치자. 가구업자가 바로 와서 그것을 가져갔다가 며칠 뒤에 다시 가져왔다. 하지만 가격에 대해 흥정할 필요도 없었고, 다리가 아직 완전히 고쳐지지 않아서 얼마간 더 기다려야 한다는 말을 들을 일도 없었다. 그녀는 이런 것을 좋아하지 않았다. 이런 용이함은 페로의 동화에나 등장할 법한 경이로운 일과 너무나 닮은 것으로, 삶의 필수적인 요소를 침해한다. 세월은 더 이상 아무런 무게를 지니지 않았고, 시간은 「잠자는 숲 속의 미녀」의 성에서와 같이 무의미한 것이 되었다. 앙리에트 자신은 부유함이 그녀 주위에 형성해놓은 거짓에 넘어가버린 듯한 느낌을 받았다. 그녀는 자신이 사용하는 향수병을 모조리 대야에 부어버릴 수도 있었다. 그러면 날이 저물기 전에 뚜껑이 열린 향수병은 다른 것으로 교체되어 있을 것이다. 큰 액수가 아니라면 돈은 전혀 중요한 것이 아니었다. 하지만 가난한 젊은 여자의 머릿속에서는 어떤 한계를 넘어선 금액은 상상조차 할 수 없었다. 2만이나 3만 프랑 정도를 넘어설 경우, 재정 문제란 모조리 두려운 허구의 영역으로 변해버렸다. 또한 그녀의 머릿속에서는 백만장자가 된다는 것이 복잡하고 위험한 무언가와 같은 의미였다. 가공의 재산에 대해 말하는 사람도 있지 않은가? 사실 그녀는 재산이 늘어날수록 점점 더 환상을 향해 나아가고 있다는 느낌을 받았다. 모든 것이 각자의 가치를 지니는 상대적 가난의 한계 안에 있는 것이 더 나았다. 물론 그녀가 그렇게도 두려워하는 것이 무엇인지, 그리고 재산이 어떤 전염병이라도 되어 자신을 위협할 수 있을지 정확하게 알 수는 없는 노릇이었다. 하지만 그녀는 현재의 삶의 조건들을 기꺼이 받아들이다가는 어떤 해를 입을지도 모른다고 생각했다. 확실한 세계에서 진짜 사람으로 남으려면 사치를 거부해야 하고 예전의 가난한 삶을 되찾아야 했다. 진정한 의미의 잠은 마호가니 침대 깊숙한 곳에서 맛보았던 것이며, 진정한 의미의 옷은 자신의 방 커다란 벽장에서 꺼낸 옷이었다. 그런데 여기서 그녀는 유령에 불과했다.

하지만 이번에는 상황이 더 심각했다. 남자는 만기일을 맞추기 위해 이리저리 돈을 빌렸다. 빌린 돈을 갚고 삶을 계속 영위할 정도로 급료가 충분하지 못해 대부금에 의존하고 있었다. 하지만 이렇게 해서 생긴 돈은 참을성 없는 채권자들에게 진 빚을 청산하는 데 아무런 도움이 되지 못했다. 기껏해야 정보에 밝은 동료들이 기가 막히다며 추천해준 주식을 사들이는 데 쓰고 있었다. 이런 식으로 재정 운용을 했기 때문에 거의 항상 파산지경에 이르고 말았다. 갑작스러운 주가 하락에 이성을 잃고 곧 오를 주식을 최저가에 팔아넘겨버리거나, 반대로 이를 교훈 삼아 도무지 하락을 멈출 줄 모르는 주식을 계속 보유하고 있었던 것이다. 물론 그는 앙리에트를 너무 단순하게 보았기 때문에 그녀가 자신의 경제적 곤궁의 비밀을 곧이곧대로 받아들일 것이라고 생각했다. 그녀는 반복되는 불행한 투자를 괴상한 투기로 보고 도움을 주지 않을 수도 있었을 것이다. 그러니 차라리 서랍을 가득 채우고 있는 집세 지불 독촉장이나 온갖 종류의 고지서에 대해 말하는 편이 더 나을 것이다. 때때로 그녀는 속임수에 넘어갔다. 그 결과 그는 가슴에 증오를 가득 품은 채 대부라는 명목으로 동냥을 받았다. 하지만 그는 관대한 여자를 상대하고 있는 것이 아니었다. 즉 그녀는 설명과 회계장부 비슷한 것을 요구했다. 그녀가 가난한 사람의 집으로 가게 된 것은 부유한 사람의 변덕 때문이 아니었다. 부유한 사람들 사이에 살아가기는 했지만 그녀 자신도 가난했으며, 돈의 가치에 대해 가난한 사람과 마찬가지로 생각하고 있었다.

그녀는 거울에서 눈을 떼고 몸을 떨었다. 난로가 꺼져버린 방은 추웠다. 하지만 티스랑에게 한 마디라도 쓰지 않고는 잠자리에 들 수 없었다. 그를 위해서라기보다는 자신을 위해서였다. 그녀는 점점 더 다급해지는 이 남자의 돈 요구가 두려웠다. 그는 그런 요청을 결코 말로 하지 않았다. 대신 편지로 그녀에게 매달렸다. 그는 면전에서는 감히 고백하지 못한 많은 것들을 편지지에 진부하면서도 유창하게 털어놓왔다. 그녀는 그가 자신을 따라오기 시작했을 때, 그를 도둑으로 오인했던 기억을 떠올렸다. 지금까지는 남편에게서 매달 받는 돈으로 정부의 요구를 만족시킬 수 있었지만, 갑자기 티스랑이 절제력을 잃고 그녀에게 너무 많은 돈을 요구해왔다. 하지만 그녀는 엘리안을 통해 그 돈을 손에 넣을 수 있었다. 그녀는 책상에 앉아 다음과 같이 휘갈겼다.

사랑하는 빅토르, 당신에게 약속했던 7천 프랑이에요.

문장 끝부분에 이르러 그녀는 마치 잉크 얼룩처럼 보일 정도로 마침표를 동그라미처럼 크게 그렸다. 그는 7천 프랑으로 무엇을 하려는 것일까? 그는 5년 전에 어떤 친구에게서 큰돈을 빌렸는데, 이제 와서 그 친구가 차압을 하려 한다고 말했다. 차압이라는 단어는 앙리에트에게 직격탄과 같은 힘으로 작용했다. 그것은 그녀가 잘 아는 정말 겁나는 단어였다. 하지만 수표를 손에 넣고 나니 빚이니 차압이니 하는 이야기를 더 이상 믿을 수 없었다. 티스랑이 자신을 조롱하는 것인지도 모른다. 게다가 그렇게 착하고 그렇게 천성이 부드러운 언니마저 마찬가지로 생각하고 있지 않은가? 그녀는 다른 종이를 꺼내 단숨에 다음과 같이 썼다.

사랑하는 빅토르, 당신이 원했던 돈을 변통하지 못해 나도 아주 괴로워요. 남편의 사업이 최악이에요.

순간 그녀는 그가 아주 미웠다. 아무런 거리낌 없이, 그가 이 편지에 얼마나 충격을 받을지 상상해보았다. 그는 자신을 쉽게 속여먹을 수 있는 계집아이로 생각하고 있다. 두고 보라지.

그녀는 계속 써내려갔다.

그러니까 앞으로는 곤경에서 벗어나기 위해 나에게 기대지 않는 것이 현명할 거예요.

지금까지 그녀는 절대 이런 어조로 편지를 쓴 적이 없었다. 하지만 엘리안의 추론이 옳았다. 언니의 말에 따르면, 사랑하는 여자에게는 빚을 갚아달라는 이야기를 하지 않는 법이었다. 7천 프랑을 손에 넣기 위해 지금까지 자신이 했던 모든 행동이 갑자기 우스꽝스럽고 경솔하게 느껴졌다. 그런데 그가 은행에서 돈을 훔치지나 않았을까? 그녀는 펜을 놓았다. 어떻게 그 생각을 하지 못했을까? 그는 이 돈을 횡령했다가 발각될까 두려워 다시 돌려주려고 정부에게 빌리려는 것일지도 모른다. 이런 일은 '부정직한' 은행원에게는 자주 있는 이야기다. 그가 고집을 부리고 죽어버리겠다는 터무니없는 위협은 이렇게 해서 설명된다. 모든 것이 명확해 보였다. 그녀는 자신이 사기꾼의 공모자 역할을 할 뻔했다고 생각했다. 그녀는 무기라도 되는 듯 손에 펜을 쥐고 다시 편지를 써내려갔다.

남편이(지금까지 그녀는 그에게 남편 이야기를 그렇게 많이 한 적이 없었다) 남프랑스로 여행할 계획을 세우고 있는데, 나도 같이

가야 돼요. 그러니 몇 주 동안 보지 못하더라도 놀라지 마요.

몇 분 동안 곰곰이 생각해보고 나서, 그녀는 그와 헤어지고 나면 자기가 먼저 괴로워할 것이라는 사실을 알아차렸다. 그녀는 일어서서 방을 한 바퀴 돌았다. 우선 그가 돈을 훔쳤을 것이라는 혐의가 어디에 있는가? 무슨 증거라도 있나? 그는 단지 다른 사람들처럼 빚이 있을 수 있다. 어쩌면 그가 어떤 나쁜 짓이나 돈이 드는 일에 열정을 쏟고 그녀에게 감추고 있을지도 모른다. 노름을 했을 수도 있겠거니 생각했지만, 그는 그런 것은 하지 않았다. 여자 문제일 수도 있지만, 그건 확실히 아닌 것 같았다. 그랬더라면 오래전에 들키고 말았을 것이다. 그녀는 잠시 생각에 잠겼다가 마약일지도 모른다고 생각했다. 이런 가정이 그녀에게는 합당해 보였다. 생각이 마약에 미치자 스스로 감탄스러웠다. 어떻게 달리 설명할 수 있을까? 점점 더 창백해져가는 얼굴, 이따금 그를 괴롭히는 무시무시한 복통, 점점 더 무관심한 옷차림 등을 어떻게 설명할 수 있을까? 마약 중독자에 관해 자신이 알고 있는 온갖 이야기들이 생각났다. 꽤 오랜 시간이 지난 뒤, 그녀는 아주 세심하게 편지에 서명을 하고 나서 창문을 열어놓고 잠자리에 들었다.

그녀는 다시 꿈을 꾸기 시작했다. 어둠 속에서 그녀는 더 이상 자신을 속일 수 없을 것 같았다. 티스랑이 도둑이건 마약 중독자건 무슨 상관이람? 자신의 행복이 보호받을 수만 있다면, 작고 검은 마당 한가운데서 매주 자신이 가난하다는 환상에 사로잡힐 수만 있다면, 더 타락한 약점이라도 눈을 감아버렸을 것이다. 그녀가 원하는 것은 상상 속에서 유년기와 젊은 시절의 더 행복했던 시간을 다시 맛볼 수 있게 해주는 장식뿐이었다. 바로 거기서만 그녀는 제자리를 지킬 수 있었다. 한숨을 쉬면서 뒤를 돌아보았다. 너무 부드러운 침대에서는 결코 바로 잠들 수 없었으며, 그녀의 육체는 좁고 딱딱한 잠자리에 익숙해져 있었다.

물론 티스랑에게는 단호한 태도를 보여야 하며, 자신이 쉽게 속여먹을 수 있는 사람이라고 믿도록 놔둬서는 안 된다. 7천 프랑과 관련된 이야기는 아무리 보아도 믿을 수 있을 것 같지 않다. 7천 프랑을 빚진다는 것은 꽤 넉넉한 사람에게나 가능한 일이다. 가난한 사람은, 진짜 가난한 사람은 5백 프랑을 빚지고도 힘들어서 죽을 수 있다. 그녀는 별다른 어려움 없이 그가 우유 가게나 빵 가게 등에 적은 액수의 빚이 있을 수는 있다고 생각했다. 그녀는 또한 그가 완고한 집주인과의 관계에서 한계에 이르렀을지도 모른다고 생각했다. 그래도 7천 프랑은 좀…… 그녀는 마약이 치명적이라는 말을 여러 차례 들었다.

두시가 울렸다. 그녀는 침대 머리맡의 작은 램프를 켜고 몸을 약간 일으켰다. 이 돈을 그에게 보낸다고 해도(그를 끝까지 밀어내버리고 싶지는 않았기 때문이다) 그가 집세를 다 갚을까? 게다가 아편이나 빵집 계산서 같은 것도 신경 쓸 필요가 없지 않은가! 갑자기 그녀는 침대에서 일어나 책상으로 달려갔다.

사랑하는 빅토르, 아주 유감스러운 일이지만, 당신이 나에게 요구했던 돈을 변통할 수 없었어요. 어쨌든 집세 걱정이라면 하지 마요. 앞으로는 내가 당신 이름으로 집주인에게 직접 보낼게요.

이렇게 해서 티스랑이야 슬퍼하든 말든 아파트는 안전하게 지킬 수 있었다. 자신의 행복을 위협하는 함정에서 마침내 벗어났다는 생각을 하고 나서 그녀는 편지에 서명을 하고 불을 껐다. 그런 다음에야 비로소 잠들 수 있었다.

6

필리프는 일주일에 한 번씩 서재에 놓인 시계의 태엽을 감았다. 아버지를 닮은 아주 신중한 태도로, 청동으로 된 열쇠를 숫자판의 구멍에 끼워 넣은 다음 서두르지 않고 천천히 돌렸다. 그는 그런 행동을 통해 집 안 전체에 새로운 생명이라도 부여하는 것 같았다. 잠시 동안이나마 자기 자신이 중요한 일을 하고 있다는 생각에 행복했다. 엘리안은 거의 항상 이 의식에 참여했다. 그녀는 필리프의 커다란 갈색 손이 작은 유리 상자 안으로 미끄러져 들어가서 리라* 모양의 작은 추를 건드리지 않고 열쇠를 꺼내는 섬세한 방식을 좋아했다. 난로 옆 한귀퉁이에 앉아 그녀는 제부의 주의 깊은 표정, 움직이지 않는 눈과 다

---

* 고대 그리스의 작은 현악기.

돌렸을 때쯤 약간 오므리는 도톰한 입술을 경탄하며 바라보았다. 그런 다음 필리프가 자신에게로 얼굴을 돌려 미소 짓기를 기다렸다. 하지만 빛의 방향에 따라 얼굴 모습이 달라질까 두려워 그녀는 감히 고개를 앞으로 내밀지 못하고 의자 깊숙이 꼿꼿하게 앉아 있었다. 엘리안의 존재가 부담스러울 때, 그는 이런 자세를 취하고 있는 그녀에게 뻣뻣해 보인다고 말했다.

"누가 보면 처형이 차려 자세를 하고 있다고 말하겠는데요." 그가 시계의 유리를 다시 닫으면서 말했다.

엘리안이 미소를 지었다. 어느 날 저녁 그는 인내심을 잃고 말았다.

"처형은 참 뻣뻣하게도 앉아 있네요!" 그가 기분 좋게 외쳤다.

엘리안은 그 말에 그만 울음을 터뜨리고 말았다. 지금까지 그녀는 필리프 앞에서 울어본 적이 없었다. 필리프는 깜짝 놀랐다.

"그래요, 나도 알아요. 자, 보세요." 그녀는 울먹이는 목소리로 말했다.

그녀는 계속해서 몇 마디 더 했지만, 필리프는 알아듣지 못했다. 그런 다음 그녀는 갑자기 슬픔에 복받쳐 몸을 흔들며 울기 시작했다. 하지만 눈물을 감추려고 애쓰지는 않았다. 마치 자신의 일부분이 영원히 사라져버린 마당에 슬픔으로 엉망이 된 얼굴이야 누가 보든 말든 대수롭지 않다는 투였다. 필리프는 도대체 무슨 말을 해야 할지 몰라서, 그리고 자신의 서투른 태도에 화가 나서 움직이지 않고 그 자리에 가만히 있었다. 방에서 나가 짜증스러운 처형을 혼자 내버려두고 싶은 생각이 들었지만, 감히 그렇게 하지 못했다.

"도대체 왜 그러는지 얘기나 해봐요." 마침내 그가 말했다.

그러고는 손을 윗도리 주머니에 찌른 채 그녀에게로 몸을 기울였다. 그녀는 눈물 너머로 냉정하게 자신을 바라보는 푸른빛이 감도는 검은 눈동자를 알아보았다. 그녀는 너무나 오랫동안 참아왔던 여자처럼 심하게 울었다. 몸을 이리저리 흔들면서 무서울 정도로 울어댔다. 미적지근한 눈물은 뺨에 고랑을 이루어 피부를 간질이면서 반쯤 열린 입 안까지 흘러들었다. 절망에 사로잡힌 그녀는 심지어 뺨 주위로 천박하게 망가지는 화장에도 더 이상 신경을 쓰지 않았다. 심한 딸꾹질로 어깨가 들썩거렸다. 그녀는 필리프의 눈에서 혐오감 가득한 표정을 보고는 겁에 질렸다. 그녀의 계산, 긴 기다림, 이제 막 끝내려는 그녀의 계획, 이 모든 것이 순식간에 사라져버린 것이다. 그녀는 갑자기 손으로 필리프의 팔을 잡고 그의 소매에 이마를 기댔다. 그는 물러나지는 않았지만 아무 말도 하지 않았다. 그녀는 그가 물러서지 않으려고 스스로 얼마나 많은 자제력을 발휘하고 있는지 짐작했다. 하지만 그녀는 이 순간이 영원히 끝나지 않기를 바랐다. 다음에 벌어질 일과 다음에 해야 할 말이 두려웠기 때문이다. 그녀는 계속해서 몸을 덜덜 떨었다. 그녀는 강인한 팔로 더 강하게 껴안았지만, 필리프는 그녀를 가볍게 밀쳐냈다. 그녀는 울먹거리는 목소리로 낮게 "제부, 미안해요"라고 중얼거렸다. 필리프는 공손하면서도 천천히 그녀에게서 벗어나 침울한 표정으로 엘리안 앞에 앉았다.

"불쌍한 필리프." 그녀는 긴 침묵 끝에 말을 시작했다. "제부는 날 아주 우습게 보겠지요. 오! 그렇겠죠. 우스꽝스럽고 천박하게 보이겠지요. (그녀는 코를 풀었다.) 하지만 나는 종종 가슴에 너무나 무거운 짐을 갖고 있어요. 오늘 난 참을 수가 없었어요. 그동안 잘 참아왔는데, 오늘은…… 내가 어떻게 한 거죠? 아! 우선, 제부가 지난주에 빌려준 7천 프랑을 돌려주려고 해요. 난 그 돈이 필요하지 않았어요. 내게 조금이라도 생각이 있었더라면, 제부가 빌려준 수표에 손을 대지 않았을 거예요."

"그러면 처형은 지난번에 말한 주식을 구입하지 않을 거란 말이죠?"

"주식 구입이라…… 생각을 바꿨어요. 자, 여기 있어요."

그녀는 오늘의 이 장면이 시작될 때부터 손에 접어서 가지고 있던 봉투를 내밀었다.

"세어보세요." 그녀가 단순하게 말했다.

필리프는 고분고분하게 세어보고는 돈을 지갑에 넣었다.

"이제는," 그녀는 팔짱을 낀 채 말을 시작했다. "내가 생각하고 있는 계획을 하나 말하려고 해요. 제부, 그렇지만 내게 묻지는 마세요. 이유는 나중에 알게 되겠지만, 나는 파시에 있는 작은 하숙집에서 일주일 정도 지낼 생각이에요. 내일 떠나요. 주소를 남겨둘게요. 앙리에트에게는 제부가 잘 말해서 안심시키도록 하세요."

그는 깜짝 놀라 소파에서 일어나 우물거렸다.

"처형, 무슨 말을 하는 거예요? 도대체 왜 가려는 거죠?"

"완전히 떠나는 것은 아니에요, 제부. 일주일 후면 다시 돌아올 거예요. 묻지 말아달라고 했죠?"

"그렇지만 처형, 돈도 없으면서."

"미안한데, 보석이 있잖아요. 나는 필요 이상으로 보석이 많았어요."

"보석을 팔았어요?"

"전부 다요."

필리프는 무슨 말인가 하려고 했지만, 그러다가는 새로 논쟁이 시작될 테고 처형이 또다시 눈물을 흘릴까봐 마음을 고쳐먹었다. 결국…… 그는 애매한 동작을 취하면서 언뜻 떠오르는 생각을 정리했다. 엘리안의 시선과 마주쳤지만, 그는 그 시선을 견뎌낼 수 없었다. 그녀는 무관심한 척하면서 검은 옷의 윗부분을 가다듬고 미소를 지으려 했으나 잘 되지 않았다.

"이젠 됐어요. 잘 자요, 필리프." 그녀가 일어서면서 말했다.

엘리안이 떠났지만 필리프의 습관에는 거의 변화가 없었다.

처음에는 평소보다 약간 더 권태로웠다. 특히 오후 시간이 시작될 무렵이면 하루 중의 다른 시간보다 더 공허해 보였다. 한시 반부터 세시 사이에 무얼 할 것인가? 이 시간은 소화시키느라 에너지를 소진해서 그런지 무엇을 제대로 할 수가 없었다. 예전에는 엘리안의 수다를 들으면서 심각한 표정으로 거실을 이리저리 돌아다녔었다. 그녀는 수를 놓으면서 시시껄렁한 이야기로 그를 즐겁게 해주었다. 종종 그녀가 너무나 부드럽게 대하고 그 목소리가 너무 한결같아서 짜증이 나기는 했지만, 그래도 시간은 잘 흘러갔다. 물론 그에게는 서재의 커다란 소파에서 낮잠을 자는 방법이 남아 있었다. 하지만 그는 이런 여분의 휴식 때문에 체중이 늘어날까 두려웠다.

피아노도 생각해보았다. 몇 소절, 아니 단 하나의 화음만으로도 내부의 추억과 회한의 세계를 일깨우기에 충분했다. 그의 가슴이 오그라들었다. 만약 식사 후에 바로 일하는 것이 건강에 해롭지 않았더라면, 수년 전부터 계획했던 책 쓰기에 착수했을 것이다. 데생을 해볼까 하는 생각도 들었다. 서재에 있는 두 개의 창 사이에 걸린 거울에 비친 자신의 모습을 볼 때마다 그런 생각이 들었다. 사실 어디서도 이처럼 빛이 기분 좋을 것 같지 않았다. 얼굴 가득 빛이 내리비치면서 눈썹과 코 주위의 그림자를 빨아들였고, 그 빛을 받아 뺨의 윤곽은 더욱더 뚜렷해졌다. 필리프는 초상화의 어려움을 생각하면서 한숨을 쉬었다. 가령 반짝거리는 눈을 아주 잘 그릴 수는 있겠지만, 그것들을 제자리에 잘 그릴 수 있을까? 그리고 턱의 윤곽 또한 지우고 또 지워서 계속 다시 그려야 할 것 같았다. 그는 결국 아무것도 하지 않고 사색만 하면서 보내기로 결정했다. 그런데 무슨 생각을 하지? 내일도 오늘과 별로 달라지지 않을 것이다. 거리에 사람들이 지나가고 있었다. 그는 그 사람들을 바라보았다. 그러고 나서 책을 몇 권 뒤적거리다가 입김을 불어 모서리에 붙어 있는 먼지를 털어냈다.

마침내 커다란 책상 서랍을 열었을 때, 그의 시선은 검은 비단 끈으로 묶인 사진 꾸러미 위로 떨어졌다. 한참을 망설이던 그가 손가락으로 매듭을 풀려고 했는데, 매듭은 거의 저절로 풀리다시피 했다. 마분지 위에 붙여놓은 열다섯에서 스무 장가량의 필리프의 사진들이 카드를 펼쳐놓기라도 한 것처럼 옆으로 미끄러져 흘러내렸다. 그는 도둑처럼 신속하게 두 손으로 사진을 모아서 창가에 앉아 편한 자세로 그것들을 살펴보았다. 그는 아주 어린 시절을 보여주는 이런 증거품들을 무슨 종교라도 되는 양 고이 간직하고 있었지만, 습관적으로 그 사진들에 손을 대지 않으려 했다. 하지만 오늘은 호기심이 고통스러울

지도 모른다는 두려움을 앞섰다. 등을 굽히고 다리를 꼰 채, 첫번째 사진으로 몸을 숙였다.

열여섯 살 소년이 짧은 바지를 입고 나무 아래 서 있었다. 약간 살이 붙은 얼굴에는 기개가 부족해 보였다. 소년은 엷은 미소를 띠고 있어 입술이 약간 벌어졌지만, 치아는 보이지 않았다. 빛이 나는 곱슬머리가 이마에 들쭉날쭉한 그림자를 드리웠다. 그는 이 시절 어떤 여자에게 반했던 기억이 났다. 그녀는 어머니의 친구 중 한 사람이었는데, 그를 만나기만 하면 찬사를 늘어놓았다. 수다스럽고 아름다웠던 그 부인은 그의 얼굴을 꼬집거나 목덜미와 어깨를 손가락으로 누르곤 했다. 어느 날 그녀가 그를 자동차에 태우고 가면서 많은 질문을 해댔지만 그는 대답할 수가 없었다. 그들은 함께 숲을 산책했는데, 산책하는 동안 그녀는 거의 말을 하지 않았다. 그렇지만 때때로 심각한 표정으로 미소를 지었다. 그때 필리프는 그녀의 이러한 태도 변화가 불안하기도 하고 어떤 막연한 두려움으로 혼란스러워 그녀에게 미소를 지으면서 얼굴을 돌려버렸다. 이런 일이 있은 지 얼마 지나지 않아 그녀는 더 이상 집에 오지 않았다. 그는 울었다.

다른 사진을 보며, 그는 부모님이 돈을 주지 않자 넥타이핀을 보석상에 팔아 마련한 돈으로 세심하게 단장을 하고 유명한 사진사를 몰래 찾아갔던 날을 기억해냈다. 때는 전쟁이 끝난 직후, 그러니까 그가 막 열여덟 살이 되었을 때였다. 뺨에 살이 약간 빠지고 시선은 덜 부드러웠지만, 조금 전의 사진보다 나이가 더 들어 보이지는 않았다. 사실 입술 윤곽에는 여전히 어린애다운 구석이 남아 있었다. 머리카락은 지나치게 손질되어 있었는데, 포마드를 발라 머리에 착 달라붙어 있었으며 오른쪽 관자놀이 부근에서 파도치듯 약간 곱슬곱슬했다. 그리고 칼라는 너무 높이 올라와 있었다. 목은 거의 보이지 않았지만, 옷 안에 감춰진 싱싱하고 순진무구한 목을 짐작할 수 있었다. 이 시절 그는 옷을 우아하게 입을 줄 몰랐다. 그럼에도 얼마나 멋있는지! 필리프는 마침내 사진에서 눈을 떼고는 크게 한숨을 쉬었다. 서랍을 열어 이 붉은 마분지 상자를 풀어볼 생각을 하다니! 짧은 순간, 그는 자신을 불행하게 만드는 이 종이 상자를 태워버리는 것이 낫지 않을까 생각했다. 하지만 느닷없이 연약한 심정에 사로잡혀 그런 결심을 할 수 없었다. 그렇다고 해서 그런 행동이 그를 늙지 않게 해주는 것도 아니었다.

그는 사진을 다시 제자리에 잘 정리하고는 열쇠로 책상의 자물쇠를 돌린 다음 시계를 보았다. 17분이 흘렀다. 시간은 너무 느리게 가는데 세월은 너무 빨리 간다. 그는 다시 흰 플러시 천으로 된 침대용 의자에 앉아 두시까지 움직이지 않고 가만히 있기로 했다. 필요하다면 독서라도 하겠지만, 식사 후 곧바로 움직여서는 안 되었다. 식사라고 해야 안심 한 쪽, 버터 없이 찐 녹색 콩, 길쭉한 롱게 빵 한 쪽이 전부였다. 이런 식사는 살이 찌지 않으면서도 허기를 잠재울 수 있었다. 단풍나무로 된 원탁 위에 있는 책을 한 권 집어 들고 되는대로 펼쳤다. 옛날에는—아이들이 말하는 대로라면 '전에는' — 독서가 그에게 중요한 기분전환 거리였다. 그래서 수많은 시구들이 기억 속에 자리 잡아 존재의 일부가 되었다. 그는 이 시구들을 혼자서 암송하느라 힘들어했던 것 같았다. 하지만 지금은 그것이 아주 푸짐한 디저트 같다는 생각이 들었다. 그의 눈길은 어떤 시의 첫 구절을 따라갔는데, 그 시에는 자신이 20대에 겪었던 모든 어리석은 일이 묵주와 부채로 장식된 거울에 비치듯 반영되어 있었다. 작은 책을 내려놓고 접혀서 종이 밴드로 묶인 신문을 손가락으로 더듬는 사이, 그의 정신 속에서는 이미 시의 첫 문장이 저절로 끝났다. 그 신문은 처형이 매일같이 우편물과 함께 들고 오는 것이었다. 사소한 국경 분쟁, 파업, 혼란의 위협 등 나쁜 소식들이 좌우로 배열된 기사들 위에 굵은 글씨로 나열되어 있었다. 그는 하품을 했다. 10년 전부터 사정이 달라지지 않았고, 아무 일도 일어나지 않았다. 페이지의 가운데 부분에 게재된 장관의 연설문은 국가의 안정과 노동의 필요성을 훈계하고 있었다. 필리프는 신문을 옆으로 치워버리고 의자에서 일어나 거울 앞으로 가서 자신의 모습을 비춰보았다. 보랏빛이 감도는 갈색 옷은 황홀할 정도로 재단이 잘된 것 같았다. 사실 그는 팔 아래로 보이는 구김살 하나와 어깨 사이의 아주 흉한 두 개의 주름을 없애기 위해 이 옷을 세 번씩이나 재단사에게 돌려보냈었다. 주먹을 펴고 팔꿈치를 몸에 대고 재단이 잘못된 소맷부리를 주시했지만, 그는 결점을 찾을 수 없었다. 옷감이 등에 정확하게 밀착되었다. 몇 분 동안 아주 엄격하게 살펴본 다음, 그는 턱을 들어 입술로 뾰로통한 표정을 지었다. 엄격한 시선을 고정시키고 짙은 녹색 넥타이 매듭을 꼭 졸라매는 손의 세심한 동작을 관찰했다. 바로 이 순간 시계가 두시를 쳤다.

필리프는 계단에서 장갑의 단추를 채우면서 자신이 지금 무엇을 하려는지 생각해보려고 했지만 헛수고였다. 별생각 없이 외출하고 싶어 밖으로 나왔던 것이다. 차를 잡아탔는데 기사가 주소를 물을 때 말문이 막히는 일이 자주 있었다. "멀고 좋기만 하다면 어느 곳이든 갑시다"라고 말하고 싶었지만, 그는 감히 그렇게 하지 못했다. 이번에는 트로카데로까지 거슬러 올라간 다음, 계속 걸어가면서 오후 시간을 보낼 자세한 계획을 세웠다. 매서운 바람이 회색 먼지 기둥을 일으키면서 지면을 스쳐 지나갔다. 승마용 길에는 추위로 딱딱해진 땅 위에 불규칙하게 말굽 자국이 남아 있었다. 때때로 검은 제복을 입은 젊은 장교들이 두세 명씩 작은 그룹을 지어 속보로 쿠르라렌 방향으로 급히 말을 달렸다. 그들은 말의 움직임에 따라 흔들리는 목소리로 이야기를 주고받으면서 웃어댔다. 그들이 다가오는 것을 보자마자 필리프는 걸음을 늦추고 뒤를 돌아보았다. 그는 장교들의 뻣뻣하고 커다란 실루엣이 자동차 사이로 사라져버리는 광장에 이를 때까지 눈으로 그들의 모습을 좇았다. 바로 그때 난폭한 열정으로 가득 차 있을 것 같은 그들의 존재를 공유하고 싶다는 욕망이 필리프의 내부에 막연하게 떠올랐다. 갑자기 오후의 계획들이 무의미해 보였다. 내부에서 동요하는 생각과 지면에 부딪는 말발굽의 복잡한 소리 사이에 어떤 막연한 관계가 설정되는 듯했다. 갑자기 정신을 차린 필리프는 자신이 덧없고 소용없는 존재며, 이전보다 훨씬 더 초라한 존재가 되었다는 생각이 들었다. 그래서 그는 집으로 돌아가 멋진 외투를 벗어던지고 덧창을 닫은 다음 몸을 감추고 다른 사람에게 빛을 넘겨줘버리는 편이 더 낫지 않을까 하는 생각이 들었다.

필리프는 트로카데로 광장에 이르러 잠시 걸음을 멈춘 뒤 한숨을 몰아쉬고는 손가락 두 개를 목도리와 목 사이로 집어넣었다. 멀리서 자동차 브레이크가 삐걱거리는 소리가 들려왔다. 희미하게 흰색이 감도는 하늘이 지면까지 내려와 텅 빈 키오스크 주위의 작은 나무 꼭대기에 닿을 정도로 낮아져 있었다. 그는 대로를 가로질러 샤요 궁으로 갔다. 한 줄기 차가운 바람이 녹이 슨 듯한 빛깔의 벽 주위를 선회하다가, 낡은 종이들이 먼지와 함께 휘날리는 회랑 아래로 빨려들어갔다. 극장 앞 울타리와 이어진 철망에 등을 기대고 있는 장식 조각 사이로 노란 불빛이 비친 나뭇잎이 드러났다. 자갈 위에는 다른 장식이 새겨져 있었다. 시선을 아래로 내리깐 채, 필리프는 대여섯 계단을 올라가서 작달막한 기둥 사이의 궁륭 아래로 들어갔다. 공기의 흐름 때문에 그는 한 손으로 모자를 잡고, 눈을 반쯤 감은 채 회랑의 다른 끝에 도달했다. 그는 외벽에 등을 기대고 마치 뱃머리에라도 서 있는 것처럼 한껏 숨을 들이마셨다.

발아래로는 아무것도 심지 않은 화단이 있는 정원이 펼쳐져 있었다. 정원은 우윳빛과도 같은 녹색의 강까지 비스듬하게 이어져 있었다. 강은 마치 움푹 파인 도랑인 듯 강둑 사이를 흘러갔다. 강의 저쪽 기슭 너머에는 서로 맞닿은 집들이 한 덩어리가 되어 거대한 회색 물결 속으로 녹아들었다. 회색 물결 위로는 지붕에서 피어오르는 연기가 바람에 흩날렸다. 동쪽에서는 납빛 구름이 밀려와 파리의 하늘 위에서 풀어 헤쳐지고 있었다. 돔과 종들은 구불구불한 거대한 길 사이에 놓인 표지판 같았다. 한가운데에서는 나무숲 속을 걸어가고 있는 듯한 에펠 탑이 샹드마르스 광장의 화단에 다리를 걸치고 모든 것을 굽어보고 있었다.

필리프는 자신이 익히 알고 있는 이 풍경을 눈으로 샅샅이 살펴보고는 군사학교에서 가까운 곳에 새로 세워진 노란 건물을 알아보았다. 그 후 시선은 앵발리드에서 생쉴피스로 건너뛰었다가 다시 어둠

침침한 팡테옹의 둥근 지붕으로 향했다. 그 너머에서는 빛이 워낙 희미해서 모든 것이 혼란스러운 덩어리로 변해버려 아무것도 두드러져 보이지 않았다. 결국 그의 시선은 거대한 회색 덩어리들을 둘러보는 데 지쳐 지평선을 두르고 있는 언덕의 어렴풋한 윤곽에 이르렀다.

그러고 나서 또 몇 분 동안 그는 회랑의 기둥 사이에서 서성거렸다. 가느다란 빗방울이 섞인 바람이 뺨을 때렸다. 그는 뭔가에 붙들린 듯 그 자리에 그대로 있었다. 아마도 이 거대한 도시를 마주하고 돌풍을 맞으며 혼자 있다는 데서 오는 만족감이 그를 붙드는 것 같았다. 또한 어떤 인물을 구현하기 위해서는 주변의 장식을 이용해야 한다는 막연한 필요성 때문이기도 했다. 그는 머리를 뒤로 젖혔지만, 갑자기 자신이 코미디를 하고 있다는 생각이 들어 쓰라린 얼굴로 재빨리 발걸음을 돌리고 말았다.

그는 광장에서 차를 불러 세워 운전기사에게 어떤 백화점의 주소를 말해주었다. 춥기는 했지만 신선한 공기를 마시려고 차창의 유리를 내렸다. 목 주위로 목도리를 꽉 조이고는 권태로 몸이 굳어버리기라도 한 듯 움직이지 않고 그대로 가만히 있었다. 보석상의 시계가 세시 십분을 가리키고 있었다. 이제 고작! 필리프는 내일도 매 시간 오늘과 동일한 문제들이 발생할 것이라는 생각에 가슴이 답답해졌다. 1년 내내 이러지 않을 이유가 없지 않은가? 권태에서 벗어나기 위해 그는 자동차의 번호뿐만 아니라 셀룰로이드판 위에 적힌 운전기사의 이름까지 읽어보았다. 그런데 명찰 아래 사각형의 작은 거울이 붙어 있었다. 짐작도 못한 곳에서 자신의 모습을 보고 그는 짐짓 놀랐다. 어린아이처럼 뾰로통하게 부풀어 오른 입술 위로 곧바로 옅은 미소가 떠올랐다. 눈썹은 서로 벌어지고, 반원형으로 둥근 한쪽 눈썹은 관자놀이 쪽으로 치켜 올라가 있었는데, 거기에 두 개의 잔주름이 패어 있었다. 그의 얼굴은 마치 길거리에서 친구를 만났을 때처럼 행복한 표정을 짓고 있었다. 추위로 인해 더 선명해진 듯한 장밋빛 뺨은 약간 더 짙어 보였다.

이렇게 그는 거울에 비친 자신의 모습에서 눈을 떼지 않은 채 여러 지역을 통과하면서도 다른 곳에 시선을 돌리지 않았다는 사실이 이상하게 여겨졌다. 그는 갑작스럽게 마들렌 성당의 정면 벽을 장식하고 있는 삼각형의 검은 박공과 과장된 열주(列柱)를 보고 가벼운 충격을 받았다. 그러는 사이에 거리의 소음이 한 줌의 더러운 공기와 함께 자동차 안으로 스며들었다. 그는 조바심을 치며 한 손가락으로 유리를 가볍게 톡톡 쳐서 차에서 내리겠다는 신호를 보냈다. 그는 평소에는 거리의 생기가 거북스러웠다. 하지만 오늘만은 왠지 모르게 이러한 생기가 그의 관심을 끌었다. 거리의 소음 속에는 멀리서 그를 부르는 듯한 어떤 굵직하고 모호한 목소리가 뒤섞여 있었던 것이다. 기쁨에 이를 악물고, 그는 가장 번잡한 보도로 가서 군중 속으로 빨려들어갔다.

길 가장자리로는 시장의 가건물들이 일렬로 늘어서 있었다. 가건물에는 산책객들의 기호품, 향료가 든 과자, 종이로 만든 장난감, 펼쳐볼 수 없기 때문에 음란한 표지만 믿고 구입할 수밖에 없는 책 들이 진열되어 있었다.

상인들은 계산대 뒤에서 고래고래 소리를 지르면서, 눈을 멍하니 뜬 채 발을 질질 끌며 지나가는 행인들을 상대로 호객 행위를 하고 있었다. 때때로 아이들이 줄에 매달려 통통거리는 아기돼지 모양의 풍선 쪽으로 손을 뻗었지만, 엄마는 손바닥으로 철썩 갈겨 아이의 욕망을 잠재웠다. 혹은 많은 순진한 사람들이 예술품을 뒤적거리다가 가격을 물어보고는 실망한 상인의 날카로운 소리에 어색한 표정을 지으며 멀어져갔다.

이미 날이 저물고 있었다. 시장 건물 안에는 전등이 켜져 마치 권총을 쏜 것처럼 격렬한 빛을 발하고 있었다. 행인들은 눈을 반쯤 감은 채 지나갔다. 많이 구입하는 사람에게 덤으로 주는 접시, 소형 촛대, 꽃병들 위로 황금빛 불빛이 번쩍거렸다. 폭포처럼 쏟아지는 강렬하면서도 푸르스름한 불빛 속에서 상인들의 호객 소리는 거래가 잘 성사되는 밤이 온 것을 축하하듯 한 톤 정도는 더 높아졌다. 하지만 이런 열의와 다른 한편으로는 산책하는 사람들의 어쩔 수 없는 권태가 결국 그의 신경을 거스르고 말았다.

무리 속으로 들어간 필리프는 군중의 의지를 자신의 것으로 만들었다는 행복감에 처음에는 기분이 아주 좋았다. 그는 사람들이 가는 대로 몸을 맡겼으며, 사람들과 함께 번쩍거리는 진열대 앞을 걸어가면서 멋있는 것이 있는지 찾아보려 애썼다. 나중에는 행인들에게서 발산되는 소름끼치는 슬픔이 갑작스럽게 그를 사로잡았다. 그는 어딘가로 빨려드는 사람 같은 동작으로 저항하기 시작했다. 그의 주위에서 사람들이 투덜거렸지만, 감히 누구도 아주 건장해 보이는 잘 차려입은 이 남자를 비난할 생각을 하지 못했다. 그는 회색빛 모자를 뒤로 젖혀 쓰고는 다소 격하게 팔꿈치를 저었다. 군중의 행렬이 신문 가판대 부근에서 흐트러지자 그는 마침내 군중으로부터 벗어났다.

정면 극장에서는 희미하고 창백한 녹색 불빛이 쏟아지고 있었으며, 그사이로 날카로운 벨 소리가 울려 퍼졌다. 칼라로 된 광고 벽보에서 엄청나게 큰 얼굴이 거리를 향해 웃고 있었다. 창구에는 사람들이 북적거렸다. 그중 한 사람이 필리프가 새치기로 자기 자리를 뺏으려는 것으로 오해하고는 무례하게 팔꿈치로 그를 쳤다. 그때 장식 줄로 요란하게 치장한 직원이 흰 줄무늬 장갑을 낀 손가락으로 줄을 서서 차례를 기다리라는 신호를 보냈다. 이 모든 더러운 소용돌이에 정신이 멍해진 필리프는 함정에라도 빠진 듯 저항할 생각을 하지 못했다. 마침내 창구에 도달한 그는 매표원의 위협적인 태도에 못 이겨 보조 좌석을 구입했다. 하늘색 옷을 입은 직원이 장막을 올려주자 그는 안으로 들어갔다.

후덥지근한 열기가 극장 안을 내리눌렀다. 극장 안에서는 잘 알려진 오페라의 테마 음악들이 목구멍에 걸릴 듯 탁한 공기 중에 떠다니고 있었다. 그는 더듬거리면서 자신의 자리를 찾아가 외투를 벗었다. 화면에서는 두 사람이 움직이고 있었다. 우스꽝스러울 정도로 무거워 보이는 첫번째 사람은 드라마틱한 표정을 짓고 있었다. 그는 사람들이 들어주지 않는 말을 내뱉으면서 손가락을 크게 벌린 한쪽 손을 이마에 대고 있었다. 더 젊고 완전히 눈을 흘기고 있는 다른 사람은 대답이라도 하듯 콧수염 끝을 씰룩거렸다. 이어서 어떤 여자가 등장했는데, 눈썹을 가지런히 정리하고 화장을 해 입술이 검게 보였다. 요리용 앞치마를 두른 그녀는 뚱뚱한 남자의 가슴으로 몸을 던졌다. 남자는 처음에는 그녀를 밀쳐냈지만, 나중에는 그녀를 자신의 배 쪽으로 강하게 껴안았다. 젊은 남자는 조롱하면서 사라졌다. 혼자 남게 된 아름다운 여자는 이상할 정도로 격렬하게 울기 시작했다. 그리고 관객들이 이 장면을 하나도 놓치지 않고 잘 볼 수 있도록 그녀는 화면을 가득 채울 정도로 관람객 쪽으로 얼굴을 돌렸다. 그래서 사람들은 그녀의 피부결까지 볼 수 있었다. 그녀의 커다란 눈동자는 온통 눈물 범벅이었는데, 계속해서 흘러내려 폭우로 홈통이 넘쳐흐르는 것 같았다. 취한 듯한 음악이 이 엄청난 고통과 함께 울려 퍼졌다.

몇 분이 지나서야 필리프는 이런 장면들을 연결하는 맥락을 찾을 수 있었다. 몇 차례 쓸데없는 파란곡절을 거친 다음, 그녀는 다시 무대의 전면으로 돌아왔지만 이번에는 울지 않았다. 반대로 표정이 행복해 보였고 뺨에는 보조개가 패어 있었다. 그녀가 풋내기 젊은 남자 쪽으로 돌아서자, 그는 양손으로 그녀의 머리를 잡고 입술을 덥석 깨물었다. 오케스트라가 마농을 연주했다.

이야기는 필리프의 흥미를 끌지 못했다. 만약 좌석을 잡기 위해 그렇게 비싼 돈을 치르지 않았더라면 바로 일어나서 나와버렸을 것이다. 그가 앉은 좌석에는 등받이가 없어 몸을 앞으로 기울여야 했다. 옆구리가 아파오기 시작해 그는 자세를 바꾸었다.

하지만 줄거리는 아주 세밀하면서도 느리게 전개되었다. 이어지는 영상에서는 등나무 정자 아래에서 장교를 유혹하는 바람난 아내가 등장했다. 때때로 그녀는 부엌 창가에 기대어 납품업자들이 지나가는 것을 엿보았다. 그녀는 팔과 목을 최대한 늘여 그들을 바라보았다. 한번은 그녀가 손에 신발을 들고 셔츠를 풀어 헤친 채 한쪽 발로 도망가는 중학생을 방문에 잡아두기도 했다.

정직한 남편은 이런 배신을 의심해 아내를 감시했다. 그가 긴 복도를 서성거리면서 빈방의 열쇠 구멍에 슬픈 눈을 갖다 대는 것이 보였다. 관람객들은 웃음을 터뜨렸다. 그 즉시 줄거리는 희극적인 성격을 상실해버렸다. 그런 사실을 짐작조차 하지 못하는 인물들의 연기를 통해, 마침내 절망에 빠진 얼굴이 모습을 드러냈다. 이런 식으로 보잘 것없는 책 속에서 때때로 어떤 신비한 존재가 나타난다. 이 존재는 마치 함정으로 빨려들기라도 하듯 말들의 은폐된 힘에 이끌린다.

한 가지 사소한 부분이 필리프의 관심을 끌었다. 화면에 등장하는 복도가 자신의 방에서 서재로 이어지는 복도와 비슷한 데가 있었던 것이다. 마치 조잡한 허구의 한가운데서 갑자기 자신의 이야기와 동일한 점을 발견하기라도 한 듯 심장이 세차게 뛰었다. 자신의 삶의 혼란스러운 기억 때문에, 그는 눈앞에서 펼쳐지는 드라마에서 잠시 벗어나 한순간 생각의 갈피를 잡지 못했다.

강렬한 영상이 그가 방금 미끄러져 들어간 꿈에서 그를 갑자기 끌어냈다. 부엌에서는 조금 전의 그 여자가 식탁에 기대어 큰 잔에 든 피를 찔끔찔끔 마셔대고 있었다. 그녀는 회색으로 빛나는 눈동자로 짙은 음료를 쳐다보고 있었으며, 가느다랗고 유연한 목에서는 매번 삼킬 때마다 한 방울씩 넘어가는 것이 보였다. 그녀는 분명 의학적인 처방에 따르는 것 같았다. 하지만 치료법은 식탐으로 변했으며, 짙은 금발의 아주 멋진 여자는 갑자기 자신의 향연에 식인귀 같은 표정을 지으며 심각한 명상에 잠겨 들었다.

진부한 음악에 빠져들어 상상의 존재가 움직이는 꿈속으로 조금씩 미끄러져 들어가는 느낌을 받았다. 상상의 존재는 때로는 거칠고 전투적이었지만, 때로는 민감하고 세심하게 배려하면서 일하는 자신의 특성을 그대로 지니고 있었다. 상상의 존재 앞에서 배우들은 입술을 움직이고, 글자를 휘갈기고, 갑자기 나타났다가 문 뒤로 사라지곤 했다. 하지만 필리프는 더 이상 줄거리를 이해할 수 없었다. 잠깐 동안 침묵이 찾아오자 그는 제정신으로 돌아왔다. 그는 음악가들이 보면대에서 악보를 넘기는 소리를 들었다. 오케스트라가 〈윌리엄 텔〉 서곡의 격렬한 부분을 연주했다. 음악은 육중한 폭발음과도 같이 스위스 산악 지대의 울림이 많은 암벽 사이로 말을 달리는 기병대 소리와 함께 폭풍우를 묘사했다.

화면은 어떤 초라한 집의 현관을 비추었다. 검은 나무로 만든 두 개의 여행용 가방이 현관 한쪽 구석을 차지하고 있었다. 날이 저물었다. 하지만 여주인공은 어스름 빛 속에서 분주하게 움직이다가 마치 쫓기은 여자처럼 뚜껑문을 들어올리더니 계단 윗부분을 따라 내려갔다. 그녀의 뒤에서는 손에 랜턴을 든 키 큰 남자가 뒤따를 채비를 하고 있었다. 그녀는 뒤돌아서 그에게 미소를 짓더니 조금 더 내려갔다. 그녀는 이제 더 이상 보이지 않았다. 이제는 남자가 계단 한쪽 가장자리를 딛고 휑하니 열린 문을 통해 나왔다. 바닥에 이르자 랜턴이 얼굴 정면으로 던지는 강렬한 빛 속으로 강제노역자 같은 머리가 사라져버렸다. 다시 출입문이 닫히자 화면은 잠시 비었다.

나른한 연가가 간극을 채우면서 관객들의 상상력을 일깨웠다. 마침내 현관 깊숙한 곳에서 문이 열리더니 이성을 잃은 것 같은 남자가 들어왔다. 필리프는 의혹과 분노로 땀과 눈물이 뒤범벅된 커다란 얼굴을 보면서 흡사 자신의 분신을 보는 것 같은 느낌을 받았다. 그는 남편이었다. 너무나 진부한 모습을 한 배신당한 남편이었던 것이다. 칼라가 그를 죄어오자 그는 교수형을 당하는 사람처럼 경련하듯 얼굴을 찌푸리며 억지로 칼라를 떼어버렸다. 남자가 손에 들고 자신 앞으로 이리저리 돌리는 촛불이 콧구멍에서 나오는 바람에 흔들렸다. 그는 마치 숨바꼭질을 하는 아이처럼 조심스럽게 까치발을 하고 현관 쪽으로 걸음을 옮겼다. 몇 걸음 더 떼어 그는 뚜껑문 위에 이르렀다. 그가 거기서 꽤 오랫동안 머물러 있자 극장 안의 사람들은 웃음을 터뜨렸다. 누군가 "애간장이 타겠군!" 하고 소리를 질렀다. 이 순간 극과 현실 사이에서 도저히 설명할 수 없는 이상한 일치가 이루어졌다. 화면 속의 남자가 마치 그 소리를 듣기라도 한 것처럼 입을 반쯤 벌리고 관객을 향해 긴 시선을 돌렸다. 방심하는 바람에 초가 기울어져 알파카 조끼 위에 촛농이 길게 흘러내렸다. 방금 전의 이 장면이 관람객들의 즐거움을 절정에 올려놓았다. 웃음소리 때문에 오케스트라 소리가 거의 들리지 않을 정도였다. 막연한 불안감에 사로잡힌 것처럼 남편은 이리저리 자리를 옮기면서 돌아다니기 시작했다. 그러는 사이에 가방에 부딪히기도 하고 의자를 넘어뜨리기도 했다. 그런 다음 넘어진 의자를 멍한 표정으로 주시하기도 했다. 분노가 가라앉았다. 여러 번 그는 눈을 땅에 깔고 온통 절망에 사로잡혀 머리를 흔들고 어깨를 으쓱거렸다. 이 장면은 마치 놀이 같아서 어느 것 하나 평범하지도, 슬프지도, 진실하지도 않았다. 갑자기 그는 뚜껑문을 찾아냈다. 그 후 오랜 휴지가 이어졌다. 사람들은 남자의 맑고 커다란 눈 깊숙한 곳에서 전형적인 의심의 표정을 읽을 수 있었다. 그는 촛불을 발아래에 내려놓고 무릎을 꿇은 채 철로 된 고리를 손아귀로 잡았다.

관객들은 침묵했다. 이제 막 일어날 행동에 대한 기대 속에 어떤 괴로움이 도사리고 있었다. 필리프는 이미 땀으로 흥건히 젖어버린 손아귀 사이에 손수건을 말아 쥐었다. 얼마 전부터 그가 있는 장소 자체가 그에게 더 이상 존재하지 않는 듯했다. 함께 있는 관객들 또한 마찬가지였다. 화면에 비친 얼빠진 얼간이만 있을 뿐이었다. 그는 그 남자가 매우 천천히 뚜껑문을 들어올리는 것을 보았다. 바닥을 열어젖히자 지하 세계에 피어나는 오로라처럼 빛이 올라왔다. 남자는 갑작스럽게 뚜껑문을 활짝 열어젖히고 몸을 숙여 안을 들여다보았다.

그때 관심 있게 지켜보면서 내면의 침묵을 지키고 있던 필리프는 가슴 깊은 곳에서부터, 그리고 자신의 허무한 삶 전체로부터 비명 소리가 올라오는 것을 들었다. '행복한 사람이었는데 이제부터는 괴롭겠군.' 그는 이런 이상한 말이 올라오는 소리를 들었지만 입술에서 애써 그 말을 억눌렀다.

밖으로 나온 뒤, 그는 극장에서 보았던 장면에 대해 더 이상 생각하지 않았다. 자신만의 세계에 빠져 있는 존재에게는 가끔씩 가벼움이 일종의 심연으로 이어지는 경우가 있다. 지금으로서는 다른 문제가 그의 관심을 차지하고 있었다. 마들렌 성당 쪽으로 거슬러 올라가다가 갑자기 멈춰 서서 지팡이로 바닥을 쳤다. '처형이 떠날 만한 무슨 이유라도 있었을까?' 그러자 어떤 목소리가 대답했다. '넌 처형이 너에게 연정을 품고 있는 것을 알고 있잖아. 넌 본의 아니게 그녀를 괴롭히고 있어. 본의 아니게 말이야.' 그의 입가에 미소가 떠올랐다. 갑자기 처형을 찾아가고 싶다는 생각이 들었다. 오후 내내 그는 처형이 그리웠다.

그는 꽃시장을 통과했다. 녹색 방수포가 펄럭거리는 벽 뒤에서 바람을 피하고 있던 상인이 그를 불러 세웠다. 겨울 식물 한가운데 가죽으로 된 원뿔 안에서 촛불이 빛을 발하고 있었다. 추위로 색이 바랜 꽃다발들이 추운 듯이 신문지에 싸여 있었다. 강인한 금잔화들만이 오렌지 빛 꽃잎을 곤두세우고 바람을 맞으며 공기를 빨아들이고 있었다. 필리프는 이 시골풍의 꽃 앞에서 멈춰 섰다. 엘리안은 이 꽃을 좋아하여 종종 이 꽃으로 서재의 벽난로를 장식하곤 했다. 그는 짧은 외투를 입은 여자가 건네는 꽃다발을 받아야 할지 말아야 할지 잠시 생각했다. 그러고 나서 처형에게 이 꽃다발을 주기로 했다. 얼마나 놀라겠는가! 하지만 우스꽝스럽게 보일지도 모른다는 두려움 때문에 손이 주머니 안에서 마비되는 것 같았다. 꽃다발을 손에 들고 있는 자신의 모습이 어쩌면 방금 본 희극 영화의 약혼자처럼 보일지도 모른다는 생각이 들었다.

그는 지나가는 차를 잡아탔다.

7

엘리안이 투숙하고 있는 하숙집은 번쩍거리는 파시의 거리에 비해 정면이 다소 황량해 보였다. 이 건물은 루이필리프의 검소한 통치기에 국가 보조금으로 도시에 수없이 들어선 것과 같은 종류의 4층짜리 건물 중 하나였다. 거기에는 대칭을 위해 거짓으로 창처럼 만들어둔 것은 없었다. 문의 철공예에는 장식을 덧붙여 아름답게 보이려는 의도가 그대로 드러나 있었다. 그렇지만 나머지 것들은 아주 간결하게 자신의 존재 이유를 드러내고 있었다. 가령 교차 부위의 지지대는 그야말로 막대기에 불과한 것으로, 소용돌이꼴 장식을 돋보이게 하고 번지를 알리는 숫자판을 얽어매기 위해 일부러 만들어놓은 장식이 아니었다. 한창때는 분명 벽에 짚 색깔의 도료가 칠해져 있었을 것이다. 하지만 나중에는 습기 때문에 그림에 수포가 생겼고, 태양빛 때문에 수포들이 하나씩 건물의 정면 벽 전체로 번져갔을 것이다. 그래서 벽은 오늘날 마치 옴이 오른 듯한 모양이었다. 행인들도 바깥에서 에나멜판을 통해 커다란 그늘진 정원을 볼 수 있었다.

문은 두세 번의 초인종 소리에 반쯤 열리게 되어 있었고, 부엌 깊숙한 곳에서 손으로 철사를 힘껏 잡아당기면 저절로 열리는 것 같았다. 참나무 문짝을 밀고 붉은 플러시 천이 깔린 현관으로 들어가 지하로 이어지는 계단 윗부분에서 기다리면, 꽤 젊어 보이는 여자가 유행에 몇 년 뒤처진 복장을 하고 우아한 시골 사람 티를 내면서 서두르지 않고 올라오는 것이 보인다. 흰 블라우스 위에 단추를 채우지 않은 채 걸친 옅은 보랏빛 재킷은 허리 아래 부근에서 사방으로 벌어져 있었다. 너무 짧아 보이는 치마 밑으로 사이클 선수와도 같은 통통한 장딴지가 드러났는데, 이 여자는 그것을 아주 자랑스럽게 여기는 것 같았다. 윤기 나는 구두, 어깨 위로 비스듬히 두른 여우 목도리, 검은 장갑으로 옷차림을 마감했다. 계절의 구분에 신경 쓰지 않는 옷차림이었다. 차림새가 좀 덜 엉뚱하고 표정이 좀 더 부드러웠더라면 모로조 양은 예쁜 축에 속했을 것이다. 하지만 서른다섯의 나이에 주름진 얼굴에는 커다란 매부리코가 매정하게 자리 잡았다. 흑갈색 얼굴과 검고 오만한 눈은 그녀가 외국 출신이라는 것을 그대로 드러내주었다. 한껏 휘어진 속눈썹을 하도 자주 깜박거리는 통에 애교하고는 별 상관이 없어 보였다. 숱은 많지만 짧게 자른 머리카락이 정수리 부근에서 번쩍거리는 다발을 이루며 모여 있어 흡사 닭 볏 같았다. 계단을 올라오면서 그녀는 칙칙한 빛이 감도는 하얀색 실로 어떤 물건을 꼼꼼하게 뜨개질하고 있었다. 그녀는 고객이 될지도 모르는 사람이 찾아왔다는 사실보다 손가락의 움직임에 더 신경을 쓰는 듯했다.

하지만 그녀는 엘리안의 당황한 표정에 곧바로 관심을 가졌다. 인정이 많은 그녀는 새로 온 하숙생이 커다란 슬픔에 빠져 있다는 것을 금세 알아차렸다. 모로조 양은 체면을 구기지 않으면서 할 수 있는 일과 할 수 없는 일에 대해 확고한 생각을 지니고 있었다. 그렇지만 그녀는 엘리안의 가방을 받아들고 몸소 방으로 안내했다.

"편히 쉬세요." 그녀는 엘리안을 안락의자 쪽으로 밀면서 말했다. "저는 당신에게 가장 좋은 방을 드린 거예요. 아니요, 하숙비 얘기는 나중에 하도록 해요. 우선 식사부터 하셔야지요."

엘리안은 모로조 양이 하는 대로 내버려두었다. 그녀의 눈에서는 거의 그치지 않고 눈물이 흘러내렸다. 그녀는 눈물 사이로 옆모습이 제비 같은 이상한 여자가 이리저리 돌아다니는 것을 보았다. 그런데 조금 전부터 그녀는 고통으로 모든 것이 변해버린 꿈속에 빠져 있는 듯했다. 모로조 양이 우스꽝스러워 보이지는 않았지만, 희귀하고 지능적인 동물이 여자로 변장한 것처럼 이해할 수 없는 존재로 보였다. 그녀는 '도대체 왜 저 여자는 이토록 착하게 구는 걸까?' 하고 생각해보았다. 무엇보다도 그 모습이 자연스러워 보이지 않았다. 그리고 그녀는 놀라움에 사로잡혀 양탄자가 깔리지 않은 마룻바닥에서 달가닥거리는 발소리를 들었다. 마찬가지로 부산스러운 모로조 양의 수다가 그녀 주위에서 이리저리 팔딱거렸다. 그녀는 정신을 차릴 수가 없었다. r 발음이 징징 울려 퍼지는 문장들은 아무리 들어도 인간의 말 같지 않았다. 얼마 후 별안간 너무나 우스꽝스러운 일이 벌어졌다. 그녀가 혼절했던 것이다.

정신을 차렸을 때는 커튼이 걷혀 있었고 그녀 혼자였다. 분명히 모로조 양은 그녀가 잠든 것이라 생각했을 터인데, 엘리안으로서는 정말 잘된 일이었다. 그녀는 자신이 구경거리가 되는 것을 좋아하지 않았고, 이 이상한 여자에게 우는 모습을 보이기 싫었다. 방 안에 감도는 한기 때문에 사색에서 깨어났다. 몸을 일으키고 싶었지만 무릎이 말을 듣지 않았다. 그녀는 다시 안락의자에 쓰러져 장갑을 벗고 손을 비비고는 주위를 둘러보았다. 행운과 행복을 경험하지 못한 나이 든 여자들처럼 그녀 역시 하숙집의 방이 어떤 것인지 잘 알고 있었다. 그녀는 방 안에서 커다란 청동 침대, 말없이 자신을 초대하는 듯한, 세모꼴로 접혀 붉은털 이불 위에 놓인 침대보, 세면대를 가려주는 무명으로 만든 작은 칸막이, 치약 튄 자국이 고스란히 남아 있는 갈대 테두리를 두른 거울을 보았다. 그녀가 앉아 있는 안락의자 말고는 다른 의자가 없었다. 방은 거의 비어 있었기 때문에 그런대로 커 보였다.

자신이 본 것을 나지막한 소리로 중얼거리고 나자 그녀는 끔찍한 불안감이 엄습해오는 것을 느꼈다. 사실 몇 분 전부터 왜 자기가 거기에 와 있는지 이해하지 못했던 것이다. 그녀의 기억 속에서 갑자기 일종의 심연이 열리더니 자신이 살아온 모든 세월을 전부 집어삼키는 것 같았다. 그녀는 카부르 호텔의 꼬리표가 달린 가방을 멍하니 바라보았다. 이제는 완전히 어둠 속으로 사라져버렸다고 생각했지만, 벌써 14년이나 된 카부르 여행의 아주 시시콜콜한 것까지 기억에 떠올랐다. 그녀는 몸을 떨었다. 죽음과 드잡이했던 것 같았다. 그런 다음 갑자기 비어 있던 기억이 떠올라, 필리프의 무릎 아래서 울고 있는 자신의 모습을 발견했다. 그러고는 자신이 이 세상에서 가장 박복한 여자라고 생각했다. 가슴속에서 신음이 새어 나왔다. 다시 고통을 겪어야 하는 것이다. 왜 모든 기억을 완전히 잃어버리지 않았을까!

15분 동안이나 무기력한 손을 소파의 팔걸이에 걸치고 시선을 고정시킨 채 움직이지 않고 잠자코 있었다. 누군가 부드럽게 문을 두드리는 소리에 소스라치게 놀라 겁에 질린 외침을 간신히 억눌렀다. 모로조 양이 쟁반에 식사를 차려 들고 온 것이었다.

"제가 깨웠나요?"

"아니에요."

"커튼을 걷어드릴까요?"

"예."

"혹시 어디 아프신 건 아니죠?"

"그렇지 않아요. 그냥 좀 피곤했을 뿐이에요. 약간 춥네요."

모로조 양은 비난하는 표정으로 그녀를 바라보았다.

"추우시다고요? 난방 장치가 잘 작동하고 있는데요."

그녀는 쟁반을 침대 위에 내려놓았다.

"제가 당신이라면 침대에 누울 텐데요."

"아닙니다. 제게 직접 음식을 가져다주시다니 친절하시네요. 무릎 위에 놓아야겠어요. 여기요. 이런! 이렇게 많이 가져오시다니! 너무 많아요."

더운 기름에 빠진 듯 흐느적거리는 딱딱한 고깃덩어리에 역겨움을 느끼면서도 엘리안은 미소를 지으려 애썼다.

"이제 좀 나아지나보네요." 모로조 양이 말했다. "지금은 가겠지만, 앞으로 종종 당신을 만나러 올게요. 필요한 게 있으시면……"

모로조 양은 손가락으로 초인종을 가리켰다.

"아, 커튼을……"

그녀는 잽싸게 달려가 커튼을 열어젖혔다. 얇은 망사로 된 커튼 너머로 텅 빈 마당이 보였다. 마당 한쪽 구석에는 낮고 작은 벽에 기대어 허물어져가는 헛간이 하나 있었다. 그 가까이에 가지가 서로 뒤엉킨 아카시아나무 두 그루가 서 있고, 병든 송악이 검은 땅을 기면서 싹을 틔운 채 아카시아나무 발치를 기어오르고 있었다. 커다란 정원에는 그림자가 드리워져 있었다.

"여름이면 저는 저 나무 두 그루 사이에 해먹을 걸어요." 모로조 양이 설명했다. "그러고는 거기 누워 눈을 감은 채 흔들흔들 몸을 맡겨요. 그래서 파리라는 도시에 갇혀 있다는 것을 잊으려 노력해요."

그녀는 육감적인 표정을 지으며 긴 눈썹을 낮추고 해먹의 움직임을 따르듯 좌우로 몸을 흔들어댔다. 엘리안은 고개를 돌렸다. 이런 몸짓과 표정에 그녀는 약간 어리둥절했다. 처음에는 모로조 양의 이런 속내 이야기가 삶 전체에 대한 이야기로 나아가지 않을까 겁났지만, 예상과는 달리 잠시 후 그녀는 혼자 남게 되었다.

그녀는 우선 기운을 차리려고 적포도주를 한 잔 따라 단숨에 들이켰다. 그런 다음 떨리는 손으로 쟁반을 바닥에 내려놓고 가까스로 몸을 일으켰다. 육체적인 힘이 부족해 정신력으로 버텼다. 무릎과 주먹으로 안락의자를 가능한 한 난방 장치 가까운 곳으로 밀어붙였다. 한동안 한숨을 쉬고 나서 가방에서 수첩과 봉투, 그리고 펜을 꺼냈다. 잠시 생각을 정리한 다음, 그녀는 다음과 같이 썼다.

친애하는 제부에게. 제부는 왜 내가 집을 떠났는지 알고 싶겠지요. 이제 말하겠어요. 제부에게서 멀리 떨어져 있으니 말하기가 한결 편해지네요. 노처녀의 마음이 어떤 것인지, 그리고 이 글을 쓰기까지 얼마나 많은 용기가 필요했는지 제부는 짐작도 못할 거예요. 11년 동안이나 나는 날마다 두 사람과 같은 지붕 아래서 살았어요. 두 사람의 행복, 슬픔, 권태를 모두 보면서 말이죠. 나는 거의 존재하지도 않았어요. 고작 계산이나 확인하고, 식사나 챙기고, 지하실에 장작이 부족하지 않은지, 거실 꽃병에 꽃이 부족하지 않은지 살펴보는 사람에 불과했지요. 나는 제부가 산책에서 돌아와 내게 하는 말을 들었어요. 동시에 나는 제부 아내의 속내 이야기를 들어주었어요. 내가 제부에게 거추장스럽지는 않았을 것 같네요.

나는 이제 더 이상 그럴 수 없어요. 제부, 내 나이 이제 서른하나예요(언젠가 제부에게 말했던 것처럼 서른이 아니에요). 아마도 제부는 내 삶에서 감정이 어떤 역할을 할까 생각해보지도 않았겠지요. 감정이란 사랑을 의미하지만, 나는 내 존재, 내 얼굴, 내 주름을 생각하면 이 단어를 쓰는 것을 주저하게 되네요.

그녀는 여기서 멈추고 몸을 기울여 창밖을 바라보았다. 정원에는 검은 암탉 한 마리가 부리를 땅에다 처박은 채 돌아다니고 있었다. 바람에 아카시아나무 가지가 약간 구부러졌으며, 이웃집 벽의 덧창이 떨렸다. 그녀는 다시 쓰기 시작했다.

어떤 여자들은 사랑의 감정을 불러일으킬 수 없을 때 사랑의 보

228

호를 받아야 할 거예요. 하지만 자연은 눈이 멀었거나 짓궂어요. 내가 아름답지 않기 때문에 나를 원하지 않는 남자에게 빠져들고 말았어요. 이런 말을 하기까지 내가 어떤 절망적인 상황에 처해 있었는지 상상이 되나요? 하지만 내가 그를 사랑할 때, 제부……

이 문장은 혼란을 가져올지도 몰랐다. 그래서 그녀는 다음과 같이 덧붙였다.

자신이 어떤 열정을 불러일으켰는지 아무것도 모르는 무관심한 사람을 사랑할 때, 이 무익한 사랑이 무슨 소용이죠? 괴로워했지만 그렇다고 더 나아지지는 않았어요. 오히려 후회, 시기, 말 없는 오랜 절망들이 조금씩 나를 망가뜨렸어요. 더 이상 나 자신으로부터도 부드러운 말이나 자비로운 행동도 기대하지 않아요. 다른 사람의 불행이 나 자신의 불행에 대한 보상이라고 믿고 그것을 즐기는 일도 있어요. 나 자신에게서 얻을 수 있는 최선의 방법은 잠자코 있으면서 내 이익을 찾느라 이웃에게 해를 끼치지 않는 거예요.
하지만 내 삶을 돌이켜볼 때, 내가 태어난 이유가 되는 행복을 정복하는 일이 내게는 쉬울지도 몰라요. 몇 마디 말이면 내가 사랑하는 사람과 나 대신 그와 결혼한 여자를 영원히 갈라놓을 수 있을지도 몰라요. 나는 더 이상 아름답지도 않고 젊지도 않아요. 비록 그렇기는 하지만 나는 내 경쟁자가 즐길 줄 몰랐던 사랑을 나에게로 돌릴 줄 알아요. 그 남자의 이름만은 말하지 않게 해주세요. 하지만 세상에는 그 남자보다 더 약한 사람도 없고 더 강한 사람도 없다는 것을 아셔야 해요. 그 사람은 누구든지 자신의 오만함을 부추겨주고 감각을 깨워줄 수만 있다면 아무 여자에게라도 복종할 거예요. 그런 것처럼 그 사람은 나에게도 복종할 거예요.

그녀는 피가 쏠려 얼굴이 빨개졌다.

"지저분한 얘기야." 그녀는 아주 크게 말했다. "내겐 그럴 권리가 없어."

그리고 몇 초 동안, 그녀는 대경실색하면서 방금 써놓은 글들을 바라보았다. 그녀는 전혀 다른 말을 하려 했는데, 갑자기 이런 내용의 글이 돼버린 것이다.

'이게 자기 이야기인 줄 알게 되면, 그는 절대로 나를 용서하지 않을 거야.' 그녀는 생각했다.

그녀는 펜을 수첩 위에 내려놓고 침울한 표정으로 이렇게 중얼거렸다.

"잘됐지 뭐야. 이렇게 해서 나쁜 짓만 했던 집의 문밖으로 그가 나를 내쫓아버리게 만들 거야."

그녀는 다시 펜을 잡고 계속해서 써내려갔다.

제부는 내가 무시하는 어떤 남자를 사랑할 수도 있다는 점을 이해하겠어요? 사랑이 그렇게 하도록 강요하기 때문에 나는 그 사람에게 미소를 짓고 있어요. 사실 나는 내 비겁함 때문에 두려워요. 나 자신마저 놀라운걸요. 하루 종일 그에게 고백하려는 욕망에 넘어가지 않으려고 노력해야 해요. '제부는 우스꽝스러운 사람이에요. 제부의 아내가 제부를 속이고 있어요. 나는 그가 누구인지도 알고 어디에 사는지도 알아요. 나는 수년 전부터 제부가 모르는 모든 것을 알고 있어요. 그녀는 제부를 미워하고, 더 이상 제부의 것이 아니에요. 그녀는 정부와 한통속이 되어 제부의 냉담함을 조롱하고 있어요. 모욕적인 말을 한다고요.'

그녀는 다시 멈추어 생각해보았다.
"아마 사실일 거야." 그녀는 큰 소리로 말했다.
그러고는 계속해서 써내려갔다.

　하지만 제부, 나는 입을 닫고 있었어요. 내가 나빴어요. 그렇다고 죄를 지었다는 건 아니에요. 운명처럼 내 손아귀에 들어온 온갖 무기 중에서 어떤 것도 나에게는 소용이 없어요. 이게 바로 제부가 날이면 날마다 옆에 두고 있었던 거예요. 이게 바로 증오의 세계예요. 그 세계는 제부의 눈먼 시선 아래서 숨쉬고 고통스러워하고 불안에 떨고 있어요. 나는 더 이상 제부가 그렇게 냉정하고 초연한 것을 견딜 수 없어요. 그런 건 고귀한 감정이 아니에요. 그건 나도 인정하겠어요. 하지만 그건 자연스러운 것이에요. 10년 동안 나는 끈기 있게 제부의 산책 이야기와 자잘한 권태 이야기를 들어왔어요. 내가 제부를 조금이라도 비난한다고 생각하지는 마요. 결국 제부와 같은 한결같은 삶을 본다는 것이 제부에게 편지를 쓰고 있는 박복한 여자에게 어떤 영향을 끼칠지 한 번이라도 생각해보세요. 제부의 삶에서 중요한 사건이랬자 고작 책 구입, 감기 회복, 하인 해고 정도

지요. 이런 이유들 때문에 내가 떠나버리는 편이 더 나아요. 제부는 내게 잘해주었어요. 어쩌면 내가 제부에게 결례를 범했을 수도 있겠네요. 하지만 우리의 운명은 반대예요. 만약 내가 제부의 휴식과 제부가 살고 있는 안전을 증오하는 일이 생긴다면, 제부는 반대로 내 속에 있는 혼란을 두려워할지도 모르겠군요. 잘 있어요. 제부가 나를 다시는 보지 않았으면 해요.

그녀는 다시 읽어보지도 않고 편지를 접어 봉투 안에 넣은 다음, 자신으로서도 이해할 수 없을 정도로 편안한 마음으로 주소를 적었다. 그녀는 막 끝낸 편지로 인해 필리프에게서 떨어져나온 듯했다. 자신이 감히 이런 내용의 편지를 쓰다니. 그것은 그녀가 더 이상 그를 사랑하지 않기 때문이었다. 확실히 시작이 어려웠다. 자신이 열렬히 사랑하는 사람을 판단한다는 것이 어렵기도 했거니와, 그를 비판할 수 있다는 생각에 익숙해지는 것이 어려웠다. 하지만 이런 행동이 가능하게 된 순간부터 저항할 수 없는 사랑에서 무엇이 남게 될 것인가?

이런 추론은 은총과도 같이 엘리안처럼 논리에 푹 빠진 정신의 소유자를 해방시켜주었다. 아직도 필리프를 사랑하고 있는지 자문해보는 대신, 그녀는 그토록 위험한 질문으로 가는 도중에 멈추어 섰다. 그러고 나서 그녀는 마치 신앙을 잃고 공포와 즐거움이 뒤범벅된 심정으로 신성을 모독하는 신자처럼 "그에게 이런 내용의 편지를 쓴 이상, 내가 그를 사랑한다고 생각할 수는 없는 노릇이지"라고 반복해서 말했다. 지금은 그것으로 족했다.

그녀는 봉투 한쪽 구석에 우표를 붙이고 일어서서 편지를 벽난로 위에 놓아두었다. 다시 기운을 차렸지만, 동시에 잠자고 싶은 욕망을 거역할 수 없었다. 피로와 감정이 복받쳐 목이 바짝바짝 타들어갔다. 그녀는 물을 탄 포도주 한 잔을 비우고 펠트모자와 구두를 벗고 붉은 이불 아래로 미끄러져 들어갔다.

그녀가 다시 잠에서 깨어났을 때는 밖이 훨씬 더 어두워져 있었다. 겨울밤은 빨리 찾아왔다. 창유리 뒤로 하늘은 칙칙한 장밋빛 색조로 물들어 있었다. 장밋빛은 지면으로 가까워질수록 붉은색으로 변해갔으며, 지붕 부근에서는 불꽃처럼 선명해졌다. 엘리안은 침대에 누워 이 색깔들을 감탄에 차 바라보았다. 머릿속으로 수도 없이 많은 혼란스러운 생각들을 이리저리 굴리다가 차례차례 포기했다. 잠시 후, 힘겹게 일어나서 전등 스위치를 찾다가 결국 찾지 못하고 더듬거리면서 창가로 갔다. 방 안을 주의 깊게 둘러보았지만, 그녀는 창문이 정원과 같은 높이로 나 있다는 사실을 알아차리지 못했다. 창문을 열어젖히자 차가운 공기가 불어 들어와 관자놀이께의 머리 타래를 들어올렸다. 그래서 어쩔 수 없이 외투 칼라의 단추를 채웠다. 일이 초 동안 머뭇거리다가 계단을 통해 정원으로 나갔다. 몇 걸음 걸어가서 돌이 듬성듬성 떨어져나간 작은 벽 아래에 이르렀다. 그녀는 거기에 멈춰 서서 몽상에 빠져들었다. 몽상 속에서 그녀의 시선은 흩날리는 낙엽과 아이가 깜빡 잊고 놓아둔 나무 삽으로 향했다. 희미한 황혼 빛이 지면 위를 돌아다녔다. 조금 전부터 바람이 잦아들었지만, 이웃집 벽에 덧창이 부딪히는 소리가 들려왔다. 그 소리는 때로는 강하게 나다가 때로는 약해졌다. 엘리안은 산책을 계속했다. 그녀는 곧 아카시아나무에 이르러, 무거운 가슴으로 한 손을 작은 나무줄기에 대고 두 그루의 나무 사이에 섰다. 희미한 랜턴 불빛과도 같은 이상한 빛 속에서 그녀의 그림자가 발아래로 길게 늘어져 있었다. 조약돌 사이로는 송악의 덩굴줄기가 반짝거리며 빛나는 잎사귀 아래로 오그라들어 있었다. 그녀는 거기서 멀어졌다. 헛간 가까이를 지나다가 그녀는 검은 암탉 한 마리를 보았다. 암탉은 겁이 나서 구구거리며 그녀의 치마 주위에서 퍼드덕거리기 시작했다. 엘리안은 이 짐승을 쫓아버리려고 손뼉을 치면서 계속 앞으로 걸어갔다. 그녀는 자신의 방 창문에서 보았던 작은 벽을 찾을 수 없다는 것에 놀랐다. 눈으로 보기에 정원은 훨씬 더 멀리까지 펼쳐져 있었다.

거대한 땅덩어리처럼 들쭉날쭉한 커다란 회색 구름이 하늘에서 천천히 움직였다. 엘리안은 공중으로 목을 길게 늘어뜨린 용을 보았고, 나중에는 브르타뉴의 지도를, 다음에는 핏빛 지평선 위에 연기를 흩날리고 있는 전함을 보았다. 이런 광경에 한동안 정신을 빼앗겼지만, 그녀는 멈출 생각을 하지 않았다. 호기심과 자연스러운 고집 때문에 아주 빠른 걸음으로 나아갔다. 서두르다가 발에 뭔가 걸려 넘어질 뻔했다. 지면에 울퉁불퉁한 돌이 깔려 있었기 때문이다. 벽이 좌우로 낮아지면서, 더 넓은 다른 정원들과 채소밭, 어둠이 그림자를 드리워 감추어진 땅이 보였다. 사슬에 묶인 개들이 요란하게 짖어댔다.

그녀는 더 빨리 걸었다. 그러다가 뛰기 시작했다. 불안해서라기보다는 끝없이 이어지는 이 정원에 놀랐기 때문이다. 생각을 가다듬기 위해 파시 지역의 지도를 생각해보려 했다. 조만간 하나의 거리와 벽이 나타나 멈추게 될지도 모른다. 어떤 거리일까? 그녀는 생각 속에서 방향을 잡아나가고 싶었지만 도저히 그렇게 할 수 없었다. 때때로 흐르는 물소리와 함께 잎사귀가 흔들리는 참빗살나무 숲에 치맛자락이 스쳤다. 한순간 그녀는 정원의 가장자리를 둘러싸고 있는 산울타리 너머에서 빛을 본 것 같았다. 누군가를 부를 뻔했지만 부끄러움 때문에 억눌렀다. 부르다니? 왜? 그녀는 너무 심하게 뛰어서 숨이 차올라 속도를 늦추었다. 빛이 사라졌다.

추위에도 불구하고 목덜미에 땀방울이 맺혀 그녀는 외투를 반쯤 열어젖혔다. 밤이 깊었다. 엘리안은 새벽부터 걸은 것 같았다. 바닥에 돌이 더 적어 보이는 오른쪽을 향해 나아가다가 그녀는 문득 자신이 도랑을 따라 걷고 있는 것을 알아차렸다. 좀 더 가다가 발이 표석에 부딪혔다. 그녀는 겁에 질려 멈춰 서서 돌 위에 새겨진 글자를 읽어보려 했는데 너무 어두워 볼 수 없었다. 손가락으로 글자의 홈을 만져보았지만 소용없었다. 첫 글자는 C였고 두번째 글자는 I였지만, 나머지는 해독할 수 없었다. 그녀는 거기서 벗어났다.

어마어마한 침묵이 들판 위를 내리눌렀다. 어둠 속에서 거대한 경작지가 검은 하늘과 뒤섞여 있었다. 희끄무레한 빛만이 늘어진 안개처럼 희미하게 어둠 속을 감돌면서 길을 알려주었다. 때때로 엘리안은 수영하는 사람이 강한 물살을 헤치듯 안개와 싸우고 있는 듯한 인상을 받았다. 혹은 더 이상 앞으로 나아가지 못하고 몇 시간 전부터 같은 장소에서 제자리걸음하고 있다는 생각이 들었다. 사실 그녀는 굉장히 빨리 걷고 있었다.

그녀는 걸어가면서 잠이 들었는데, 고개를 숙이고 손은 축 늘어뜨렸다. 이따금 돌부리에 부딪혔지만 정신을 차리지 못했다. 그녀의 발은 시계추처럼 규칙적으로 앞으로 나아갔다.

30여 분이 지나자 바람이 구름을 쫓아내 마치 상처라도 난 것처럼 창백한 하늘이 드러났다. 그 사이로 달이 나타났다. 달의 눈먼 얼굴이 대지를 향해 기울어져 있었다. 그녀가 멍한 눈으로 주시하는 금속성의 달빛은 꿈이라는 비밀스러운 작업으로 세상을 불러냈다. 엘리안은 눈을 부릅뜨고 시선 닿는 데까지 밭고랑이 이어진 들판을 바라보았다. 피로로 인해 사지가 모두 해체된 듯했다. 깨어난 이후, 그리고 기진맥진할 정도로 고갈 상태에 이르러, 그녀는 누군가 자신의 어깨 위에 자리를 잡고 목덜미와 등을 힘껏 내리누르는 것 같은 느낌을 받았다. 그래서 잠시 숨을 돌리려고 얼굴을 길바닥의 먼지에 붙이고 돌 사이로 쓰러지는 대로 내버려두고 싶기도 했다. 하지만 정반대의 감정이 이런 욕망과 싸우면서 계속해서 그녀를 앞으로 밀어갔다. 그녀는 땅에서 발을 떼어 계속 앞으로 나아갔다.

이제 땅은 오르막을 이루고 있었는데, 처음에는 아주 완만해 거의 느끼지 못할 정도였다. 조금 더 올라가자 무자비할 정도로 경사가 급해지더니 길이 마치 세워놓은 사다리처럼 위로 올라갔다. 지루함을 가라앉히기 위해 엘리안은 자신의 발 사이로 지나가는 조약돌들을 헤아려보려 애썼다. 그중에는 깨진 면이 대리석처럼 빛나는 커다란 것들도 있었고, 세월에 시달려 둥글둥글해진 것들도 있었다. 하지만 너무 많아서 그녀는 더 이상 조약돌에 신경을 쓸 수 없었다. 그녀는 단 한순간도 멈추지 않았다. 계속되는 이동에 그녀의 입술은 마치 수호성자에게 탄원하는 헌신적인 신자처럼 흔들렸다. 바닥에 질질 끌리는 신발 때문에 살이 타는 것 같았다. 그녀는 자기가 이 무서운 여행을

236

하고 싶어 했는지, 아니면 자신보다 더 강한 무엇인가가 그것을 강요했는지 알 수 없었다. 마침내 그녀는 달빛을 받아 보랏빛으로 빛나는 돌들을 헤아리는 일을 그만두었다. 혀가 치아 사이로 부풀어올라 까칠까칠하게 느껴졌다. 갑자기 그녀는 머리카락을 손아귀로 덥석 움켜쥐고 긴 절망의 소리를 내질렀다. 그 소리는 들판 멀리까지 퍼져나갔다. 공기의 울림이 몇 초 동안 그녀의 귀에서 떨렸다. 그때 그녀는 다시 한 번 소리를 지르고, 자신이 아는 모든 사람의 이름을 어둠 속으로 던졌다. 시간은 계속해서 흘러갔다.

그녀 앞에 작은 나무 한 그루가 길 가장자리를 지키고 서 있었다. 나무는 높은 곳에서 부는 바람에 약간 휘어져 땅 위로 비스듬하게 구부러진 그림자를 던졌다. 겨울이라서 잎사귀 하나 남아 있지 않았지만, 어쨌든 풀 한 포기 자라지 않는 이 검은 들판에서 유일한 생물이었다. 엘리안은 가슴이 뛰기 시작했다. 30초 정도면 충분히 작은 나무에 도달할 수 있으리라고 생각했다. 손가락 끝으로 나무껍질이라도 만져볼 수만 있어도 얼마나 위안이 될 것인가! 이런 희망으로 다시 기운을 차리고 옆구리가 뻣뻣해져오는 것을 느끼면서도 약간 더 빨리 걸었다. 목적지까지는 아직 스무 걸음 정도 더 남아 있었지만 그녀는 손을 뻗었다. 자신에게 주어진 시간을 단 1초도 낭비하지 않으려고 미리 준비하고 싶었다. 그러고 나서 머리카락처럼 바람에 흩날리는 가지들을 관찰했다. 그녀는 가지 하나를 낚아채 가져가고 싶은 생각이 들었다. 그래서 팔이 닿는 범위 안에서 가장 길고 가장 연약한 가지를 택해, 다른 나뭇가지들과 구분해 손가락으로 옹이를 확인한 다음 꺾으려 했다. 그녀는 가지로 다가서서 마침내 손을 앞으로 뻗었다.

하지만 바람이 불어와 가지가 흔들리더니 멀어져버렸다.

너무나 짧은 시간 안에 이루어진 일이어서, 그녀는 곧바로 상황을 알아차리지 못했다. 그녀는 멈추려고 무진 애를 썼지만 잘 되지 않았다. 그때 분노의 외침이 목구멍에서 새어나왔다. 손톱을 가슴에 박고 말을 잘 듣지 않는 몸을 긁고 찢어버리고 싶었다. 잠시 잊고 있던 피로가 그녀의 어깨 위로 다시 엄습해왔다. 발에서 피가 나는 고통을 느꼈다. 죽어버리고 싶었다.

15분 정도 더 걸어가자, 그녀는 다시 평온을 되찾고 일종의 체념 상태에 빠져들었다. 걸음을 옮길 때마다 육체가 찢어지는 듯했으며, 격심한 고통이 내장을 가르는 듯했다. 이제 그녀는 왜 자신이 이 길에 있는지 도무지 알 수 없었다.

머릿속에서는 모든 것이 뒤엉켜버렸고, 시선조차 흐려지기 시작했다. 무기력한 눈으로 좇아가던 수레바퀴 자국이 안개 때문에 그녀의 시야에서 사라졌다. 그때 노처녀는 장님과 같은 동작으로 어둠 속으로 손을 내저었다. 경사면에서 불규칙한 소리를 내는 조약돌이 발에 챘다.

새벽이 오기 얼마 전에 달이 모습을 감추었다. 더 이상 바람이 불지 않아 일순간 깊은 침묵이 내리깔렸다. 자신의 발소리만이 유일하게 귀에 울려 퍼졌다. 때로는 너무 먼 곳에서 온 소리 같아서 알아들을 수조차 없을 정도였다. 하지만 이따금 그 소리는 한껏 부풀어올라 어마어마하게 떨리면서 하늘을 가득 채우기도 했다. 피라도 태워버릴 듯한 엄청난 열기를 느끼면서, 그녀는 아주 복잡하고 거대한 기계가 자신의 여행에 동행하면서 주위에서 커다란 크랭크 암으로 작업하고 있다는 생각이 들었다. 이러한 인상이 점점 더 강하고 선명해졌다. 그녀는 곧바로 불똥 속에서 금속 기둥들이 튀어오르는 공장의 한가운데 있는 것 같은 생각이 들었다. 착란에 빠져 자신이 맨발로 걷고 있으며 발에서는 피가 흐르고 있다는 사실을 잊어버리고 말았다. 그녀는 고통스러웠다. 하지만 고통은 초인적인 차원에 이르러 어둠의 세계에서 오는 고통과도 같은 것이 되었다. 그녀는 더 이상 존재하지 않았다. 미지의 힘이 그녀를 이끌고 다녔던 것이다.

그녀는 마침내 정신을 차렸다. 음산한 빛이 언덕 높이에서 머뭇거렸고, 차가운 빗방울들이 어두운 공기 중으로 스며들고 있었다. 그녀는 증오에 가득 찬 외침으로 세상 위로 떠오르는 빛을 맞이하여 인사를 건넸다. 시선을 뒤로 던지자 심연이 나타났고, 그녀는 벽을 기어올랐다. 뒤로는 길이 여전히 광막한 어둠의 대양 속에 잠겨 있었다. 한순간 그녀는 심연을 바라보다가 갑자기 현기증에 사로잡혀 쓰러졌다.

그녀는 헐벗은 긴 언덕의 가장자리에 얼굴을 바닥으로 향한 채 누워 있었다. 여기저기서 울퉁불퉁한 바위들이 어둠 속에서 불거져 나왔다. 가축의 이빨이 도달하지 못한 바위 위에는 말라버린 잡초 타래들이 인색하게 자라고 있었다. 하지만 사방의 땅은 헐벗은 상태였다.

추위와 언덕에 와서 부딪히는 바람 소리 때문에 엘리안은 혼절 상태에서 깨어났다. 팔꿈치로 땅을 짚은 다음, 등을 대고 돌아눕는 데 성공했다. 그녀는 하늘 깊은 곳에서 여전히 떨고 있는 별들을 알아보았다. 오랫동안 움직일 수조차 없었다. 시선은 별들 사이에 빠져 있었지만, 이가 부딪칠 정도의 추위로 몸이 떨려왔다. 몸을 일으켜보려고 했지만 발에 난 엄청난 상처 때문에 일어날 수 없었다. 하지만 무릎을 꿇고 앉는 데 성공했고, 이런 상태로 언덕 한가운데로 무릎을 질질 끌면서 갔다.

그곳에는 불이 난 흔적이 남아 있었다. 처음에는 유목민들이 추위나 공포와 싸우기 위해 고립된 산악 지대에서 잔가지로 불을 붙였을 것이라고 생각했다. 하지만 더 가까이 다가간 그녀는 불꽃이 땅에 그려놓은 검은 원의 한가운데에서 종잇조각을 보았다. 아직도 글자를 알아볼 수 있는 종이 위에는 사람 머리 정도 크기의 돌이 마치 운석처럼 떨어져 있었다. 엘리안은 손을 뻗었다. 그리고 새벽 어스름 빛 속에서 제부에게 썼던 찢어진 편지 한 조각을 알아보았다. "친애하는 필리프. 제부는 알고 싶겠지요……"

그녀는 깨어났다.

모로조 양이 그녀 앞에 서서 쾌활하게 말했다.

"깨워서 미안해요. 당신을 찾아온 사람이 있어서요."

엘리안은 무슨 말을 하는지 잘 몰라 약간 부끄러워하면서 침대에서 몸을 일으켰다.

"몇 시죠?" 그녀가 갑자기 물었다.

"여섯시 십오분이네요. 그 신사분은 거실에 있어요. 제가 가서 당신이 곧 오실 거라고 말씀드릴게요."

"어떤 신사분요?"

브라질 여자는 이 질문을 기다리고 있었던 듯했다. 그녀는 극적인 태도로 가슴을 부풀리고는 손가락 끝으로 흉골을 눌렀다. 동시에 뭔가에 의해 들리기라도 한 것처럼 가볍게 몸을 일으켜 세웠다. 그녀는 이내 이 흉내를 그만두고 거의 자연스러워진 목소리로 말했다.

"아주 멋진 사람이던데요."

'제부구나.' 엘리안은 생각했다.

"내가 여기 있다고 말해서는 안 돼요." 그녀가 언짢은 듯이 말했다.

"만나고 싶지 않으세요?"

"지금은 그를 볼 수 없어요."

"기다릴 텐데요."

"아니요." 엘리안은 자기가 무슨 말을 하고 있는지도 모른 채 대답했다.

"기다릴 거예요. 아주 상냥한 표정이었어요. 당신의 형제나 아니면 약혼자겠지요?"

"그래요."

"형제예요, 약혼자예요?"

엘리안은 침대 가장자리로 쓰러졌다.

"아가씨, 내 심부름 하나 해주시겠어요? 여기 편지가 한 통 있어요. 봉투에 우표도 붙여두었어요. 이 편지를 당신이 직접 우체국으로 가져가서 부쳐주실래요?"

어조가 이상했는지 브라질 여자는 눈을 크게 떴다.

"이 편지를 부쳐달라고요? 그러지요. 곧바로 갈게요."

"그래요, 곧바로요."

"몸이 좋지 않으세요?"

"금방 괜찮아질 거예요."

"그런데 그 신사분께 당신이 곧 올 거라고 말씀드릴까요?"

엘리안은 고개를 가로저었다.

"편지 잊지 마세요." 그녀가 말했다.

"모자 쓸 시간이라도 주세요. 그 대신 아가씨, 한 가지 부탁 좀 들어주세요. 제발, 그 신사분을 저녁식사에 초대해주세요. 그러고 싶어요. 부탁이에요!"

"유감스럽지만 그럴 순 없어요."

브라질 여자가 사뭇 장엄한 어조로 말했다. "물론 식사는 계산에 들어가지 않을 텐데요. 초대니까요."

"고마워요. 정말 고맙지만 불행히도 나는 받아들일 수 없어요."

"그런데 그분은 어떨까요?" 모로조 양이 절망에 차서 소리를 질렀다.

"그 사람 역시 마찬가지일 거예요. 내가 그 사람을 알거든요."

침묵이 흐른 다음, 브라질 여자가 머리를 뒤로 젖혔다.

"고집하지는 않겠어요." 그녀는 자랑스럽게 말했다.

"내 편지를 생각해주실 거죠?" 엘리안이 더 부드러운 목소리로 물었다.

"말씀하신 대로 그 편지를 우체국에 가져갈게요. 그렇게 하겠어요."

'저 여자가 편지를 찢어버리기라도 한다면!' 혼자가 되자 엘리안은 이런 생각이 들었다.

그녀는 한 손을 문 손잡이에 대고 집에서 나는 소리에 귀를 기울였다. 그녀는 브라질 여자가 편지를 가지고 하숙집을 나선 후에 방에서 나가기로 결심하고 잠시 기다렸다. 확실히 필리프를 다시 만난다는 것은 힘든 일이었다. 하지만 문제는 작별 인사였다. 암시와 불성실한 말로 가득한 네 페이지에 달하는 편지를 읽고 나서, 그는 아마도 하숙집의 초인종을 누르기 전에 주저할 것이다.

노처녀는 오열로 몸을 흔들어대다가 다시 몸을 꼿꼿이 세웠다. 그녀는 자신의 편지를 독자적인 의지를 지닌 사람이라고 생각했다. 그 편지는 이제 독립되어 자기 대신 힘차고 신속하게 행동할 것이다. 그녀의 머리 위에서 이렇게 돌아다니는 것은 모로조 양이라는 사람이 아니라 그녀가 펜으로 종이 위에 몇 마디 적어 창조해낸 신비한 존재라는 착각이 들었다. 그 신비한 존재는 순식간에 제 갈 길을 갈 것이다. 자신의 의무를 수행하고 독을 퍼뜨리려고 안달 난 그 존재는 필리프의 방으로 찾아갈 것이다. 거기서 그는 필리프가 돌아오기를 기다려 그에게 수다스러운 목소리로 긴 불화의 메시지를 반복할 것이다. 그리고 그 존재는 온갖 의심을 향해 열려 있는 필리프의 정신에 어떤 힘을 발휘하여 아내가 자신을 속였다는 확신을 갖게 할 것이다. 이 과업을 완수한 다음에도, 그 존재는 언제라도 물어볼 수 있는 상태로 친절하게 자신의 진술을 반복하는 증인으로서 항상 거기에 남아 있을 것이다.

출입문이 열렸다 다시 닫히자 그녀는 모로조 양의 뒤를 쫓아가고 싶은 심정이었다. 편지를 회수하려면 계단을 올라가서 대기실로 사용되는 거실을 지나야 할 것이다. 그러자면 그녀는 필리프와 마주칠 수밖에 없을 것이다. 불가능한 일처럼 보였으나 그런 상황이 오히려 그녀에게 위안이 되었다. 마음이 약간 평온해지자 그녀는 방을 나왔다.

필리프는 창밖을 바라보다가 엘리안의 목소리를 듣고는 몸을 돌렸다. 마치 연극이라도 하듯 자연스러운 태도로 필리프는 자기 앞에서 움직이지 않고 가만히 서 있는 처형에게 다가왔다.

"처형! 내가 처형더러 집을 나가게 했다면서 나를 원망하지 말기를 바라요."

그가 지극히 의례적인 목소리로 이 말을 마치자, 노처녀는 가슴이 얼어붙는 것 같았다. 그녀는 대답 대신 미소를 짓고는 소파의 가장자리에 앉았다.

"처형은 내게 인사도 하지 않네요." 그를 괴롭히는 동요를 보지 않으려고 결심한 듯 그가 다시 말했다.

그는 큰 키를 숙여 불쌍한 여인의 뺨에 입술을 갖다 댔다. 그녀는 깊게 한숨을 쉬고는 뭔가 할 말을 찾았지만 소용없었다. 그녀는 조심스럽게 필리프의 발 쪽으로 시선을 낮추었다. 그녀는 감히 그와 시선을 마주할 용기가 없었으며, 눈물을 쏟지나 않을까 겁났다.

"우리가 여기서 만날 거라고 누가 생각이나 했겠어요?" 마침내 그녀가 말했다.

그녀에게는 마치 긴 여행이 그들을 갈라놓았던 것 같았다.

"앙리에트는 어때요?"

"물론 잘 지내고 있지요. 처형도 알다시피 우리는 거의 볼 일이 없으니까요."

엘리안은 소스라치게 놀랐다. 사실이었다. 그들은 거의 서로를 보지 않았다. 그렇게 서로 쳐다보지도 않을 거였으면 뭐 하러 결혼했을까? 얼마나 많은 행복을 흘려보내고, 심지어 잃어버리고 있는지! 그녀는 이런 생각에 빠져들어 필리프가 똑같은 어조로 말하는 것을 듣지 않았다.

"그런데 처형은 어제 오후에도 집사람을 보았지요. 오늘 그녀는 점심도 걸렀어요. 머리가 아픈 것 같아요."

그는 정중하면서도 천천히 회색 두더지 가죽장갑을 벗었다. 그러고는 습기로 인해 갈색 고사리무늬가 생긴 라일락무늬 벽지를 약간 놀란 시선으로 훑어보았다. 흰색으로 칠한 두 개의 안락의자가 벽난로 가까이에 비스듬히 놓여 있었다. 그는 그중에서 하나를 골라 미심쩍은 표정으로 의자 위의 두툼한 천을 한동안 바라보더니 그 위에 걸터앉았다.

"여기서 잘 지내요?" 그가 마침내 말했다.

"그래요, 제부. 그럭저럭 잘 지내고 있어요."

결국 그가 원하는 대로 하찮은 이야기를 하는 편이 나을 것이다.

"그럭저럭 잘 지내요." 그녀는 반복했다. "하숙집은 아메리카, 남아메리카 사람이 운영하고 있어요. 아주 친절해요. 게다가 상냥하기도 하고요."

"내게 문을 열어준 그 여자인가봐요. 눈이 검고, 그렇죠? 코가 큰 그 사람 말이죠?"

"맞아요."

"나를 보더니 당혹스러워하는 것 같더군요. 입을 헤벌리고 있었어요. 그 바람에 웃음을 터뜨릴 뻔했지요."

"아, 그랬어요?"

"처형은 뭘 그리 골똘히 보고 있어요? 혹시 내 구두에 뭐라도 묻었어요?"

"별생각도 다 하시네요! 제부는 항상 단정하잖아요."

"새로 산 외투 어때요? 허리 부분이 너무 조이지 않았으면 하는데요."

"재밌네요. 제부처럼 생긴 사람이 용모에 신경을 쓰다니요."

그는 자리에서 일어나 처형이 비난받을 만한 목소리로 한 찬사를 못 들은 체했다. 한동안 머뭇거리더니 그는 마침내 결심한 듯했다.

"처형." 그는 노처녀 앞에 우뚝 서서 말을 했다. "처형에게 하나 물어볼 것이 있어요. 심각한 거예요. 솔직하게 대답해주시겠어요?"

그녀는 팔짱을 끼고는 평온하게 보이려고 노력했지만, 심장이 뛰는 것을 느꼈다.

"솔직한 대답이라고요? 물론이지요, 제부. 무슨 문젠데요?"

그는 최면술을 거는 사람처럼 시선을 그녀에게 고정시킨 채 몇 걸음 물러났다.

"내 얘기 좀 들어봐요. 내가 처형에게 질문하면 생각해보지 말고 즉석에서 바로 대답해주세요."

"그러지요. 가능한 한 최선을 다해 대답할게요. 심각한 문제가 아니었으면 좋겠네요."

"심각할 건 없어요. 아니, 상황이 심각해요."

"제부, 빨리 말해보세요. 불안하잖아요."

"처형, 내가 뚱뚱해졌어요?"

이 말에 그녀는 놀라서 입을 벌린 채 할 말을 잃고 멍하니 있었다.

"그렇게 보는 모양이군요." 필리프가 슬픈 어조로 말했다. "처형,

대답할 필요 없어요. 내가 뚱뚱해진 거네요. 그게 두렵고 겁나요."

"그럴 리가요." 엘리안이 중얼거렸다.

"아니요. 나를 위로하려 들지 마세요. 처형이 당황하는 모습은 세상에서 가장 민감한 저울보다도 더 많은 것을 말해주니까요. 정말이지 체중이 차츰 늘어나면서 가차 없네요."

"장담하건대……"

그는 실망한 미소를 지으며 손을 뻗었다.

"아니요, 아니에요, 처형. 처형은 너무 착해요. 처형은 내 마음이 아플까봐 진실을 감추려 하고 있어요. 하지만 처형의 눈은 못 속여요. 조금 전 여기로 오면서 나는 오래전부터 알던 약물 치료법을 사용하는 큰 약국에 들렀어요. 거기에 저울이 있거든요. 최고급 저울이죠. 거기서 체중을 재보았어요."

그는 자신의 말이 어떤 결과를 초래하는지 알아보기 위해서인 양 한숨을 돌렸다.

"그랬더니요?" 엘리안이 꿈속을 헤매고 있는 것처럼 물었다.

"73.4킬로그램이나 나가더군요. 아니요, 아니요. 처형도 이해하다시피 내가 뚱뚱해지다니…… 이건 당치도 않아요. 거의 아무것도 먹지 않고 식사 때 술도 잘 마시지 않잖아요? 아침저녁으로 스트레칭도 하고 있는데…… 처형, 무슨 일 있어요?"

"아무것도 아니에요."

그녀의 머리가 빙빙 돌았다. 그녀는 필리프의 스트레칭을 보고 있는 듯했다. 필리프의 갈색 육체가 북아프리카산 양탄자 위에 쭉 늘어져 있는 것이 보였다. 그녀는 자신이 어쩐지 우스꽝스럽게 느껴져 더 고통스러웠다. 하지만 몇 달 전부터 그녀 안에서 어떤 이미지들이 거역할 수 없을 정도로 강하게 형성되어왔다. "왜 아니겠어?" 그녀의 내부에서 어떤 목소리가 소리쳤다. 그녀는 비몽사몽 상태에 빠져들었다. 그러다가 그녀는 갑자기 거리 한쪽 구석에 있는 쇼윈도로 자신을 보고는 공포에 질려 서 있다가 제정신을 차리고 도망쳤다. 피가 관자놀이 부근으로 쏠려 뛰는 것을 느꼈다. 필리프가 자신의 내부에서 어떤 일이 벌어지고 있는지 짐작할 수도 있다는 생각 때문이었다.

"소파에 몸을 좀 뉘지요." 그가 몸을 움직이지 않은 채 말했다.

"아니, 왜요? 난 괜찮아요."

그녀는 다른 사람이 자기 대신 이 문장을 낭독하는 듯한 느낌이었다.

"얼굴이 빨개요. 한번 봐요." 필리프가 말했다.

이 말은 노처녀에게 마치 모욕처럼 와 닿았다. 그녀는 괜찮다고 손짓을 했으나 아무런 의미도 없는 행동이었다.

"좋아요." 안심이 된 그가 말했다. 그는 벽난로 구석에 팔꿈치를 대고 계속해서 말했다. "나는 무릎을 세운 채 윗몸굽히기 운동을 스무 번씩이나 해요. 역시 스무 번씩이나 팔짱을 끼고 누워 윗몸일으키기를 하고요. 이런 것들이 모두 신기하다고 생각하지 마세요. 그게 다가 아니에요."

"그게 다가 아니라고요?"

"아니지요. 노 젓기나 풀 베기와 같은 운동도 해요. 제자리에서 뒤꿈치로 앉았다가 무릎의 힘으로만 일어나기도 하고요. 정말이지 따분하고 어려운 운동이지요."

무엇인가에 밀려 그는 더 멀리까지, 너무 멀리까지 갔다. 아마도 집이었다면 이렇게까지 말하지는 않았을 것이다. 하지만 여기서는, 그의 시선에 익숙한 것이라곤 하나도 없는 이 초라한 거실에서는 말이 엉뚱한 양상을 띠고 그의 마음을 끌었다. 조금 전까지만 해도 그를 괴롭히던, 자신이 늙어가고 있다는 데서 오는 공포는 안락한 삶에 대한 모호한 감정에 자리를 넘겨주고 말았다. 그는 벽난로에 옆구리를 기대고 몸매를 날씬하게 보이려고 발을 꼬았다.

"신기한 게 있어요." 그가 덧붙였다. "어디서 지방이 나를 위협하고 있는지 모르겠네요. 지방이 모든 신체 부위에 똑같이 퍼진다면 몇 년 앞서 미리 두려워할 필요가 없죠. 내 몸의 근육들은 모두 제자리에 있으니까요. 나는 단 하나의 근육도 약해지지 않도록 주의하고 있어요."

그는 자랑스럽게 배를 두드렸다.

천장에 달려 있는 작은 등의 불빛이 마치 상처처럼 주름살이 팬 엘리안의 얼굴을 강하게 비췄다. 그녀는 고개를 가로저었다.

"그런데 왜 그렇게 불안해해요?" 그녀는 중얼거렸다.

그는 그 말을 듣지 못하고 조용한 목소리로 말을 이어나갔다.

"처형은 내가 매일 아침 얼마나 신경을 쓰는지, 얼마나 엄격하게 내 몸매를 살펴보는지 상상도 못 할 거예요."

"그래요?"

"예, 나체로요. 처형도 생각할 수 있겠지만요."

그는 다소곳이 눈썹을 내리깔았다. 엘리안은 얼굴이 창백해졌다.

"그렇지 않고는," 그는 거북스러운 냉소를 머금고 설명했다. "나를 관찰할 수가 없으니까요…… 옷은 사람을 너무 잘 속이지요. 만약 내가 더 살쪄 보인다면 아마도 내 재단사가 잘못한 것이겠지요."

불안감이 다시 그를 엄습해왔다.

"처형, 진실을 말해줘요."

"제부는 살찌지 않았어요." 그녀는 한숨을 쉬듯이 말했다.

"하지만 보름 동안 2백 그램이나 불었는데요."

"보름 동안 2백 그램이라……" 그녀가 반복했다.

갑자기 그녀는 웃음보를 터뜨렸다. 필리프는 심각한 표정으로 그녀를 쳐다보았다. 엘리안은 그 표정에 겁이 났지만 자신도 어쩔 수 없었기 때문에 웃음을 멈출 수 없었다. 그녀는 주먹으로 입을 가리고 몸을 이리저리 흔들면서 거의 울다시피 했다. 잠깐 동안 그녀는 자기 앞에 있는 이 남자가 눈앞에서 한 생명이 죽어가고 있는데도 쓸데없는 걱정이나 하고 있는 희극배우 같아 보였다. 하지만 그녀의 짤막한 쾌활함이 적대적인 시선 아래서 막 끝장난 순간에도, 그녀는 마치 목이 졸려 억지로 숨을 쉬려는 여자처럼 격하게 웃어댔다. 자신을 억누르면서 그녀는 손으로 가슴, 이마, 관자놀이를 차례대로 쓰다듬었다. 완전히 얼이 빠진 그녀의 눈은 눈물로 가득 찼다. 마침내 그녀는 소파 위에 엎어져서 쿠션에 얼굴을 대고 울음을 터뜨렸다.

"왜 이러는지 모르겠어요." 그녀가 중얼거렸다. "몸이 안 좋은 것 같아요…… 몇 년 전부터…… 몇 년 전부터 이랬어요."

"처형, 진정해요." 그는 팔짱을 낀 채 차가운 목소리로 말했다.

"제부의 눈에는 내가 우스워 보이겠어요."

그녀는 몸을 일으켰지만, 그가 보지 못하도록 손으로 얼굴을 가렸다.

"제부가 안다면……" 그녀가 다시 말했다.

사실 이 순간 그는 처형이 우스워 보였다. 그리고 그는 이곳에 온

것을 후회했다. 이와 같은 슬픔의 폭발은 그가 보기에 가증스러우리
만치 파렴치한 행동 같았다.

"불 좀 꺼주시겠어요?" 그녀가 손으로 얼굴을 가린 채 요구했다.

"불을 꺼달라고요?"

거의 조롱하는 듯한 어조에 엘리안은 분개했다.

"예, 불을 꺼주세요." 그녀가 명령하듯 말했다. 그녀는 머리를 흔들
었다.

그는 그녀의 말을 따랐다.

"제부, 이제 끝났어요." 그녀가 어둠 속에서 말했다.

그녀의 목소리는 단호했다. 그녀는 몸을 일으켜 기라도 모으려는
듯 양손을 모았다.

"끝났어요." 그녀가 다시 반복했다. "난 더 이상 제부를 보고 싶지
않아요. 나는 소파 가까이에 있는 문으로 나갈 거예요. 제부는 다시는
날 보지 못할 거예요. 잘 가요."

그녀는 잠깐 동안 기다렸지만, 필리프는 아무 말도 하지 않았다. 그
러자 노처녀의 영혼 속에서 맹목적인 증오가 일었다. 잔인한 말이 그
녀의 입까지 올라왔다. 그녀는 그 말을 하고 싶은 유혹 앞에서 비틀거
렸지만, 더 강한 본능이 그녀에게 침묵을 지키도록 충고했다. 그녀의
호흡은 차츰 진정되었고, 심장 박동 또한 점점 조용해졌다. 환한 불빛
속에서 필리프의 경멸을 견뎌내지 않은 것만도 다행스러운 일이었다.
그녀는 벽 아랫부분의 장식 홈을 손가락으로 더듬었다. 마침내 그녀
는 문의 손잡이를 돌려 재빨리 밖으로 빠져나갔다.

다음 날 오전 내내 그녀는 파시 지역의 가장 번화한 거리를 산책했다. 그렇게 함으로써 그녀는 소음에 정신이 팔려 필리프 생각을 덜 하게 되기를 바랐다. 그러고 나서 인도에서 자신을 몰아내는 여자들의 무리에 치여 인내심을 잃고 트로카데로의 더 조용한 지역으로 갔다. 그녀는 우연히 커다란 광장의 한쪽 귀퉁이가 내려다보이는 오래된 묘지까지 가게 되었다. 잠시 작은 오솔길을 걸으며 이리저리 방황했다. 그녀는 완전히 딴생각을 하면서 눈 아래 펼쳐지는 것을 멍하니 바라보는 사람들처럼 무관심한 표정으로 타일 위의 이름들을 읽었다. 벽을 따라 늘어선 삼나무까지 갔다가 다시 발걸음을 돌렸다. 약간 진정되기는 했지만, 그녀는 어떤 신비한 장면을 바라본 수녀처럼 자신이 처한 불행에 정신이 팔려 있었다.

'마로니에'로 되돌아온 그녀는 차려주는 식사를 마치고는 자신의 행동에 적잖이 놀랐다. 이처럼 그녀는 계속해서 필리프가 자신에게 말했던 대로 살아가고 있었던 것이다. 도대체 어떻게 하면 죽어버릴 수 있을까? 한두 번 그녀는 모로조 양이 자신에게 묻는 말에 대답할 수 없어 미소를 짓는 것으로 대신했다. 그녀는 모로조 양이 주는 보리수차 한 잔을 받아들고 식당을 덥히는 난로 가까이에 있는 소파에 앉았다. 그녀는 이런 작은 배려에 감동했다. 그녀는 필리프 생각을 하지 않으려고 애쓰며 모로조 양을 바라보았다.

"어떻게 감사를 드려야 할지……" 그녀는 중얼거렸다.

브라질 여자는 심각한 표정으로 그녀를 바라보았다.

"조용히 지내세요." 마침내 그녀가 말했다. 그리고 조용하게 덧붙였다. "조용히 지내다보면 아무리 커다란 슬픔이라도 결국 지나가고 마니까요."

"그럴까요?"

"흥분해봤자 괴롭기만 하지요."

긴 침묵이 이 말에 대한 설명을 대신했다. 두 여자는 잠자코 서로 마주 보고 앉아 작은 운모 타일 뒤에서 타오르는 불꽃 소리를 들었다. 꽤 긴 식탁이 방의 대부분을 차지하고 있었다. 식탁은 열 명 정도 한꺼번에 식사할 수 있을 만큼 컸다. 하지만 겨우 한쪽 끄트머리에만 선명한 청색 꽃이 수놓인 식탁보 대용 수건이 덮여 있었다. 높은 천장, 거의 비어 있다시피 한 커다란 식탁, 커튼이 없는 창을 통해 들어오는 12월의 희미한 빛으로 인해, 이 장소는 세상에서 가장 슬프면서도 가장 버림받은 곳 중 하나로 보였다. 엘리안은 오렌지 껍질이 대문자 P 모양으로 놓여 있는 쟁반 위로 시선을 던졌다.

"커피를 드릴까요?" 모로조 양이 물었다.

엘리안은 그러고 싶지 않았지만, 이틀 전부터 자신이 처해 있는 슬픔 때문에 아주 사소한 관심에도 눈물이 날 만큼 감동했다.

"왜 조금 전에 슬픔에 대해 말했죠?" 그녀는 잠시 쉬었다가 다시 말을 이었다. "내가 무슨 문제를 안고 있다는 것을 어떻게 아셨어요?"

"어제 그 신사분이 떠나고 나서 대기실에서 저를 만난 것을 기억하세요?"

"내가 당신을 만났다고요…… 아니요. 전혀 기억이 나지 않아요. 기억하지 못하겠는데요."

"바로 그거예요. 당신을 보면서 무슨 일이 일어났구나 짐작했지요."

"무슨 일이……" 엘리안이 반복해서 말했다. "맞아요."

그녀는 다시 창문 쪽으로 고개를 돌렸다. 비를 맞아 줄기가 번쩍거리는 작고 검은 나무들에 그녀의 시선이 고정되었다.

"그에게 문을 열어주었을 때, 그 사람이 맨 처음 뭐라고 말하던가요?" 그녀가 정원에서 눈을 떼지 않은 채 불현듯 물었다.

"그냥 당신을 만나고 싶다고 하던데요."

"그게 아니라, 그 사람이 정확하게 뭐라고 하던가요? 정확하게 기억하세요?"

엘리안은 필리프가 자신이 아닌 다른 사람에게 했던 무의미한 말들을 알고 싶었다. 마치 그녀가 필리프의 삶의 모든 순간과 덧없는 그의 생각을 알고 싶어 하는 것처럼.

"정확하게 기억나지는 않지만, 그가 이렇게 말했던 것 같아요. '저는…… 부인을 만나보고 싶은데요.'"

"'아가씨'예요." 엘리안이 수정했다. 갑자기 그녀가 브라질 여자 쪽으로 몸을 돌리고는 이상하게 생각할 정도로 그녀에게 시선을 고정시키더니 목소리를 바꾸어 말했다. "맞아요, 당신이 옳아요. 사실 부인이라고 했을 거예요. '저는 클레리 부인을 만나보고 싶은데요'라고 말이에요."

그녀는 자리에서 일어났다.

"바로 내가 클레리 부인이에요. 아시겠어요? 그리고 그 신사분은 제 남편이고요."

"그래요, 부인. 그런데 무슨 일이죠? 이토록 흥분하시면 안 돼요."

"오늘 밤 집으로 돌아갈 거예요." 엘리안은 자신이 하는 말에 거의 신경을 쓰지 않고 말했다. "내 남편의 집으로 말이에요."

외국 여자 앞에서 한 이 간단한 말에 너무나 기쁜 나머지 기진맥진해진 그녀는 식탁에 기대야 했다. 그러다가 반쯤 차 있던 적포도주 잔을 엎질러 포도주가 푸른 천을 적시고 엘리안의 옷에 얼룩을 남겼다. 하지만 그녀는 이 작은 사건을 알아차리지 못했다. 갑자기 새로운 세계가 그녀의 눈앞에 펼쳐진 것이다. 그녀는 자신이 필리프의 아내가 될 거라고 결코 생각해본 적이 없었다. 이제야 그런 생각을 한 것이다. 집으로 돌아가서 다시 자신의 자리를 차지해야 한다. 곧바로 가지는 않더라도 적어도 오늘 밤 필리프가 잠자는 사이에 말이다. 내일 그녀는 말할 것이다. 모든 것을 변화시킬 어떤 일을 할 것이다. 그녀는 이런 생각을 하면서 평온을 되찾고, 승리의 표정을 지으며 모로조 양에게로 눈을 돌렸다. 하지만 브라질 여자는 난처해했다.

"당신 옷 좀 보세요, 부인!"

"옷이라니요?"

그녀는 커다란 얼룩을 보고 소리를 질렀다. 그녀는 손수건으로 모직 옷을 문지르고 나서 양탄자에 흥건하게 묻은 포도주를 훔쳤다. 하지만 브라질 여자가 이미 무릎을 꿇고 앉아 수건을 돌돌 말아서 불행한 사태를 수습하고 있었다.

8

그날 밤 앙리에트는 창에 이마를 대고 마당에서 무슨 일이 벌어지는지 알아보려고 덧창의 경사면으로 시선을 흘렸다. 세들어 사는 사람들이 연극구경을 하고 돌아오면서 떠들어대고 있었다. 그들이 하도 큰 소리로 떠드는 통에 6층에서 어떤 사람이 조용히 하라고 소리를 질렀다. 그녀는 이 사람들뿐만 아니라 밤늦게 돌아다니는 부르주아들이 부러웠다. 밤중에 잠에서 깨어난 그녀는 사람들의 근심거리와 분노뿐만 아니라 자잘한 만족까지 부러웠다. 그리고 그녀는 무엇보다도 이날 밤 이 시간에 자신과는 다른 삶을 살아가고 있는 이 사람들이 부러웠다.

장갑을 맞춰보면서 그녀는 자신이 틀린 것이 아닐까 자문해보았다. 아니다. 그녀는 그 짜증나는 논란이 있고 난 다음부터 자신의 모든 말과 행동을 되돌아보았지만, 아무리 생각해봐도 자신에게는 아무런 잘못이 없는 것 같았다. 지금 와서 그녀는 항상 그래왔던 것처럼 결코 벗어날 수 없는 분노에 찬 남자와 반쯤은 사이가 틀어진 상태로 이 집을 떠나는 것밖에는 달리 도리가 없었다.

몇 분 동안, 그녀는 더 이상 색깔을 제대로 구분할 수 없게 된 낡은 양탄자를 밟지 않으려 애쓰면서 텅 빈 긴 방을 이리저리 돌아다녔다. 자비라도 베풀 듯 그녀는 불을 뒤적거려 다음 날까지 불씨가 살아남을 수 있도록 재로 덮어두었다. 벽난로 앞에 웅크리고 앉아 부삽 끝으로 돌을 긁어내려 회색의 가느다란 재를 모았다가 다시 불 위로 흩어버렸다. 그녀는 음식 접시 위에 소금을 뿌리듯이 세심한 주의를 기울이며 행동했다.

"손에 재가 묻겠네." 그가 퉁명스럽게 말했다. "내가 몇 번이고 불에 손을 대지 말라고 했잖아?"

젊은 여인은 분노로 비명을 질렀다. 그녀는 난로 앞 대리석 위로 부삽을 떨어뜨렸다. 그녀의 뒤로 몰래 걸어와서, 그 자신의 말대로라면 현장에서 그녀를 잡아채는 것은 그녀의 애인이 즐기는 수많은 작은 장난 중의 하나였다. 그는 이런 식으로 그녀는 부자인 데 반해 자신은 그렇지 못하다는 사실에, 그리고 자신은 오래 입어서 팔꿈치가 반들거리는 모직 조끼를 입고 있는 데 반해 그녀는 모피 옷을 입고 있다는 사실에 복수를 했다. 자신을 두렵게 하는 이 여자를 모욕하는 즐거움을 맛볼 수 있다면 그는 영원히 그녀를 잃어버리는 위험이라도 감수할 것이다. 뿐만 아니라 그녀가 화내는 모습을 보자마자 무릎을 꿇고 용서를 비는 한이 있더라도, 그만 만나자며 위협을 하곤 했다. 오래전부터 그는 더 이상 그녀를 사랑하지 않았다. 그에 비해 너무 아름답고 너무 부유한 그녀가 미래도 매력도 없는 자신에게 반했을 리가 없다고 생각했던 것이다. 하지만 그는 그녀가 자기 집에 있기를 원했으며, 그녀가 다른 사람의 것일 수 있다는 생각을 견딜 수 없었다.

그는 손을 내밀어 그녀가 일어날 수 있도록 도와주었다. 그녀가 도움을 거절했기 때문에 그는 억지로 팔을 잡고 그녀를 강제로 바닥에 던져버리고 싶은 욕망에 사로잡혔다.

"자기는 내 집에 있다는 것을 알아야 해." 그가 말했다. "여기서 자기는 내 허락 없이 아무것도, 삽도, 집게도 만져서는 안 돼. 그리고 덧창조차도 마음대로 열고 닫아서는 안 돼. 알아들어?"

그녀는 비틀거리며 일어나 난로 정면에 놓인 소파에 앉았다. 격렬한 충동에 사로잡힌 그녀는 가슴 위에 주먹을 올려놓고, 분노로 갑자기 얼굴이 노랗게 변한 남자의 얼굴을 향해 절망적인 시선을 던졌다. 마치 맹렬한 화염의 열기를 느끼듯 그녀는 남자의 증오를 알아차릴 수 있었다. 이런 일이 벌어질 때마다 그녀는 온갖 수단을 다해 남자를 진정시키려 애썼다. 이 남자가 다시는 자신을 이 집에 들이지 않을까 봐 겁이 났기 때문이다. 억누를 수 없는 신중함 때문에 그녀는 돈 이야기를 하지 않았다. 하지만 자연스러운 혐오감을 극복하고 난 다음, 그녀는 다음 주에 다시 올 수 있다는 확실한 믿음을 가진 채, 가난의 낙원을 떠날 수 있게 되어 더없이 행복해하면서 가난한 자의 탐욕에 자신을 맡겼다.

"날 쳐다보지 마." 그가 말했다. "나는 사람들이 그런 식으로 날 쳐다보는 것을 견딜 수 없어. 아마도 자기가 집세 낼 돈을 빌려준다고 해서 내 집에서 마음대로 행동할 수 있다고 생각하겠지?"

그녀는 아니라는 표정을 지었다.

"무엇보다도 자기는 왜 여기에 오는 거지? 나는 늘 그게 궁금해. 날 사랑하는 건 아니잖아. 나도 그걸 알아. 심지어 내가 자기를 무섭게 대한 날도 있었지. 사실이 아니라고 말하지 마. 오랫동안 난 자기의 애교를 곧이곧대로 믿었어. 하지만 애교란 본래 누굴 즐겁게 해주는 것인데, 자기는 나를 즐겁게 해주려는 생각이 없어."

이 마지막 말이 정곡을 찔렀기 때문에 앙리에트는 얼굴이 창백해졌다. 그래서 자신이 이토록 당황하는 모습을 남자가 보지 못하도록 고개를 숙였다. 그는 적을 찾으려 하는데 찾지 못하는 장님과도 같았다. 옆에서 그를 비추고 있는 빛 때문에 눈동자 속으로 반들반들한 돌의 그림자가 미끄러져 들어갔다. 말을 할 때마다 그의 입은 발작적인 찌푸림으로 비틀어졌다. 몇 분 뒤, 그는 말을 너무 많이 한 것이 겁이 났던지 갑자기 말을 멈췄다. 그러고 나서 그는 공격적이고 의심에 가득 찬 표정으로 벽난로에 팔꿈치를 괴었다. 분노가 가라앉자 그에게는 이제 자신의 경솔함에 대한 후회와, 어떤 것으로도 만족시킬 수 없는 깊은 앙심밖에 남지 않았다. 그는 눈꺼풀을 내리깐 여자 쪽으로 슬그머니 눈길을 던졌다. 그녀는 눈썹 사이로 적의 소심한 표정을 쳐다보고는 행복의 한숨을 쉬었다.

"말 다 했어?" 그녀가 고개를 들고 물었다.

"날 놀리는 거야?"

"천만에. 난 자기가 가슴에 담아둔 말을 모두 다 한 건지 알고 싶을 따름이야. 난 가야 하니까."

"자기는 날 어지간히도 원망하고 있군. 자기 목소리와 차분한 태도를 보면 알아."

그녀는 어깨를 으쓱한 다음 다시는 못 볼까봐 두려워했던 벽 위로 길게 승리의 시선을 던졌다. 대운하의 모습이 아주 친근한 듯 강한 힘과 지배력을 행사하여 그녀의 관심을 끌었다. 습기로 인해 생긴 얼룩이 사진 한쪽 구석을 온통 적시다가 호화로운 건물 전체를 뒤덮더니 번쩍거리는 물속으로 사라졌다. 얼룩을 볼 때마다 앙리에트는 수년 전부터 어김없이 자신의 기억에서 빠져나가버리는 어떤 것을 회상했다. 하지만 이런 상태를 알아차리자마자 기억하려는 모든 노력이 쓸데없는 것이 되어버렸으며, 그녀를 과거로 되돌리는 길들이 순식간에 사라져버렸다. 그녀는 자신의 팔을 잡는 빅토르의 손 감촉을 느끼고는 전율했다.

"다시 올 거지?"

앙리에트는 이 질문에 대한 대답을 찾고 있는 듯한 남자의 눈을 똑바로 쳐다보았다. 남자는 그녀와 아주 가까운 곳에 그대로 서 있었다. 부끄럽고 화가 났지만, 어쩌면 자신을 영원히 떠나버릴지도 모를 여자를 어떻게 붙잡아야 할지 몰랐다. 뒷짐을 진 채 그는 손가락 마디를 딱딱거렸다. 그러고 나서 그는 오랜 시간 거북스럽게 의식해온 작은 키에 화가 나서, 한두 차례 까치발을 하고는 실내화 신은 것을 후회했다.

"편지할게." 그녀가 떠날 채비를 하고 일어서면서 말했다.

"편질 한다고? 왜 아까는 그런 말을 안 했어?"

하지만 그녀는 아무런 대답도 없이 그의 앞을 지나쳐 문 쪽으로 걸어갔다. 걸음이 워낙 빨라 도망치는 것처럼 보였다. 그는 절망으로 그

자리에 묶여버린 듯 움직이지 않고 그녀를 불렀다. 그러나 그녀가 멈출 기미가 보이지 않자 황급히 뒤로 달려가서 그녀의 팔을 잡아채었다. 그러자 자신이 그토록 증오하는 두꺼운 모피에 감싸인 그녀의 육체가 느껴졌다. 그녀를 이런 식으로 떠나보낸다는 것은 너무나 바보 같은 짓이었다. 그녀는 완강한 태도로 그를 밀쳐냈지만, 속으로는 기쁜 나머지 노래라도 부르고 싶은 심정이었다.

"이거 놓아주세요. 당신이 나하고 싸우면서 밤을 지새우는 것이 더 낫다고 생각한다면 어쩔 수 없지만요."

그는 좁고 어두운 복도까지 그녀를 따라갔다. 복도에서 그들은 벨벳 장식을 한 의자에 부딪쳤다. 그는 앙리에트의 눈에 우스꽝스러워 보일까봐 격하고 무시무시한 말을 생각해냈다. 이 말에 여자가 겁을 먹어 웃음을 그치고 자신이 처한 혼란을 비웃지 못하게 하고 싶었다. 하지만 그는 감히 입을 열지 못하고 가만히 여자의 뒤를 따랐다. 마침내 어둠 속에서 그녀가 현관에 도달했을 때, 그는 서둘게 용서를 구했다. 여자는 짤막하고 차가운 목소리로 "됐어요"라고 대답했다. 이 말에 그는 화가 치밀어 올랐다. 문이 열렸다가 엄청난 소리를 내면서 갑자기 닫혔다. 그는 고개를 들고 어안이 벙벙한 채 혼자 그 자리에 얼어붙어 있었다.

티스랑의 집에서 마들렌 성당까지 앙리에트는 자동차를 타고 다녔지만, 걸어도 거의 사오 분 정도밖에 걸리지 않는 거리였다. 젊은 여자는 천장이 둥근 현관에서 뛰어나왔다. 서둘러야 했고 시간이 꽤 늦었지만, 그녀는 주저 없이 거의 습관이 돼버린 길을 택했다. 우연히

한 번 정해진 짧은 우회길이 다음부터는 어길 수 없는 하나의 제의처럼 되었다. 왼쪽으로든 오른쪽으로든 단 한 걸음이라도 치우칠 경우, 젊은 여자는 자신이 독점하고 있는 이 가상의 길에서 멀어져버리는 셈이다. 이렇게 해서 어느 가게에 도달한 후 한 건물 정문 바로 앞에서 거리를 가로질러 반대편으로 건너갔다. 자신만이 아는 길에 행인들이라도 있을 때는 기다리거나 필요한 경우 물러나기도 했다. 어떻게 해서든 그 너머에 죽음의 함정이라는 알 수 없는 공포가 지배하는 가상의 경계를 넘어서는 결코 안 되었다. 폭우라도 칠 때면 천장이 둥근 현관은 적당한 피난처가 돼주었는데, 다른 현관 아래로 들어가면 안 되었다. 마들렌 성당 부근에 이르러서는 갑자기 이런 제약이 멈추어버린다. 아주 세밀한 부분에까지 규정이 지켜졌지만, 단 하나의 길만을 제외하고 좋지도 나쁘지도 않은 수많은 길들이 지상의 모든 길들처럼 이상한 운명을 향해 열려 있었다.

앙리에트의 정신 속에서는 그토록 엄격한 원칙이 이상하게 보일 수도 있다는 생각이 들지 않았다. 세상에서 행복을 느낄 수 없었던 모든 사람들처럼 그녀는 내부에서 즐거움을 찾았다. 그녀는 마치 어린아이가 전쟁놀이나 도둑놀이를 하는 것처럼 인생을 가지고 놀았고, 이 상상의 길을 가장 '진실한' 것으로 보았다. 상상의 길은 다른 사람의 길과 교차하고, 때로는 다른 사람의 길과 뒤섞이고 때로는 떨어졌다가 다시 합쳐졌다. 하지만 결국 그 길은 다른 사람의 길과 뚜렷하게 구분되었다.

황량한 거리의 침묵에 그녀는 어쩔 수 없이 발걸음을 재촉했다. 어쩌면 그 사실을 깨닫지 못하고 있는지도 모른다. 그녀의 주의는 전혀 흐트러지지 않았고, 마치 무슨 흔적을 좇듯 눈을 땅바닥으로 향한 채 걷고 있었기 때문이다. 그녀는 곧 자신의 것과 비슷한 누군가의 발소리를 알아차리고 돌아보았다. 건너편 보도에서 칙칙한 외투를 입은 어떤 남자가 그녀와 같은 방향으로 걷고 있었다. 그는 고개를 숙이고 있어 그녀를 보지 못한 것 같았다. 얼마 뒤 약간 불안해진 그녀는 처음에는 쾌활한 심정으로 나중에는 불안한 심정으로 뛰기 시작했다. 돌바닥에 신발이 부딪히는 소리가 공기 중으로 퍼져나갔다. 결국 그 소리는 지속적으로 울리며 뛰어가는 내내 그녀를 뒤따랐다. 괴물 같은 도시의 한가운데에서 느끼는 이러한 고독, 집들의 감흥 없는 무덤덤함, 가로등의 적대적인 경계심이 결국 그녀에게 영향을 끼치고 말았다. 하지만 파리의 어떤 부분도 더 이상 그녀에게 친숙하게 느껴지지 않았다. 그리고 자신을 붙들고 있는 두려움이 우스꽝스러워 보였다. 그녀는 오늘 밤처럼 동일한 사물이 계속 분화되면서 인간의 내부에 만들어내는 혼란을 겪은 적이 없었다. 눈을 아래로 내리깔았으나 소용없었다. 그렇게 고개를 숙이고 걸어도 끊임없이 이어진 덧창의 행렬이 보였기 때문이다. 덧창은 얼굴도 이름도 모르는 수많은 사람의 수면이나 불면을 널빤지로 보호해주고 있었다. 자신의 외부에 하나의 우주가 존재한다는 생각이 그녀를 성가시게 했다. 그녀는 이런 저런 생각에 사로잡혔다. 자신의 발소리에 환자가 깨지나 않을까? 발소리를 듣지 않으려고 어떤 남자가 몸을 숨기지는 않을까? 반대로 어떤 다른 사람이 창가에 서서 자신을 엿보면서 침묵을 가르는 발소리를 저주하거나 축복하고 있지 않을까? 어쩌면 그녀는 괴로운 사람의 환영이나 미친 사람의 악몽을 가로질렀을지도 모른다. 도둑들은 귀를 세우고 있을 것이고, 연인들은 그녀가 밤 깊은 곳에서 왔다가 먼 곳으로 사라지는 소리를 듣느라 잠시 중단했던 일을 다시 시작할 것이다. 정면의 검은 벽 뒤에 있는 거대하고 혼란스러운 존재가 마치 어떤 위협처럼 그녀를 뒤흔들고 있었다. 여러 번 그녀는 우회로가 나란히 이어진 자신의 길을 벗어나보려고 했다. 하지만 더 큰 위험을 겪을지도 모른다는 두려움 때문에 그렇게 하지 못했다. 마침내 그녀는 거리 끝에 있는 카페의 불빛을 보았다. 그때 대로의 긴 소음이 들려왔다. 그 순간 자신에게서 벗어나고 싶어 초조해진 그녀는 다시 군중 속으로 들어가 자신을 보호하는 진부한 일상과 자신을 안심시키는 목소리, 결코 생각하지 않는 비어 있는 커다란 눈을 다시 찾으려는 조바심에 사로잡혔다. 그런 상태에서 그녀는 한 손으로 가슴을 누른 채 빠르게 뛰기 시작했다. 길 옆의 한 지점이 곧 그녀의 발걸음을 늦추더니 급기야 걸음을 멈추게 했다. 거기서 그녀는 집 주위에서 으르렁거리며 지나가는 자동차 소리를 들을 수 있었다. 그녀는 자기가 느꼈던 공포를 회상하면서 혼자 웃었다. 다시 숨을 가다듬고 주위를 둘러보다가 놀랍게도 맞은편 인도에서 성큼성큼 걷고 있는 조금 전의 그 남자를 알아보았다. 조금 전까지만 해도 그녀는 모르는 사람이 따라오는 것을 보고 겁에 질렸지만, 여기에는 행인들이 많았다. 게다가 그 남자는 얼마 전부터 훨씬 더 천천히 걷고 있었다. 지금 그는 차가 지나다닐 수 있게 만든 정문의 틈에 웅크리고 서서 작은 불꽃이 바람에 꺼지지 않게 하려고 두 손으로 얼굴을 앞으로 가린 채 담배에 불을 붙이고 있었다. 앙리에트는 조용한 발걸음을 계속 옮기면서 회초리의 가느다란 끈처럼 자신의 주위에서 공기를 가르는 바람으로부터 고개를 돌리지 않았다. 살을 에는 듯한 추위가 유쾌하게 느껴질 정도였다. 짧은 시간 동안 그녀는 열두 살 어린 시절만큼이나 행복하다고 생각했다. 그때 그녀는 양탄자의 끝에 서서 현재가 영원히 움직이지 않고 멈추어버렸 으면 하고 생각한 적이 있었다. 생각해보니 그 시절의 행복이 덧없이 느껴졌다. 어떤 변덕스러운 기억 때문에 언니가 집을 나갔다는 사실을 잊어버렸던가? 그리고 그녀는 필리프의 거북스러운 표정, 곁눈질, 권 태로운 듯한 어깻짓을 다시 보았다. "당신 알아? 처형이 집을 나갔어. 오! 단지 며칠뿐이겠지만. 처형이 쪽지를 남겼어. 읽어봐…… 아니, 처형은 내게 주소를 알려주지 않았어." 이 기억은 젊은 여자에게 나쁜 소식으로 다가왔다. 앙리에트의 삶을 구성하는 몇 안 되는 현실 중에 서 엘리안은 사실 독특한 위치를 차지하고 있었다. 앙리에트의 눈에 남편인 필리프의 존재는 점점 더 작아지더니 마침내 어스름 빛 속으 로 물러나버렸다. 그에 반해 언니인 엘리안은 생생한 빛을 발하면서 드러났다. 그 빛은 꿈을 흐트러뜨리고 동생에게 많은 행복을 나누어 주었다. 엘리안이 없었더라면 시간의 균형은 깨져버렸을 것이며, 일 상은 더 이상 시간으로는 채울 수 없는 심연으로 변해버렸을 것이다. 오늘 앙리에트는 확실히 그리 크게 고통스러워하지 않고도 외로움을 견딜 수 있었다. 그것은 저녁식사 후에 누군가를 방문한다는 기대감 때문이었다. 그런데 지금은…… 누구에게 이 방문에 관한 이야기를 할 것인가? 그녀는 우뚝 멈추어 섰다. 그것은 사실이었다. 집에 들어 가서도 그녀는 아파트가 비어 있다는 것을 알게 될 것이다. 평소 같으 면 엘리안이 자신을 기다리고 있을 방도 비어 있을 것이다. 언니는 때 때로 새벽까지 기다리고 있다가 그녀를 침대에 뉘어주곤 했다. 슬픔에 못 이겨 그녀는 거지처럼 길바닥 돌 위에 쭈그리고 앉아, 추위가 사지와 온몸으로, 그리고 심지어 심장으로 퍼져 마침내 심장이 뛰지 않았으면 하고 바랐다. 시기심 많은 어떤 힘이 그녀에게서 미래의 모든 즐거움뿐만 아니라 지나온 모든 행복까지 앗아가버리는 것 같았다. 그리고 그녀가 지내온 밤은 나머지 것처럼 허무 속으로 빠져들었다.

그녀는 더 느린 걸음으로 보도를 계속 걸어 교차로까지 갔다. 어떻게 바보 같은 필리프는 엘리안을 붙잡거나 적어도 다시 찾아보려 하지 않았을까? 산책객들이 앙리에트에게 와서 부딪쳤지만 계속해서 한 가지 생각에 몰두해 있는 그녀를 방해하지 못했다. 그녀는 몽유병자 같은 시선으로 자신과 부딪친 사람들 쪽을 향해 고개를 잠깐 돌렸다가 계속해서 길을 걸어갔다. 어린 시절부터 그랬다. 그녀에게는 단지 사건만 중요했지 그것을 알려주는 말은 중요하지 않았다. 엘리안이 집을 나갔다는 말을 들었어도 처음에는 그것을 믿지 않았다. 그녀는 엘리안의 부재가 느껴지고 그것이 결국 현실의 영역으로 들어오고 나서야 믿을 수 있었다. 신문팔이가 소리를 지르면서 그녀의 멍한 눈 아래로 신문을 들이대고 흔들어대다가 어깨를 으쓱했다. 그녀는 앞을 보지 않은 채 자신이 습관적으로 다니던 길에서 벗어나지 않으려는 데에만 정신이 팔려 무작정 앞으로 걸어갔다. 주위에 소음이 높아져갔다. 인간의 말과 자동차의 둔탁한 소리가 뒤섞인 거대한 웅성거림이었다. 앙리에트는 혼란 속에서 이 모든 소리를 간헐적으로 들었다. 그녀의 내부에 침묵의 순간이, 외부의 동요가 사라져버린 거대한 검은 구멍이 존재했기 때문이다. 갑자기 그녀는 폭우 한가운데 있었다. 긴 진동이 그녀의 발아래 땅을 따라 지나갔다. 돌발적인 빛이 군중을 감쌌고 웅성거리던 거리가 심연 속으로 잠겨들었다. 저 멀리 대로에서는 다양한 색깔의 불빛들이 파닥거리고 있었다. 앙리에트는 검은 햇무리로 둘러싸인 태양에 눈이 부셨다. 그렇지만 그녀는 밤 깊은 곳으로 물러나는 별을 향해 거의 더듬거리면서 걸어갔다. 이가 딱딱 부딪치고 뺨을 흔드는 천둥 같은 소리가 인광으로 파르스름해진 아궁이에서 나오는 것 같았다. 빛은 이처럼 텅 비고 육중한 소리와 더불어 떨리고 있었다. 젊은 여자는 더 빨리 걸었다. 발이 보도 가장자리에 걸려 넘어질 뻔하기도 했다. 그러고 나서 그녀는 신발 아래서 나무를 깐 도로 바닥을 느꼈다. 무시무시한 비명 소리가 올라와 그녀는 한 걸음 물러났다. 그녀는 두 개의 전조등이 괴물 같은 바퀴 사이로 흰 불빛을 내뱉으면서 그녀를 향해 돌진해오는 것을 보았다. 그리고 이어서 높고 검은 덩어리가 소리를 지르면서 다가왔다. '죽을지도 몰라. 옆으로 비켜나 길에서 나가야겠군.' 그녀는 생각했다. 하지만 그녀는 홀린 듯 움직일 수 없었다. 그때 어떤 손이 격렬하게 팔을 잡아채 그녀를 뒤로 쓰러뜨렸다.

1분 정도 지나서야 정신을 차렸지만, 그녀는 눈 뜨기를 머뭇거렸다. 자동차의 요동과 침묵으로 미루어보아 그녀는 센 강과 나란히 나 있는 대로 중 하나를 따라가고 있다는 사실을 알아차렸다. 차츰 기억이 되살아났다. 질 나쁜 시가에서 풍기는 역겨운 냄새가 갑자기 그녀를 둘러쌌고 그 때문에 기침이 나왔다. 조심스럽게 눈꺼풀을 들어올린 그녀는 파르스름한 연기 사이로 자신을 주시하는 검은 눈동자를 알아보았다. 커다란 손으로 공기를 내저어 연기를 흐트러뜨리자 얼굴이 보였다. 처음에는 힘차고 불그스름한 코가 드러나더니 곧 뺨을 쓸어내리는 늘어진 콧수염이 나타났다. 앙리에트는 비명을 질렀다.

"두려워하실 필요 없어요." 남자가 쉰 목소리로 말했다. "원하신다면 소리를 지르십시오."

그러고 나서 그는 약간 몸을 움츠렸다.

"누구세요?" 앙리에트가 물었다.

남자는 대답 대신 시가를 한 모금 빨아들였다. 그는 무릎 부근까지 늘어지는 외투를 입고 있었다.

"누구시냐고요?" 젊은 여자가 반복했다.

"당신하고는 상관없어요." 마침내 그 남자가 말했다.

앙리에트는 손을 창유리 쪽으로 뻗었다. 하지만 남자는 그녀가 행동을 마치기 전에 그녀의 움직임을 알아차리고는 두 손으로 힘차게 그녀를 붙들었다. 거의 입에 닿을 정도로 타고 있는 시가 때문에 그는 반쯤 눈을 감고 있었다. 그는 입술을 씰룩거려 고르지 않은 갈색 치아를 드러냈다. 몇 분 동안 그는 마치 어린아이를 진정시키듯 젊은 여자를 그대로 꽉 잡고 있었다. 하지만 그녀는 괴상하게 얼굴을 찌푸린 남자에게 겁을 먹고 계속해서 버둥거렸다. 결국 그는 자동차 벽면에 붙어 있는 작은 재떨이 위로 몸을 기울이고는 욕을 하면서 시가를 떨어뜨렸다.

"만약 내가 당신에게 나쁜 짓 할 마음이 있었다면 당신이 정신을 잃었을 때 그랬겠지요. 그걸 생각하지 못하는군요. 내가 당신 생명의 은인이라고 말해야겠지요?"

이 말을 듣고 앙리에트는 저항을 멈추었다.

"무슨 말씀이시죠?"

"내가 제때 당신을 뒤로 끌어당기지 않았더라면 당신은 자동차에 깔리고 말았을 거예요."

그녀는 소리를 질렀다. 남자는 그제야 그녀의 손을 놓아주고는 어깨를 으쓱했다.

"바야흐로 일이 다시 시작되겠군요. 당신이 내 시가를 어떻게 했는지 보세요. 꺼져버렸잖아요."

"주소를 주시면 남편이 당신에게 보상해줄 거예요."

그는 빈정거리는 듯한 시선을 던졌다.

"그런가요?" 그가 시가에 다시 불을 붙이면서 말했다.

앙리에트는 갑자기 상황을 이해했다. '이 남자는 아까 그 남자야. 바보 같은 필리프가 날 의심해 미행하게 한 거야.' 자신이 그토록 우스꽝스러운 사건에 휘말린 것에 화가 났지만, 그녀는 미소를 억누를 수 없었다. '어쩌면 내가 티스랑의 편지를 흘렸는지도 몰라. 그것을 읽으면서 그이가 얼마나 인상을 구겼을까!'

고약한 연기가 자동차 안을 가득 채웠다. 앙리에트는 창유리를 내리고는 쿠르라렌의 마로니에들을 보았다. 격렬한 빗줄기와 함께 차가운 공기가 창문을 통해 차 안으로 파고들었다.

"내가 죽기를 바라시나요?" 그가 창을 올리며 말했다.

"나를 어디로 데려가는 거죠?"

"당신 집으로요, 귀여운 부인."

"우리 집 주소를 어떻게 알죠?"

사나운 기침에 그는 몸을 흔들었다. 마치 비명과도 같은 짧고도 울림이 있는 기침이었다. 눈을 앙리에트에게 고정시킨 채, 그는 비난하는 표정으로 그녀를 바라보았다. 그때 그녀는 그의 눈동자를 에워싼 흰 선을 알아보고는 불현듯 동정심이 이는 것을 느꼈다. 이미 실명 상태에 이르러 우윳빛 그림자가 그의 시선을 뒤덮고 있는 것 같았다. 그녀는 이 남자가 그의 시력을 위협하는 위험을 알고 있을지 생각해보았다. 비록 하찮은 직업이긴 해도 그는 최선을 다해 자신의 일을 수행하고 있으며, 스스로 유용한 존재라고 믿고 있었다. 그의 옷차림은 초라했다. 그녀는 일에 대한 대가로 얼마를 받는지 물어보고 싶었다. 하지만 그가 무례하다고 느낄지도 모른다는 생각에 마음을 고쳐먹었다. 몇 년 내에 그는 틀림없이 장님이 되어 손을 벌리고 구걸하게 될 것이다. 언젠가 그는 체념한 채 대도시의 거지들처럼 냉소적이면서도 선량한 표정으로 더듬거리면서 길을 걸을 것이다. 그녀는 속으로 그를 남편과 비교해보았다. 남편은 안색과 어울리지 않는 넥타이에 신경을 쓰고 체중을 줄이는 가루약을 물 컵에 녹였다. 폭발적인 경멸감에 사로잡힌 나머지 그녀는 그 사람이 필리프와 전혀 닮지 않았다는 사실에 보상이라도 해주려고 가방을 열었다. 흰 물결무늬 천으로 안감을 댄 주머니를 뒤져보았지만 소용없었다. 안에는 립스틱, 열쇠, 아까 흘린 눈물로 아직까지 축축한 손수건뿐이었다. 그들은 알마 광장을 가로질렀다. 남자는 차창에 기대어 시가의 마지막 모금을 빨아들였다.

대기실에서 그녀는 살롱에서 빛이 새어나오는 것을 보았다. 처음에 그녀는 필리프가 자신이 말하던 대로 '거울 앞의 큰 남자'의 모습으로 작은 방에서 몸을 데우고 있을 거라 생각했다. 그런데 그녀는 반쯤 열린 문을 통해 창문 사이의 작은 탁자 위에 놓인 엘리안의 모자를 알아보았다.

무지갯빛 유리장식이 물결 모양으로 치켜 올라간 샹들리에 아래 엘리안이 서 있었다. 그녀는 샤워기의 물처럼 주위에 쏟아져내리는 번쩍거리는 빛줄기를 맞으며 꼼짝도 하지 않았다. 깊은 꿈속에 빠진 듯 동생이 들어오는 소리를 듣지 못한 것 같았다. 크게 뜬 눈은 멍한 표정으로 난로 위에서 부채꼴로 피어난 붉은 글라디올러스의 거대한 다발을 주시하고 있었다.

그녀가 서 있는 대낮같이 밝은 거실은 마치 축제라도 벌이는 모습이어서 방의 절대적인 침묵과 대조를 이루었다. 진홍빛 불빛들은 작은 테이블에 기대놓은 거울과 버찌 빛 커튼 위에서 한없이 교차했다. 커튼의 크고 곧은 주름이 마치 기둥처럼 뻣뻣한 윤곽을 드러내면서 희끄무레한 그림자를 피하는 듯했다. 붉은 다마스크*로 덮인 판 한가운데 덩그러니 놓인 18세기 초상화가 텅 빈 소파 무리, 그윽한 냄새가 떠돌아다니는 불, 그리고 꿈에 사로잡힌 이 여자를 이해할 수 없다는 시선으로 하염없이 바라보고 있었다.

문턱을 넘으면서 앙리에트는 가슴에서 우러나오는 기쁨의 외침을 억눌렀다. 고독 속에 빠진 한 인간을 갑자기 놀라게 하는 것은 환상에 사로잡힌 사람들에게는 항상 불길해 보인다. 자신을 향해 반쯤 돌아서 있지만 움직이지 않는 엘리안을 보면서, 젊은 여자는 몸을 떨고는 곧이어 본능적으로 대기실로 물러났다. 순간 그녀는 자기가 집을 잘

---

* 시리아 다마스쿠스에서 유래된 피륙의 일종으로, 금실 등으로 무늬를 짜 넣는다.

못 찾아 다른 층으로 들어와서 자신이 알지도 못하는 사람을 언니로 착각한 것 아닌가 하는 터무니없는 생각이 들었다. 사실 명상에 잠긴 노처녀에게서 어떤 불길한 것이 발산되고 있었던 것이다. 그것은 뭐라 설명할 수 없을 정도로 그녀를 변화시키고 있었다. 독특한 조명이 이러한 환상을 부추겼다. 마치 넓고 반짝이는 판이 그녀의 머리 꼭대기와 어깨 끝에 붙어 있는 것처럼 보였다. 하지만 얼굴 전체는 그림자로 뒤덮여 있었는데, 그 그림자는 마치 상장(喪章)처럼 목 쪽으로 삼각형 자락을 드리웠다.

몇 초 후 앙리에트는 목소리를 자연스럽게 내려고 애쓰면서 언니를 불렀다. 하지만 정작 그녀마저 자신의 입술에서 흘러나오는 거칠고 육중한 목소리에 놀라고 말았다. 그녀는 곧이어 안색이 경직되어 있던 엘리안이 소스라치는 모습을 보았다. 하지만 엘리안은 재빨리 자신을 가다듬고 입술 주위에 옅은 미소를 지었다.

"겁났잖니. 나는 혼자 있는 줄 알았어. 너 왜 거기에 있니? 왜……"

그녀는 갑자기 말을 멈추고 처음으로 앙리에트 앞에서 당혹스러워하면서 한 줌 열기가 관자놀이로 올라오는 것을 느꼈다. 뺨과 귀가 불타는 것 같았다.

"정말 행복해……" 젊은 여자가 언니를 향해 나아가면서 말했다. "기대하지도 않았는데……"

거북살스러운 표정으로 뱉은 이 말들은 우스꽝스러웠다. 하고 싶은 말을 주저할 정도로 이방인에게 말하고 있는 것일까? 그녀는 입을 다물었다. 이유를 알 수는 없었지만 갑자기 언니가 부끄러웠다.

"내가 얼마나 놀랐는지 상상도 못할 거야." 엘리안이 마침내 동생의 손을 잡고 자기 쪽으로 끌어당기면서 말했다. "조금 전부터(그녀는 오른쪽 뺨에 입을 맞추었다), 널 깨우러 가야 할지 말아야 할지 고민했어(다시 왼쪽 뺨에 입을 맞추었다)…… 그런데 갑자기 네가 옷을 입고 내 앞에 나타나다니…… 가서 앉자꾸나."

그들은 방 한쪽 구석을 갈라놓는 긴 의자 위에 자리를 잡았다. 노처녀는 동생이 모피 코트 벗는 것을 도와주려 했다.

"조금 있다가." 앙리에트가 말했다.

"그래, 조금 있으면 따뜻해질 거야. 불 가까이로 갈까? 그래, 저기로 가."

젊은 여자는 입을 다물고 언니가 하는 대로 내버려두었다.

"넌 말이 없구나." 그들이 다시 자리에 앉자 엘리안이 말했다. "너도 놀랐겠지. 이해해. 하지만 네가 들어오는 순간 내가 어떤 생각에 빠져 있었다고 생각해봐."

이런 무의미한 말들을 내뱉으며 한동안 혼란에 빠져 있었지만, 그녀는 마침내 평정을 되찾았다.

"내가 왜 이렇게 변덕을 부리는지 제부가 설명해줄 거야. 심각할 건 전혀 없어. 먼저 이 전보를 보렴. 제부가 아무 말도 안 했어?"

"응."

"이제 외투를 벗으렴. 너무 더울 것 같구나. 결혼한 다음부터 사이가 좋지 않은 삼촌의 전보란다."

그녀는 잘 알지도 못하는 이야기를 지어냈지만, 빈약한 내용을 아주 자세하게 덧붙여 설명하려 했다. 그녀의 눈에 권위가 어려 있었기 때문에 동생도 그것을 믿게 되었다.

조용한 태도로 천천히 이야기를 끝내고 나서 그녀는 앞머리를 쓸어 올리고 손가락으로 옷을 만졌다.

"그런데 넌?" 그녀가 차분한 목소리로 물었다.

언니의 정직한 시선 앞에서 앙리에트는 죄인이 된 기분이었다.

"빅토르의 집에 갔었어."

엘리안은 미소를 지었다.

"여전히 돈타령을 하던?"

"오늘 밤 내가 갖다준 돈으로 해결할 거야."

엘리안이 자기를 인색한 사람으로 볼까봐 그녀는 7천 프랑 중에 자신이 따로 떼어놓은 금액에 대해서는 아무 말도 하지 않았다. 갑자기 모든 이야기와 심지어 자신에게마저 혐오감을 느꼈다. 노처녀는 그래도 계속해서 고집을 부렸다.

"네가 그 돈을, 그 엄청난 돈을 갖다주었을 때 그 사람은 하늘이라도 열리는 것 같았겠구나."

"그랬겠지. 그는 너무나 기가 꺾여 있더니 기운을 되찾았어."

"그 사람 기를 너무 살려놓지 마." 위선자가 말했다.

앙리에트는 대답 대신 얼굴을 난롯불로 돌려 몽상에 잠긴 듯 주시 하면서 고개를 가로저었다. 아직 수액으로 가득한 장작 하나가 단조 로운 소리를 내면서 타고 있었다. 거기서 떨어져나온 나무껍질이 돌 돌 말리더니 잉걸불 속에서 오그라들었다. 그러자 매끈하고 축축한 나무가 드러났고, 그 향기가 상당히 매운 연기와 뒤섞였다. 젊은 여자 는 마치 처음으로 그런 아름다움을 발견하기라도 한 것처럼 이런 진 부한 모습에 감동했다. 그녀는 지금까지 결코 이런 향기를 맡아본 적이 없었고, 검은 소용돌이가 이토록 섬세하게 감기는 것도 눈여겨보지 않았다. 때때로 자기 자신에게 반대하는 열정에 사로잡혀 그녀는 갑자기 자신의 삶이 보여주는 추잡한 모습, 지긋지긋한 거짓, 초라한 환상들을 부인했다.

"그래서?" 이런 침묵을 좋아하지 않는 엘리안이 말했다. 앙리에트는 갑자기 고개를 들었다.

"언니," 무뚝뚝하고 둔탁한 목소리로 말했다. "집으로 들어오다가 길에서 무슨 일을 당할 뻔했어. 오늘 밤…… 언니가 겁먹을까봐 처음에는 사실을 감추려고 했어. 언니가 보기에 이젠 아무렇지도 않잖아."

엘리안이 갑자기 일어섰다.

"무슨 일이 일어날 뻔했다고? 말해봐. 이해가 안 되는구나."

"내가 여기 있는데 걱정할 게 뭐 있어? 언니, 진정해."

"그래, 그래. 그러니 내게 설명을 해줘, 앙리에트."

그녀의 얼굴에 핏기가 가셔 화장하지 않은 뺨이 창백한 반점으로 물들었다. 속 깊은 곳에서 올라와 그녀의 머리를 지배하는 생각에 반항해봐야 아무런 소용이 없었다. 그녀는 갑자기 기가 꺾이는 것을 느꼈다.

"작은 거리를 건너고 있었는데, 한순간 방심했나봐. 자동차가 내 쪽으로 돌진해서 차에 깔릴 뻔했어." 앙리에트가 말했다.

"그런 끔찍한 일이!" 엘리안은 자신의 의지와 상관없이 들려오는 어떤 목소리를 억누르려는 듯 소리를 질렀다.

"다행히도 누군가 옆에 있었어. 그 사람이 나를 뒤에서 붙잡고 포석 위로 넘어뜨렸어."

엘리안은 더 이상 듣고 있지 않았다. 동생에게서 눈을 떼지 않은 채 겁에 질려 그녀를 바라보았다. 앙리에트가 지금 여기에 있지만 여기에 없을 수도 있었다. 도대체 무슨 짓을 한 것일까? 엘리안은 한밤중에 병원에서 걸려온 전화, 필리프의 놀란 모습 등 별별 상상을 해보았다. "비샤 병원에서 전화가 왔어요. 무슨 일인지 모르겠군요." 아니야, 필리프는 병원에 가지 않을 거야. 내가 갈 거야. 그가 약간은 고집을 피우겠지만 결국 그녀 혼자서 파리 시내의 우울한 거리를 가로질러 병원에 갈 것이다. 에테르 냄새가 나는 병원의 하얀 책상에서 간호사가 부드러운 말로 그녀에게 설명해줄 것이다. 그녀는 비명을 질렀다.

"앙리에트! 난…… 뭐라고 그랬니?"

한순간 그녀는 자는 사람을 급작스럽게 깨우기라도 한 것처럼 멍한 표정으로 젊은 여자를 바라보았다. 그러더니 자기 때문에 겁먹은 동생을 보며 미소를 지으려 애썼다.

"애, 미안하구나. 아직도 그 사고 생각을 하고 있거든. 계속해봐, 좀 앉을 테니까."

"언니, 난 언니가 왜 그렇게 놀라는지 모르겠어. 내가 여기에 멀쩡하게 있잖아. 자, 봐."

"그래. 그런데 난 견딜 수가 없구나. 신경이 너무 예민해. 게다가 오늘 하루가 너무 피곤했어."

갑자기 오열이 목구멍까지 차올라 그녀는 고개를 숙였다. 아랫입술이 계속해서 떨렸다.

"가만히 내버려둬. 아무것도 아니야." 그녀가 쉰 목소리로 말했다. 그녀는 동생이 자리에서 일어나는 것을 보고 다시 평정을 찾으려고 힘겹게 노력했다. 사실 그녀는 앙리에트가 그녀에게 작별 인사를 하지 않을까 두려웠다. 이 순간 어쩔 수 없이 양심에 찔려 차라리 동생이 자신을 모욕하길 바랐다. 그렇게 했더라면 아주 비밀스럽게 간직하고 있는 생각을 전부 고백해버렸을지도 모를 일이었다. 하지만 수치심 때문에, 그리고 예상할 수 있는 여러 어려움 때문에 그녀는 약한 모습을 보이지 않을 수 있었다.

"이젠 됐어." 그녀가 몇 초 동안 애쓴 끝에 말했다.

앙리에트의 마지막 의혹이 사라졌다.

"불쌍한 언니." 그녀는 다시 자리에 앉아서 말했다. "내가 잘못했어. 내가 생각을 했어야 하는 건데."

"절대로 그렇지 않아." 노처녀가 말했다. "계속 말해보렴. 이제는 네 얘기를 더 잘 들을 수 있겠구나."

"내가 아는 것은 언니한테 다 말했어. 그 사람이 나를 여기로 데려다줬어. 그러더니 운전기사에게 차비를 지불하고 떠나버렸어."

"그 사람이라니?"

앙리에트는 다시 한 번 언니에게 자동차 사고 장면을 말해주어야 했다. 처음에 엘리안은 아무것도 이해하지 못했다. 너무나 많은 감정이 밀려와 정신이 흐트러져 있었기 때문에, 자신이 보낸 위험천만한 편지와 앙리에트가 말해주는 복잡한 이야기 사이에서 어떠한 관계도 알아차릴 수 없었다. 그녀는 단지 어떤 사람이 젊은 여자를 다시 집으로 데려다주는 수고를 했을 것이라는 정도로밖에는 생각할 수 없었다.

"아주 고상한 사람을 만났구나. 그게 전부네." 그녀는 결론지었다.

싫증이 난 앙리에트는 이 말에 신경 쓰고 싶지 않았다. 눈꺼풀이 무거워지더니 눈썹 사이로 장작 틈에서 하늘거리는 작은 불꽃들의 광채가 보였다. 이어지는 침묵 속에서 열기와 피로로 정신이 멍해진 그녀는 노처녀의 목소리와 똑같은 목소리를 들었다. 비록 말의 의미를 이해해보려고 노력하지는 않았지만, 그녀는 당황스러울 정도로 기뻐하며 이 속삭임을 들었다. 말은 부드럽게, 아무런 거리낌 없이 서두르지 않고 천천히 올라왔다. 신중한 숨소리 덕분에 그 말이 공기 중으로 둥둥 떠다니는 것 같았다. 그 숨소리가 알 수 없는 방식으로 말을 옮겨, 말은 완만하게 이어지는 평탄한 지역으로 퍼져나갔다. 그러다가 말은 상당히 아름다운 강의 굴곡을 흉내내면서 다시 제자리로 돌아오는 듯하더니, 평온한 고지에서 약간 지체하다가 주저하면서 여행이 끝났음을 알렸다. 그런 다음 말은 부드럽게 종말을 향해 미끄러져갔다. 이 짧디짧은 정지 상태가 젊은 여자를 그녀가 떨어져야 할 심연의 가장자리에 붙들어놓았다. 무언가에 사로잡힌 듯 그녀는 고개를 뒤로 젖혔다. 목덜미가 아파왔다. 목소리는 매번 더 깊게 흔들거리면서 드디어 그녀를 새로운 어둠 속으로 데려갔다. 그러더니 매달려 있던 목소리가 날아올라 심연 위에서 파닥거렸다.

"잠들었네." 노처녀가 낮은 목소리로 말했다.

그녀는 한동안 손을 소파의 팔걸이 위에 올려둔 채 망연하게 앉아 있었다. 그리고 차츰 움직이지 않는 사물에 짓눌려 그녀는 갑자기 일어나면서 소리를 지르는 것이 불편했다. 천성적으로 따져보기를 좋아하는 편이기도 했지만, 그녀는 외부세계가 밤의 어느 시점에 취하는 색다른 성격에 민감했다. 높은 거울들이 있는 커다란 텅 빈 거실에서 그녀는 느닷없이 심장이 거칠게 뛰는 것을 느꼈다. 거울은 마치 새로운 문을 열어주는 것 같았고, 샹들리에가 별처럼 박힌 천장을 끝없이 늘려주었다. 동생은 잠이 들었다. 젊은 여자는 안락의자 깊숙한 곳으로 미끄러졌다. 이런 움직임 때문에 귀 위에서 외투가 불룩해져서 그녀는 흡사 곱사등이처럼 초라하면서도 적의에 찬 모습이었다. 때때로 한숨을 쉬는 통에 어깨가 들썩거렸는데 그럴 때면 마치 꿈이라도 꾸는 듯 입술을 실룩거렸으며, 목 쪽으로 기울어진 머리가 기분 나쁜 듯 부드럽게 흔들거렸다. 도대체 앙리에트는 무엇을 알아내고 눈썹을 찌푸릴까? 입술로 제대로 표현하지 못한 이 말들은 도대체 누구에게 하는 것일까? 모호한 소리가 윙윙거리면서 엘리안의 귀에 들려왔다. 앙리에트가 잠의 깊숙한 곳에서 자신에게 말을 거는 것 같았다. 그녀가 보기에 앙리에트는 더 이상 평소처럼 결백하지도 맹목적이지도 않고, 오히려 예리하고 계략으로 가득 차 있는 듯했다. 아직도 유년의 흔적이 남아 있는 매끄럽고 순수한 얼굴 뒤로, 세월에 지치고 나쁜 일을 경험하며 지친 영혼이 투명하게 드러났다. 한순간 앙리에트의 눈꺼풀이 엘리안으로서는 도저히 의미를 간파할 수 없는 시선을 보이면서 다시 올라가는 것처럼 보였다. 하지만 환상은 그리 오래가지 않았다. 앙리에트의 기울어진 이마에서 눈자위를 덮은 두꺼운 그림자가 드리워지면서 불쾌한 표정이 그대로 드러났다. 노처녀는 동생을 깨우고 싶었고 아니면 머리라도 바로 세워주고 싶었다. 그렇지만 아주 유치한 공포감에 사로잡히는 것이 두려웠다. 그래서 신경을 억누르고 난롯불이 꺼지기를 기다렸다가 소파를 뜨겠다고 결심했다.

그녀는 조용하면서도 단호한 손으로 난롯불을 뒤적거려 불길이 계속해서 타들어가는 장작 토막들을 억지로 떼어놓고, 한 가지 일에 정신이 팔린 사람이나 할 수 있는 기계적인 열정을 발휘해 아궁이 깊은 곳에서 타고 있는 잉걸불을 흩뜨려놓았다. 이 일로 그녀는 마음의 평화를 다시 찾았다. 재를 흩어놓으면서 그녀는 결국 불안감을 잊어버렸다. 마치 이런 행동이 가져다준 자발적인 고요를 통해 마음속으로 신비스러운 길이라도 찾은 것 같았다. 그러고 나서 그녀는 깊은 사색에 빠져든 나머지 두시를 알리는 시계추 소리에도 아랑곳하지 않았다.

그녀는 자신의 사고 세계 깊은 곳에서 앙리에트를 보았다. 젊은 여자는 약혼식 때 입었던 푸른 모직 옷을 입고 나타났다. 그 옷은 영국식 자수로 목 주위와 소맷부리를 장식하고 굵은 능직 비단을 댄 몸에 꽉 끼는 옷이었다. "넌 축제에 참가한 여교사처럼 차려입었구나." 엘리안은 눈살을 찌푸리며 말했다. 앙리에트는 웃거나 어깨를 으쓱했다. 그녀에게 '그것'은 아무래도 좋았다. '그것'은 윤기가 흐르는 천으로 된 추한 옷일 뿐만 아니라, 그 옷에 대한 필리프의 의견이기도 했고, 그녀의 약혼식과 결혼식이기도 했고, 그녀가 어린아이다운 태도로 말하듯이 '그리고 모든 것'이기도 했다. 하지만 필리프라는 이름만으로도 엘리안은 목이 타들어가는 느낌이었다. 만약 이 결혼이 성사되면 그를 매일같이 보고, 매일같이 그와 마주 앉아 식사를 할 것이다. 그리고 끈기 있게 기다린 덕에 어쩌면 결코 자신에게 향하지 않는 사랑스러운 시선을 만날지도 모를 일이다. 그러려면 앙리에트가 지닌 매력 중에서 어느 것 하나라도 잃어버려서는 절대 안 되었다. 왜냐하면 아무리 강한 정열이라 해도 한순간 제정신을 차리는 일이 있기 때문이다. 때때로 사소한 것, 심지어 불쾌한 머리 모양만으로도 오랫동안 공들여온 유혹 작업을 끝장낼 수 있다. 엘리안은 결국 마치 적을 대하듯이 이 옷을 증오했다. 어느 날 그녀는 이 옷에 잉크 얼룩을 내버렸고 앙리에트는 절망적일 정도로 슬픔에 빠졌다. 하지만 엘리안은 동생의 어엿한 옷차림을 위해 저축해둔 돈을 털었다. 그녀는 동생에게 향수를 사주었으며, 할머니에게서 물려받은 루비를 상기시켜주었다. 그것으로도 모자라 그녀는 약간의 주식과 보석을 팔아 동생이 필요로 하는 돈을 마련해주기도 했다. 상황은 그녀가 바라는 대로 흘러갔다. 사랑에 빠져 있기는 했지만, 필리프는 앙리에트의 집에서 물질적인 궁핍의 흔적을 보고 약간 혐오감을 느꼈다. 진짜 부자들에게서 볼 수 있는 것처럼 가난은 그에게 두려움의 대상이었다. 어느 날 앙리에트가 다리를 꼬고 앉는 바람에 필리프가 그녀의 구멍 난 구두를 보게 된 적이 있는데, 그날 엘리안은 필리프의 소심하고 어색한 표정에서 그 사실을 알아차렸다. 이미 많은 세월이 흘러가버린 지금은 이런 자잘한 일들이 우스꽝스울 뿐이지만, 그때는 수치스러워 기절할 지경이었다. 사실 수선할 구두를 제화공에게 가져갈 수고조차 하지 않으려는 바보를 위해 허리띠 졸라매며 사는 것이 무슨 소용인가? 이 장면이 떠오르자 노처녀는 신음을 내뱉고는 부지깽이로 돌을 두드리며 고개를 가로저었다. 그런 다음 그녀는 피곤해서 하품을 하는 이 무관심한 여자를 필리프의 눈에 아름답게 보이도록 하기 위해 함께 시장으로 뛰어가는 자신의 모습을 다시 떠올렸다. 하지만 엘리안은 돈을 아주 적게 썼다. 반쯤 정신이 나간 상태에서 어떤 직물을 주문했다가 다음 날 반품하기를 반복했다. 그러고는 가슴 가득 분노를 품고, 결국 그들이 살던 지역의 잡화점에서 해결하곤 했다. 그런 다음 오랜 노동의 시간이 시작되었다. 유명 디자이너의 작품을 모방한 옷은 많은 노력을 필요로 했고, 수도 없이 입어보기를 반복해야 하는 작업이었기 때문이다. 장식 밑단 하나만으로도 신경질적인 공격의 빌미가 되었다. 한 여자는 항상 입에 핀을 물고 야단을 치는 입장이었고, 다른 여자는 눈물을 질질 짰다. 노처녀가 도저히 더 이상 참지 못할 때도 있었다. 어느 날 저녁 그녀는 명확한 이유도 없이 앙리에트의 따귀를 갈겼다. 아마도 결코 동생을 용서할 수 없었던 구멍 난 신발 때문이었든지, 아니면 어떤 다른 일 때문이었을 것이다. 하지만 일을 그르칠 정도로 심하게 대하지는 않았다. 그녀는 마치 자신에 대한 증오와 절망에 사로잡혀 대변혁이라도 바라는 사람처럼 이 결혼이 성사되기를 간절히 원했다. 그리고 자신이 만족해야 하는 이 천박한 복제품 속을 헤집는 바늘의 여정을 감시하면서 이상적인 앙리에트를 상상했다. 근심 때문에 더 적극적으로 변한 두뇌 속에서 그녀의 동생은 마치 유령이 움직이는 듯한 이상한 빛 속에 빠져 있는 것 같았다. 동생의 매끈하고 창백한 육체에는 어떤 옷감도 너무 가볍거나 부드럽거나 반짝거리지 않을 것이다. 진주 목걸이는 둥근 목을 더욱 강조했으며, 손목에 두른 금팔찌도 작은 고리를 이루며 접혔다. 필리프는 부드럽게 그녀의 손을 잡고 청혼했다. 그런 다음 다소 갑작스럽게 그녀를 자신에게로 이끌었다. 그리고 나서 중얼거리는 말과 웃음 뒤로 무거운 침묵과 성가신 속닥거림이 이어졌다. 엘리안은 환각을 불러일으키는 새벽의 고독 속에서 속닥거리는 소리를 들은 것 같았다. 그러자 그녀는 소스라치게 놀랐고, 범죄자를 보고 놀란 여자보다 더 창백해졌고 더 떨렸다. 하지만 이 모든 것들은 아직 존재하지 않았다. 이제 한 달만, 3주만,

열흘만 지나면 결혼식이다. 여기저기서 무슨 일이 일어날지도 모른다. 도대체 왜 자기가 이 옷을 만들어야 하는가? 하지만 그녀의 손놀림은 더 빨라졌다. 마치 반대의 명령이 떨어져 태피터 천으로 된 장식단을 찢고 직물 전체를 발기발기 찢어버리게 되지나 않을까 두려워하는 것 같았다. 필리프의 침대 위에서 헐떡거리는 두 육체가 서로를 찾았고 서로 달라붙었다. 욕망의 파도가 그들을 분리시키는가 싶더니 죽음 속에서 서로 얽혀 있는 난파자들처럼 서로에게 몸을 던졌다. 엘리안은 기절할 것만 같았다. 일감이 손가락 사이를 벗어났다. 그녀는 땀으로 흠뻑 젖은 뺨을 의자 등받이에 댔다. 그런데 그것은 바로 그녀가 원하는 것이었다. 앙리에트의 결혼, 그녀의 행복, 그녀의 미래, 이 모든 단어들이 그녀가 잘 알지도 못하는 신비한 현실을 감추고 있었다. 목구멍이 꽉 막힌 상태에서 그녀는 발치에 구겨져 있는 일감을 집어 들고 장식단의 주름 부분을 다시 바느질했다. 하지만 해가 지면서 더 이상 보이지 않을 정도가 되었다. 그녀는 눈물이 났다. 분노와 질투의 눈물이 코를 따라 길을 냈다. 눈물은 코의 날개 부근을 에둘러 입술까지 내려와서 입술을 간질이며 씁쓸한 맛을 남겼다. 몇 분 뒤 평온을 되찾고 거의 체념 상태에 이른 그녀는 바느질을 하면서 콧노래까지 부르기 시작했다. 걷어내야 할 흰 커튼과 더불어 이 창이 어찌나 슬퍼 보이는지! 어두운 식당에서 빛은 거의 엘리안의 손에 닿지 않았다. 이 마지막 빛을 이용하려고 노처녀는 시시각각으로 의자의 위치를 바꾸었다. 하지만 정신은 어둠과 더불어 생겨나는 내부세계로 향했다. 한 번 더 그녀는 그것에 굴복하고 말았다. 너무 심하게 억눌린 그녀의 생각은 이리저리 헤맸다. 필리프는 혼자 그녀 앞에 앉아 있었다.

마치 최면술사의 시선처럼 미동조차 하지 않는 그의 눈이 그녀를 바라보고 있었다. 그녀는 몸을 기울여보았지만 소용없었으며, 흔한 노랫가락을 흥얼거려보았지만 남자는 움직이지 않았다. 그녀는 그를 보지 않으려 해도 어쩔 수 없었다. 그는 벌거벗고 있었다. 갑자기 갈색의 커다란 육체가 팔을 머리 아래에 모으고 엘리안을 향해 얼굴을 돌렸다. 그러더니 냉소적이면서도 유순하게 반쯤 잠든 나른한 상태로 마룻바닥에 누웠다.

그녀는 갑자기 자리에서 벌떡 일어났고, 입술까지 올라오는 비명을 간신히 억눌렀다. 그녀의 기억 속에서 현재와 과거가 뒤범벅되었다. 앙리에트가 결혼하기 전까지만 해도 그녀는 결코 필리프가 나체로 있는 꿈을 꾸지 않았다. 당시만 해도 그녀는 여전히 소심하고 자신에 대해 무지했던 터라, 진리가 갑작스럽게 얼굴을 드러내자 물러서고 말았다. 그 진리는 그녀가 수년 동안 무진 애를 써서 마침내 발견한 자신만의 진리였다.

그러니까 그녀는 그런 존재, 다시 말해 육체적인 존재, 불행한 굶주린 존재였고, 이를 수치스럽게 여기는 존재였다. 우연한 몽상에 따라 그녀는 결코 알고 싶지 않았던 슬프고도 초라한 비밀을 알게 되었던 것이다. 스스로 그렇게 착하고 올곧기를 원했건만 가슴속으로는 자기가 보기에도 비열하기 짝이 없는 욕망을 지니고 있었던 것이다. 속으로는 사랑이라고 불렀지만 그것이 저속한 쾌락의 욕망으로 환원되어 버렸다. 필리프가 겁 많고 우유부단하고 경멸할 만하다고 한들, 그게 뭐 그리 중요하단 말인가? 11년 전부터 그녀는 이 먹이에 매혹되어 그의 육체 주위에서 맴돌았던 것이다. 그 육체는 무방비 상태로 항상 그녀에게 주어졌지만, 지독한 양심에 거스를까 두려워 감히 취하지 못했다. 그녀는 결코 자유롭지 못할 것이다. 그녀의 주위로는 항상 보이지 않는 벽이 있을 것이다. 그리고 필리프는 그녀에게서 아주 가까우면서도 도달할 수 없는 곳에 있어서 차츰 현실성을 잃어갈 것이다. 삶이 끝날 때까지 그녀는 한 마디도 못하고 회한에 사로잡힌 채 날마다 늙어갈 것이다. 그가 먼저 죽는다면 관 속에서조차 옷으로 몸을 가린 이 남자 옆에서, 그녀는 무거운 욕망의 무게에 짓눌린 채 살아가게 될 것이다. 이런 생각을 떨쳐버리려고 했지만 잘 되지 않았다. 옷을 입고 누워 있는 필리프의 이미지와 창백한 흰 얼굴이 눈앞에서 어른거려 공포의 신음 소리를 내지를 정도였다. 단 하룻밤만이라도 아파서 열에 들떠 잠옷의 터진 부분으로 목과 가슴을 볼 수 있다면…… 그녀는 이른 새벽에 그의 머리맡을 지키고 있을 것이다. 착란 상태에서 필리프는 보지도 않고 그녀를 부를 것이다. 그러면 그녀는 도둑처럼 떨리는 손을 내밀 것이다. 아니면 그를 재우기 위해 수면제를 줄 것이다. 어쩌면 운명처럼 그녀에게 넘겨졌을 이 육체를 생각하자 그녀는 취기에 사로잡혔다. 엘리안은 자신의 힘으로는 어쩔 수 없는 욕망에 휩싸여 그러한 속임수를 받아들였을 것이다. 그녀는 매일 아침 저녁으로 다시 시작되는 가증스러운 투쟁의 한계를 넘어서버릴 것이다. 그녀 안에서 꿈들이 마치 늪처럼 올라왔다. 때로는 필리프가 그녀의 발아래 누워 있기도 했고, 때로는 저항하지 않는 파닥거리는 육체를 반쯤 일으키기도 했다. 그녀의 전 존재가 뒤집어졌고, 몇 초 동안 그녀는 이 이상한 장면이 현실이라고 믿었다. 그녀의 팔은 가상의 무게에 의해 꺾여 있었고, 뒤로 물러나면서 무언가를 끌고 가는 여자처럼 불 앞에서 비틀거렸다.

그녀는 멍한 표정으로 고개를 들었다. 누가 보지나 않았을까? 누가 이 탄식을, 방금 내지른 신음을 듣지나 않았을까? 그녀는 눈으로 샹들리에가 희끄무레하게 빛의 자락을 펼치고 있는 거실 전체를 한 바퀴 둘러보았다. 그녀는 재빨리 마룻바닥을 비스듬히 비추는 기울어진 거울을 바라보았다. 거울을 통해 커다란 꽃무늬 양탄자의 얼룩무늬가 시선에 들어왔다. 비극을 상연하는 것처럼 장식된 방이 그녀의 소리를 듣는 듯했다. 방은 마치 속내 이야기를 들어주는 사람인 양 세심하게 주의를 기울이면서 가만히 그녀 쪽으로 몸을 기울이는 듯했다. 난로를 비추는 베네치아산 거울의 한쪽 귀퉁이에서 엘리안은 문득 앙리에트를 보았다. 한쪽 팔을 늘어뜨리고 다른 쪽 팔은 뻗은 채 다리를 구부린 이 육체가 바로 그녀 자신이었다. 처음에 엘리안은 시선을 돌려버렸다. 하지만 두려움보다 더 강한 호기심이 밀려와 고개를 벽 쪽으로 돌린 채 그대로 있었다. 두렵기는 했지만 사실 그녀는 보고 싶었다. 거울에 비친 환영에 매혹된 그녀는 잔뜩 겁먹은 채 커다란 소파 위에 웅크린 젊은 여자를 바라보았다. 동생은 막 미끄러지려고 했다. 그렇지만 떨어지는 자세가 아니라 이마를 낮추고 두꺼운 모피 속에 얼굴을 턱까지 파묻은 채 자신을 향해 공중으로 날아오르려는 자세였다.

하지만 노처녀는 즉시 자세를 고쳤다. 밤의 침묵 속에서 30분을 알리는 이웃 교회의 종소리가 그녀를 안심시켰다. 앙리에트를 깨우거나 팔을 잡아 예전처럼 방으로 데려가 옷을 벗기고 침대에 뉘어야 할 것이다. 그래서 의지가 얼마나 흔들리든 삶이 다시 균형을 취할 수 있도록 하기에 합당한 일련의 행동을 계속해야 할 것이다. "아무것도 변하지 않았어. 변할 수도 없고 말이야." 그녀는 중얼거렸다. 그녀도 잠을 자기 위해 침대에 누울 것이다. 다음 날 아침식사를 하면서 필리프는 늘 그러듯이 다시금 신문에 난 소식을 그녀에게 읽어줄 것이다. 그는 애원하는 듯한 그녀의 시선에서 존경심을 읽어내고 더없이 행복해할 것이다. 그제 둘 사이에 있었던 장면에 대한 최소한의 암시도 없을 것이다. 심지어 그녀가 보냈던 터무니없는 편지에 대한 암시조차 없을 것이다. 그녀는 그것을 잘 알 뿐만 아니라 심지어 확신하기까지 했다. 그는 모든 어려운 설명을 피하려 할 것이다. 뿐만 아니라 휴식을 방해하고 마음에 걸려 있는 이런 종류의 정신적인 안위를 뒤흔들어버릴 만한 모든 것을 피하려 할 것이다. 필리프의 침묵과 차가운 친절에 패한 그녀로서는 굴복할 수밖에 없었다. 또한 그녀는 모든 것, 다시 말해 배반, 도주, 분노의 말, 나쁜 생각, 욕망과 불순함이 유감스럽게 생각되었다. 그녀는 녹초가 되었고 나른해졌고 자고 싶었다. 그녀는 동생에게 몸을 기울여 귀에다 대고 "자, 가자"라고 말했다. 마치 자신의 불행이 앙리에트의 불행이기라도 한 것처럼 부드럽고 눈물로 가득한 목소리로 말했다. 하지만 젊은 여자는 그 말을 듣지 않았다. 그녀는 눈썹을 모으고 있었으며, 입술에는 야무진 의지가 강하게 드러나 있었다. 그녀는 때때로 잠자는 사람이나 죽은 사람처럼 골똘한 표정을 짓고 있었다. 그 표정에는 행복도 고통도 드러나지 않았으며, 외적인 삶에서 벗어나 보이지 않는 세계를 마주하고 있는 듯했다. 이러한 표정을 보면서 엘리안은 입술이 뻣뻣해지는 느낌이었다. 그녀는 다시 몸을 일으켰다. 그녀는 지금까지 비샤 병원에 단 한 번도 가보지 않았지만, 흰색의 긴 복도, 고무 바닥 위를 지나는 부드러운 발걸음, 사람들이 열고 닫는 문, 접힌 시트가 떠올랐다. 마지막으로 고통의 땀으로 인해 화장이 지워진 창백한 작은 얼굴이 나타났다. 눈물이 엘리안의 뺨을 타고 흘러내렸고, 몸이 떨려왔고, 신음으로 입이 열렸지만 그녀로서는 어쩔 수 없는 일이었다. 전 육체 안에서 피를 끓어오르게 하는 기쁨에 대항하여 그녀는 아무것도 할 수 없었다. 그와 동시에 그녀는 겁이 났으며, 자신을 증오했다. 후회스러운 마음으로 그녀는 샹들리에의 번쩍거리는 불빛 아래서 침울한 모습으로 자고 있는 이 여자 앞에 서둘러 무릎을 꿇었다. 동생의 어깨를 잡아 흔들어대면서 그녀는 공포에 질린, 짖어대는 듯한 목소리로 동생의 얼굴에 대고 외쳤다. "일어나, 일어나, 앙리에트. 일어나란 말이야."

제3부

1

네 사람은 모두 작은 거실에 있었다. 반쯤 열린 창가에 선 필리프
는 손가락으로 아들의 어깨를 지그시 눌렀다. 푸른색 소파의 가장자
리에 앉은 앙리에트는 아무 말 없이 그들을 쳐다보았다. 그러다가 벽
난로에서 문 쪽으로 가면서 무언가 말하려는 듯한 엘리안에게로 이따
금 눈길을 돌렸다. 긴 침묵이 감돌았다. 자동차 소리가 거실까지 다
다랐다. 때때로 거리가 조용해지면서 산책객들의 소리와 미적지근
한 공기 중에 떠다니면서 벌써 여름을 알리는 대화의 조각들이 들려
왔다.

"준비됐어요?" 엘리안이 물었다.

"준비되다니요?"

"제부, 몇 신지 알잖아요."

"네시 이십분 전이네요."

"십오분 전이에요." 그가 어서 나갔으면 하고 안달이 난 앙리에트가 수정했다.

"아직 시간 있어."

장갑을 낀 노처녀는 왼손 장갑을 격하게 잡아당겼다. 오늘 그녀에게는 필리프의 유머, 좋은 날씨, 부활절이 다가옴을 알리는 부드러운 공기 등 모든 것이 영 마뜩지 않았다.

"뭘 기다리는 거죠?" 그녀가 대뜸 물었다. "두 사람 다 아직 거기 있네요. 사진이라도 찍는 줄 알겠어요."

그녀는 이 말이 농담이라는 의미로 미소를 지어 보였지만 인내심이 한계에 다다랐다. 자기와 함께 외출하지 않을 바에야 필리프가 빨리 나가버렸으면!

"산책을 하고 싶은지 어떤지 잘 모르겠어." 그가 조용히 말했다.

그는 아들 곁을 떠나 안락의자에 앉았다. 앙리에트는 웃음보를 터뜨렸다.

"뭐가 그리 기분 좋담! 내가 그렇게 이상해 보이나." 그가 씁쓸하게 말했다.

그는 고개를 돌려 얼굴을 감춰버린 아내를 침울한 기분으로 바라보았다. 앙리에트는 신경질적으로 흔들리는 어깨를 억누르지 못했다. 필리프가 한 마디 할 때마다 앙리에트의 입에서 탄식이 흘러나왔다. 그녀는 손수건을 돌돌 말아 깨물면서 있는 힘껏 참으려 했지만 자제할 수 없었다. 삽날에 찍힌 것 같은 고통이 그의 내장을 파헤쳤다. 결혼 첫날밤에도, 겁에 질리고 화가 난 그녀는 미친 사람처럼 옷을 주워

입는 남자 앞에서 이렇게 웃어줬었다. 11년이 지난 지금 그때의 그 날 카로운 소리를 다시 듣게 되자 필리프는 얼굴이 창백해졌다.

그는 생각했다. '나는 결코 그때 일을 잊지 못할 거야. 그런데 저 사람은 어떨까? 저 사람은?'

노처녀가 다가와서 어깨를 으쓱했다.

"앙리에트에게 신경 쓰지 마세요. 제부도 쟤가 어린애라는 것을 알잖아요." 그녀가 중얼거렸다.

필리프는 엘리안을 향해 당혹스러운 얼굴을 들었다. 그들은 눈빛에서 읽을 수 있는 말을 입술 끝에 걸어놓은 채 몇 초 동안 말없이 서로를 바라보았다. '앙리에트에게 신경 쓰지 말라고요? 앙리에트가 처형에게 그렇게 말하던가요? 처형은 내가 왜 저 사람 웃음소리를 듣고 싶지 않은지 아세요? 나는 처형이 그것을 알 수 없게, 짐작도 못하게 할 거예요.' 필리프가 생각했다. '나는 아무것도 몰라요. 나는 제부를 사랑해요. 그건 나도 어쩔 수 없어요.' 엘리안은 속으로 대답했다.

그녀는 갑자기 동생을 향해 돌아섰다.

"나랑 같이 가자꾸나. 마들렌 성당 쪽으로 갈 거야. 널 바람이라도 쐬게 해야겠구나."

앙리에트는 이 계획이 아주 마음에 들었다. 그녀는 뺨 위로 흘러내릴 것 같은 눈물을 손가락으로 찍어 누르면서 차츰 진정되어갔다. 어떤 일이 있어도 그녀는 남편과 단둘만 남아 있으려 하지 않았다. 서둘러 이 방을 떠나려고 그녀는 언니의 팔을 잡았다.

엘리안은 재빨리 필리프 쪽으로 시선을 던졌다. '보세요. 애가 제부를 지겨워하니까 내가 데리고 나가는 거예요. 하지만 나는 제부하고

같이 남아 있고 싶어요. 알겠어요?'

'어디로 가요?' 필리프가 눈짓으로 묻는 듯했다. 두 여자는 밖으로 나갔다.

문이 다시 닫히자 그는 모자를 신경질적으로 탁자 위에 내려놓았다. 앙리에트를 따라나가 계단에서 팔을 잡고 "당신한테는 정부가 있어. 내가 알아. 당신을 미행하게 했거든" 하고 소리치고 싶은 심정이었다. 한순간 자리에서 일어날 뻔했지만, 뭔가 강력한 것이 그를 붙잡아두었다. 그가 과연 이런 생각을 했을까? 계단에서 그렇게 하다가는 이웃 사람들이 듣고 보게 될 것이었다. 그렇게 되면 자신이 우스꽝스러운 사람으로 치부될지도 모른다는 생각을 하자 몸이 떨렸다. 사람들은 그를 미친 사람 취급 할 것이다. 엘리안은 어떻게 생각할까? 그리고 앙리에트는? 그녀는 웃음보를 터뜨릴 것이다. 아! 앙리에트의 웃음을 멈추게 하기 위해, 배신당한 남편의 귀에 끝도 없이 울리는 멈출 수 없는 웃음을 억누르기 위해—누가 알겠는가?—그는 한 걸음 더 나아가서 앙리에트의 따귀라도 한 대 갈겨야 할지 모른다. 그렇게 하면 아무도 더 이상 웃고 싶지 않을 것이다.

하지만 앙리에트를 때릴 수는 없는 노릇이다. 그런 생각을 하는 것만으로도 야만스럽게 느껴졌다. 그는 앙리에트가 자신이 무슨 생각을 하는지 훤히 들여다보았다는 사실이 놀라웠다. 이런 식으로 복수하고 싶지는 않았다. 그런데 복수를 하고 싶기나 한 걸까? 확실히 그는 화가 치밀어올라 매 순간 자신의 생각에서 빗나가는 말들을 중얼거렸다. 아니다. 그는 아내를 때리고 싶지도 벌하고 싶지도 않았다. 벌하는 사람은 행실을 고치기를 바라는 사람이다. 그런데 아내가 다른 사람들처럼 사는 것이 그에게 뭐가 그리 중요한 일이겠는가? 다만 자신이 보기에 스스로의 품위를 떨어뜨리는 우스꽝스러운 사람이 되고 싶지 않았을 따름이다. 그리고 단지 이 우습고도 받아들일 수 없는 진리가 자신에게 사실로 다가온 순간을 기억 속에서 지워버리고 싶었을 뿐이다. 그 기억을 잊어버리고, 나아가 모든 것을 잊어버리고, 아무 일도 일어나지 않은 것처럼 행동하고 자신을 존경하고 찬양하고 사랑하고 싶었을 뿐이다. 그렇다. 스무 살 시절에 아낌없이 누릴 수 있었던 맹목적인 사랑으로 자신을 사랑하고 싶었을 뿐이다. 당시에는 그어떤 것도 자신에 대해 생각하는 이미지를 흐려놓지 않았다. 그는 희극 배우와 같은 사람이 되는 것을 결코 받아들이지 않았을 것이다. 종종 그는 이렇게 생각해왔다. 조금이라도 주름살이 잡히면, 조금이라도 품위가 떨어지면, 매끈한 얼굴과 왕의 이름을 지니고 손아귀로 지상의 진정한 부를 가득 거머쥔 채 이승을 떠나 죽음의 세계로 들어가버리리라. 그러나 지금은 두려움이 앞섰다. 그것이 더 이상 가능하지 않게 되어버렸을 뿐만 아니라, 그것을 제때 알지 못해 명예가 실추되었기 때문이다. 왜 아내는 그를 비웃었을까? 이런 기억에 그는 슬픈 마음으로 한숨을 내쉬었다.

잠시 뒤 그는 넥타이를 고쳐 매려고 거울 앞으로 갔다가 아들이 창가에서 책장을 넘기고 있는 모습을 보았다. 필리프의 뺨이 벌겋게 달아올랐다. 그는 로베르의 존재를 잊어버리고, 아마도 방 안에 혼자 있겠거니 하고 크게 소리 내어 말할 뻔했던 것이다. 침묵 때문에 불편해진 아이 앞에서 침착함을 유지하고 싶어서 그는 노랫가락을 흥얼거리기 시작했지만, 너무나 부자연스러워 오히려 창피했다.

"로베르." 그가 아이를 불렀다.

어린아이는 책을 놓고 곧바로 그에게 왔다. 필리프는 아들이 그토록 민첩하게 움직이는 것이 아주 마음에 들었다. 그러니까 누군가가 그에게 복종하고 있는 것이다. 그는 자신이 영향력을 행사할 수 있는 인간에게 일련의 명령을 내려보고 싶은 생각이 들었다. 그리고 권위에서 오는 즐거움을 맛보기 위해 병사에게 하듯 훈련시켜보고 싶은 막연한 생각이 들었다. 하지만 그는 아들에게 아무런 할 말이 없어서 그저 미소만 짓고, 심각한 표정으로 자신을 바라보는 아이의 귀를 잡아당겼다. '이 아인 도통 입을 열지 않는군.' 필리프는 생각했다. '분명 이 아이도 내가 아버지다운 태도를 보이는 것이 우스꽝스럽다고 생각하겠지. 내가 열 살이었을 때도 사람들은 내 귀를 꼬집었을까? 아마 더 어린 아이들에게나 하는 짓이겠지. 손을 떼야겠군.'

"산책을 나가자꾸나." 그는 말했다. "어디든. 물론 너도 별생각 없겠지."

그리고 그는 벌써 약간 짜증이 나서 이렇게 덧붙여 말했다.

"아! 로베르, 넌 참 말이 없구나."

하지만 이 말에 놀란 듯한 아이의 표정을 보고, 그는 공연히 말을 꺼냈나 후회스러워 어린아이의 어깨를 서투르게 두드렸다.

그들은 밖으로 나왔다. 막 거리의 모퉁이를 돌 무렵, 필리프는 아들을 집으로 돌려보냈다. 두꺼운 양모로 지은 모자 달린 외투는 이처럼 온화한 날씨에는 어울리지 않았다. 이보다 더 무겁고 이보다 재단이 좋지 못한 옷은 상상할 수 없었다. 로베르를 시골 중학교에서 몰래 빠져나온 어린아이처럼 보이게 하는 것은 비단 편자 달린 신발뿐만이 아니었다. 필리프는 속으로 오늘 오후에는 사람들과 부딪치지 말았으면 했다. 도대체 누가 그에게 어린아이의 기분을 풀어주어야 하는 힘든 일을 부과했단 말인가? 아무도 그렇게 하지 않았다. 성격이 유약해서 스스로 나섰던 것인데, 권태 때문에 그랬을 수도 있고 선의로 그랬을 수도 있다. 그는 아들의 손을 거칠게 잡았다가 아들이 멍한 표정을 지을까봐 곧 놓아버렸다.

우연히 그들은 먼저 센 강변으로 이어진 산책길로 접어들었다. 해가 기울어감에 따라 가벼운 안개가 마지막 태양빛과 뒤섞였으며, 소음이 점점 잦아들었다. 검은 물 위로 천천히 미끄러져가는 거룻배에서 개 짖는 소리가 들렸다. 플라타너스의 헐벗은 가지 뒤로 창백한 하늘이 초록빛으로 변해갔다. 막 사그라지기 시작한 빛이 이에나 다리의 노란 돌로 만든 말(馬)에 달라붙어 있었고, 멋진 휴일을 즐긴 우울한 군중이 그 다리를 건너 샹드마르스 쪽에서 돌아오고 있었다. 그는 자신이 서 있는 곳에서 한 무리의 한가로운 산책객들이 우울해 보이는 작은 그룹을 지어 나오는 것을 보았다. 모두들 강 위로 몸을 기울였고, 그중 어떤 사람들은 재미 삼아 강으로 침을 뱉었다. 아이들은 잘 보려고 어른들의 다리 사이로 몰려들었다. 웃음소리, 말소리, 외침 소리 들이 한데 뒤엉켜 긴 행렬을 감싸고 있었다.

"이쪽으로 가지 말자." 필리프가 말했다.

그들은 알마 쪽으로 길을 거슬러 올라갔다. 그림자 때문에 처음에는 반대쪽 강기슭과 선착장에 정박 중인 거룻배들과 거대한 붉은 벽돌 더미가 사라졌고, 이어서 비죽비죽 늘어선 나무 꼭대기들이 하나씩 사라졌다. 어두워지면서 안개 냄새와 흔들거리는 가로등과 함께 겨울이 다시 돌아왔다. 사람들은 발걸음을 더 재촉해 잽싸게 집으로 돌아가고 있었다. 필리프는 목에 흰 실크 목도리를 두르고 외투의 단추를 채웠다. 순간순간 그는 걸음을 늦추고 물가로 시선을 던졌다. 아이는 그가 갑작스럽게 멈추어 서는 데 놀라면서도 열심히 그를 따라왔다. 그런데 파시 철교에 이르렀을 때, 그들은 똑같이 철 계단을 오르고 싶다는 생각이 들었고, 말없이 난간에 팔꿈치를 괴었다. 그들의 발아래에서 묵직한 물결 소리가 음울하게 늘어지듯 들려왔다. 물결은 사라졌다가 아치 아래서 길고 번쩍거리는 물결과 다시 연결되기를 반복하면서 서로를 찾고 있는 듯했다.

이러한 움직임 속에 들어 있는 어떤 자발적이고 고집스러운 것이 정신을 매혹시키는 듯한 느낌이 들었다. 그것은 기둥에 와서 부딪히는 물의 충격, 소용돌이, 그리고 반원을 그리며 퍼져나가는 물결이었다. 반원 물결은 그렇게 형성되었다가 나중에는 서로 꼬여 구불구불한 선으로 변해 희미해져버렸다. 그리고 곧이어 다시 파도가 일어 희미한 소리를 내면서 돌에 부딪혔다. 이 거대한 덩어리는 심오한 리듬과 맹목적인 힘으로 끊임없이 움직이면서 어둠 속에서 혼란스럽게 흔들거렸다. 하늘 또한 파도 소리로 가득했다. 모든 것이 떨렸고 파닥거렸고 강으로 변한 듯했다. 필리프와 아이는 손아귀에서 센 강의 부드럽고도 강한 맥박을 느꼈다. 센 강의 맥박은 팔을 따라 올라와서 마치 액체처럼 몸 전체로 퍼져나갔다. 두 사람 모두 현기증이 나서 아랫배에 힘을 주면서 난간의 받침대를 잡은 손가락에 힘을 주었다. 몇 초 동안 동일한 욕망과 공포가 그들을 합쳐놓았지만, 그들은 그것을 짐작하지 못했다.

파리는 안개 낀 어둠 깊은 곳으로 빠져들었다. 희미한 가스등 빛 무리 속에서 그들은 선착장 포석을 알아볼 수 있었다. 최근에 수량이 증가하여 그곳에는 청록색 거품 같은 것이 남아 있었다. 하수구가 두 개의 플라타너스 사이에서 입을 헤벌리고 있었다.

"혼자서 저기를 산책했더라면 무서웠겠지?" 필리프가 갑자기 물었다.

로베르는 아버지 쪽으로 얼굴을 돌렸는데, 생각에 잠겨 안색이 어두워져 있었다.

"무서웠겠냐고요?" 마침내 아들이 말했다.

그의 맑은 목소리에서는 여전히 어린아이와도 같은 여성스러운 억양이 느껴졌다.

불안한 순간이 이어졌는데, 필리프는 이 순간에 기이한 감미로움을 느꼈다. 귓가에서는 느끼지 못할 정도로 공기가 미세하게 떨렸다. 그것은 마치 어두운 하늘을 통해 파동이 전해오는 소리의 강과 같았다. 아이의 대답은 들려오지 않았다. 대답이 얼마나 지체되었던가! 1분 전부터 그의 가슴은 마치 무슨 행복감이 다가오기라도 하는 것처럼 아주 강하게 뛰었다. 그는 한쪽 팔로 아들을 감쌌다.

"저쪽 아치 가까이에 통을 쌓아둔 더미가 보이지? 저기 말이야. 어떤 사람이 나무 아래에 앉아 있는 것 같지 않니?"

"예, 그렇게 보이는데요."

"네가 자정 무렵에 혼자서 저곳을 산책하고 있었다면 무서웠겠지?"

그는 아들을 격려라도 하려는 듯 어깨를 꽉 잡았다. 엷은 연기 냄새가 어둠 속에서 돌아다니고 있었다. 멀리서 들리는 자동차 소리 때문에 물위로 퍼져 있는 침묵이 오히려 더욱더 두드러졌다.

"아마도 그랬겠지요, 혼자 있었다면요." 로베르가 말했다.

필리프는 몇 초 동안 가만히 있다가 낮은 목소리로 다시 말했다.

"종종 이쪽으로 밤거리를 배회하는 사람들이 온단다. 때때로 그들은 플라타너스 뒤로 벽을 따라 미끄러지듯 걸어다니거나 언제든지 나쁜 짓을 할 채비를 하고 다리 아래 숨어 있지. 그들 중 한 사람이 널 공격한다면 소리를 질러도 소용없어. 아무도 오지 않을 테니까 말이다. 저곳은 너무 위험해…… 경찰조차 오지 않는단다."

그는 손에 약간 힘을 주어 아들을 자기 쪽으로 끌어당겼다.

"센 강을 보아라." 그가 말했다. "강은 사람이 걷는 것보다 더 빨리 흐르지. 사람들이 던지는 모든 것을 감춰버리고 가져가버려. 그놈들이 그렇게 대담해지는 것도 다 강 때문이야."

이 말이 입술에서 떨어지자마자 그 속에서 뭔가가 부풀어오르는 듯했다. 그는 지금껏 이런 식으로 말해본 적이 없었다. 갑자기 흥분되어 웃고 울고 싶은 생각이 들었는데, 그런 기분을 억누르기가 대단히 힘들었다. 호흡이 더 짧아졌다. 이러한 혼란을 감추려고 그는 얼굴을 돌리고 몸을 숙여 반대편 강기슭을 관찰하는 척했다. 어떤 인간 존재가 마침내 자신의 이야기를 듣고 있다. 이 아이도 자기처럼 겁을 먹은 것이다. 어둠 속에서 입을 열어 소리 없이 길게 웃었다. 그는 안개가 허파 속까지 파고드는 것을 느꼈다. 아들의 어깨를 잡은 그의 손에 더 힘이 들어갔다. 이토록 커다란 기쁨과 이토록 갑작스러운 위안은 도대체 어디서 오는 것일까? 몇 마디 말만으로도 자신이 더 이상 혼자가 아니라는 사실을 알아차리는 데 충분하단 말인가? 갑자기 어마어마한 삶의 욕망이, 마치 강과도 같은 욕망이, 그를 앞으로 나아가게하는 거역할 수 없는 어떤 것이 가슴을 가득 채웠다.

"로베르."

그는 아들에게 키스를 하고 센 강에서의 산책 이야기를 해주고 싶었다. 어떤 여자가 어떻게 그에게 도움을 청했으며, 그가 그 소리를 듣지 않으려고 어떻게 자리를 피해버렸는지 말해주고 싶었다. 어쩌면 아이가 이해할지도 모른다. 하지만 본능적인 신중함이 필리프를 가로막았다. 그가 어둠 속에서 하는 말이 내일 정오 냉소적인 빛 아래서는 어떻게 생각될 것인가? 미망에서 깨어난 그는 외투 주머니에 두 손을 찔러 넣었다.

"이제 가자, 여긴 너무 춥구나." 그가 약간 주저하면서 말했다.

철교의 계단을 다시 내려올 때, 로베르는 아버지의 팔 아래로 주먹을 넣고 그와 같은 보조로 걷기 시작했다. 필리프는 비밀스럽고 과묵한 아들에게서 때때로 타고난 소심함에서 나오는 어색함과 함께 약간은 갑작스러운 감정이 분출되는 것을 볼 수 있었다. 그 역시 어둠을 이용했다. 그들은 이렇게 해서 서로에게 전해진 온기로 행복을 느끼며 되는대로 텅 빈 대로로 다시 올라갔다. 무엇보다 먼저 필리프는 아이의 마음에 상처를 주지 않은 채 팔을 빼고 싶었다. 코를 푸는 척이라도 할까 생각해보았다. 하지만 그는 이 시간이면 강둑에서 누군가를 만날 가능성이 거의 없을 것이라고 생각했다. 비록 그가 우스꽝스러워 보인다고 해도 아무도 그것을 알지 못할 것이다. 그는 팔을 빼내지 않았다. 그는 자신이 어둠의 장막으로도 가려지지 않을 부끄러운 행동을 저질렀다고 느끼며, 붉고 거친 아들의 손을 마치 으깨버리기라도 하려는 듯 자신의 몸에 꼭 붙였다.

2

매일 밤 엘리안은 잠자리에 드는 시간을 조금씩 늦추었다. 좀 더 잘
자고 싶었기 때문이다. 수면제를 먹기가 겁났다. 마지못해 그것을 먹
을 결심을 한다고 해도, 부드러운 액체로 가득 찬 숟가락을 입술로 가
져가는 순간 몸이 떨렸다. 이럴 때면 그녀는 마치 독이라도 마시는 것
같았다. 자정의 고독 속에서 그녀의 동작과 태도는 자신이 보기에도
극적인 양상을 띠었고, 그래서 거울로 눈이 가는 것을 피했다. 눈꺼풀
을 내리지 않고 잠 속으로 빠져드는 경우가 한두 번 있었다. 그럴 때
면 그녀를 녹초로 만들어버리는 꿈 때문에 그녀는 심하게 동요되었
고, 비명을 지르고 숨을 쉬기 위해 버둥거렸지만, 완전히 의식을 잃지
는 않았다. 악몽 때문에 그녀는 침대 머리맡에 켜둔 전등불을 보았거
나 보았다고 생각했다. 하지만 어떤 보이지 않는 존재에 밀려 방문이

조용히 열렸다. 그러더니 손이 그녀의 목을 죄었는데, 가혹한 그 손은 다름 아닌 자신의 손이었다. 거친 소리, 갈라진 듯한 쉰 목소리 때문에 그녀는 정신을 차렸다. 그녀는 긴장한 손가락을 목에서 떼려고 했지만 손가락이 잘 떨어지지 않았다.

그녀는 불을 껐다. 이미 새벽이었다. 꽃무늬 양탄자 위로 한 줄기 희미한 빛이 언제나처럼 작약꽃을 둘로 가르면서 화환 모양의 잎사귀를 가로지르고 있었다. 유년기 전체가 엘리안의 기억 속을 다시 스치고 지나갔다. 반쯤 앉은 자세로 베개에 팔꿈치를 댄 채, 그녀는 여름의 온갖 향기와 새소리를 향해 완전히 열린 시골집을 보았다. 때때로 벌들이 어둠으로 가득한 식당을 한 바퀴 돌다가 피아노를 장식하고 있던 플록스 다발 위에 멈추었다. 윤기 있는 장밋빛 면직물로 된 옷을 입은 어린 소녀는 겁이 나서 투덜대면서 피아노 연주를 중단하고 정원으로 달아났다. 바로 그녀였다. 그녀는 잔디밭에서 민들레와 미나리아재비꽃을 꺾었다. 꽃대를 손으로 꼭 그러쥐었는데 아주 따뜻하게 느껴졌다. 돌돌 말린 머리 타래가 뺨 위에서 찰랑거렸다.

그녀는 이런 기억이 괴로웠다. 그래서 생각을 돌리려고 했지만, 그러기 위해서는 무엇보다도 잔인하리만치 부드러운 성품을 모두 내던져야 했다. 그녀는 어쩔 수 없이 혼자 중얼거리는 행복한 아이를 따라 곤충들이 우글거리는 길을 산책했다. 잠을 자지 못해 녹초가 된 그녀의 눈에는 눈물이 그렁거렸다. 왜 그 나이에 죽지 않았을까! 하지만 청승맞게 자신을 동정하고 싶지 않아 생각을 되돌리려고 애썼다. 다음 날의 장보기, 주문해야 할 물품 등 자잘한 것들이 그녀의 관심을 끌었다. 그런데 제부가 갑자기 그녀 앞에 나타났다. 아무것도 그녀가 거기에 이르는 것을 막지 못했다. 그녀의 두뇌는 아무리 예기치 못한 길이라도 어김없이 같은 지점으로 이어지는 하나의 미로였다.

하지만 이른 새벽의 몽상 속에 나타난 필리프는 그녀가 대여섯 시간 전에 보았던 필리프가 아니었다. 그녀는 그림자에게 말을 걸어 토론을 하고 굴복시킬 수 있었다. 그리고 그녀는 단순한 성격, 쾌활한 매너와 합리적인 토론을 즐기는 마음을 필리프의 환영에 부여했다. 단호하고 심각한 어조나 명랑한 어조를 차례대로 취했지만, 그렇다고 이런 감정에 과도하게 빠져들지는 않았다. 그녀는 결코 간청하지 않았다. 충고를 하고, 심지어 때때로 명령을 했다(그녀는 저항을 상상했던 것이다). 그러자 침묵하던 존재는 그녀의 닫힌 눈앞에서 마치 노예라도 된 것처럼 무릎을 꿇었다. 그리고 엘리안의 손 위로 반쯤 열린 입에서 뿜어나오는 뜨거운 숨결이 느껴졌다. 환상이 너무나 강하여 매혹된 여자의 영혼 속에 기쁨과 공포를 동시에 불러일으키기도 했다. 그녀의 내부에서 미신에 대한 기억이 되살아났다. 그녀는 나쁜 욕망 때문에 고통을 즐기고 굶주림을 경멸하는 유령을 불러온 것이 두려웠다.

그녀는 다시 눈을 떴다. 방은 텅 비어 있었다. 누군가 어스름 빛 속에서 중얼거리는 그녀의 목소리에 관심을 두고 있는 것 같았다. 벽난로 양쪽에는 작은 디렉투아르 양식* 소파들이 부자연스럽고 순진하기까지 한 표정으로 마주하고 있었는데, 엘리안은 그것들을 갈라놓고 싶었다. 그녀가 혐오감을 느낀 것은 비단 그뿐만이 아니었다. 서랍장

---

* 18세기 말 프랑스의 장식예술 양식.

을 장식하는 반투명 유리로 된 꽃병, 작은 점들이 박힌 가로놓인 의자들, 창, 실 모양의 유리로 된 골동품, 동생이 결혼한 다음부터 주위에 쌓아놓은 모든 것에 혐오감을 느꼈다. 각각의 물품은 날짜를 지니고 있어 어느 날의 산책이나 앙리에트와 했던 논쟁의 추억을 불러일으켰다. 어떤 물건들은 그녀에게 구체적인 사건이 아니라 어떤 막연한 기억을 상기시켜주었다. 가령 골동품 가게의 유리 진열대에서 크리스털 촛대를 처음 보았을 때, 그녀는 이런 생각을 했다. 앙리에트가 죽게 되면 자신이 그녀의 자리를 차지해 필리프의 아내가 되는 것이 가능하지 않을까? 하지만 엘리안은 즉시 이 터무니없고 사악한 생각을 떨쳐버렸다. 그때 그녀가 필리프에게 그 촛대에 대해 이야기하자 필리프는 바로 그 촛대를 그녀에게 선물했다. 그 이후 주름 장식을 한 촛농받이가 달린 투명한 기둥들은 거의 성스러운 성격을 띤 채 검은 대리석으로 된 벽난로를 장식하게 되었다. 그때부터 엘리안은 앙리에트에 대한 말이 생각날까봐 더 이상 촛대 쪽으로 눈을 돌리지 않았다. 그녀는 결국 그 말이 어처구니없다는 걸 알게 되었다. 하지만 그로부터 수년이 흘렀고 그 문장은 그대로 남게 되었다.

그녀는 자신이 이 방에서 너무 오랫동안 살았고, 너무 많은 고통을 겪었다는 생각을 종종 했다. 특히 새벽이면 자신의 진짜 모습으로 방을 바라보았다. 즉 그녀와 이 벽, 이 가구 사이에는 깊고도 신비한 유사 관계가 확립되어 있었다. 그녀의 손아래에서 사물들은 순결하면서도 부자연스러운, 설명하기 힘든 표정을 띠었는데, 그 표정에서 그녀는 자신의 모습을 발견했던 것이다. 흐트러진 침대마저 질서에 대한 그녀의 처녀다운 취향을 드러냈다. 그때 그녀는 자신이 영원히 감옥에 갇힌 존재라는 것을 느꼈다. 외부의 감옥도, 삶의 구체적인 상황에 따른 감옥도 아닌 스스로의 감옥에.

어느 날 아침, 그녀는 첫 햇살이 비칠 때 일어났다. 달이 빛나는 하늘 깊은 곳에서는 아직 차가운 밤이 능장을 부리고 있었다. 하지만 박물관 정원에서는 티티새 한 마리가 나무 사이를 돌아다니면서 지저귀었고, 희미한 집들이 난파자와 같은 모습으로 어둠 속에서 불거져 나왔다. 창문을 닫은 채 그녀는 새벽 네시가 아니라 아홉시인 것처럼 욕실로 가서 수도꼭지를 틀고 화장을 했다. 더 이상 불면증과 음울한 환상의 행렬과 싸울 수 없었기 때문이다. 잠을 이룰 수 없기 때문에 차라리 움직이고 왔다 갔다 하는 것이 더 좋았으며, 밤 없이 낮이 서로 연결되는 것이 더 나았다. 물이 차가워질 때까지 욕조에 머무르면서, 그녀는 광택을 잃은 커다란 유리가 점점 밝아오는 것을 주시한 채 우연한 몽상을 따라 되는대로 미래를 구상하면서 서로 상반된 여러 가지 계획을 꾸며보았다.

결국 옷을 입느라 얼마간의 시간을 보내고 여섯시 무렵에야 채비가 끝났다. 그런데 무얼 하지? 그녀는 까치발을 하고 문이 열리는지, 삶이 다시 시작되는지 보고 싶어 안달이 나서 아파트 안을 돌아다녔다. 그녀는 앙리에트의 방문 앞을 지나 필리프의 방문 앞에서 멈추었다. 두 시간 뒤면 필리프를 보게 될 것이다. 그는 평상시처럼 그녀에게 미소를 지을 것이며, 그녀는 밤새 그녀를 괴롭혔던 꿈이 부끄러워 떨리는 손으로 커피를 따를 것이다. 우스꽝스럽기 짝이 없는 노릇이다. 삶이 그토록 좁은 한계 안에서 억눌리다니 있을 수 없는 일이다. 어째서 필리프가 이해하지 못할까? 앙리에트는 어떻고? 그녀는 심장이 죄어드는 것을 느끼며 문짝에 부드럽게 뺨을 갖다 댔다. 필리프가 이러고 있는 자신을 발견하면 뭐라고 할까? 그녀는 그가 나타나기를 바라기까지 했다. 정말로 무시무시한 일이 될 테지만, 그녀는 그에게 말할 것이다. 그에게 모두 고백할 것이다. 그런 독특한 상황에서라면 그녀의 혀가 해방될 것이다. 그런데 그에게 사랑을 고백하기 위하여 필리프가 신문 읽는 것을 중단시킬 수 있을까?

그녀는 방에서 멀어졌다가 다시 돌아왔다. 도대체 왜 그녀는 동생이 이 남자와 결혼하도록 강요했을까? 11년 전부터 그녀는 매일같이 이 질문을 스스로에게 제기해왔지만 답을 찾을 수 없었다. 하지만 그녀는 이런 질문을 후회하지 않았다. 오히려 이 질문이 그녀를 평화롭게 했다. 의자 하나가 벽에 기대어 있었다. 그녀는 거기에 앉아 소리를 내지 않고 울었다.

곧바로 영원히 떠나버리는 편이 더 나을 것이다. 그녀는 한 마디도 남기지 않을 것이며, 사람들은 결코 그녀를 찾을 수 없을 것이다. 그리고 그녀는 안개로 뒤덮인 지방으로 우수 어린 여행을 떠나는 자신을 상상했다. 비가 오는 어느 날, 그녀는 절벽 끝으로 가서 몸을 던질 것이다. 이런 생각을 하면서 그녀는 일종의 기분 전환을 경험했다. 잠시 동안 그녀는 이런 생각을 하다가 어깨를 으쓱했다. 그녀는 자신이 도망가지 않으리라는 것을 잘 알았다. 이미 한번 시도했지만 자신이 필리프에게 속해 있었기 때문에 다시 돌아오지 않았는가. 그녀는 어둠 속에서 얼굴이 붉어지는 것을 느꼈다. 사랑이란 바로 그런 것이다. 그것은 한 남자에게 속한다는 것이다. 적어도 선택할 수 있다면 말이다. 그녀는 이렇게 생각했다. 하지만 어떤 부당한 명령에 의해, 그녀는 자기가 높게 평가하지도 않는 어떤 약하고 무기력한 존재에게 굴복하게 되었다. 그녀는 한참을 망설였다. 그리고 갑작스러운 분노에 사로잡혀 속으로 덧붙였다. '무기력한 존재지. 그래, 멋있기는 하지만 무기력한 존재야.' 그림자만 비쳐도 벌벌 떠는 주인에게 복수하는 노예처럼 그녀는 필리프가 듣지 못하도록 손으로 입을 막고 낮은 목소리로 이 말을 반복했다. 그러자 고통이 사그라지는 것 같았다. 신중함으로 가득한 일종의 취기에 빠져 그녀는 모욕적인 말을 속삭이기 시작했다. 그렇게 함으로써 잠든 이 남자의 기분을 어떻게 하면 가장 잔인하게 망쳐놓을 수 있을지 속으로 생각해보았다. 마침내 그녀는 일어났다. 말들이 끊임없이 그녀의 입술로 몰려들었다. 그녀는 젖은 두 손과 불타는 이마를 문틈에 대고 이렇게 중얼거렸다. "필리프, 나는 제부를 사랑하지 않아요. 나는 제부를 항상 경멸해왔어요."

하지만 이 말들이 괴상하고 불경스럽게 느껴져 미처 끝마치지 못했다. 관자놀이로 핏기가 몰리는 것 같아 그녀는 자기 방으로 뛰어 들어가 문을 걸어 잠갔다.

3

앙리에트는 언니가 들어오는 소리를 듣지 못하고 팔꿈치를 난간에
댄 채 창에 기대어 있었다. 넓게 퍼진 빛이 중국식 양탄자 위에 늘어
지더니 푸른 소파의 가장자리에 걸렸다. 모든 가구의 색이 똑같은 이
방 안으로 하늘 전체가 바다처럼 밀려들었다. 천장을 쪽빛으로 물들
이더니 태양빛을 받아 창백해진 의자들을 덮고 있는 남색 벨벳을 물
들였다. 몇 초 동안 엘리안은 방문의 그림자 부근에서 자신도 어쩔 수
없이 이 유린하듯 밀려드는 빛에 감탄했다. 그런 다음 그녀는 앙리에
트에게 해야 할 비난의 말을 속으로 되새기며 거실을 가로질렀다.

젊은 여자는 혼자라 생각하고 거리에서 올라오는 자동차의 소음 속
에서 유쾌하게 콧노래를 흥얼거렸다. 그러다가 엘리안이 어깨를 건드
리자 소스라치게 놀랐다.

"언니! 무섭잖아." 그녀가 소리를 질렀다.

그녀는 엘리안에게 화난 시선을 던졌지만 곧 웃음을 터뜨렸다.

"여덟 시간 동안이나 머리가 아프지 않았어."

"그래도 아스피린은 먹어야지."

"당연하지. 오! 언니, 그런 얼굴 하지 마. 오늘 아침은 기분이 정말 좋네."

엘리안은 눈을 돌렸다. 어떤 날엔 아무런 이유도 없이, 게다가 신경이 거슬릴 정도로 웃어젖히지 않아도 앙리에트를 때려주고 싶은 마음이 들 때가 있었다. 그녀는 가능한 한 자신을 억누르면서 부드러운 목소리로 다시 말했다.

"넌 티스랑의 편지를 이리저리 흘리고 다니더구나. 내가 어제 오후에 거실의 압지 위에서 편지를 발견했어. 필리프가 봤을 수도 있잖아."

"그 사람은 읽지 않을 거야."

"너무 그렇게 생각하지 마. 제부도 변했어. 그도 의심이 많아졌다고."

"필리프는 자기가 어느 정도에서 그쳐야 할지 아주 잘 알고 있어."

"그래도 제부의 기분을 상하게 해서는 안 돼."

젊은 여자는 어깨를 으쓱하고 다시금 창문으로 몸을 기울였다. 칼가는 사람이 종을 흔들며 지나갔다. 검은 앞치마로 허리를 꽉 졸라맨 채 그는 그리폰 개가 끄는 바퀴 둘 달린 작은 수레 위에 손을 대고 있었다. 앙리에트는 이 광경에 매혹되었다.

"칼갈이가 저기서 멈추기만 한다면!" 그녀가 외쳤다.

하지만 그는 힘차고 맑은 목소리로 자신이 할 수 있는 일들을 나열하면서 거리의 모퉁이를 돌았다.

"덧창 좀 닫자." 엘리안이 명령했다. "내 멋진 푸른 거실이 생기를 잃어버리겠어."

"저기 그 사람이 있어." 앙리에트가 마치 속삭이듯 말했다.

"도대체 누가?"

"필리프 말이야."

이 이름을 듣자 엘리안은 도저히 저항할 수 없는 힘에 사로잡혔다. 그녀는 잽싸게 창틀 받침대로 다가가 떨리는 손으로 창틀을 잡고 이리저리 두리번거리면서 필리프를 찾았다. 마침내 산책에서 돌아오는 그를 발견했다.

"산책 나갔다가 돌아오는구나." 그녀가 중얼거렸다. "아들하고 같이 나가는 데 재미라도 들렸나?"

"아마도 혼자 나가기가 지겨웠겠지. 저 사람은 마치 개를 끌고 나가듯 로베르를 데리고 나가는 거야."

"어쨌든 새로운 일이네."

두 여자는 필리프가 아들의 손을 잡고 좌우를 돌아보고 모범생처럼 신중하게 거리를 가로지르는 것을 보았다. 엘리안의 얼굴이 붉어졌다. 비밀로 남아야 할 장면을 엿보는 것 같은 생각이 들었다. 반대로 앙리에트는 아주 즐거워 보였다.

"로베르를 데리고 산책을 나가다니 정말 멋있는 일인걸! 난 저 사람에게 저런 회색 정장이 있는 줄 몰랐는데."

"하지만 저건 오래된 거야, 오래된 정장이야." 엘리안이 짜증스럽게 대답했다. "거기 그렇게 있지 마."

"왜 안 돼? 난 내 남편을 볼 권리가 있는걸! 그들이 올라오는군. 필리프가 아직도 로베르의 손을 잡고 있네. 둘이 얘기도 해…… 언니, 난 어지러워. 그들이 웃고 있어. 대화도 하고 있다고!"

"그만해!" 엘리안이 갑자기 소리를 질렀다.

"뭐라고 말했어?"

"입 다물라고 했어. 그래, 넌 필리프를 조롱하면서 나를 힘들게 하고 있다는 것을 몰라? 앙리에트, 내 얘기 좀 들어봐."

단호한 손짓으로 그녀는 동생을 방 한가운데로 끌고 가서 그녀의 시선을 똑바로 쳐다보았다.

"애, 넌 날 사랑하니?"

"언니……"

"겁내지 말고 내 말을 잘 생각해봐. 넌 날 구제불능의 적으로 여기게 될 수도 있어…… 비웃으면서……"

그녀는 왼팔을 크게 움직이면서 반복했다.

"……그래, 비웃으면서 말이다. 조금 있으면 필리프가 여기로 올 거야. 1분 후면 말이야. 바로 지금 이 순간, 그는 천천히 계단을 올라오고 있어. 자신의 심장을 생각하면서 말이야. 그 사람은 우스꽝스럽기도 하지. 하지만 난 네가 그 사람을 조롱하는 것을 보고 싶지 않아. 알겠니? 그가 이 방으로 들어오기 전에, 그의 열쇠가 자물쇠 안에서 돌아가는 소리를 듣기 전에, 네게 말해야겠어. 거기에 앉아."

앙리에트는 언니의 단호한 시선을 느끼고는 아무 말 없이 복종했다.

"넌 그 사람을 사랑하니?" 엘리안이 물었다. "대답해봐."

"언니, 아니라는 걸 잘 알잖아."

"마지막 한 번만이라도 제부가 말하는 것을 들어봐. 넌 내가 왜 11년 동안이나 여기서 너희와 같이 살았는지 생각해본 적 있어?"

"언니, 무슨 말인지 이해를 못하겠어."

"울지 마. 우린 시간이 별로 없어. 내가 여기 있는 건 필리프 때문이야. 나는 널 아주 사랑해. 하지만 내가 여기에 있는 건 필리프 때문이야. 30초 후면 그가 이 방으로 들어올 거야. 네가 한 번만 더, 한 번이라도 더 그 사람을 조롱하면 난 널 다시는 보지 않을 거야. 그가 들어오고 있어. 난 그를 사랑해. 내가 방금 무슨 말을 했는지 알아들었지? 나는 11년 전부터 필리프를 사랑한다고. 놀랍겠지…… 어디 웃기만 해봐라, 그 사람을 조롱하기만 해보라고……"

"왔어요, 필리프?"

"예, 우리는 들라세르 가 위까지 갔다가 트로카데로로 왔지요…… 그런데 여보, 무슨 일이야?"

"앙리에트는 아침부터 머리가 아프대요." 엘리안이 대답했다.

"또? 의사의 진찰을 받아봐야 한다니까."

앙리에트는 어깨를 들어올리고 창가로 가서 다시 팔꿈치를 창틀에 기댄 채 서 있었다. 미적지근한 공기에 눈물이 말라버렸지만, 그녀는 눈을 감은 채 태양을 향해 얼굴을 돌렸다. 주위에서 올라오는 온기와 소음에 실려 거리 위로 둥둥 떠다니는 것 같았다. 목소리, 윙윙거리는 자동차 소음, 입술 위로 비치는 날카로운 햇빛, 눈꺼풀 사이로 보이는 희미한 붉은빛이 모두 한데 뒤엉켰다. 가벼운 현기증과 더불어 달콤한 안도감이 찾아왔다. 뭔가가 그녀를 감싸고 흔들면서 부드럽게 심연 속으로 이끌고 갔다. 그녀는 유년기에 즐기던 신비한 놀이 중 하나가 생각났다. 그때 그녀는 마치 벽에 기대기라도 하듯 맞바람을 안고, 이마를 공중으로 돌린 채 허공에서 관자놀이의 윤곽과 타원형 뺨의 윤곽을 더듬곤 했다.

"도대체 왜 저러고 있는 거지?" 필리프가 중얼거렸다. "고개를 끄덕거리고 있는 것 같군."

"내가 알아요? 확실히 아픈 모양이네요. 앙리에트는 아스피린을 설탕 먹듯 해요. 쟤한텐 그게 아무런 소용이 없어요."

"아! 그런데 우리가 무슨 말을 하고 있었죠?"

"트로카데로에 갔다고 말했지요."

"그래요, 로베르하고 같이요. 로베르, 거기 앉으렴. 멀뚱멀뚱 쳐다보지만 말고."

그는 민속박물관을 방문했던 이야기를 했다. 움직이지 않는 야만인들이 어스름 빛 속에서 먼지 묻은 방패를 들고 있는 어둡고 긴 회랑, 선사 시대의 오두막집, 짐승처럼 기어오르는 사람들, 음산한 동굴, 어두운 시대에 대한 이야기, 특히 모든 것 중에서 가장 인상적이었던 입이 찢어질 듯한 감시인의 하품에 대한 이야기를 했다.

"제부와 조카는 아침 시간을 헛되이 보내지 않았네요."

어쩔 수 없이 그녀의 목소리가 떨렸다. 그녀는 이런 혼란을 감추기 위해 기침을 하는 척했다. 필리프는 아무것도 알아차리지 못하고 똑같은 어조로 유익했던 산책 이야기를 계속했지만, 아이는 엘리안에게서 눈을 떼지 않았다. 그는 소파 가장자리에 앉아 꼬고 있던 다리를 흔들면서 놀란 얼굴로 순간순간 얼굴빛이 변하는 이모를 바라보았다. 처음에 그녀는 필리프의 입에서 나오는 말 한 마디도 놓치지 않으려고 머리를 돌리는 것으로 만족했지만, 나중에는 생각이 달라졌다. 제부의 말을 들으면서도 그녀는 로베르가 머릿속으로 무슨 생각을 하고 있을까 생각해보았다. 아이가 무엇을 알고 있을까? 아이가 무슨 낌새라도 챘을까? 커다란 얼굴이 순진하면서도 생기발랄한 표정을 짓고 있기는 하지만 속에는 교활함이 도사리고 있을지도 모른다. 엘리안은 로베르를 그다지 좋아하지 않았다. 거짓말쟁이들에게서나 볼 수 있는 공격적이면서도 솔직한 시선을 로베르에게서 발견했던 것이다. 특히 그의 침묵에 화가 났다. 그리고 모르는 척 비밀스러운 결론을 이끌어내는 표정과 심지어 여자아이처럼 조신하게 손가락으로 깍지를 끼고 있는 자세마저 그녀의 부아를 돋우었다. 그녀는 곁눈질로 그를 감시하듯 관찰했다. 손은 깨끗해 보였으며, 킁킁거리는 소리도 내지 않았다. 말없이 가만히 있는다고 그를 벌할 수는 없는 노릇이었다. 그녀는 답답한 가슴 깊은 곳에서 바로 그 점이 유감스러웠다. 그녀 앞에서 필리프는 조용한 표정을 짓고 있어서 절대 물리지 않을 볼거리를 그녀에게 제공해주었다. 눈썹의 무게로 내리깔린 듯한 눈꺼풀, 갸름한 뺨, 로마의 신상과도 같은 묵직하고 두툼한 입술 등이 도드라졌다. 그녀의 얼굴이 심하게 붉어졌다. 왜 로베르가 저토록 자세하게 자기를 관찰하고 있을까? 몇 초 동안 그녀는 의미를 제대로 알아차리지 못한 채 필리프의 목소리를 듣고 있었다. 심한 마음의 동요가 느껴졌고, 땀으로 붙어버린 손바닥이 갑자기 차갑게 느껴졌다. 하지만 그녀는 자신이 왜 이렇게 불편한지 알고는 의자 위에서 있는 힘껏 앉은 자세를 고쳐 아이에게 등을 돌렸다.

하지만 필리프는 정확하고도 천천히 말을 계속했다. 필리프는 처음에 이야기를 시작할 때 놓쳤던 아주 작은 상황들로 다시 돌아가서 이야기했다. 사람들은 그가 단호하게 발걸음을 돌려 자신의 집으로 돌아와 편안하게 있다고 생각할 것이다. 그는 자신이 했던 모든 동작과 모든 말을 기억해내고는 흥분한 것 같았다. 심지어 그는 모자를 벗길 기세로 불었던 바람과 2층까지 다시 칠한 에펠 탑 등을 기억해냈다. 눈은 엘리안에게 붙들어 매두고 있었지만, 더 이상 그녀를 바라보지 않았다. 그녀는 미소를 짓다가도 이내 얼굴이 창백해지곤 했다. 현기증에 사로잡힐 때면 이를 악물고 눈꺼풀을 내리깔았다가, 얼굴이 발개지고 혼란스럽긴 했어도 제정신으로 돌아왔다. 그러다가도 온몸이 땀에 젖은 채 웃는지 우는지 모르고 놀라기도 했다. 그래서 그녀는 더 이상 자신이 괴로운지 아닌지도 모를 지경에 이르렀다. 한순간 그녀는 기절해버릴 것 같았다. 방 안의 모든 것이 흔들렸으며, 창도 검은색으로 변했다. 필리프마저 사라져버렸지만, 그의 이야기는 여전히 흘러가고 있었다. 그런데 이것이 바로 엘리안을 구해주었다. 그녀는 절대로 중단되지 않는 이 길고도 평온한 이야기에 매달렸다. 마침내 일종의 터널에 이르러 그녀는 다시 빛과 아른거리는 후광 속에서 필리프의 얼굴을 발견했다. 하지만 그의 얼굴은 마치 강바닥에서 본 것처럼 창백하고 일그러져 있었다. 그녀는 눈을 감았다가 다시 떴다. 모든 것이 제자리로 돌아왔으며, 방 안 물건들의 윤곽이 정확하게 제 색깔을 드러내고 있었다. 그녀는 다시금 필리프의 말이 벽이 아니라 필리프의 입에서 나오는 것을 느꼈다.

"로베르, 이제 그만 가거라." 그녀가 몽유병자와 같은 짧은 목소리로 말했다.

몽상에 사로잡혀 있던 아이는 그 말을 듣지 못했다. 그래서 그 명령은 좀 더 큰 목소리로 1분 뒤에 다시 한 번 반복되었다. 필리프가 알아차리지 못하는 사이에 그 명령은 어김없이 로베르의 귀에 이르렀다.

엘리안은 필리프가 아들로부터 벗어나자 마음껏 아버지를 관찰했다. '제부는 내 거예요.' 그녀는 그의 입술의 움직임을 눈으로 따르면서 생각했다. '말해봐요. 난 제부가 무슨 말을 할지 알아요. 난 11년 전부터 제부의 이야기를 들어왔고 제부의 눈을 바라보면서 내 권태를 삼켜왔어요. 제부, 제부는 세상에서 가장 아름다운 눈을 가졌지만, 세상에서 가장 멍청하고 쓸모없는 사람이에요. 다시 한 번 말할게요. 제부는 세상에서 가장 쓸모없는 사람이라고요. 알아요? 제부는 내일 죽더라도 아무런 흔적도 남기지 않을 거예요. 단지 두 명의 여자만 남겠지요. 한 여자는 홧김에 권총으로 자살해버리겠지요. 그 여자는 바로 나예요. 그리고 다른 여자는 무서워서 15분 동안 울겠지요. 그 여자는 바로 제부의 아내예요. 오랫동안 제부가 내게 그렇게 하도록 했어요. 나는 제부를 사랑했어요. 지금도 마찬가지고요. 하지만 난 더 이상 제부가 겁나지 않아요. 왜냐고요? 그건 나도 몰라요. 나를 쳐다봐요. 그리고 할 수만 있다면, 내 이마에 가려져 있는 생각을 한번 알아맞혀봐요. 불쌍한 제부, 제부는 다른 사람과 마찬가지로 아내에게 속은 거예요. 제부는 아마 증거를 잡고도 아내를 나무랄 용기조차 없겠죠. 그러니까 제부는 다른 사람보다 더 우스꽝스러운 거예요. 그런데도 어떻게 내가 제부를 두려워하고 존경하기를 바라나요? 나는 제부를 존경

하는 것이 아니라 사랑해요.'

"유명한 우회로지요." 그녀가 큰 소리로 말했다.

"내가 수족관에 발을 들여놓은 지도 3년이나 되었네요." 필리프가 계속했다. "우리는 수족관에서 25분 정도 머물렀어요."

그녀는 푸르스름한 빛이 떨리는 조개껍데기로 장식된 전시관의 둥근 천장 아래 그와 함께 있는 자신을 발견했다. 공기방울이 뽀글거리는 수족관 속에서 거대한 뱀장어들이 긴 리본처럼 팔딱거렸다. 산호 가지 사이로 이상한 물고기들이 무용수의 천과 같은 지느러미를 흔들어대고 있었다.

'그래요, 나는 제부를 사랑해요.' 그녀가 어항 속으로 떨어지는 찰랑거리는 물소리를 들으며 계속했다. '이건 어쩌면 병 같은 것인지도 몰라요. 병약하거나 폐병에 걸린 채 태어나는 사람도 있잖아요. 나는 사랑에 빠져 태어났어요. 제부에 대한 사랑에 빠졌단 말이에요. 제부, 그걸 자랑하자는 것이 아니에요. 아니죠. 내가 제부를 바라볼수록, 그리고 제부의 이야기를 들을수록 내 가치가 떨어지는 느낌이에요. 이젠 제부의 가치도 떨어졌어요. 6개월 전이었더라면 제부는 지금처럼 내게 말하지 않았을 거예요. 제부의 머리는 잠을 자고 있어요. 제부는 너무 무료해요. 제부는 너무 부유해요. 제부의 아버지는 제부가 궁핍하게 살지 않도록 제부를 위해 재산을 모았지요. 하지만 그것이 오히려 제부를 저주한 셈이 되어버렸어요. 제부, 제부는 갑각류 이야기가 부끄럽지 않아요? 지겨워 미칠 것 같은 이야기예요. 아니에요. 불쌍한 어린아이 같으니라고. 제부는 잘 몰라요. 이 모든 것에도 나는 제부를 열렬히 사랑해요.'

돌아오는 길에 그들은 빵집에 들렀는데, 로베르는 크루아상을 하나 먹었지만 필리프는 살이 찔까봐 아무것도 먹지 않았다.

'제부가 말할 때면 정말 멋져요!' 엘리안은 속으로 외쳤다. '아! 방금 한 말을 다시 해야겠네요. 빛을 등지고 있을 때조차 제부의 얼굴은 마치 대리석 조각처럼 윤곽이 뚜렷해요. 내가 창으로 등을 돌리자마자 내 뺨 위에서, 그리고 내 입술 가에 느껴지는 이 무시무시한 작은 그림자들은 도대체 어디에 있는 거지요? 주름살 하나 없고, 오점 하나 없네요……'

"처형, 뭐라고 했지요?" 갑자기 그가 물었다.

"내가요? 아무 말도 안 했는데요." 창백해진 엘리안이 말했다.

"무슨 말을 하려 했던 것 같은데요. 내가 어디까지 말했죠?"

난생처음으로 그녀는 이 질문에 대답할 수 없었다. 그리고 그들은 1분 가까이 움직이지 않고 말없이 가면처럼 얼굴에 미소를 머금은 채 앉아 있었다.

"제부는 돌아왔지요." 엘리안은 수줍은 목소리로 말했다.

"그래요, 내가 돌아왔어요. 그래요……"

그런 다음 그들은 다시 비행을 시작했다.

아이는 엄마에게 갔다. 난간이 턱 높이에 있었기 때문에, 그는 더 잘 보기 위해 장식용 테두리 위에 올라섰다. 머리카락이 헝클어져 있는 커다란 머리가 앙리에트의 어깨를 스쳤다. 철로 된 격자 사이로 다리를 하나씩 넣느라 팔이 뻣뻣해졌다. 처음에는 팔이 약간 떨렸지만, 이내 그녀를 앞에 둔 곡예사처럼 균형을 잡고 섰다. 젊은 여자는 처음에 아들의 존재를 알아차리지 못했다. 그녀는 굴뚝 너머로 태양 빛이 새어나오는 작은 회색 구름을 바라보고 있었다. 구름은 배 모양이었는데, 폭풍우를 만난 배처럼 천천히 빛 사이를 통과하고 있었다. 몇 분 동안 앙리에트는 눈으로 구름을 좇았다. 비처럼 비스듬히 내리는 빛줄기 속에서 파리는 일종의 빛나는 안개로 덮여 있었고, 거기서 센강이 번쩍거리고 있었다. 이 풍경을 바라보는 동안 젊은 여자 내부의 모호하고 격앙된 모든 것들이 해방되었다. 철로 된 난간에 기대어 있는 동안, 그녀는 어린 시절을 감추고 있는 먼 지방으로 여행이라도 하는 것 같았다. 옛날처럼 혼자서 놀고 있을 때, 그녀는 팔꿈치를 괴고 있는 창이 집에서 분리되어 지붕 위로 떠다니는 것을 상상했다. 현기증이 나 얼굴에 경련이 일었지만 그녀는 행복했다. 조금씩 죽음의 공포가 그녀에게서 떠나갔다. 물소리나 바람 소리와 더불어 도시의 긴 소음이 그녀에게까지 올라왔다. 그리고 어린 시절의 더없는 행복이 살아 움직이고 숨쉬고 있는 신기루 속에서 현실이 사라져버렸다. 눈을 감기만 해도 앙리에트는 자기 앞에 열린 신비한 길을 통해 모든 것을 다시 볼 수 있었다. 그녀는 상상 속에서 삶이 그녀에게서 앗아간 모든 것, 어떻게 되었는지 모르는 장난감, 파괴된 집, 여명에 뛰어서 가로지르는 낮은 방, 지금은 거리가 지나는 정원 등을 다시 볼 수 있었다. 그녀의 가슴은 기쁨으로 가득 차 옥죄어들었다. 몸을 약간 앞으로 기울이기만 해도 되었다. 그녀는 꿈의 한가운데에서 그것을 알았다. 이렇게 해서 죽음은 희망 없는 영혼을 유혹하는 모호하면서도 아름다운 지역으로 부드럽게 그녀를 데리고 갔다.

손 하나가 팔 아래로 미끄러져 들어오더니 힘차게 그녀의 팔꿈치를 잡았다. 그녀는 소스라치게 놀랐다. 너무나 슬픈 표정으로 자신을 바라보는 아들의 모습이 그녀를 감동시켰다. 로베르의 시선에는 어떤 열렬하고 심각한 것이 깃들어 있어 어린아이 같은 얼굴을 성숙하게 만들어주었다.

"기대지 마세요." 그가 낮은 목소리로 말했다.

그녀는 결코 대답이라고 볼 수 없는 순간적인 미소를 지었다. 전혀 유쾌하지 않았기 때문이다. 유쾌하기는커녕 그녀의 내부에서 죽음의 공포가 커지더니 자신을 사로잡는 느낌이었다. 그녀의 온 존재를 가로지르는 본능적인 움직임을 통해 그녀는 무릎을 떨면서 거의 떨어지다시피 뒤로 물러났다.

"아니! 무슨 일이야?"

방 깊은 곳에서 나는 엘리안의 목소리였다.

"조금만 더, 조금만 더……" 앙리에트가 우물거렸다.

그리고 그녀는 다시 웃기 시작했다.

"엄마가 창밖으로 몸을 기울였어요. 떨어질 것 같았어요." 로베르가 필리프에게 말하자 그가 일어났다.

엘리안의 얼굴이 갑자기 창백하게 변했다.

"어처구니가 없어!" 엘리안 역시 일어나면서 중얼거렸다. 그녀의 치아가 덜덜 떨렸다. 그녀는 손가락으로 깍지를 꼈다 다시 풀었다. 그녀의 머릿속에 어마어마한 계획들이 스치고 지나갔다. 그리고 앙리에트의 죽음으로 단순하게 정리될 삶에 대한 환영이 다시금 너무나 강하게 드러났기 때문에 부끄러움에 사로잡혔다. 그녀는 필리프 뒤로 몸을 감췄다.

"이해를 못하겠군." 필리프가 침착한 목소리로 말했다.

그에게는 설명이 필요했다.

"그런데 당신은 또 왜 그렇게 웃는 거요?" 그가 물었다.

"정말이지." 엘리안이 느닷없이 말했다. 그리고 동생에게 가까이 다가가서 거칠게 팔을 잡았다. "멍청한 짓이야. 넌 우리를 겁나게 하는구나."

하지만 진정하기는커녕 젊은 여자는 팔다리 전체가 덜덜 떨릴 정도로 억제할 수 없는 웃음에 사로잡혔다. 그녀의 시선이 필리프와 엘리안의 시선과 마주칠 때마다 웃음소리는 점점 커졌다.

"아무 일 아니라니까······" 그녀가 딸꾹질을 하면서 반복했다.

"그건 이유가 못 돼." 언니가 말했다. "넌 이렇게 경솔하게 행동하면 안 돼. 알아?"

필리프는 지겹다는 표정을 지었다.

"이제 그만하세요." 그가 말했다.

하지만 엘리안은 더 이상 참을 수 없었다. 그녀는 갑작스러운 분노에 사로잡혀 정신을 차릴 수가 없었다. 엘리안이 젊은 시절 내내 싸우고 억눌러오다가 마침내 단단하고 쓸데없는 저항을 이기고 폭발한 거역할 수 없는 분노였다. 한 마디 말도 없이 그녀는 동생의 어깨를 움켜잡고 자신의 얼굴을 똑바로 쳐다보게 했다.

"내가 방금 너한테 뭐라고 그랬어?" 그녀는 얼굴에다 대고 씩씩거렸다.

입술을 꽉 다물고 콧구멍을 벌름거리는 얼굴을 대하자 앙리에트의 표정 위로 웃음이 굳어버렸다. 한동안 입술을 반쯤 벌리고 겁이 나서

눈동자를 크게 뜬 채 가만히 있었다. 갑작스러운 예감에 사로잡혀 그
녀는 자신의 삶이 두려워지기 시작했다. 남편 쪽으로 얼굴을 돌리면
서 약하게 그의 이름을 불렀다. 하지만 필리프는 엘리안의 약간 뒤에
비켜서서 문을 감시하는 역할을 맡은 순진한 공모자처럼 눈을 아래로
내리깔고 있었다. 그녀는 뒤로 물러났다. 어떤 손이 그녀를 붙잡았다.
로베르의 손이었다. 앙리에트는 그 손을 으깨버리려는 듯 세게 쥐었
다. 마치 장님이라도 된 것처럼 시선을 한 군데로 고정시킨 채 다시
몇 걸음 뒤로 물러나다가 결국 소파 등받이에 부딪혀 멈췄다. 침묵 속
에 몇 초가 지났다. 필리프는 상황을 전혀 이해하지 못했지만 더 이상
알고 싶지도 않았다. 그는 서투른 동작으로 방 한쪽 구석으로 가서 선
반 위의 투명 유리로 된 골동품의 위치를 바꾸었다. 잠시 뒤에 엘리안
의 차갑고 이성적인 목소리를 듣고 나서 그는 몸을 떨었다.

"뭘 좀 마시면 정신이 들겠니?" 엘리안이 동생에게 물었다. "좀 누
울래? 안색이 아주 안 좋구나. 방으로 데려다줄까?"

엘리안이 제안할 때마다 앙리에트는 머리를 가로저었다. 갑작스레
맞닥뜨린 적 앞에서 헛되이 안정을 되찾으려는 고통스러운 거부의 몸
짓이었다.

"말해라." 엘리안이 그녀에게 다가서면서 중얼거렸다. "난 그가 아
무것도 의심하지 않았으면 해. 알아듣겠니?"

그리고 그녀는 억지로 부드럽게 대하는 척하면서 앙리에트의 팔을
붙잡고 문 쪽으로 데려갔지만, 로베르가 여전히 앙리에트의 팔을 잡
고 있었다. 엘리안은 손바닥으로 한 대 때려 아이가 붙잡은 손을 놓게
했다. 아이는 곧 울음을 터뜨렸다. 눈물을 감추려고 아이는 두 붉은

주먹을 눈구멍에 집어넣다시피 했다. 필리프는 이런 시답잖은 상황이 벌어지는 곳으로 몸을 돌리고는 불쾌한 표정으로 눈살을 찌푸렸다. 그때 엘리안은 한순간 머뭇거리면서 마치 자신의 역할을 잊어버린 배우처럼 당혹스러워했다. 갑자기 자신이 하는 행동에 대한 공포가 엄습해왔지만, 앞으로 나가서 작품을 계속해야 했다. 필리프의 놀람에는 기품이 있었다. 이에 맞서 그녀는 어린아이를 강하게 밀쳐 그를 아버지의 팔 쪽으로 떠밀었다.

"얘 버릇 좀 단단히 가르쳐야겠어요." 그녀가 말했다.

그녀는 자신의 대담함에 겁이 났다. 세 사람 사이에서 갑자기 자신이 추하고 늙었다고 느꼈다. 세 사람은 아직 세월의 공격을 받지 않았고, 게다가 자신의 난폭한 행동이 이들의 빈축을 자아냈다. 그녀는 발을 헛디뎠다. 한순간 그녀는 쓰러질 뻔했고, 울음이라도 나올 것 같았다. 마치 꿈속을 헤매듯 그녀는 앙리에트의 허리에 손을 대고 필리프의 적대적인 시선 아래서 안간힘을 다해 문까지 가려 했다. 두 여자는 머뭇거리면서 걸음을 옮겼다. 그들이 거실을 둘로 가르는 빛줄기를 가로지르는 모양새가 마치 강이라도 건너는 것 같았다.

4

　그 후 며칠 동안은 겉으로 아주 평온하게 흘러갔고 어떤 특별한 일
도 일어나지 않았다. 필리프와 두 여자는 본능적으로 같은 생각에 이
끌려 자신도 모르는 사이에 화해하게 되었다. 사실 거북한 장면은 기
억에서조차 지워버려야 한다. 운명에 의해 세 사람이 함께 모여 살게
된 이후, 처음으로 진실이 그들 사이에서 거칠고 위험한 언어를 드러
냈던 것이다. 그들은 마치 무너진 거처의 폐허 위에서 일하는 개미와
도 같은 인내심으로 가상의 질서를 다시 회복했다. 그리고 그들은 그
렇게 하기 위해 스스로 가능하다고 생각한 좋은 분위기를 만들어나갔
다. 특히 엘리안은 있는 그대로의 모습을 드러냈던 감정의 격한 유출
이 부끄러워 동생의 비위를 맞추고 필리프가 있는 곳에서는 지극 정
성으로 친절을 베풀었다. 그녀는 심지어 때때로 로베르에게마저 웃음

을 지었고, 어느 날은 혼자서 서커스 구경을 하라며 내보내기도 했다. 그녀는 차츰 집 안에 쾌활한 매너와 정신적인 평안을 가져왔는데, 누구보다도 그녀 자신이 그것을 제일 먼저 누렸다. 여러 주가 지나면서 그녀는 가장 좋았던 시절의 평화를 다시 찾은 것 같았다. 그녀는 거의 밤새도록 잠을 잤다. 행복해지기 위해서는 무엇보다도 자신이 선하다고 믿을 필요가 있었다. 양심이 허락하지 않는 한 필리프조차 자신에게 충분한 행복을 줄 수 없었다. 종교 교육의 영향으로 그녀는 자신의 삶 전체가 커다란 변화를 겪었으면 하고 바라기까지 했다. 그녀는 정신적인 면을 포기할 궁리를 해보았다. 그것이 불가능하다는 사실은 자신이 먼저 알고 있었지만, 너무 편한 방법이어서 오히려 매혹적으로 보였다. 이런 상황을 끝장내는 데 그것보다 더 간단한 방법이 있을까? 그녀는 자신의 품위를 손상시키게 될 이 비열한 행동을 결코 실행에 옮기지 못할 것이다. 모든 것이 제자리에 있을 것이다. 단번에 그녀는 세상과 미심쩍은 쾌락 위로 올라서게 될 것이다. 깊은 한숨을 쉬며 이러한 몽상 속에서 헤맸다. 이런 것이 바로 수도원 기숙생이 꿈꾸는 것이었다. 서른두 살이면 할 수 있는 일이…… 필리프 쪽으로 시선을 던지자 그녀는 제정신이 돌아왔다.

때때로 그녀는 이 남자의 결점을 더욱더 잘 관찰하기 위해 사랑을 잊어버리려 노력했는데, 이런 노력이 그녀에게 위안을 주었다. 그가 혼자 있을 때 심하게 코를 푼다거나 뻔뻔하게도 길바닥에 침을 뱉는 것(그녀는 그가 그러는 것을 보았다)은 대수롭지 않은 일이었다. 그녀가 보기에는 더 중요한 이유 때문에 필리프의 체면이 손상되었다. 그는 집에서 일하는 사람들에게 눈에 띄게 상처를 주는 어조로 말했다. 하인들을 학대하려는 생각에서가 아니라 그들을 두려워했기 때문이다. 6개월 전만 하더라도 그녀는 절대 그런 생각을 하지 않았을 것이다. 하지만 며칠 전부터 가설의 영역에서 감히 모든 것을 다 생각했다. 필리프는 방을 치우는 하인이나 납품업자의 시선을 결코 통제하지 못했다. 그리고 그는 명령을 내릴 때 목소리는 높이면서도 얼굴은 돌려버렸다. 그렇게 해서 자신이 혼란에 빠져 있다는 것을 분명하게 드러냈다. 명령하는 습관은 그에게 자연스러운 것이 아니었다. 그것 때문에 그는 자신의 출신을 자랑으로 삼을 수 없었다. 설사 그렇다고 해도 그는 여전히 만년에 가서야 부자가 된 사람의 아들로 남을 것이다. 그의 아버지는 누군가를 부릴 줄 몰라서 자기 손으로 구두를 닦고 스스로 지하 창고에서 포도주를 꺼내는 사람이었다. 하지만 이런 겸손함이란 노인들에게는 감동적인 것이지만, 필리프에게는 불손하고 교만한 겉모습 아래 감추고 있는 천박함일 뿐이다. 그리고 그를 깎아내리려는 이상한 욕망에 사로잡힌 엘리안은 필리프의 아버지가 재산을 모으지 못했더라면 그가 은행원이라도 되지 않았을까 하는 생각을 하기도 했다. 혹은 그를 프록코트를 입고 만족스러운 표정을 짓고 있는 대형 마트의 매장 관리인이라고 생각해보았다. 그녀는 한 걸음 더 나아갔다. 필리프에게 노란 줄무늬 조끼와 흰 앞치마를 입혀놓고도 그다지 엉뚱하다는 느낌이 들지 않았다. 그리고 그녀는 이런 일이 실제로 벌어지기라도 한 것처럼, 이 가상적인 변장에 괴로워할 필리프를 경멸했다. 그러고 나서 결국 그녀는 자신의 욕망이었던 거역할 수 없는 어떤 상상에 이르고야 말았다.

거기서 출발해 그녀는 신음을 내면서 길을 거슬러 올라갔다. 필리프는 값싼 선원 유니폼을 입고 있었다. 넓은 칼라는 어깨 위에서 벌어져 바람에 날려 뒤통수 부근에서 푸른 날개처럼 펄럭였다. 그녀는 계속해서 갑판 위에 서 있는 그의 모습을 상상했다. 그는 무릎과 가슴 쪽에 주름이 잡힌 몸에 꽉 끼는 선원 복장을 하고 있었다. 혹은 그녀는 되는대로 몽상에 몸을 맡긴 채 위선자와 트루베르*의 매력적인 의상, 장화, 요란한 장식, 제1제정기의 깃털 장식 등을 생각했다. 그러다가 불현듯 약간 음울하면서도 쾌활한 기분에 빠져들어 자신이 유치함이라고 이름 붙인 것에 대해 혼자서 웃음을 지었다.

동생에게 이야기하며 중국식 양탄자 위에 떨어진 실을 주우려고 몸을 낮추었던 어느 날, 그녀는 자신이 생각하기에도 끔찍한 생각 속으로 빠져들었다. '얘가 여기 있는 한 아무것도 할 수 없잖아.' 이게 무슨 의미인가? 그녀는 몸을 잔뜩 굽혔다. 관자놀이로 피가 쏠렸고, 어떻게 해서 단어들이 모여 머릿속에서 그런 생각을 다 할 수 있었는지 놀라울 따름이었다. 그녀는 일어섰다가 다시 주저앉았다. 그러고는 자신의 얼굴이 붉어진 것을 앙리에트가 보지 못하도록 얼굴을 돌렸다.

그녀는 혼자서 산책하다가 종종 불로뉴 숲의 사람들이 잘 다니지 않는 곳으로 접어들곤 했다. 나무는 잎사귀가 없었지만, 대부분 움이 트고 있었으며 공기는 벌써 온화한 기운이 역력했다. 아무런 말 없이 그녀는 멀리서 들려오는 자동차 소리를 들었다. 그러고는 시선을 내리깐 채 끊임없는 의문에 사로잡혔다.

---

* 중세의 음유시인들.

하지만 필리프는 다른 문제로 고민하고 있었다. 방학이 끝난 지 일주일이 지났지만, 아들을 학교로 돌려보내야 할지 말아야 할지 아직 결정하지 못했던 것이다. 그는 아들을 역으로 데리고 가서 작별 인사를 하려는 순간 마음을 돌려 다시 집으로 데려왔다. 왜 아들을 자기가 살고 있는 지역의 고등학교에 넣지 않았던 것일까? 처형이 기분 나빠할지도 모른다는 두려움 때문에 그는 이 문제를 다시 생각해보게 되었다. 그래서 그는 로베르의 출발을 이틀 뒤로 미뤘다가 막판에 가서 마음을 고쳐먹고 오랫동안 다시 생각해보았지만, 아직도 아무런 결정을 내리지 못했다. 그는 이러한 우유부단함에 놀랐다. 갑자기 아들을 그만큼 더 사랑하게 된 건가? 왜지? 아이는 여전히 그대로였다.

아버지가 들어오는 것을 보면 로베르는 거실의 문 뒤로 몸을 감추었다가 소리를 지르면서 놀래주기를 즐겼다. 이러한 놀이가 필리프를 짜증나게 했다. 그는 자신도 모르는 사이에 몸을 떨었지만 섬세하게 웃음을 보이는 체했다. 그는 이런 일이 아주 기분 좋았다. 자신이 아이에게 이 정도로 신뢰감을 불러일으키고, 둘 사이에 이 정도로 공모가 이루어지는 것이 좋았던 것이다. 어느 날 아침, 그는 아들의 머리 모양을 약간 바꾸게 하여 사진관에 데리고 갔다. 네댓새 뒤에 인화된 사진들이 배달되어왔는데, 필리프는 그것을 보고 소스라치게 놀라 소리를 지르고 말았다. 사진을 보관하는 서랍을 열어 열 살 때의 자기 사진을 로베르의 사진 옆에 놓고 비교해보았다. 정말이지 똑같을 정도로 닮은 모습이었다!

그는 기뻐 어쩔 줄 몰라하며 평소의 침착함을 잃은 채 엘리안과 앙리에트를 불렀다. 그들을 부자간에 얼마나 닮았는지에 대한 증인으로 삼으려는 것이었다. 두 여자는 차례로 사진을 들여다보았다. 엘리안은 짜증을 내며 닮은 데가 없다고 말했다. 심지어 그녀는 로베르의 얼굴에서 몇몇 불완전한 점을 찾아내고는 필리프의 얼굴에서는 좀체 찾을 수 없는 부분이라고까지 말했다. '아들한테 홀딱 빠졌군. 이런 그의 모습이 더 멋있긴 해.' 그녀는 생각했다. 앙리에트는 테이블 위에서 심각한 표정으로 자신을 바라보는 두 개의 통통한 얼굴을 보고는 웃음을 터뜨렸다. 그녀가 웃을수록 이 얼굴들은 점점 더 심각해졌다. 결국 그녀는 자신 때문에 모두가 불편해하는 것을 느끼고는 자기 방으로 가버렸다. 필리프는 기분이 상한 표정으로 사진을 다시 정리했다.

그들의 눈에 우스꽝스럽게 보일까봐 겁나서 그는 아들과의 산책을 아내와 처형에게 감추고 아들을 갈리에라 박물관의 정원으로 먼저 보냈다. 잠시 후 그는 거기서 아들과 합류했다. 비밀스러운 성격의 아이는 이런 작은 계략이 즐거운 모양이었다. 필리프는 가끔 아이를 데리고 영화를 보러 갔다. 그는 예전에는 싫어했던 이런 종류의 볼거리에 대한 취향을 갖게 되었고 배우들의 이름에 익숙해졌다. 그는 곧 자신이 더 이상 아들 없이는 지낼 수 없다는 것을 알아차렸다. 이상한 노릇이었다. 아무것도 이해할 수 없었다. 하지만 행복하고 권태에서 벗어난 그는 밤마다 다음 날의 외출에 대해 생각하면서 박물관을 방문할 계획을 세우곤 했다. 그리고 심지어 로베르와 같이 파리 근교로 단기간이나마 여행을 다녀올까 하는 생각을 하기도 했다. 또한 그는 아이의 이름을 필리프라고 짓지 않은 것이 후회스럽기도 했다.

여러 번 그는 아들의 중학교로부터 편지를 받았다. 편지는 처음에는 놀랍다는 내용이, 나중에는 불안해하는 내용이, 결국에는 냉정한 내용이 씌어 있었는데, 마지막 편지에는 최후 통첩문까지 첨부되어 있었다. 첫번째 편지는 편지 보관용 바구니에, 두번째 편지는 쓰레기통에 던져버렸다. 세번째 편지는 필리프의 비서에게 전해졌다. 결국 아무도 그 얘기를 하지 않게 되었다.

하지만 로베르는 다시 공부를 시작해야 했다. 마지막 학기가 시작된 지 벌써 3주일이 지났다. 하지만 고등학교 교장을 만나러 가서 외투를 차려입은 남자에게 이야기해야 한다는 생각을 하자, 필리프는 어쩔 수 없는 무기력 상태에 빠져들었다. 매번 연기해버리기는 했어도 학교를 방문해야 한다는 생각을 하면 그는 점점 더 두렵기만 했다. 어느 일요일, 그는 다음 날에 비서 비아르 씨를 대신 보내기로 결심했다.

아들과 보내는 마지막 날, 엉뚱한 생각이 하나 떠올랐다. 날씨는 음산했다. 하늘에서는 새벽부터 때때로 굵은 빗방울이 섞인 매서운 바람이 불어대고 있었다. 필리프가 기대하던 바람이었다. 빛은 흐릿했고, 황량한 거리에는 여전히 겨울이 배회하고 있었다.

그는 갈리에라 박물관의 한 전시실에서 로베르를 찾아 함께 밖으로 나왔다. 그들은 자동차를 타고 시내로 들어왔다. 손을 잡은 채 그들은 대로를 가로질러 마들렌 광장으로 이어지는 작은 거리 중 하나로 접어들었다. 아버지의 심각한 표정에 겁을 먹었는지 아이는 아무것도 묻지 않았다. 두 사람은 말없이 걸었는데, 필리프는 빠르게 성큼성큼 걷고 로베르는 그 옆에서 종종걸음을 쳤다. 몇 분 뒤 그들은 비와 도시의 연기로 정면이 온통 거무죽죽해진 초라한 집 앞에 멈춰 섰다. 검은 궁륭 사이로 한 줄기 공기가 흘러나와 그들의 얼굴에 와 닿았다. 그들은 관리실 깊숙한 곳에서 나오는 가스등 불빛에 이끌려 앞으로 나아갔다. 양탄자가 없는 계단이 그들의 발아래에서 삐걱거렸다. 중간 정도까지 초콜릿색으로 칠한 벽에는 긴 성냥개비 같은 줄무늬가 이리저리 교차되어 있었다. 그들이 3층 계단을 막 넘었을 때 격한 감정으로 인해 필리프의 가슴이 뛰었다. 한순간 난간에 기대자 그의 몸무게에 못 이겨 난간이 떨렸다. 그의 아내가 바로 거기에, 문 뒤에 있었던 것이다. 그는 그 사실을 알고 있었다. 일주일에 두 번씩 그녀는 이 문턱을 넘었다. 정보는 잔인할 정도로 정확했다. 그녀가 여기에 도착하는 시간까지 알려주었던 것이다. 그리고 필리프는 자신이 모르는 앙리에트를, 정확하게 시간을 지키고 분주한 앙리에트를, 더 이상 몽상 속에 빠져 있다가 웃거나 뜬금없는 소리나 해대는 그런 주의 산만한 여자가 아닌, 매주 어떤 시간이 돌아오기를 기대하는 그런 존재를 발견했다. 그녀가 '다른 곳'에 가 있다고 생각될 때, 그리고 그녀가 사람들의 말을 듣지 않을 때, 그녀가 생각하는 것은 바로 이런 것이었다.

그는 아들의 손을 잡고 천천히 4층으로 올라갔다. 한 달 전부터 일요일 오후 그곳에 가보고 싶다는 생각과 싸웠다. 무기력하게도 그는 처음에는 아주 추잡해 보이는 이런 생각을 떨쳐버렸다. 이런 상황은 좀 우스꽝스럽지 않은가? 아내가 3층에서 이러쿵저러쿵하고 있는 동안 남편이 계단에서 서성거리는 꼴이라니. 그는 자신이 마치 익살극의 등장인물 같다는 생각이 들었다. 하지만 매일같이 다시금 이상한 계획이 생각나더니 그런 생각이 점점 더 강해졌다. 어느 날 밤 그는 자신이 거기에 있는 꿈을 꾸었다. 지금까지 그가 정면만을 봐왔던 건물 안에 들어와 있었던 것이다. 꿈속에서 그는 나선형 계단을 올라 감히 안으로 들어가지 못한 채 문 앞에 서 있었다. 이상한 감정이 그의 가슴을 뒤흔들었다. 아내가 밖으로 나오는 순간 그녀의 덜미를 잡아 겁을 주고 싶었다. 갑자기 그녀의 눈에 일종의 심판자가 되어보고 싶은 생각이 들었다. 하지만 그와 동시에 이 모든 것이 두렵기도 했다. 그러고 나서(여전히 꿈속에서) 자신이 그 자리에, 아주 가까운 곳에 있다고 느끼자 도저히 설명할 수 없을 정도로 기뻤다.

물론 오늘 그는 어떠한 기쁨도 느낄 수 없었다. 단지 호기심이, 독특하면서도 격렬한 분노를 동반한 호기심만이 그를 엄습해왔다. 그는 아내에 대한 남자의 정열을 상상해보려고 기억을 더듬었다. 앙리에트를 알게 되었던 무도회 장면이 번쩍거리는 빛 속에서 다시 나타났다. 그날 밤 그녀는 밝은 색깔의 옷을 입고 있었다. 팔, 가슴, 목, 얼굴 등 새하얀 나신이 희미한 빛을 반영하는 옷감 위로 힘차게 솟아오르는 것 같았다. 그 인상이 너무나 강렬해 필리프는 혀가 바싹바싹 타들어가는 듯했다. 일종의 현기증에 사로잡혔다. 시선은 비범할 정도로 부드러운 피부를 손으로 느끼는 것보다도 더 잘 느낄 수 있었다. 그리고 그는 조용하고 견고한 시선으로 자신을 주시하는 여자 앞에서 얼이 빠져버렸다. 그는 이 모든 것을 놀라우리만치 잘 기억해냈다. 그것은 차라리 누군가 자신에게 해주었을지도 모르는 이야기나 다른 사람에게 일어났을지도 모르는 이야기처럼 느껴졌다. 그는 사랑에 빠진, 다소 우스꽝스러워 보이는 이 사람이 자신임을 인정하려 해보았지만 헛일이었다. 자신이 앙리에트의 무릎에 대고 했던 말을 생각하자 그는 얼굴이 붉어졌다. 그는 그 말이 정말로 자신의 입에서 나왔다는 것을 믿을 수 없었다.

그는 갑자기 웃고 싶은 생각이 들었다. 앙리에트와 다른 사람이 들을 수 있을 정도로 크고 힘차게 웃고 싶은 생각이 들었던 것이다. 수년 전부터 어떤 욕망도 불러일으키지 않는 아내의 부정(不貞)이 이제 와서 자신에게 무슨 소용이란 말인가? 그의 라이벌은 가난하고 옷도 제대로 차려입지 못하고 키가 작고 표정이 병약한 자라고 들었다. 필리프는 이해할 수가 없었다. 그는 매일 아침 거울 앞에서 살펴보고 장갑 낀 손으로 허리께를 자랑스럽게 어루만지곤 했던 자신의 육체를 생각했다. 도대체 여자들은 모두 장님이란 말인가?

'아마도 한동안은 괴롭겠지.' 그는 생각했다. 그리고 아들의 손을 놓지 않은 채, 그는 4층에서는 찾을 수 없었던 고통을 끝내 5층에서 찾으려는 듯 계단을 올라가기 시작했다.

그들은 4층과 5층 사이의 층계참을 밝혀주는 작은 격자 창이 달려 있는 높이에서 멈추어 섰다. 더러운 유리를 통해 들어온 희미한 빛이 필리프의 얼굴로 떨어졌다. 그는 지팡이 끝을 자신이 서 있는 계단 위에 놓고 고개를 숙인 채 한동안 움직이지 않고 가만히 있었다. 로베르의 한숨 소리에 그는 이런 명상적인 태도에서 빠져나왔다.

"무슨 소리가 안 들리니?" 필리프가 중얼거렸다.

"온갖 소음이 다 들리는데요." 아이가 한숨 쉬듯 말을 했다. 그러고 나서 친절하게 "재밌는데요"라고 덧붙였지만, 아버지와 자신이 왜 여기에 와 있는지 전혀 이해하지 못했다.

"무슨 소리가 들려?"

"사람들이 얘기하는 소리가 들리네요."

"그래, 여기에 더 있지 말자."

그들은 4층 층계참까지 다시 내려왔다. 몸을 약간 앞으로 기울여 필리프는 30분 전쯤에 아내와 함께 열렸다가 다시 닫힌 문을 보았다. 그러니까 아내가 거기에 있다. 너무나 진부한 사실이 그의 눈에는 불가사의해 보였다. 그는 마음대로 그 모습을 생각해볼 수 없는 것이 유감스러웠지만, 아들의 존재가 거북했다. 때때로 로베르는 자신을 향해 부드러우면서도 감탄스러운 시선을 던졌지만, 필리프는 우습게도 그 시선이 달갑지 않아 못 본 척했다. 깊은 침묵 속에서 몇 분이 지났다. '내가 괴로운 걸까, 아닐까?' 필리프는 자문해보았다. 그러나 대답이 곧바로 나오지 않았다.

"그래, 아니야." 잠시 후 그가 아주 큰 소리로 말했다.

"예?"

로베르의 목소리였다. 필리프는 화들짝 놀랐다.

"오후 내내 여기에 머물지 말자는 얘기야. 가자. 거리로 나가 영화나 한 편 보자꾸나. 물론 네 이모한텐 여기 왔었다고 얘기하지 마라."

그들은 빅토르 티스랑의 집 문 앞을 지나쳤다. 필리프는 힘차게 어깨를 으쓱했다.

그는 덧붙였다. "그리고 네 엄마한테도."

5

로베르는 사제복을 입은 남자들의 보살핌을 받게 될 파시에 있는 큰 중학교에 기숙생으로 들어갔다. 그 후 이틀 동안은 필리프에게 꽤나 괴로운 날이었다. 자신의 행동을 후회했던 것이다. 서재로 들어설 때마다 갑작스럽게 측은한 생각이 들어 눈물이 났고, 우수에 젖어 어린 소년이 자기를 놀래주려고 문 뒤에 숨어 있던 시간을 생각했다. 모든 것이 이미 아주 오래된 일처럼 느껴졌다. 이제 그는 오후 시간을 어떻게 보내야 할지 알 수 없었다. 아들 없이 보는 영화는 아무런 매력이 없었다. 다른 한편으로 그는 박물관을 속속들이 다 꿰고 있고, 친구들마저도 지루했다. 사실 어떤 것도 그를 즐겁게 해주지 못했다. 물론 엘리안과 이야기하는 것이 남아 있기는 했지만, 며칠 전부터 그녀가 자신을 피하는 듯한 인상을 받았다. 아마도 그녀는 지난 몇 주

동안 신경을 써주지 않아서 원망하고 있는 것 같았다. 그녀는 그가 사과라도 하기를 기대하는 것일까? 필리프는 그녀가 우울해하지 않고 모호한 표정을 짓는 것을 보지 않기 위해서라면 어떤 일이라도 했을 것이다.

그녀는 변했다. 식사 시간에 침묵을 지키고 있었는데, 그것은 침울함도 원한도 아니었다. 말하자면 슬픔으로 인해 일상생활에서 잘려나간 영혼의 모습이었다. 그녀는 아주 특별한 심정의 변덕에 빠져 너무나 깊이 필리프에 대해 생각하게 되었다. 그래서 필리프의 목소리조차 그녀를 사색에서 끌어내지 못했으며, 이제 그녀는 그가 말하는 것에 관심조차 기울이지 않았다. 그의 곁에 있을 때도 그녀는 혼자라는 느낌을 받았다.

어느 날 저녁, 그녀는 앙리에트의 방에 들어가서 동생이 누워 있는 침대의 가장자리에 앉았다. 진부한 몇 마디 말들을 나누고 나서 엘리안은 애써 이렇게 말했다.

"네가 내 입장이라면 어떻게 하겠니?"

"언니 입장이라니?"

"만약 네가 필리프에게 빠져 있고, 필리프가 내 남편이라면 말이야."

"나는 누구도 필리프에게 빠진다고 상상할 수 없어."

엘리안은 머리를 흔들었다. 앙리에트에게 조언을 구하려 한 생각이 갑자기 터무니없어 보여 자신의 말을 후회했다. 분명히 동생은 언니를 두려워하고 있었다. 언니가 필리프에 대한 사랑을 고백한 날부터 더 이상 언니를 이해하지 못했다. 오랫동안 말없이 앉아 엘리안은 자신이 얼마나 미숙했는지 생각해보았다. 그녀는 감히 동생을 똑바로 쳐다보지 못하고 노란 새틴으로 된 누비 이불 위에 평평하게 놓인 동생의 손을 내려다보았다. 그녀는 이런 침묵을 잘 알고 있었으며, 그 때문에 방에 머물러 있기 힘들 지경이었다. 그녀는 제 발로 나오려 했지만 무엇인가에 눌려 그대로 남아 다시 터무니없는 질문을 던졌다.

"상상하도록 해봐. 내 입장이라면, 넌 어떻게 하겠니?"

그녀는 고개를 쳐들고 앙리에트의 눈에서 대답을 찾으려 했지만, 그녀의 시선은 자신이 말하려는 것에 대해 잔뜩 겁먹은 소녀의 시선과 맞닥뜨렸다.

"불쌍한 우리 언니…… 나라면 그럴 것 같아…… 내가 언니 입장이라면…… 필리프니까…… 난 그를 알아. 언니도 알다시피……"

엘리안은 동생의 손을 잡고 미소를 지으려 애썼지만, 동생의 얼굴에도 마찬가지로 불안한 표정이 역력히 드러났다. 애는 뭘 두려워하는 것일까? 도대체 뭘 본 거지? 가장 비밀스럽고, 가장 이해할 수 없는 생각이란 도대체 어떤 것일까? 동생의 얼굴에 정말로 어떤 것이 드러나 있는 걸까? 어쩔 수 없이 자기 생각을 드러내게 될지도 모른다는 두려움 때문에 도저히 억누를 수 없는 행동을 해야겠다는 생각이 들었다. 그래서 그녀는 격렬하게 동생의 손가락을 잡았다.

"말해봐." 그녀가 요구했다.

그런 다음 동생이 놀란 표정을 짓자 자신의 손 안에서 경련하는 그 손을 놓으면서 중얼거렸다.

"날 용서해다오. 네가 나처럼 고통스럽다면 너도 알 수 있을 텐데."

슬픔에 잠겨, 그리고 눈에 눈물이 고여 추해지는 것이 두려워 그녀는 침대 위로 몸을 숙였다. 동생의 몸에 머리를 갖다 대자 그녀는 가슴 위로 동생의 딱딱한 무릎을 느낄 수 있었다. 이불을 뚫고 사지의 온기가 그녀에게 올라왔다. 이러한 접촉을 통해 다시 젊어지기라도 한 것처럼 묘한 위안을 느꼈다. 인간의 모든 악, 행복에 적대적인 모든 불순한 것은 영혼 속에 기원을 두고 있는 반면, 육체는 선하고 단순한 것이다. 오늘 저녁처럼 육체가 결백하다는 사실이 와 닿은 적은 없었다. 그녀는 여기가 좋았다. 그래서 여기서 자고 싶었다. 하지만 그녀 위에서 앙리에트의 목소리가 말했다. 엘리안은 그 소리를 애써 듣지 않으려 했다.

"내가 언니 입장이라면, 난 최선을 다해 더 이상 필리프 생각을 하지 않으려 하겠어."

더 이상 필리프 생각을 하지 말 것. 다음 날 저녁 그녀는 침대 의자에 앉아 신문을 읽고 있는 그를 보며 경멸스럽다는 생각을 했다. 그가 그녀를 괴롭게 만들기 때문이었다. 또한 매년 조금씩 늙어가는 그녀가 그를 기쁘게 하기 위해 불가능한 노력으로 스스로를 소진시키는 것을 그는 그저 무관심하게 바라만 보기 때문이었다. 그녀가 자기에게 반해 있다는 것을 너무나 잘 알면서 말이다. 하지만 이성보다 더 강한 본능으로 인해, 그녀는 기계와도 같이 유순하게 사랑스러운 말을 뱉어냈다.

"넥타이를 새로 샀네요. 지금까지 그걸 알아보지 못했어요. 아주 잘 어울려요."

왜 이렇게 아첨하는 걸까? 이런 종류의 소용없는 말이 필리프가 자신을 마음대로 다루는 원인이었던 것이다. 조금이라도 덜 복종적이고 덜 노예적이었더라면, 그녀는 아마도 그에게 어떤 힘을 행사했을지도 모른다.

그가 고개를 들었다. 며칠 전부터 그녀는 그에게 이런 식으로 말하지 않았는데, 그것은 예전과 같은 어조였다. 필리프는 놀라서 말문이 막힐 지경이었다. 게다가 오늘 저녁 그는 엘리안과의 관계가 아닌 완전히 다른 것에 대해 생각하던 참이었다.

"넥타이요?" 그는 신문을 내려놓으면서 말했다.

"그래요." 엘리안이 가슴속에 심한 고통을 느끼면서 말했다. "색깔이 약간 창백해 보이는 제부의 안색에 약간 온기를 주는 것 같네요."

"처형이 보기에 내 안색이 안 좋은 것 같아요?"

"제부의 안색이 나쁘다는 말은 아니에요. 갈색이지만 광택이 없어 보이는 제부의 평소 얼굴을 말하는 거예요."

그는 근심 어린 얼굴로 그녀를 바라보았다. 그리고 그녀가 돌아서자 다시 신문을 읽기 시작했다. 여러 차례 그는 신문에 난 정치 기사의 첫 부분을 이해하려고 애썼다. 그러다가 그의 눈은 잡보 쪽으로 다시 돌아갔다.

하지만 엘리안은 장식장 문을 연 다음 유리창에 비친 필리프의 옆모습을 관찰했다. 언젠가부터 그의 턱이 약간 둥글어졌다. 그녀는 그것을 보고 적잖이 놀랐다. 그도 살이 찌는 걸까? 하지만 그가 고개를 숙이고 있어서일 거야. 그는 두 손으로 신문을 펼친 채 아랫부분을 읽고 있었다. 증권 기사일까? 아니다. 재정란은 페이지의 상단을 차지하고 있다. 게다가 필리프는 증권 거래에는 관심이 없다. 극장가 소식이나 연극 상연 같은 것일까? 그녀는 부드럽게 유리문을 닫고 그에게로 다가갔지만, 그는 너무 몰두해 있어서 그녀가 다가오는 소리를 듣지 못했다.

"무슨 기사를 읽고 있어요.?" 그녀가 마침내 조용한 목소리로 물었다.

그는 곧바로 신문을 옆으로 치워버렸다.

"광고란요." 그가 웃으면서 대답했다.

어떻게 감히 이토록 천연덕스럽게 거짓말을 할 수 있을까? 엘리안은 화가 가서 얼굴이 붉어지는 것을 느끼고 고개를 숙였다.

"광고란이라고요?" 그녀가 소파에 앉으면서 반복했다. "광고란을 다 보다니 어지간히 심심했나보네요."

그녀는 자신의 태도가 더 자연스럽게 보이도록 하품을 하는 척하면서 신문을 잡으려고 손을 뻗었다.

"한번 봐도 될까요?"

그녀는 종이로 된 벽 뒤에 숨어 자잘한 글자 덩어리 중에서 필리프의 관심을 끌 만한 것이 무언지 찾아보았다. 사실 그 페이지의 한쪽 구석에 광고가 있기는 했다. 하지만 구두약 상표의 이름을 읽는 데 5분이 걸리지는 않을 것이다. 그녀는 갑자기 이탤릭체로 된 짤막한 세 개의 기사에 관심이 갔다. 그것은 짜증날 정도로 간결한 표현이었으며, 거의 '위임 기사'나 '라리부아지에르에서'라는 말로 끝나는 소식들이었다.

필리프는 일어나서 거실을 가로질러 거울에 자신을 비추어보았다.

'숙명적인 착각.' 엘리안은 읽어보았다. '올네수부아에서 농부 공슬랭 씨가 심한 부상을 당하다.' 이 기사는 아니었다.

"색깔이 너무 선명하다고 생각하지 않아요?"

"뭐가요?"

"내 넥타이가 좀 선명하다고 생각하지 않냐고요."

"그럴 리가요. 아주 좋아요. 예쁘고요. 제부는 안목이 있어요."

'풍기 단속. 8구에 순찰이 실시되었다. 50명이 걸려들었다.' 이상해. 그녀는 이건 아닐 것이라고 확신했다. 필리프는 이리저리 돌아다녔다. 그녀는 곁눈질로 그가 화가 난 것처럼 한 손가락의 손톱을 물어뜯고 있는 것을 보았다.

'물결을 따라가다. 생클루 교 아래에서 50세가량의 여자 시신 한 구가 인양되었다. 시신은 물속에서 몇 달을 보낸 것으로 보인다. 법의학연구소에서.' 끔찍해라!

그녀는 다른 기사마저 읽고 약간 기분이 상해 자신만의 비밀을 간직한 신문을 접었다. 이제야 그녀는 제부가 벽난로 위에 걸려 있는 커다란 거울 속에서 자신을 엿보고 있다는 것을 알아차렸다. 그녀는 갑작스럽게 무시무시한 불안감에 사로잡혔다. 필리프가 앞으로 몸을 숙인 채 그녀에게로, 거울 깊은 곳에 있는 그녀의 이미지 쪽으로 지금까지 겪어보지 못한 날카로운 시선을 던졌다. 그는 갑자기 몸을 휙 돌리고는 대리석에 팔꿈치를 대고 살롱에서 취하는 자세로 손가락 끝을 모았다.

"벌써 다 읽었군요." 그가 말했다.

말을 하면 동요될까 두려워 그녀는 고개를 끄덕거리는 것으로 만족했다. '그는 나를 증오하고 있어.' 그녀는 생각했다. '그런 생각이 들어.' 그러자 그녀의 가슴이 거칠게 뛰었다.

"재미있는 소식이 하나도 없지요? 그렇지요? 속은 거예요."

그가 이렇게까지 말할 필요가 있을까? 조금 전 그는 아무 말이 없었다. 이제 와서 어떤 일이 있어서 '대화를 하려고' 하는 것 같았다.

"그렇네요." 엘리안이 시선을 들지 않으려 하면서 말했다. 앉은 자리에서 필리프의 다리, 푸른 모직 바지, 검은 구두가 보였다. 다리 뒤로는 아궁이 속에서 타닥거리는 커다란 오렌지색 불꽃과 장작불이 보였다.

필리프는 말을 계속했다. 무관심하고 정중한 필리프의 목소리가 엘리안이 잘 아는 망설이는 듯한 말투로 울렸다. 그녀와 함께 있을 때도 그는 수줍은 태도를 완전히 버리지 못했고, 아주 간단한 말조차 애써 찾아야 할 때가 있었다.

"나는 때때로 사람들이 신문에서 어떤 것을 읽는지 궁금할 때가 있어요. 대부분의 사람들에게 정치 기사는 가령 강도 이야기나 자산 집행 보고서보다 더 재미없어요."

엘리안은 움직이지 않고 가만히 있었다.

"그렇게 생각해요?" 그녀가 말했다.

"오! 그렇다고 해서 일반화시키고 싶지는 않아요." 그의 목소리가 말했다. "나는 모든 신문이 다 싫어요. 하지만 일기 예보란에 관심이 많은 사람이 있는 것처럼 잡보에 관심이 있는 사람도 있지요. 그래요. 날씨 관련 기사부터 보는 독자들이 있지요. 물론 그렇지 않은 사람들도 있겠지만…… 나는 오늘 저녁 처형이 보다시피 삼단짜리 잡보를 읽으면서 이런 생각을 했어요. 그런 기사들이 어떤 사람들에게 끼칠 매력에 대해 생각해보려고 했어요."

"어떤 사람들에게요?"

"아무리 해도 이런 사실에 전혀 관심이 없는 사람들에게 말이죠. 그것은 아마도 기사가 너무 간단하기 때문일 거예요. 그런 기사라는 것은 거의 말해주는 내용이 없기 때문에 결국 사람들의 궁금증을 더 많이 자아내게 되고 말지요."

엘리안은 의심스러운 표정으로 어깨를 으쓱하고는 아무 말도 하지 않았다. 그러자 그가 계속해서 설명했다.

"가령 누군가 처형한테 어떤 남자가 부주의로 자신의 아들을 죽였다고 말했다 칩시다. 그는 장전되지 않은 줄 알고 총을 닦고 있었는데 격발되었다 칩시다. 그런 건 항상 같은 이야기지요. 아들은 눈에 총을 맞고……"

엘리안은 어쩔 수 없이 고개를 들었다.

"눈에요? 신문에는 그렇게 나지 않았잖아요."

"지면이 부족하거나 사람들이 이런 것들은 중요하게 생각하지도 않으니까 말하지 않는 거지요. 그런 자세한 사항을 말해주지 않으니까 내가 한번 상상해본 거예요."

"그래요? 왜요?"

"그건 나도 잘 모르겠네요. 그냥 자연스럽게요."

엘리안은 그가 그녀의 시선을 애써 견디려 노력했지만 얼굴이 심하게 붉어지는 것을 보았다. 그녀는 곧 눈을 돌리고 작은 바구니에서 다시 일감을 잡았다.

"어쩌면 제부 말이 맞는지 몰라요." 그녀가 말했다. "나는 그런 데까지는 전혀 생각해보지 않았어요."

"상관없다면 다른 예를 하나 들어볼까요? 처형은 어떤 여자 이야기를 다룬 삼단 기사를 읽었지요?"

그녀는 바늘에 실을 꿰었다.

"어떤 여자요?" 그녀가 멍하니 물었다.

"안 읽어보았어요? 생클루 다리에서 시신으로 인양된 여자 이야기 말입니다."

"아, 익사한 여자 말이군요. 그 이야기라면 나도 읽었어요."

그는 엘리안 옆에 놓인 의자에 와서 앉았다. 바느질하느라 움직이는 엘리안의 손에서 그는 안정을 찾았다.

"그래요, 그 여자 말입니다." 그가 계속했다. "물론 나는 그 여자가 누군지 알 턱이 없지요. 그 여자가 누군지 알고 싶어 한다면 이상하지 않을까요?"

"참 별생각도 다 하시네요."

"아니지요. 거기에는 뭔가 무시무시한 것이 개입되어 있을지도 몰라요. 아무 이유 없이 센 강에 몸을 던지지는 않을 테니까요."

"사고로 떨어졌는지도 모르지요."

"혹시 누가 그녀를 빠뜨렸는지 어떻게 알아요."

"당연히 그럴 수도 있겠지요."

"처형도 그렇게 보네요. 그리고 그 여자가 어디서 왔을까요? 어디서 그런 일이 벌어졌을까요? 파리보다 상류 지역에서? 파리에서? 시신이 물 밑에서 그렇게 오랫동안 머물러 있으려면 풀 따위에 걸려 있었던 것이 틀림없어요. 파리에는 강바닥에 풀이 없어요. 난 가끔 그르넬 부근과 비양쿠르 근처에서 풀을 본 적이 있어요."

이 말 속에 섞여 있는 냉랭함에 엘리안은 불쾌한 느낌을 받았다. 그래서 그녀는 필리프를 제지할까 하다가 그만두었다. 조금 전부터 그가 그녀를 위해서가 아니라 자기 자신을 위해 혼자 말하고 있다는 생각이 들었다. 그녀는 곁눈질로 필리프의 평온한 옆모습과 그가 묘사하는 장면에 관심을 기울이고 있는 듯한 커다란 푸른 눈을 관찰했다.

"비양쿠르 근처에서는 길이 조그만 비탈과 군데군데 넓어지는 좁은 둑길로만 센 강과 분리되어 있지요. 산책 도중에 제방을 따라 꽤 먼 그곳까지 가본 적이 있어요. 나는 말뚝에 묶여 있는 빈 배들을 보았어요. 여러 주일 동안 그 자리에 그대로 있고 아무도 풀지 않는 배들이었어요……"

그는 어느 불쌍한 인간의 시체가 하는 이상하고도 음산한 여행을 상상해보았다. 시체는 여러 달 동안 거룻배의 밑바닥에 걸려 있다가 다시 물길을 따라 흘러가다가 강둑길의 각도 때문에 다시 멈춰 뻣뻣한 손이 풀에 걸렸던 것이다.

"이렇게 해서 사람들은 파리에서 10월에 물에 빠진 여자의 사체가 넉 달쯤 지나 생클루에서 발견되었다고 생각할 수 있겠지요."

"아니요. 제부, 그럴 가능성은 없어요."

그는 억지로 잠에서 깨어난 사람처럼 갑작스럽게 그녀를 향해 얼굴을 돌렸다. 그의 시선이 갑자기 빛을 발했다.

"처형은 그럴 가능성이 없다고 보세요? (그는 긴 한숨을 지었다.) 하긴 나도 그래요. 그냥 지어내본 거예요."

그는 엘리안과 너무 가까이 있어서 두 사람의 어깨가 서로 닿았다.

필리프는 그녀뿐만 아니라 그녀가 아주 단호한 목소리로 안심시켜주는 말들이 필요했다. 그리고 그는 불쾌한 기억으로부터 벗어나기 위해 그녀에게 모든 것을 말해버릴까 하는 생각이 들 정도로 감정이 복받쳐 오르는 것을 억눌러야 했다. 사실 최후의 두려움은 침묵이었다. 이 이야기에 대한 엘리안의 생각이 확실한 것일까? 비록 그가 그녀에게 반한 것은 아니지만, 엘리안의 말 없는 사랑은 이제 그에게도 필요한 것이 되어버렸다. 그는 두 팔을 소파의 등받이에 늘어뜨려놓고는 다리를 꼬고 머리를 뒤로 젖혔다.

"그래요." 그가 눈을 천장으로 향한 채 말했다. "내가 지어내본 거지요. 나는 이 여자가 가령 도쿄 강둑길 아래쪽에서 항구를 따라 강가를 걸어가는 모습을 상상해보았어요. 그녀는 어떤 남자, 무뚝뚝한 어조로 말하고, 그녀를 위협하고, 그녀를 밀치는 어떤 노동자와 같이 있었어요. 그가 술을 마셨거든요. 그녀는 겁이 나서 아무 대답도 하지 못했지요. 그녀는 다리를 절고 있어서 사람들은 아마도 그녀가 뛰려 하고 있었다고 말했을 거예요. 아마도 그녀는 남자가 자신을 때릴까봐, 남자가 자신을 강물에 던져버릴까봐 겁을 먹고 있었겠지요."

엘리안은 일감을 내려놓고 필리프를 바라보았다. 이 순간 그녀는 이 사람이 싫었다. 그것은 사랑만큼이나 갑작스럽게 태어나는 본능적인 증오가 아니라 두뇌에서 나오는 이성적인 증오였다. 이상한 이야기를 하는 차분한 태도가 가증스러워 보였던 것이다. 그는 박물관을 방문했을 때처럼 하나하나 자세한 것까지 나열하면서 조용히 말했다. 게다가 익사한 여자의 시신에 대한 이런 따위의 명상이 싫었다. 이토록 음산한 이야기를 하면서 그는 어떤 즐거움을 찾으려 하는 것일까?

"날씨가 어둑어둑해요. 이유는 모르겠지만 나로선 그 사건이 10월에 일어났을 것 같아요. 강둑길은 한적해요. 바람이 불고 가로등이 켜져 있어요. 몇 시쯤이었을까요? 거의 일곱시 정도는 되었을걸요."

도쿄 강둑길에서 일곱시에. 필리프는 해 질 무렵 이사회에 참석했다가 돌아오는 길에 이 강둑길에서 산책을 했노라고 여러 번 말했었다. 그는 자신의 기억을 더듬어 지어낸 듯 말하는 것이다. 상상력이 얼마나 빈곤한가! 필리프의 이야기가 역겹기는 했지만 엘리안은 흥미가 있었다. 그녀는 필리프의 눈을 통해 밤에 시커먼 물이 흐르는 강과 항구의 빛, 모래 더미, 절름발이 여자가 걸려 넘어지는 울퉁불퉁한 돌을 보았다. 동시에 그녀는 역시 어쩔 수 없이 필리프의 통통한 입술을 엿보면서 매끈하고 갈색빛이 감도는 뺨의 윤곽에 감탄했다. 얼마 있으면 그녀는 잠시 동안 그곳에 자신의 입술을 갖다 댈 권리를 갖게 될 것이다.

"강둑길에는 아무도 없어요." 그가 계속했다. "센 강가에는 서로 싸우는 노동자 부부가 있지요. (그는 즐겁게 그들을 묘사했지만, '다른 사람', 곧이어 그들을 목격하게 될 우아한 신사 이야기를 하는 것은 약간 주저했다.) 오! 간혹 자동차가 지나가지만 아주 빨리 지나가지요. 그러니 어떻게 사람들이 그들의 이야기를 듣기를 바랄 수 있겠어요. 그런데……"

침착한 태도로 그는 앉은 자리를 바꾸어 손을 주머니에 찔러 넣었다. 엘리안은 그가 주머니에서 열쇠 꾸러미를 흔들어대는 소리를 들었다.

"……그런데, 그래요. 어떤 사람이 우연히 거기에 있어요. 그는 저녁을 먹으러 들어오는 길이에요. 그가 그들이 싸우는 소리를 들어요. 그가 어떻게 할까요?"

"내가 그걸 어떻게 알아요?"

"그렇지요? 그는 아주 당혹스러워해요. 그는 강둑길 위로 한동안 그들을 따라가요. 사태가 나빠지네요. 그 노동자가 여자를 때려요. 여자가 도망을 치기 시작해요. 어떤 신사가 멀리서 그들을 따라가요."

왜 그 신사인가? 신사는 이 이야기 속에서 어떤 역할을 할까? 그녀는 도무지 이해할 수 없었다.

"그는 경찰을 불러야 한다고 생각해요. 하지만 항상 그렇듯이 경찰관이 주위에 없어요. 남자와 여자는 파시 철교까지 가요. 아치 아래로 접어들자 조금 더 가다가…… 조금 더 가다가 그들은 사라져버려요. 이들을 따라온 증인은 너무 늦게 도착해요. 범죄는 이미 저질러진 뒤고 살인자는 도망가고 없지요."

"하지만 절름발이 여자가 강둑길 위의 산책자보다 빨리 뛰지는 못할 텐데요. 그가 그녀를 따라잡을 수 있을 것 아니에요."

필리프는 얼굴이 붉어져서 웃으려고 했지만, 감히 처형을 쳐다볼 엄두가 나지 않았다. 모든 것을 말할 용기가 없었던 것이다. 하지만 전부 다 말하지 않을 바에야 말해봤자 무슨 소용 있겠는가?

"그래요." 그는 애써 다시 말을 시작했다. "그 산책객이 방금 전의 남녀를 따라잡을 수 있다고 상상해봅시다. 여자가 그가 있는 것을 알아보고 그를 부른다고 말입니다."

"그렇지요. 그래서요?"

"자…… 그는 이 불쌍한 여자를 도우려고 막 내려가려 하겠지요.

그렇겠지요? 그런데 갑자기 어떤 일이 벌어져요…… 그래요, 그는 겁이 나요."

그는 고개를 돌리지 않고 다시 웃었다.

"그래요, 무서웠던 거지요. 그 노동자가, 남편이 무서웠던 거예요."

"하지만 필리프, 그런 일은 있을 수 없어요. 그 남자가…… 그건 너무…… 너무……"

그녀는 거기서 멈추었다. 몇 초 전부터 부끄러움 때문에 벌게진 옆모습을 보고 이제야 이해했던 것이다. 그녀는 깜짝 놀라 먼저 말을 멈추었다. 제부가 용기 없는 사람이라는 걸 알고는 있었다. 하지만 각자가 자신의 몫만큼 가지고 있는 육체적인 용기를 제부도 당연히 조금은 지니고 있을 것이라 생각했다. 그녀는 이제 와서 자신이 제부 앞에서 벌벌 떨었던 것이 부끄럽게 느껴졌다. 갑작스러운 분노가 그녀를 사로잡았다.

"무슨 생각을 해요?" 필리프가 이러한 침묵에 불안해져서 부드럽게 말했다.

그들의 시선이 마주쳤다.

"제부가 해준 이야기요. 그 남자는 어땠어요? 내게 그 남자 이야기는 안 해줬잖아요."

"키는 작고 옷은 형편없이 차려입었어요."

방금 전에는 어떤 '신사'였다. 그는 남자에 대한 묘사를 계속했지만, 그녀는 더 이상 듣고 있지 않았다. 엄청난 분노로 가슴이 죄어들었다. 그녀는 자신이 결코 도달할 수 없었던 어떤 존재의 흔적을 따라 지나왔던 황량한 세월을 다시 곱씹어보았다. 수많은 밤들을 새워가며 눈물이 뺨을 타고 내렸지만 이제는 눈물샘마저 말라버렸다. 오늘 밤만은 울지 않을 것이다. 그녀는 작은 테이블 위에 놓인 금속 페이퍼나이프 쪽으로 손을 뻗어 손가락으로 손잡이를 강하게 움켜쥐었다. 그녀의 손바닥이, 그녀의 온 육체가 다시 신선해지는 것을 느꼈다. 맥박소리가 귀에서 으르렁거렸으며, 순간순간 자신과 필리프 사이에 안개가 피어올랐다. 하지만 엄청난 분노의 한가운데서도 그녀는 간간이 정신을 차리고 평정심을 되찾았다. 그녀는 자기가 이 남자와 아주 가까운 곳에 앉아 있는 것을 보았다. 너무 가까이 앉아 있어서 그의 온기와 체취가 그녀에게까지 와 닿았다. 그는 다리를 펴고 발을 포갠 채주머니 속에서 열쇠 꾸러미를 흔들어댔다. 그녀는 심지어 그의 옷의 주름과 램프의 갓이 이마에 드리운 레이스 같은 그림자까지 관찰하면서 모든 것을 알아차렸다. 동시에 뭔가 거역할 수 없는 것이 그녀를 필리프 쪽으로 밀쳤다. 늘어진 팔 끝에서 강철로 만든 페이퍼나이프의 방향이 바뀌었다.

그가 아주 가까이 있었음에도 불구하고 그녀는 위압적인 목소리로 마치 그를 부르기라도 하듯이 그의 이름을 말했다. 필리프가 말을 하다가 멈추었다.

"처형, 왜 그러세요?"

그의 시선이 천천히 엘리안 쪽으로 올라와 그 자리에 멈추었지만, 이번에는 외면할 수 없었다. 마치 하늘 가득 폭풍우가 휘몰아치는 것처럼 그의 눈동자 속에서 공포가 점점 더 커져가더니 얼굴 전체를 뒤덮었다. 그는 주머니에서 손을 빼려 했지만 그녀는 자유로운 한쪽 팔을 그의 몸에 비스듬히 뻗어 그를 꼼짝 못하게 했다. 그러자 그는 목이 등받이에 파묻힐 정도로까지 소파 속으로 파고든 꼴이 되고 말았다. 그의 입술은 방금 전에 했던 질문을 다시 반복하려다가 반쯤 열린 채 그대로 있었다. 엘리안은 그의 위로 몸을 기울였다.

"그 남자가 제부였지요?"

그는 대답하지 않았다.

"대답해요!" 그녀가 소리를 질렀다. "그 남자가 제부였어요. 난 알아요."

온통 땀으로 젖은 멋진 얼굴이 굶주린 그녀에게 주어졌다. 하지만 그녀는 자신이 거두어들인 승리를 단축시킬 결심을 하지 못했다.

"제부는 겁을 내고 있군요."

그녀는 팔을 들어 무기를 그에게 보여주고는 멀리 던져버렸다. 그리고 갑자기 야수처럼 게걸스럽게 그의 입술로 달려들었다. 그녀가 물어뜯듯 입술을 빨아대자 패배자는 고통의 신음을 질렀지만, 그녀는 개의치 않았다.

엘리안은 자신의 방에 와서 침대 발치에 앉았다. 그녀는 거울에 비친 자신의 모습과 마주치기 싫어서 전등을 켜지 않았다. 그리고 어둠 속에서 손으로 화끈거리는 뺨을 쓸었다. 때때로 간판의 불빛이 반쯤 열린 창으로 그림자에 구멍을 뚫듯 파고들어, 움직이지 않고 가만히 앉아 있는 이 여자를 커다랗고 노란 그림자로 뒤덮었다. 그러자 엘리안은 자신도 모르게 부르르 몸을 떨었다. 쾌락의 피로로 경직된 이 얼굴에는 어떠한 쾌락도 드러나지 않았다. 머리카락이 이마 위로 혼란스럽게 헝클어져 있었다. 이렇게 몇 초 동안 그녀는 창백한 얼굴로 마비 상태에 이른 듯 죄인처럼 움직이지 않고 가만히 있었다.

그러자 그녀의 주위로 어둠이 다시 찾아왔다.

6

개학 전날이었다.

그들은 발에 밟히는 울퉁불퉁한 커다란 돌에서 눈을 떼지 않은 채 아무런 말도 하지 않고 걸었다. 돌들은 모두 달랐다. 그중에는 센 강의 바닥에서 건져올렸을 것 같은 초록색 돌도 있었고, 녹이 슬어 오렌지 빛을 띤 것도 있었고, 새로 가져온 것으로 보이는 흰색 돌도 있었고, 심지어 장밋빛 나는 돌도 있었으며, 때로는 검은 돌도 있었다. 로베르와 필리프는 다른 것은 아무것도 보지 않았다.

새벽부터 안개가 두텁게 끼었다. 표면만 뒤덮고 있기는 했지만 강 깊은 곳에서 올라오는 것 같았다. 때때로 산들바람이 숨결처럼 불어와, 부드럽게 구르면서 파닥거리는 공기 아래서 갈라지는 창백한 연기 같은 안개를 쫓아냈다. 그러면 곧 다시 닫혀버리기는 했지만 유리와도 같은 검은 물이 보였다.

지금 두 사람은 모두 강가에서 그다지 멀지 않은 곳에 움직이지 않고 서 있다. 남자의 손이 아이의 손을 감싸고 있었다. 아들도 아버지도 한마디 말이 없었다. 그들은 다시 바람이 불어와 안개의 장막을 걷고 강을 보여줄 순간을 엿보고 있었다.

방학 중 마지막이 될 이 산책에는 약간의 우수가 어려 있었다. 로베르는 다음 날 같은 시간이면 공책 위로 몸을 기울이고 있을 것이다. 아마도 그는 눈물로 공책을 적실 것이다. 필리프는 가슴이 죄어오는 것을 느끼며 유년기에 맞았던 매년 10월 1일, 새로운 필통과 비단 덧옷에서 나는 냄새, 학생들의 부름 소리, 웃음소리, 서로 맺어진 우정, 모든 신선함, 삶이 주던 새로움을 회상했다. 그는 외투 깃을 세우고 지팡이 끝으로 돌을 쳤다. 도대체 왜 이 모든 것들을 기억하고 있어야 하는가? 단호하게 문을 닫아버리고 나면 절대로 뒤로 돌아오지 않을 문이란 존재하지 않는단 말인가?

여기서는 도시의 긴 중얼거림이 그들에게까지 잘 도달하지 않았다. 이 같은 희끄무레한 어둠 속에서 소리는 사라져버리고, 사물은 더 이상 나타나지 않는다. 그들은 생각에 잠긴 듯 기울어진 플라타너스 줄기를 겨우 분간할 수 있었다. 필리프는 그런 상태로 잠깐 기다리면서 로베르의 손을 꼭 그러쥐었다. 두 사람은 걷기 시작했다. 안개의 한가운데서, 필리프는 물질이 그림자가 떠돌아다니는 영적인 세계만이 살아가도록 내버려둔 채 자취를 감추는 것 같다는 느낌이 들었다. 그 그림자란 바로 자기 자신이었다. 그는 과연 무엇을 찾고 있는가? 아무것도 찾고 있지 않다. 그가 그곳에 있는 것은 물가에 있을 때면 거리에 있을 때보다 더 많은 것을 기억할 수 있기 때문이다. 기억은 그에게 자신이 과거에 어떤 모습을 하고 있었는지 끊임없이 말해주었다. 그는 그 목소리를 들으면서 측은한 생각이 들었다. 그의 삶에는 '자기가 될 수 있었을 사람'이 날마다 자신과 동행하던 시기가 있었다. 그때 필리프는 이 경이로운 존재를 짐작해보았다. 그는 이 경이로운 존재를 자신이라고 생각한 나머지 마침내 그러한 대체가 완성되었다고 믿을 정도까지 이르렀다. 그리고 몇 년 동안 커다란 내적 만족감을 느끼면서 지내왔다. 그러고 나서 세월이 흘러 진실을 깨닫게 된 시간이 왔다. 그 진실이란 바로 멀리서 들려오는 죽음의 최초의 부름이었다. 그가 '되어야 할 인간'은 존재하지 않았던 것이다. 이미 오래전부터 필리프는 일종의 유령과 함께 살고 있었던 것이다. 필리프 자신의 기억만이 그 유령 같은 존재에 대해 말해줄 뿐, 아무도 본 적이 없는 존재였다. 그리고 그는 자신과 자신의 미래를 믿었다는 사실에 혼자서 실소를 금할 수 없었다. 그것은 여명이 밝아오면 현재의 밤을 넘어서 빛을 발하기는 하지만 결코 실제로 떠오르지 않는 그런 미래였던 것이다.

신중한 태도로 그들은 벽을 따라 심어 놓은 나무 쪽을 따라 걸었지만, 돌무더기 때문에 자꾸 돌아가야 했다. 강가에 이르렀다는 생각에 그들은 한층 더 주의를 기울였다. 그들은 알렉상드르 3세 다리의 아치 아래에 멈추어 물소리를 들으려 했지만 아무 소리도 들리지 않았다. 여기서는 안개가 조금 옅었다. 그들 위로는 검은 궁륭이 우윳빛 증기 속으로 내닫다가 갑자기 둘로 접혀 사라져버렸다.

"여기에 있으렴." 필리프가 말했다.

물을 바라보고 싶었던 것이다. 그는 혼자 강가 쪽으로 가서 몸을 약간 숙였다. 센 강의 쓰고 강렬한 냄새가 얼굴까지 올라왔다. 그는 그 냄새를 한껏 들이마셔 마치 그것을 가져가기라도 하려는 듯 허파 가득 채웠다. 이유는 알 수 없었지만 이 강이 그의 온 인생을 끌어당겼다. 그들 사이에는 일종의 불가사의한 유사성이 형성되었다. 이처럼 센 강을 따라 산책하는 동안 필리프는 때때로 강이 자신에게 말을 하고 있다는 생각이 들었다. 그리고 그가 그토록 자주 오는 것을 본 강이 결국 자신의 비밀을 들어주고 있다는 덧없는 생각이 들었다. 하지만 강은 그를 두렵게 했다. 그가 가볍게 강 위로 몸을 기울이자 곧 심장이 죄어들었다.

잠시 후 그를 부르는 로베르의 목소리가 들렸다. 필리프는 대답하지 않았다. 곧이어 자신을 향해 다가오는 아들의 발소리가 들렸다.

"그 자리에 있으렴." 그가 명령하듯 말했다.

아이는 되돌아갔다. 몇 분 동안 필리프는 언제 아들에게로 돌아가야 할지 생각해보았다. '아마도 나는 저 아이한테 돌아가지 않을지도 몰라.' 그는 갑자기 생각했다. 하지만 이런 생각이 그에게는 터무니없어 보였다. 여러 가지 생각들이 모여 그 말이 그에게 다가왔던 것이다. 즉 강이라는 단어가 자살이라는 단어를 연상시켰던 것이다. 부유하면서도 건강한 사람은 자살하지 않는 법이다. 권태롭다고 해서 죽을 수 있을까? 그는 다시금 지팡이 끝으로 돌을 두드리면서 속으로 이 질문을 반복했다. 권태롭다고 해서? 아마 그것만으로는 충분하지 않을 것이다. 죽는 것을 정당화하기 위해서는 커다란 슬픔이, 적어도 심각한 질병이 있어야 한다. 그러자 그는 죽음이 두려웠다.

하지만 죽음은 거의 이 강처럼 그를 끌어당겼다. 그는 때때로 죽음이 자신과 분리된 채 아주 가까이에 있다고 느끼는 것이 좋았다. 오늘 아침, 죽는다는 것은 단지 한 걸음 앞으로 내딛는 것으로 그만이었다. 이런 동작은 너무나 쉬웠기 때문에 그 자체로 독특한 유혹으로 다가왔다. 잠깐 동안 생각해본 다음 그는 아들이 있는 곳으로 가서 아이 쪽으로 몸을 기울여 그를 껴안았다.

"무서웠겠구나."

"안 무서웠어요."

아이는 거짓말을 했다. 필리프는 아이에게 목도리를 둘러주고 나서 빨개진 아이의 뺨을 두드렸다.

"조금 있다가 다시 너한테로 가마. 너 혼자서 이쪽으로 가거라. 강 둑길로 이어지는 작은 철 계단에 가서 나를 기다려라. 오래 걸리지 않을 거야."

아이는 불안에 사로잡혀 비통한 눈으로 그를 바라보았다.

"아무 걱정 마라." 그가 아이를 안심시키기 위해 말했다. "집에 가는 길에 제과점에 들르자꾸나."

그들은 곧바로 헤어졌다. 필리프는 다시 강 쪽으로 걸어갔다. 그는 위험할 것이 전혀 없는 이런 놀이가 기뻤다. 자신이 보기에도 죽음을 향해 옮기는 무기력하고 신중한 발걸음으로 인해 그는 점점 강해졌다. 그는 다시 한 번 물가에서 몇 분 더 지체하다가 돌아왔다. 집에서는 아무도 그가 자살을 생각했다는 것을 짐작하지 못했다. 그것은 그만의 비밀로 간직할 것이며, 엘리안에게도 말하지 않을 것이다. 이 일로 인해 그는 엘리안에 대해 정신적인 우위를 차지하게 될 것이다. 왜 나하면 그녀를 굴복시킨다는 것은 더 이상 가능하지 않을 것이며, 그는 감히 그녀와 헤어지지도 못할 것이기 때문이다. 하지만 그에게는 이 여자의 지배에서 벗어난 자신의 일부분이 남을 것이다. 은신처 하나가 그에게 열리게 되는 셈이다.

삶에서 죽음으로의 이동만이 어려워 보였다. 그는 이처럼 자욱하게 안개가 끼어 있는 사이 차가운 강물에 몸을 던져 이삼 분 동안 계속될 무시무시한 질식 상태를 받아들일 용기 있는 사람의 정신 상태를 상상해보려고 했다. 하지만 일단 경계를 넘기만 하면 소멸의 행복한 밤이 시작되는 것이다. 그는 한숨을 쉬었다. 빛이 없는 지평선을 생각하며 그는 어떤 향수에 사로잡혔다. 생각에 잠긴 듯 지팡이를 짚고 한 손을 주머니에 찌르고 한동안 그것을 꿈꾸었다. 그의 삶은 실패한 것이다. 그는 그것을 알았다. 하지만 그가 보기에는 대부분의 인간의 삶 역시 그랬다. 그가 자신의 삶을 비난하는 이유는 타고난 엄숙함이 부족하기 때문이다. 용기가 없다는 사실에 대한 후회와 훌륭한 안목을 지닌 채, 그는 추하게, 따분한 동시에 경박하게 살았다. 게다가 이 모든 것에는 정의할 수 없는 어떤 희극적인 것이 섞여 있었다. 아내는 애인의 편지들을 흘리고 다녔고, 그는 어쩔 수 없이 그 편지들을 읽었고 그것을 삼키듯이 샅샅이 살폈다. 어느 편지에는 아무런 존경심이 없는 태도로 자신의 이야기가 적혀 있었다. 엘리안에 대해서는 차라리 생각하지 않는 것이 더 나았다.

강가에 있을 때부터 시선은 강물 표면에서 떠나지 않았으며, 강물에 손을 적셔보고 싶다는 이상한 생각이 들었다. 하지만 어떻게 할 것인가? 그는 이리저리 발걸음을 옮겼다. 여기서는 선착장이 너무 높았다. 그는 오금을 접고 안개 속으로 지팡이를 늘어뜨렸다. 균형을 잃을지도 모른다는 두려움에 모자 밑으로 이마가 땀에 젖었다. 그는 가슴이 뛰는 상태로 몸을 일으켰다. 감정에 사무쳐 욕망이 더욱 커졌다. 센 강을 손으로 만져봐야만 했다. 잠시 후 배의 밧줄을 고정시키는 데 사용하는 돌에 박힌 커다란 철 고리 하나가 보였다. 그것을 꽉 붙잡기로 한 생각은 아주 훌륭했지만, 그러자면 무릎을 꿇어야 했다. 고리를 주먹으로 꽉 그러쥔 채 그는 장갑을 낀 다른 손을 공중으로 흔들면서 몸을 기울였다. 그래도 여전히 물은 손에 닿지 않았다.

그는 불현듯 아주 가까운 곳에 여름철 사람들이 개를 씻기는 곳이 있음을 기억해내고는 거기로 갔다. 대여섯 개의 계단이 물가로 이어져 있었다. 사람들이 개들을 강으로 던지면 개들은 벌벌 떨면서 그곳을 통해 다시 올라왔다. 필리프는 지팡이를 내려놓았다. 그는 첫번째 계단 위에 발을 내려놓았다. 그다음 두번째 계단으로 내려서서 기다렸다. 네번째 계단에 이르자 비로 불어난 강물이 구두 끝을 적셨다. 그는 키가 커서 불편하다고 생각하면서 부드럽게 몸을 기울였다. 마침내 처음에는 손가락 끝을, 나중에는 손 전체를 센 강물에 담갔다. 그는 더 이상 두렵지 않았다. 몇 분 뒤 그는 다시 아들이 있는 곳으로 갔다.

이제 그들은 커다란 다갈색 모래 더미와 나무 사이를 걷고 있었다. 더 이상 혼자가 아니어서 행복한 아이가 이야기를 했지만 필리프는 듣지 않았다. 갑자기 그들은 멈추어 섰다. 그들의 머리 위로 안개 속에서 뭔가가 번쩍거렸는데, 그것은 구릿빛 커다란 점, 바로 태양이었다. 이 순간 빛 속에서 사라져가는, 손으로 만질 수 없는 흰 벽 뒤로 예인선 한 척이 길게 쉰 소리를 내질렀다.

도시를 떠도는 인간 '잔해'의 자기 찾기

쥘리앵 그린과 『잔해』

1900년 9월 파리에서 태어난 쥘리앵 그린은 1998년 8월 세상을 떠났다. 다양한 사건을 가로질러 20세기 전체를 살다간 쥘리앵 그린은 시대의 다양한 사건에 행동으로 직접 참여하지 않았다. 그래서 그는 일반적으로 인간 운명의 나약함에 대한 종교적 해석을 작품으로 남겨 놓은 가톨릭 작가로 알려져 있다. 이러한 평가는 그가 지난 세기 문학의 중요한 특징이라고 할 수 있는 치열한 현실 참여를 바탕으로 한 현실주의적 측면에서 멀리 떨어져 있었다는 인상에서 나온 것이리라.

사실 지난 세기는 무엇보다도 현실이 강조되던 시대였다고 할 수 있다. 말로나 생텍쥐페리의 행동의 모럴이 그렇고, 사르트르나 카뮈의 치열한 실존주의적 사유가 그렇다. 누보로망 계열 작가들 또한 나름의 방식으로 현실을 충실히 그리고자 했다. 이들과 비교할 때 그린의 작품이 현대적인 것과 다소 거리가 있다는 견해는 설득력 있게 들릴지도 모른다. 이러한 일반적 인식은 무엇보다 그린의 작품 속에서 사르트르나 카뮈의 작품에서처럼 인간 실존의 문제에 대한 직접적이고도 치열한 사유를 찾아보기 힘들다는 인상 때문일 것이다.

그런데 '현대적' 혹은 '현실 참여'라는 말은 무슨 의미를 지니고 있을까? 조용하고 느린 그린의 삶에는 다른 많은 20세기 작가들의 삶에서 볼 수 있는 현실 문제에 대한 치열한 대응이 드러나지 않는 것이 사실이다. 그린은 『잔해』를 발표한 지 얼마 지나지 않은 무렵 일기에 "너무나 빨리 흘러가는 세상에서 나는 천천히 살아가기로 작정했다"(1932년 10월 3일자)라고 썼다. 하지만 우리는 여기서 현실 도피적 성향을 찾으려 해서는 안 된다. 일반적으로 말해 가장 20세기적인 주제라고 할 수 있는 비극적 실존 앞에서 고뇌하는 인간의 모습이 그린의 작품 전체를 관통하기 때문이다. 겉보기에 그린은 시대의 격변에서 한 걸음 물러나 있는 듯하지만, 사실은 현대의 가장 첨예한 문제에 대한 날카로운 인식과 그에 따른 성찰의 결과를 작품으로 형상화시켰다.

어린 시절 그린은 신교도였던 엄한 어머니의 종교 교육을 받으면서 성장했지만, 1915년 어린 시절의 종교를 버리고 가톨릭으로 개종했다. 하지만 그는 테오필 들라포르트라는 가명으로 「프랑스 가톨릭교도에 대한 반론」을 발표한 1924년 무렵부터 1939년 다시 종교 생활로 돌아오기까지 오랜 기간 동안 종교의식에서 멀어져 있었다. 그린은 이러한 종교적 갈등과는 별도로 20세기의 현실 속에서 인간이 느낄 수 있는 불안과 고뇌를 작품화했다. 지난 세기의 다른 많은 작가들처럼 그린 역시 여러 측면에서 이해될 수 있을 것이다. 그린의 작품은 전체적으로 신을 통한 인간의 구원이라는 종교적 도식에 맞추어 이해될 수도 있지만, 20세기 서양인의 정신적 공황을 형상화시킨 것으로 이해될 수도 있다.

그린의 초기 3부작으로 여겨지는 『몽시네르』 『아드리엔 므쥐라』 『레비아탕』과 비교해볼 때, 1932년 발표된 소설 『잔해』는 작가의 문학적 여정에서 하나의 전환점을 이룬다. 여러 가지 측면에서 작가 자신을 반영하고 있는 것으로 보이는 주인공 필리프의 현실 대응 양식은 이전 작품의 주인공들에게서 나타나는 억압받는 현실에 대한 폭력적인 대응에서 벗어나 실존의 무상함에 대한 권태로 나아간다. 그래서 이 작품은 일반적으로 말하는 실존주의 소설과 기본 인식을 공유한다고 할 수 있다. 실존주의 소설의 주인공들은 자신의 삶에 대해 무관심한 태도를 드러낸다. 『구토』의 로캉탱이 그렇고, 『이방인』의 뫼르소가 그렇다. 이들은 무언가에 대한, 심지어 자기 자신에 대한 관심이나 애착도 없이 현실에서 유리되어 떠돌아다니는 존재다. 그래서 이들은 화합할 수 없는 세상에서 '이방인'이며, 떠도는 '잔해'다.

이러한 경향은 『잔해』에서 가장 두드러지게 나타난다. 이런 관점에서 보자면, 이 작품은 우리가 일반적으로 실존주의 소설로 간주하는 사르트르나 카뮈의 작품에 앞서 실존주의의 중요한 경향을 미리 보여준다. 물론 그린의 치열한 사유와 그가 느꼈던 실존적 고뇌가 사르트르나 카뮈의 그것과 동일한 모습을 보여주는 것은 아니다. 하지만 이들 사이의 차이는 문제 제기 방식의 차이이지 인식 내용의 차이는 아니다.

실존주의적 현실 인식

그린의 주인공들은 현실을 부정적으로 인식하고 어떤 방식으로든 현실을 거부하려는 태도를 드러낸다. 그러한 거부가 초기 3부작에서처럼 반항적이고 영웅적으로 드러나기도 하지만, 『잔해』의 주인공 필리프처럼 현실에서 떨어져 나와 부단히 현실의 언저리를 떠도는 무기력하고 나약한 모습으로 나타나기도 한다. 실존주의자들에 의하면 인간은 로캉탱이나 뫼르소처럼 우연히 세상에 던져진 존재로 살아간다.

그렇다면 그들에게서 부정적인 현실의 모습은 구체적으로 어떤 양상으로 드러나는가? 필리프에게 "삶은 자신이 알지 못하는 적대적이고 격렬한 양상을 띠고 있다". 이런 상황에서 필리프는 자신이 처한 현실이 하나의 감옥에 불과하다는 인식을 자주 드러낸다. 가령 그는 센 강을 산책하다가 문득 "매 순간 좁아지는 거대한 안개로 된 탑의 한가운데 있다는 인상"을 받는다. 그런데 갇혀 있다는 데서 오는 권태로움은 그에게 불편함을 주지만, 그러한 인식이 일상화되었기 때문에 거기서 벗어나려는 욕망은 없다.

그린에게 실존적 고뇌는 모두 작가 자신의 고백대로 "특이한 운명으로부터도 필연적인 죽음으로부터도 벗어날 수 없으며, 이해할 수 없는 세계에 혼자 존재한다는 이중의 고뇌"(『내가 당신이라면…』서문)에서 생겨나는 것이다. 인간이란 자신이 이해할 수 없는 운명을 받아들이면서 살아갈 수밖에 없다. 그래서 그린의 작품에 나오는 등장인물들은 자신의 힘으로는 어떻게 할 수 없는 운명에 휘둘린다. 필리프에게 인간이란 "존재 이유를 알 수 없는 이 세상에서 자신이 영원히 알지 못할 비밀스러운 운명을 맹목적으로 따라"가는 존재다. 필리프는 많은 이익을 가져다주는 광산 회사의 최대 지분을 보유한 부유한 부르주아지만, 항상 "내 삶은 다른 곳에 있"다는 생각에 사로잡혀 살아간다.

그에게 삶이란 어떤 구체적인 목적 없이 하루하루 그대로 흘러가는 것이다. 그는 항상 현실의 권태 속에서 "왜 내가 여기에 있는 것일까?"라는 질문을 던지면서 진정으로 자신일 수 있는 '다른 곳'으로 나아가고자 한다. 하지만 이 세상 어디에도 자신의 자리는 존재하지 않는다는 사실을 알고 있다.

로캉탱이나 뫼르소의 삶과 마찬가지로 필리프에게 삶이란 무의미한 일상의 부단한 반복에 불과하다. 이러한 반복된 일상 속에서 이들은 시시포스처럼 살아갈 수밖에 없다. 등장인물의 성격, 소설의 구성이나 분위기에 비추어볼 때, 『잔해』는 인간 운명의 무상함이라는 측면에서 사르트르와 카뮈의 실존주의적 인식과 가장 가까운 작품이다. 『잔해』의 처음과 마지막은 산책 장면으로 이루어져 있는데, 이는 주인공 필리프의 일상이 부단한 반복과 순환으로 이루어진 무상한 것임을 잘 보여준다.

하지만 필리프의 산책은 어떤 뚜렷한 목적을 가지고 이루어지는 것이 아니다. 그래서 그것은 어디서 출발하여 어디로 가는지 알 수 없는 단순한 배회로 보인다. 그러한 배회가 어떤 의미를 띠고 있는지는 어디에도 드러나 있지 않다. 출발, 과정, 도착의 흐름은 나른한 권태 속에서 이루어지는 막연한 반복이다. 오랜 방황으로도 필리프의 고뇌는 사그라지지 않고 언제고 다시 시작된다.

필리프 : 도시의 잔해

필리프는 파리라는 도시를 떠도는 '잔해'다. 필리프의 산책은 센 강물의 흐름을 따른다. 필리프의 여정은 파리라는 부르주아의 도시에서 센 강물을 따라 끊임없이 유동하는 '부유물'의 여정이다. 물론 그에게는 가족이 있고 책임져야 하는 회사가 있다. 하지만 소설 속에서 아내, 아들, 처형은 그의 삶에 아무런 차이도 가져다주지 못하며, 아무런 의미도 없다. 이들은 오히려 자신과 외부와의 관계를 끊임없이 인식시켜주는 성가신 존재다.

사르트르 식으로 말하자면 필리프는 우연히 이 세상에 던져진 존재다. 그는 아무런 의미 없이 지극히 일상적인 체험을 하면서 평범한 도시인 파리에서 살아가는 사람이다. 필리프는 생존을 위한 치열한 삶을 살아가지 않아도 되는 사람이지만 부르주아의 삶을 혐오한다. "서른한 살의 나이에 자신의 행동과 사고를 주의 깊게 조절"할 수 있는 필리프는 부르주아로서의 삶을 지탱해주던 회사의 경영권을 내놓고 마는데, 주위 사람들은 이러한 필리프의 태도를 이해하지 못한다.

필리프는 습관 속에 갇혀 지내는 권태에 빠진 인물로서 외부 세계에 무관심하다. 심지어 일주일 동안 집에서 지내기 위해 기숙사에서 돌아온 아들에게서도 권태를 느낀다. 필리프는 자신이 사는 파리라는 도시의 정서에 부합하지 않는 인물로, 자신의 자리를 찾지 못하고 끊임없이 방황한다. 부르주아인 그는 부르주아들의 도시인 파리에 살면서도 그 세계에 참여하기를 거부한다. 이런 측면에서 볼 때, 『잔해』는 세상에 적응하지 못하고 그 언저리를 맴도는 사람의 실존과 의식의 흐름을 추적하는 작품이다.

사르트르의 로캉탱처럼 필리프는 자신이 더 이상 아무런 애착을 느끼지 못하는 사람들 사이에서 자신을 받아들이지 못하는 도시를 떠다니는 도시의 부유물이다. 심지어 필리프는 아들과의 관계에서조차 의미를 찾지 못한다. 아들에 대한 이러한 냉담하고 무관심한 태도는 그가 가장 기본적인 인간관계에서마저 불편함을 느낀다는 사실을 보여준다. 그는 아들이 자신을 닮지 않았다는 사실을 애써 강조하며 심지어 거기서 위안마저 느낀다. 로베르를 대하는 자신의 모습에서 "아버지 역할을 연기하려 하면서도 잘 소화해내지 못하는 초라한 배우"의 이미지를 발견한다. 일상적 관계의 무의미함은 필리프의 의식을 지배하는 중요한 요소로서 그를 끊임없이 배회하게 만든다.

센 강 : 자기 발견의 도구

『잔해』에서 센 강은 작품 전체를 가로질러 흐른다. 센 강은 두려움의 대상이기도 하지만 마술적인 힘을 행사하여 필리프를 끌어당긴다. 그는 센 강가에서의 산책을 통하여 평화와 휴식을 느낀다. 강은 필리프에게 "말을 하고 있"으며, 필리프의 "비밀을 들어주고 있"다. 필리프는 센 강물에 빠져 있다. 필리프는 자주 강이 자신의 내부에 들어와 있는 것을 느낀다. 센 강의 찰랑거리는 물소리에서 필리프는 자신의 실체를 인식하고 거기서 억압을 느끼기도 하지만, 동시에 자신의 의식에 화답하는 어떤 존재를 발견하기도 한다.

『잔해』의 첫 부분에서 필리프는 야간 산책 도중 익사 장면을 목격하고 그것이 주는 강박 관념에서 벗어나기 위해 끊임없이 순수와 정화의 물을 찾는데, 이러한 자기 발견의 과정이 소설의 줄거리를 구성한다. 센 강의 물은 필리프의 의식에서 계속 모호한 양상으로 드러나지만, 마지막에 가서는 필리프의 상징적 재생을 돕는 매개체로 기능한다. 센 강은 필리프에게 자신의 참된 모습을 비춰보는 거울이라고 할 수 있다. 또한 '지금, 여기'의 세계에서 '다른 곳'으로 나아가려는 필리프의 욕망의 매개체다. 필리프는 센 강물을 바라보면서 자신의 실체를 파악하려 하며, 강물의 흐름을 따르면서 '다른 곳'으로 나아가고자 한다.

『잔해』는 필리프의 정신적인 난파와 항해의 모험에 관한 이야기로, 살인 장면의 목격, 거기서 벗어나기 위한 부단한 노력, 그를 통한 자기 발견에 대한 기록이다. 어느 날 저녁 집으로 돌아오는 길에 센 강변을 산책하다가 위험에 처한 어떤 여인의 다급한 구조 요청을 듣고 뒷걸음질 친 주인공은 자신의 내부에 자리한 비겁함을 인식한다. 소설 전체는 자신의 행위에 내재한 이러한 비겁함을 인식한 후에 이어지는 계속적인 자기 발견의 과정이다.

우리가 『잔해』에서 만나는 것은 무기력 그 자체다. 하지만 그러한 무기력 속에서 주인공 필리프는 점진적으로 자신의 참모습을 인식하게 된다. 센 강물의 흐름과 더불어 무기력이 점점 심화되다가 마지막 순간에 필리프는 센 강물과의 접촉을 통해 새로운 삶에 대한 결정적인 각성에 이른다. 필리프는 겉으로는 완벽하게 정돈된 세계에서 살아가기 때문에, 어떠한 외적인 동요도 드러나 있지 않다. 필리프가 자신의 모습을 발견하는 것은 그러한 부동성 속에서다.

필리프의 산책은 겉보기에는 아무런 목적이 없는 것으로 보이지만, 마지막에 가서 필리프는 센 강의 물을 통하여 자신의 실체를 깨닫고 씻김을 받는다. 센 강은 소설의 처음부터 마지막 순간까지 이러한 유동하는 의식을 반영하며 필리프로 하여금 자신의 모습을 바라볼 수 있게 하는 거울로 기능한다. 그러므로 센 강을 따르는 주인공의 여정은 부단히 자신을 발견하기 위한 과정이며, 센 강은 자기 발견을 위한 도구다.

『잔해』 : 인간 잔해의 자기 찾기

과연 센 강을 따라가는 필리프의 여정은 구체적으로 인간 존재의 어떤 측면을 그리고 있는가? 이런 질문 앞에서 그린이 제목으로 삼고 있는 '잔해'라는 단어는 아주 의미심장한 것이다. 그것은 난파선의 조각이다. 그것은 어떠한 도구성도 지니지 않은 채 그저 물결치는 대로 흔들릴 따름이다. 사르트르 식으로 말하자면 '잉여물'인 것이다.

그린에 따르면 『잔해』는 "우리 시대의 파리에서 일어나는 밤의 모험을 찾는 사람의 이야기"(1929년 9월 24일자 일기)다. 처음과 마지막 장면을 이루는 야간 산책 사이에서 반복되는 필리프의 가상의, 혹은 실제의 산책은 자신의 참된 모습을 발견하기 위한 반복적인 노력의 과정이다. 어둠이 깔린 센 강가로의 산책은 필리프가 일상에서 벗어날 수 있는 유일한 통로다. 필리프는 파리라는 도시의 정서에 부합하지 않는 의식을 가지고 있기 때문에 그들과 화합하지 못하고 끊임없이 도시의 언저리를 떠돈다. 그런 그가 센 강둑에서 의식의 전환을 경험한다.

『잔해』는 인간 운명의 순환적인 성격을 드러내고 있다. 이 작품이 표면적으로 그린의 모든 작품 중에서 가장 부정적이고 가장 공허한 작품으로 보이는 이유가 바로 여기에 있다. 그러므로 『잔해』의 일반적인 분위기는 나른한 인상을 준다. 센 강은 작품 내내 유동성, 무휴(無休), 정신적 무기력을 반영한다. 이러한 무기력 속에서 인간 '잔해'인 필리프는 끊임없이 자신을 찾아 나선다.

그린을 베르나노스, 모리아크 등과 같은 가톨릭 작가로 보는 일반적인 평가가 그의 모든 작품에 적용될 수 있는 것은 아니다. 그의 종교적 이력은 일반적으로 알려진 만큼 그다지 평탄했던 것도 아니었으며, 그린이 문단에 등단하고 확고한 위치를 잡기 시작할 무렵 그는 사실 가톨릭 교회와 상당히 소원한 관계였다. 이 시기 그는 신앙 없는 인간의 표류를 그리고 있다. 인간 조건에 대한 작가 자신의 가장 직접적인 사유를 담고 있는 『잔해』는 세상과 화합하지 못하는 한 난파자의 정신적 무기력을 그리고 있다.

그린의 작품의 주된 경향을 운명의 폭력 앞에서 고통 받는 인간으로 보든 종교적인 신앙의 형상화로 보든, 『잔해』는 그린의 일반적인 주제와는 다소 거리가 있다. 그린이 남겨놓은 수많은 작품 중에서 『잔해』의 두드러진 특징은 구체적인 행동이 나타나 있지 않다는 점이다. 그것은 작가 자신이 삶 자체에 대해 지니고 있던 태도를 반영하고 있다. 지난 세기 전체를 살다간 그린의 삶 속에서 우리는 현실에 대한 직접적인 참여의 흔적을 찾기 힘들다. 뿐만 아니라 그의 소설 속에서도 치열한 현실 대응 양상이 드러나 있지 않다. 그렇지만 인간 현실에 대한 비극적 인식과 그로 인해 생겨나는 인간 잔해들의 고뇌는 20세기 많은 작가들의 경우처럼 그의 작품의 일관된 주제다.

김종우

1890년	아버지 에드워드 그린과 어머니 메리 하트리지 결혼. 부모는 모두 미국 시민이었으며 독실한 기독교도였음.
1893년	에드워드 그린은 사업에 실패하자 가족을 데리고 미국을 떠나 프랑스 르아브르에 정착. 4년 후 파리로 이주.
1900년	9월 6일 파리 17구 륍코르프 가 4번지에서 칠 형제 중 막내로 쥘리앵 그린 출생.
1904년	9월 파시 가 93번지로 이사. 『새벽녘 출발*Partir avant le Jour*』의 첫 부분에서 그린은 어린 시절을 보낸 이 집에 대해 자세히 언급함.
1908년	장송드샐리 고등학교에 입학.
1913년	파리를 떠나 르베지네로 이사하고 미술 수업을 받기 시작함. 이 무렵 그린은 작가가 아니라 화가를 지망함.
1914년	르베지네를 떠나 파리의 라투르 가로 이사. 12월 27일 어머니 사망. 당시의 심경에 대해 다음과 같이 술회함. "내 생애 처음으로 인내라는 것을 배웠다. 나는 이해했다. 모든 것을 이해했다. 꼼짝도 하지 않고 눈물 한 방울 흘리지 않은 채 깊은 침묵 속에서 나는 어머니의 죽음으로 인한 충격을 받아들였다." "내 안에는 침묵과 말로 표현하지 못할 고독밖에 없었는데 나는 이를 결코 잊지 못할 것이다."
1915년	추기경 제임스 기번스의 책을 읽고 가톨릭으로 개종할 결심을 아버지에게 알리는데, 아버지가 이미 가톨릭으로 개종했다는 사실을 알게 됨.

1916년	3월 코르탕베르 가 16번지로 이사하여 1932년까지 거주. 4월 29일 가톨릭으로 개종. 크레테 신부와 많은 대화를 나누면서 수도원에 들어가기로 결심.
1917년	대입자격시험(바칼로레아)에 합격. 1차 세계대전에 미군으로 참전. 겨울에 접어들 무렵 만 18세가 되지 않았다는 이유로 소집 해제되어 파리로 돌아옴. 12월 미국 적십자회의 일원으로 재입대하여 이탈리아 전선으로 파견됨.
1918년	6월 제대하여 누나 메리가 군병원 간호사로 있던 로마에서 잠시 머물다 파리로 돌아옴. 9월 프랑스군 포병대에 지원.
1919년	1월 파리로 돌아와 아버지에게 베네딕트 수도원에 들어가 겠다는 결심을 밝히지만, 4월 성당에서 미사를 마치고 나오다 마음을 바꿈. 9월 미국으로 건너가 샬러츠빌의 버지니아 대학에서 3년간 유학.
1920년	5월 대학 학보사에 영어로 쓴 중편 「견습 정신과의사*The Apprentice Psychiatrist*」 발표. 6월 서배너에 있는 외삼촌 집에서 방학을 보냄. 이 당시의 생활에 대해 "여기에는 도처에 어머니가 존재하는 것 같았다"라고 회상하는데, 어린 시절에 들었던 이야기를 통해 자신의 '조국'인 남부를 발견.
1921년	버지니아 대학에서 2년째 공부하는 과정에서 몇몇 급우들을 사귐. "나는 조금은 사교적이 된 것 같다"라고 말하지만 대인 관계에서 항상 불편을 느낌. 3학년을 마친 후 프랑스로 돌아가기로 결심.
1922년	7월 파리에 돌아와 화가가 되기로 결심하고 잠시 미술 공부에 몰두하지만 몇 달 후에 단념.
1924년	1월~3월 젊은 작가들이 만드는 잡지 『비타』에 데이비드 아일랜드라는 필명으로 『찰스 램*Charles Lamb*』 발표. 5월 15일 『철학』에 「조이스의 『율리시스』에 관한 연구」 발표. 7월

최초의 장편소설 『몽시네르*Mont-Cinère*』를 집필하기 시작. 8월~9월 『비타』에 쥘리앵 그린(데이비드 아일랜드)이라는 이름으로 『크리스틴 혹은 해변에서의 휴가*Christine ou les vacances au bord de la mer*』 발표. 10월 테오필 들라포르트라는 필명으로 자신의 종교적 위기를 드러낸 에세이 「프랑스 가톨릭교도에 대한 반론*Pamphlet contre les catholiques de France*」 발표.

1925년　「프랑스 가톨릭교도에 대한 반론」을 계기로 가톨릭 철학자 자크 마리탱을 만남. 이후 두 사람은 1973년 자크 마리탱이 사망할 때까지 두터운 교분을 나눔. 2월 20일 『지상의 여행자*Le voyageur sur la terre*』 탈고.

1926년　4월 9일 처음으로 일기와 관련된 메모를 남김(이후 쥘리앵 그린은 사망 직전까지 지속적으로 일기를 쓰고 이를 출간함). 4월 10일 『아드리엔 므쥐라*Adrienne Mesurat*』를 쓰기 시작하지만 곧 포기. 『헛된 횡단*La Traversée inutile*』 집필. 8월 N.R.F. 출판사에서 『지상의 여행자』 출간. '에밀리 플레처의 결혼*Le mariage d'Emily Fletcher*'이라는 제목으로 소설 『몽시네르』의 첫 부분 출간. 12월 19일 『아드리엔 므쥐라』 탈고.

1927년　N.R.F.에서 '작품과 초상' 시리즈에 『지상의 여행자』 발표. 1월~3월 『주간 평론』에 『아드리엔 므쥐라』 발표. 이 작품으로 모리아크의 찬사를 받음과 동시에 프랑스 문단에서 입지를 확고히 함. 4월 앙드레 지드와 지속적인 교류를 시작함. 『파리 리뷰』에 중편소설 『죽음의 열쇠*Les clefs de la mort*』 발표. 7월 2일 아버지 사망.

1928년　1월 16일 『레비아탕*Léviathan*』 집필 시작. 한 해 동안 꼬박이 작업에 매달림. 7월~9월 『레마르주』에 『레비아탕』 발

표. 얼마 후 카이에 리브르 사에서 중편 『크리스틴
Christine』출간. 9월 17일 다시 일기 쓰기에 착수.

1929년 3월 플롱 사에서 '황금 갈대' 시리즈로 장편 『레비아탕』간
행. 7월~8월 네덜란드, 독일 여행. 10월 『잔해』의 기초가
될 '우리 시대의 파리에서 밤의 모험을 찾는 사람의 이야
기'를 쓰기 시작했지만 얼마 안 가 포기.

1930년 2월~3월 초 런던 체류. 4월~5월 N.R.F.에 『또 다른 잠
L'Autre sommeil』발표. 9월 5일 『지상의 여행자』『죽음의
열쇠』『크리스틴』『레비아탕』을 한데 묶어 출간.

1931년 『잔해』 집필에 몰두. 12월 17일자 일기에서 『잔해』에 대해
"나는 내 책을 '황혼'이라고 부르고 싶다. 그런데 무엇의 황
혼이라고 할까? 아마도 부르주아 계급의 황혼일 것이다. 곰
곰 생각해본 다음 나는 그것을 '잔해'라고 부르기로 결정했
다. (중략) 아마도 '잔해'가 더 나을 것 같다"라고 씀.

1932년 1월 9일 『잔해』 탈고. 1916년부터 살았던 코르탕베르 가를
떠나 프레지당 윌슨 가로 이사. 1월~4월 『파리 리뷰』에
『잔해』 발표. 3월 말 플롱 사에서 『잔해』 출간. 5월 2일 『환
상가 *Le Visionnaire*』집필 착수. 5월 21일자 일기에 "어느
날 저녁 『잔해』에 관한 아주 혹독한 기사를 읽고 나서 새로
운 이야기를 쓰기 시작했다"라고 씀.

1933년 『환상가』와 『심야 *Minuit*』를 교대로 집필함. 11월부터 이듬
해 1934년 2월까지 두 번째 미국 체류. 11~12월 『정치문학
연보』에 『환상가』 발표.

1934년 2월 파리로 돌아옴. 3월 플롱 사에서 『환상가』 출간. 10월
『먼 나라들 *Les pays lointains*』집필에 착수했다가 여러 번 중
단함. 이때부터 윤회를 중심으로 한 인도 사상에 깊은 관심
을 가지고 환각, 공포, 죄악, 죽음 등의 번뇌로부터의 탈출

모색.

1935년	4~6월 이탈리아 여행. 11월 『심야』 탈고.
1936년	2월 다른 작품과 달리 잡지 발표를 거치지 않고 플롱 사에서 장편 『심야』 간행. 12월 16일 『행악자 *Le Malfaiteur*』 집필 시작.
1937년	4월 27일 세 번째로 도미하여 캐롤라이나와 버지니아에서 체류. 7월 말 파리로 돌아옴. 그라세 사에서 일기 출간을 권유받고 수락.
1938년	7월 일기 제1권 『편안한 시절 *Les Années Faciles*』(1928~1934) 출간. 6월 29일 『바루나 *Varouna*』 집필 시작.
1939년	1월 일기에서 "이번 달 나는 고통스러운 종교적 위기를 다시 지나왔다"고 고백. 생트 카트린 드 젠의 『연옥론 *Traité du purgatoire*』을 읽고 깊은 감명을 받음. 불교에서 다시 가톨릭으로 눈을 돌림. 6월 일기 제2권 『마지막 아름다운 시절 *Les derniers beaux jours*』(1935~1939) 간행. 4월 26일 네 번째로 도미하여 12월 2차 세계대전 발발 때까지 버지니아에 체류. 일기 중단. 미군에 동원되어 2차 세계대전에 참전.
1940년	1월 프랑스로 돌아옴. 7월 6일 다시 도미하여 볼티모어 체류. 12월 플롱 사에서 장편 『바루나』 간행.
1941년	뉴욕, 버지니아, 버몬트 체류. 프루스트, 페기, 소설 일반에 대해 여러 차례 강연.
1942년	회고록 『행복한 시절의 추억 *Memories of happy days*』 탈고. 누나 앤과 함께 페기의 시와 산문 번역.
1943년	1월부터 연말까지 전쟁공보국 홍보담당관으로 근무.
1944년	『내가 당신이라면…… *Si j'étais vous……*』 집필 시작 후 곧 포기. 밀스 칼리지에서 강의. 미시간에서 오래전에 미국

으로 떠난 친형 찰스를 만남.

1945년   9월 파리로 돌아와 코르탕베르 가에 정착.

1946년   일기 제3권『어두운 문 앞에서*Devant la Porte Sombre*』
(1940~1943) 간행.

1947년   바렌 가에 정착. 장편소설『내가 당신이라면……』간행.

1948년   샤를 페기의『잔 다르크의 사랑의 신비*Le mystere de la charite de Jeanne d'Arc*』영역(1950년 출간). 7월 스위스, 이탈리아 여행.『모이라*Moïra*』집필 시작. 일기 제4권『태풍의 눈*L'oeil de l'Ouragan*』(1943~1945) 간행.

1949년   한 해 동안『모이라』를 쓰고, 계속하여 페기 작품을 번역함. 8월 덴마크 체류. 이때의 기억이 나중에『타인*L'Autre*』(1968)의 토대가 됨.

1950년   2월 코펜하겐에 체류하면서『모이라』를 완성하고 4~6월에 걸쳐『라 타블 롱드』지에 발표. 6월 플롱 사에서 장편『모이라』출간. 10월 희곡『내일은 없다*Demain n'existe pas*』집필 착수.

1951년   2월 앙드레 지드가 사망하자,『라 타블 롱드』와『르 피가로 리테레르』등에 추도문 발표. 4월 모나코 문학그랑프리 수상. 6월 벨기에 왕립 불어불문학 아카데미 회원이 됨. 7월 일기 제5권『돌아온 사람*Le revenant*』(1946~1950) 간행. 벨기에 아카데미 회원이 됨.

1952년   3월 희곡『남*Sud*』탈고.

1953년   9월 희곡『적*Ennemi*』탈고. 12월 8일 "새로운 책을 쓴다…… 나는 소설과 희곡 사이에서 크게 망설이고 있다"라고 술회. 10월『남』이 출간되어 아테네 극장에서 초연.

1954년   3월 1일『적』초연. 에리크 주르당과 함께『내가 당신이라면……』을 라디오 드라마용으로 각색.

1955년	1938년 이후 포기했던 『행악자』 집필에 다시 착수. 3월 일기 제6권 『내면의 거울Le miroir intérieur』(1950~1954) 간행. 5월 희곡 『그림자L'ombre』와 소설 『행악자』를 동시에 집필하여 각각 8월과 7월 탈고.
1956년	7월~8월 『모이라』를 희곡으로 각색하려 했다가 포기함. 『그림자』 간행.
1958년	일 년 내내 『누구나 자신의 밤에Chaque homme dans sa nuit』를 집필하여 12월 탈고. 일기 제7권 『아름다운 오늘Le bel aujourd'hui』(1955~1958) 간행.
1960년	장편 『누구나 자신의 밤에』 간행.
1961년	자서전 집필 시작. 지금까지 간행되었던 일기의 합본 간행.
1963년	3월 자서전 제1권 『새벽녘 출발Partir avant le Jour』 출간. 『프랑스 가톨릭교도에의 반론』을 자크 마리탱의 서문을 붙여 재출간.
1964년	6월 자서전 제2권 『수많은 열린 길들Mille chemins ouverts』 출간.
1966년	2월 자서전 제3권 『먼 땅Terre lointaine』 출간. 11월 국가 문예대상 수상.
1967년	일기 제8권 『보이지 않는 것을 향하여Vers l'invisible』 (1958~1967) 간행.
1968년	2월 『타인』 집필 시작.
1969년	『타인』 집필 계속. 일기 제1권 『편안한 시절』의 미간행 부분을 덧붙여 재출간을 준비함.
1970년	일기 『편안한 시절』과 소설 『내가 당신이라면……』 재간행. 5월 『타인』 탈고. 6월 아카데미 프랑세즈의 소설 부문 대상 수상. 갈리마르 사에서 전 작품을 플레야드 판 전집으로 간행하기로 결정.

1971년	2월 『타인』 출간. 6월 아카데미 프랑세즈 회원으로 선출됨.
1972년	1월 플레야드 판 전집 제1권 출간. 일기 제9권 『낮에 남은 것*Ce qui reste de jour*』(1966~1972) 출간. 10월 플레야드 판 전집 제2권 출간. 11월 아카데미 프랑세즈 입회. 입회 연설 「우리는 누구인가?*Qui sommes-nous?*」 발표.
1973년	4월 교분이 두터웠던 자크 마리탱 사망. 5월 바렌 가를 떠나 바노 가로 이사. 11월 플레야드 판 전집 제3권 출간.
1974년	5월 자서전 제4권 『청년 시절*Jeunesse*』 간행. 9월 마르셀 프루스트상 수상.
1975년	7월~8월 스웨덴, 아일랜드 여행. 10월 『북쪽의 마술*Magie du septentrion*』 간행.
1976년	5월 플롱 사에서 『유령들의 밤*La nuit des fantômes*』 출간. 6월 쇠이유 사에서 일기 제10권 『바다에 던진 병*La bouteille à la mer*』(1972~1976) 출간.
1977년	1월 플레야드 판 전집 제5권 출간. 플롱 사에서 『나쁜 장소*Le mauvais lieu*』 출간.
1978년	플롱 사에서 『인간에게 사랑으로 필요한 것*Ce qu'il faut d'amour à l'homme*』 출간. 9월 희곡 『신은 없다*Dieu n'existe pas*』 탈고. 10월 소장하고 있던 사진을 곁들여 플롱 사에서 1926부터 1976까지의 일기를 『시간의 아가리에서*Dans la gueule du temps*』라는 제목으로 간행.
1979년	9월 자크 마리탱과 나눈 서한 모음집인 『위대한 우정*Une grande amitié*』 출간. 12월 퐁피두 센터에 열린 살바도르 달리 회고전 작품집 서문으로 '정복자 달리*Dali le conquisitador*'를 씀.
1980년	1월 『자동인형*L'automate*』 출간. 11월 무릎 관절 수술.
1981년	1월 관절 수술에서 회복. 12월 『아시시의 프란체스코

François d'Assise』 집필 착수.

1982년 　1월 그린 작품의 판권 전체가 쇠이유 사로 넘어감. 5월 일기 제11권『대지는 너무 아름다워*La terre est si belle*』 (1976~1978) 출간.

1983년 　3월 베를린을 방문하여 독일 통일과 베를린 장벽 붕괴를 예언하여 독일인들로부터 '환상적'이라는 평가를 받음. 4월 일기 제12권『세상의 빛*La lumière du monde*』(1978~1981) 출간.『프란체스코 형제*Frère François*』출간. 10월 에세이집『파리*Paris*』출간.

1984년 　1월 쇠이유 사에서『현기증 나는 이야기*Histoires de vertige*』(버지니아 대학 시절에 쓴 최초의 중편「견습 정신과 의사」포함) 출간. 11월 자서전『청년 시절*Jeunes années*』출간.

1985년 　5월 쇠이유 사에서『내일은 없다』와『자동인형』을 한 권으로 묶어 출간. 9월『언어와 그 분신*Le langage et son double*』출간. 11월 폴란드 문학상 수상.

1986년 　파리를 떠나 독일, 스위스, 이탈리아 등지에 체류.

1987년 　4월 소설『먼 나라들』출간. 독일, 네덜란드 등지에 체류.

1988년 　4월 구텐베르크상 수상. 일기 제13권『무지개*L'arc-en-ciel*』 (1981~1984) 출간.

1989년 　5월 소설『남부의 별들*Les étoiles du sud*』출간. 6월『문학잡지』에 '쥘리앵 그린, 어떤 남부인의 이야기'라는 제목의 인터뷰 기사 실림. 10월 백내장 수술.

1990년 　2월 '불후의 작가*Écrivains de Toujours*' 시리즈 중의 하나로『쥘리앵 그린』이 출간됨. 4월 일기 제14권『망명자*L'expatrié*』(1981~1990) 출간. 9월 플레야드 전집 제6권 출간. 1912년부터 1984년 사이에 직접 찍은 사진을 실은

『여행자 일기*Journal du voyageur*』 출간.

1992년 1940년 6월의 일기를 『한 세계의 종말*La fin d'un monde*』 이라는 제목으로 출간. 11월 자서전 4권을 한데 묶어 『청년 시절』이라는 제목으로 출간. 12월 쇠이유 사와 결별.

1993년 1월 파야르 사로 판권이 넘어감. 9월 일기 제15권 『미래는 누구의 것도 아니다*L'avenir n'est à personne*』(1990~1992) 출간. 버지니아 대학 재학 시절에 쓰기 시작했던 젊은 시절의 일기를 『19살 때에는 아주 신중하다*On est si sérieux quand on a 19 ans*』로 출간.

1994년 7월 밀라노 명예시민. 10월 라디오 프랑스에서 비비안 포레스티에와 수차례 대담 진행. 11월 플레야드 판 전집 제7권 출간.

1995년 1월 파야르 사에서 『딕시*Dixie*』 간행. 스위스 체류.

1996년 5월 일기 제16권 『왜 내가 나인가?*Pourquoi suis-je moi?*』 (1993~1996. 2) 출간. 11월 말 아카데미 프랑세즈 회원 사퇴.

1998년 5월 플레야드 판 전집 제8권과 『앨범*Album*』 출간. 갈리마르 사에서 『불멸의 청춘*Jeunesse immortelle*』『쥘리앵 그린, 세기와 그 그림자*Julien Green, Le Siècle et son ombre*』 (볼프강 마츠 저) 출간. 8월 파리에서 사망.

　세계문학은 국민문학 혹은 지역문학을 떠나 존재하는 문학이 아니지만 그것들의 총합도 아니다. 세계문학이라는 용어에는 그 나름의 언어와 전통을 갖고 있는 국민문학이나 지역문학의 존재를 인정하면서 그것을 넘어서는 문학의 보편적 질서에 대한 관념이 새겨져 있다. 그 용어를 처음 고안한 19세기 유럽인들은 유럽문학을 중심으로 그 질서를 구축했지만 풍부한 국민문학의 전통을 가지고 있는 현대의 문학 강국들은 나름의 방식으로 세계문학을 이해하면서 정전(正典)의 목록을 작성하고 또 수정한다.

　한국에서도 세계문학 관념은 우리 사회와 문화의 변화 속에서 거듭 수정돼왔다. 어느 시기에는 제국 일본의 교양주의를 반영한 세계문학 관념이, 어느 시기에는 제3세계 민족주의에 동조한 세계문학 관념이 출현했고, 그러한 관념을 실천한 전집물이 출판됐다. 21세기 한국에 새로운 세계문학전집이 필요하다는 것은 명백하다. 우리의 지성과 감성의 기준에 부합하는 세계문학을 다시 구상할 때가 되었다.

　문학동네 세계문학전집은 범세계적으로 통용되는 고전에 대한 상식을 존중하면서도 지난 반세기 동안 해외 주요 언어권에서 창작과 연구의 진전에 따라 일어난 정전의 변동을 고려하여 편성되었다. 그래서 불멸의 명작은 물론 동시대 세계의 중요한 정치·문화적 실천에 영감을 준 새로운 작품들을 두루 포함시켰다.

　창립 이후 지금까지 한국문학 및 번역문학 출판에서 가장 전문적이고 생산적인 그룹을 대표해온 문학동네가 그간 축적한 문학 출판 경험을 바탕으로 새로운 세계문학전집을 펴낸다. 인류가 무지와 몽매의 어둠 속을 방황하면서도 끝내 길을 잃지 않은 것은 세계문학사의 하늘에 떠 있는 빛나는 별들이 길잡이가 되어주었기 때문이다. 우리가 자부심과 사명감 속에서 그리게 될 이 새로운 별자리가 독자들의 관심과 애정에 힘입어 우리 모두의 뿌듯한 자산이 되기를 소망한다.

문학동네 세계문학전집 편집위원
민은경, 박유하, 변현태, 송병선, 이재룡, 홍길표, 남진우, 황종연

지은이 **쥘리앵 그린**

1900년 프랑스 파리에서 태어났다. 1926년『몽시네르』를 발표하며 본격적인 작품 활동을 시작했고, 1927년『아드리엔 므쥐라』로 모리아크의 찬사를 받으며 프랑스 문단에서 확고한 입지를 다졌다. 대표작으로 장편소설『모이라』『레비아탕』『잔해』 등이 있고, 다수의 희곡을 발표했다. 1972년 아카데미 프랑세즈 회원으로 선출되었다. 1998년 파리에서 사망했다.

옮긴이 **김종우**

서울대학교 불어불문학과를 졸업하고, 동 대학원에서 쥘리앵 그린 연구로 문학박사 학위를 받았다. 현재 한국교원대학교 불어교육과 교수로 재직 중이다. 저서로『구조주의와 그 이후』『프랑스 하나 그리고 여럿』(공저)이 있고, 역서로『신화와 형이상학』『실증주의 서설』『원시인의 정신세계』 등이 있다.

세계문학전집 070

잔해

1판 1쇄 2011년 2월 25일
1판 3쇄 2019년 6월 12일

지은이 쥘리앵 그린 | 옮긴이 김종우 | 펴낸이 염현숙

책임편집 이은현 | 편집 이현미 | 독자모니터 전혜진
디자인 송윤형 한충현 김민하 최미영 | 저작권 한문숙 김지영
마케팅 정민호 정진아 함유지 김혜연 박지영 김수현
홍보 김희숙 김상만 이천희 오혜림
제작 강신은 김동욱 임현식 | 제작처 영신사

펴낸곳 (주)문학동네
출판등록 1993년 10월 22일 제406-2003-000045호
주소 10881 경기도 파주시 회동길 210
전자우편 editor@munhak.com | 대표전화 031) 955-8888 | 팩스 031) 955-8855
문의전화 031) 955-8862(마케팅), 031) 955-3560(편집)
문학동네카페 http://cafe.naver.com/mhdn
문학동네트위터 http://twitter.com/munhakdongne
북클럽문학동네 http://bookclubmunhak.com

ISBN 978-89-546-1398-9 04860
      978-89-546-0901-2 (세트)

www.munhak.com

문학동네 세계문학전집

● 문학동네 세계문학전집은 계속 출간됩니다